KB145585

천산야의 우문현답 1

천산야의

愚問賢答 ❶

우 문 현 답

맑은샘

차례

들어가는 글

인간이 지구상에 존재한 지도 무수한 세월이 흘렀습니다.

따라서 그동안 인간은 무수한 말을 했고, 사람들은 그렇게 해온 말들이 맞는다고 생각하며 살아왔습니다.

그러나 지금까지 그들이 한 말이 맞는 말일까에 대하여 우리는 깊게 고찰해보지 않았던 것도 사실입니다. 본 '우문현답(愚問賢答)'의 내용은 저자가 인터넷 카페를 긴 시간 운영해오면서 많은 회원이 질문한 것 중에 일부를 간추려 한 권의 책으로 발간한 것입니다.

물론 본문의 내용이 여러분의 기존 관념에 비추어 보면 마음에 와닿지 않는 말일 수 있고, 또 누구는 맞는 말이라고 생각할 수 있을 것이나 이 부분은 카페에서 이미 많은 회원으로부터 공감을 얻었던 내용입니다. 휴대할 수 있게 책으로 발행해주었으면 하는 요청이 많았고, 본 글을 처음 접하는 여러분에게도 뭔가 마음에 새로운 울림으로 남을 수 있을 것이라는 확신으로 책을 엮었습니다.

인생을 살면서 누구나 다 겪을 수 있는 문제, 혹은 여러분이 보편적으로 궁금해하는 일반적인 문제를 쉽고 간단하게 정리한 것이어서 기존에 여러분이 알고 있는 말과 내가 말하는 것 중에 무엇이 다른가를 본 내용을 통해 알 수 있을 것입니다. 선택의 판단은 여러분의 몫으로 남기고자 합니다.

세상에는 무수한 말이 있고 글이 있지만, 본문의 내용을 보다 보면 여러분 마음 한쪽에 자리하고 있는 의구심이 풀릴 것이고, 마음에 평온함이 찾아올 것이라고 확신합니다.

2019년 12월을 보내며

최산야

Q 문1 〈임신의 정의〉 윤회에 든 생명체는 하나의 '참나'의 영향을 받게 되는 것으로 알고 있는데요. 물질의 이치에서 난자와 정자가 만나 착상이 되고 태아의 과정을 거쳐 세상에 나온다 했을 때 고유의 '참나'가 영향을 받는 시기가 언제인지 궁금합니다.

A 답 이해를 돕기 위해 아이스크림을 예로 들면 흰색과 검정색의 아이스크림이 함께 있다고 할 경우(이것을 부부의 개념으로 본다면) 이 두 가지의 아이스크림이라는 것을 수저로 뜨면 새롭게 담기는 아이스크림은 물질적으로 두 가지 아이스크림의 조합으로 만들어집니다. 그러나 이렇게 새롭게 태어나는 아이스크림은 이미 '나는 아이스크림'이라는 성질을 가지게 될 것입니다.

물질로 보자면 아이스크림이지만 이 아이스크림(생명체)이 가지고 있는 본성은 난자와 정자가 만나는 그 순간에 즉시 형성이 되고 몸이 성숙해지면서 의식으로 '나'라는 것을 인지하게 됩니다. 이 말은 공기라는 자연 속에 생명체가 태어나므로 오고 가는 것이 없이 성숙하면서 '나'라는 의식을 하므로 이렇게 생명체가 '참나'의 영향을 받는 것을 오고 간다, 가고 온다의 개념으로 이해하면 안 됩니다.

다시 말하면 쌀가루 반죽을 하고 그것을 수저로 뜨면 수저의 모양이 나오고 시루에 찌면 시루떡이 되며, 가래떡으로도 나오는 등 어떠한 것으로 모양을 뜨는가에 따라 기본적으로 쌀가루(진리 속)지만 개개인의 본성에 따라 각자의 모습은 모두 다르게 나타나므로 질문과 같이 언제 '참나'의 영향을 받는가 하는 때는 없습니다. '나'라는 것은 참나를 바탕으로 육신이 성숙하면서 점차 '나', '내 마음'이라는 것을 인지할 뿐이고, 죽으면 인지하는 그 의식만 없어진 것이므로 무엇이 오고 가는 개념이 아니라고 나는 말한 것입니다.

결국, 진리라는 기운(비물질) 속에 인간은 물질로 형상화된 생명체이므로 그 물질에는 기운이라는 것은 항상 존재하는 것이고, 이 개념으로 물질은 만들어지지만, 그 물질 속에는 이미 기운이 내재해 있을 뿐이고, 인간은 이것을 의식이 성숙하면서 나라고 인지하므로 질문처럼 이미 '나'라는 '참나'는 항상 여여자연하게 존재하고 있다고 해야 맞는 말이 됩니다. 하지만 불교는 이같이 말하는 것이 아니라 부처가 되는 불성(佛性)이라는 것이 있다는 논리로 이야기하므로 이것은 이치에 맞지 않다고 말한 것입니다.

Q 문2 태어난 날의 의미는 따로 없는 것인지요?

A 답 결론을 먼저 말하면 '태어난 날의 의미는 있다'입니다. 그런데 이것을 알 방법은 사주팔자, 음양오행 등과 같이 인간이 만들어 놓은 글자의 조합으로 알 수 있는 것이 아니라 진리적 기운인 '참나'라는 이치를 보면 알 수 있습니다. 그런데 이것을 여러분에게 말해주지 않는 이유는 진리의 개념을 이해하지 못하기 때문에 단답형으로 이 부분만 무속 개념으로 이야기해주는 것은 또 다른

끄달림이 되기 때문에 그렇습니다. 그래서 진리 이치를 이해하고 자신의 마음이 어느 정도 열리면 그때 스스로 "그래서 나는 이같이 존재할 수밖에 없네."라는 마음이 들 때야 비로소 태어난 날의 의미를 이해하게 되는데, 이처럼 태어난 날은 자신의 본성과 깊은 연관이 있다는 사실입니다. 나는 물질, 비물질을 이야기했는데, 물질적으로 이생에 어떤 씨앗을 뿌리면 뿌린 그 날은 물리적으로 알 수 있을 것입니다.

그렇다면 진리적으로도 내가 왜 존재해야 하는가의 이치도 분명하게 있을 것이므로 이 두 가지의 개념은 '물질 이치-진리 이치'에서 동등하다 할 것입니다. 따라서 일반적으로 생년월일시라는 것으로 태어난 날의 의미를 알 수 없고, 진리적으로는 "내가 왜 이때 태어났는가"의 개념을 알 수 있다는 것이므로 물질 이치-진리 이치 이 두 가지의 개념을 이해하는 것이 중요합니다. 다시 말해 "나는 오늘 누구와 만났다"고 하는 만남도 물질 개념으로 행하지만, 진리적으로도 "왜 내가 오늘 누구를 만나야 하는가"라는 것은 정해져 있다는 이야기가 됩니다.

나라는 존재는 이생에 만나야 할 인연(물질 이치)과 내 마음을 풀어야 하는 것(진리 이치), 이 두 가지로 존재하고 이 두 가지의 이치(理致)가 끝이 나면 나라는 존재는 있어야 할 이유가 없으므로 죽게 됩니다. 이것이 바로 인간이 존재해야 하는 이유가 되고, 나는 이것을 〈업(業)의 유통 기한〉이라고 말한 것입니다. 이같이 정해진 것이 운명이 되지만, 이와 같은 이치(운명)를 바꾸어 갈 수 있는 것은 나의 의식으로만 가능하다고 무수하게 말했습니다.

Q 문3 업에도 유통 기한이 있다고 하셨는데, 인연도 풀어야 할 업의 기한이 끝이 나면 각자의 이치에 따라 헤어진다(끝이 있다)고 알고 있습니다. 그렇다면 타인에 대한 원한을 많이 사서 빙의 때문에 암에 걸리거나 시름시름 고통을 받아야 할 죽음의 이치가 있다면, 만약 상대 빙의의 마음이 풀어졌다 할 때 죽음의 이치가 바뀔 수 있는지 궁금합니다(죽음의 이치는 바뀌지 않는다 하셨기에 바뀔 수도 있는지 궁금해 여쭈어 봅니다.).

A 답 죽음의 이치는 절대 바뀌지 않는다는 것이 결론입니다. 그 이유는 예를 들어 내가 서울에서 부산을 가야 하는 시간이 정해졌다고 합시다. 그러면 비행기를 타고 가든 걸어서 가든 가야 하는 것은 맞지만, 그곳까지 걸어간다고 하면 고통이 있을 것이나 비행기를 타고 가면 수월할 것이고, 또 비행기를 타고 가다가 자동차를 타고 갈 수도 있습니다. 이같이 그 과정에 이치만 바뀌는 것이라는 의미입니다. 그런데 질문처럼 풀어야 할 업이라는 것의 정의는 애당초 그 사람이 서울-부산이라는 것을 갈 때 걸어가야 하는 업의 이치인데, 차를 타고 가는 것으로 바뀌었다고 하는 것은 '이치가 바뀌었다=업이 풀어졌다'는 의미가 됩니다.

그런데 나는 가끔 법회 때 "이미 이 사람은 죽었을 운명인데, 참나가 바뀌어서 죽음의 이치가 바뀌었다"는 말을 하는데, 그러면 이 말과 죽음의 이치는 바뀌지 않는다는 말은 모순된 말이 아니냐고 할 수 있을 것입니다. 이 부분에 대한 이해는 이 법을 알고 모르고의 차이에 따라 또 달라집니다. 그러므로 일반인의 죽음의 이치와 이 법을 알고 난 후의 이치는 각자가 어떤 본성을 가지고 있는가에 따라 다 다르므로 단답형으로 정의할 수는 없습니다. 그래서 자신이 이 전생(前生)에 어떤 인과관계를 맺었는가는 매우 중요하고 그 중에 제일 좋은 것은 선과 악의 업을 떠나 이 정법(正法)을 알았다는 것만으로도 다행스러운 일이라 생각해야 할 것입니다.

이에 반해 일반 사람들은 이 법을 몰랐다고 하면 자기 죽음의 이치나 삶의 이치는 쉽게 바꿀 수 없는 것이 자신만의 관념이 있으므로 결국 그 관념대로 서울-부산을 가는 것입니다. 그러나 이 법을 알았다면 이 법을 안 것이 하나의 동기 부여가 되어서 앞에 말한 대로 서울-부산을 가는 이치를 바꿀 수 있는 것이므로, 이 법이라는 것이 얼마나 중요한가를 알아야 합니다. 그런데 우리는 이 법을 알게 된 인연이 있다고 하지만, 자연스럽게 나비가 순리에 맞게 바람을 타는 것이 아니라 '나'라는 상(相)을 대입하여 조급하게 뭔가를 바라기만 하는데 결국 법을 알았다 해서 모든 것이 다 그대로 되는 것은 없습니다.

Q 문4 매번 어떠한 이유가 있으므로 나는 이렇게 해야지 생각하고 움직이는 건 의지인 거 같고, 그렇지 않고 행동할 때는 오기스럽다는 생각이 들 때가 있는데 머리로만 생각하며 해야지 하면 행(실천)을 하기가 너무 힘듭니다. 근데 행을 해야만 하는 나름의 이유가 생기니 머리로 생각했을 때보다 행하는 게 쉽게 느껴져, 이제까지 긴 시간 동안 주신 말씀에 "생각은 없고 행만 있었던 부분이 많았구나" 생각되었습니다. 주신 말씀을 어떻게든 따르는 게 최선이라 생각하고 있지만 스스로 생각 없이 행하는 것은 아닌지 여쭙고 싶습니다.

A 답 사람이 행동하는 일거수일투족에는 분명 그 이유가 있다고 나는 말했습니다. 그런데 일어나는 그 마음속에는 본인이 이해하고 하는 행동이 있을 것이고, 이해하지 못하고 하는 행동이 있을 것인데, 물론 본인 마음에서 스스로 일어나는 행동은 자신이 하고자 하는 마음이 일었으므로 그 행동을 하기 위해 몸을 움직이는 것은 쉬울 것입니다. 그러나 이것이 아닌 남이나 법당에서 이렇게 해보라고 하는 것은 하기 싫고 움직이기 싫은 마음이 더 강할 것입니다. 또 하나는 본인이 어떤 것을 이해하고 움직이는 것은 쉽게 움직이지만, 본인이 어떤 것을 이해하지 못하고 움직이는 것은 하기 싫고, 움직이기 싫은 마음이 더 강하게 듭니다. 이것은 다 마음의 차이인데, 마음이 어떤 것을 맞는다고 긍정하고 받아들이면 그 행동은 쉽지만, 마음이 온전하게 이해하고 받아들이지 못하면 같은 일을 하더라도 또 같은 움직임이라도 힘들게 되어 있습니다.

그런데 질문에 매번 "어떠한 이유가 있으므로 나는 이렇게 해야지 생각하고 움직이는 건 의지인 거 같고, 그렇지 않고 행동할 때는 오기스럽다는 생각이 들 때가 있는데"라는 말도 앞에 말한 대로 본인의 마음에서 자발적으로 하고자 하는 행동과 그 마음에서 나오는 것이 아닌 것은 하기 싫어집니다. 그러므로 객관적으로 모든 행동을 분별하고 이치에 맞는 행동을 한다는 것은 매우 어려운 것입니다. "머리로만 생각하며 해야지 하면 행(실천)을 하기가 너무 힘든데"라는 것도 머리가 아닌 마음으로 긍정하고 받아들이고 행하는 것이 중요합니다. 본인이 생각으로 확실하게 정립한 것은 행동이 쉽고, 생각으로 정립하지 못한 행동은 어렵게 느껴지는 것이므로 〈생각으로 정립하고-마음으로 받아들이고-행동을 하므로〉 하나의 주기가 완성됩니다.

어떤 것이든 자신이 하는 행동을 이같이 순서대로 정립하고 행동하면 주관이 생기게 됩니다. 이러한 과정을 작고 소소한 것에서부터 확실하게 정립하는 것을 길들이면 점차 마음이 그같이 변하고 이 과정이 마음 법당의 수행법입니다. 사람은 본인의 본성에 따라 자신의 마음에서 일어난 것에 행동은 쉽지만, 그 마음에서 일어난 것이 아닌 것은 하기 싫어하는 것이 보통입니다. 그러나 어떤 것이든 생각으로 확실하게 행동하고자 하는 것을 정립한 다음 마음으로 받아들이고 행동하기는 쉽습니다. 이같이 해야 몸이 수월하게 움직이고 마음에 흔적으로 남지 않습니다.

Ⓠ 문5 철이 없다는 건 다른 사람보다 어떤 사안에 대해 분별하는 무언가가 모자란 건가 생각되는데, 의미가 무엇인지 여쭙고 싶습니다.

Ⓐ 답 생명체의 본질에서 윤회가 아닌 태초의 개념에서 보면 맑은 물방울과 같은 개념으로 다 동등하다고 나는 말했는데, 문제는 윤회를 돌면서 이 물방울이 어떤 환경에서 태어났는가에 따라 각자의 본성은 만들어진다, 형성된다고 나는 말했습니다. 이 개념으로 자연(自然)이라는 것을 보면 큰 나무도 있고, 이름 모를 작은 풀도 존재하므로 이 이치로 인간이라는 것도 이같이 다 제각각입니다. 그러므로 지금의 나라는 존재도 있는 그대로, 형성된 그대로를 이 자연의 이치와 같이 그대로 인정하는 것이 중요합니다.

그런데 질문에 "철이 없다는 건 다른 사람보다 어떤 사안에 대해 분별하는 무언가가 모자란 건가?"라고 이미 자신을 다른 사람에게 비교하여 이야기하는 자체가 아집된 관념이 강하다는 것을 의미합니다. 여기서 남이라는 것은 자신이 생각하기에 자신보다 우월하다는 그 대상을 말하는 것입니다. 자신이 보기에 우월하다는 기준도 자신만의 관점에서 그렇게 보이는 것이지 내가 보는 입장에서 보면 다들 그만그만한 것으로 보이기 때문에 다른 사람을 기준으로 하여 나를 보지 않습니다.

그런데 질문은 다른 사람을 기준으로 자신을 평가하는 것이므로 이것은 매우 잘못된 생각입니다. 그리고 그 의미를 물어봤는데, 의미는 앞서 말한 대로 윤회를 돌면서 어떤 업을 지었는가에 따라 나 자신은 그것에 맞게 존재한다는 것이 정답이고, 남을 기준으로 자신을 대입하는 자체가 나라는 아상(我相)이 그만큼 크다, 나를 있는 그대로 인정하지 않는다는 것이 됩니다. 나는 무수하게 말했는데, 자연을 있는 그대로 보라는 이 말의 깊이를 생각해보면 무슨 말인가를 이해하게 됩니다. 나를 있는 그대로 인정하지 않으므로 '남'이라는 것을 자꾸 대입하여 자신을 비교하게 된다는 이야기입니다. '철이 든다, 있다, 없다'의 개념은 앞서 말한 대로 윤회를 하면서 형성된 본성과 깊은 연관은 있지만, 그렇다고 자신의 신세를 한탄해봐야 의미 없고, 잘못하면 비관론적인 삶이 될 수 있으므로 마음공부 잘못하면 이같이 남과 비교하여 회의감이나 절망감에 빠질 수 있다고 무수하게 이야기했습니다. 그러므로 남이라는 것을 자꾸 대입하여 비교한다는 것은 잘못된 것이고, '자연 속의 나는 이같이 존재하는구나!'라는 것을 인정하고 그 이치에 맞게 사는 것이 나를 알자이며, 나답게 사는 제일 나은 방법이라 할 것입니다.

문제는 보통 사람들은 지금의 나라고 하는 자신을 절대로 인정하지 않고 산다는 것이 문제입니다. 현실적으로 '철이 있다 없다'의 기준은 무엇으로 삼을 수 있는가? 이것도 개개인의 관점이 다 다르기 때문에 한마디로 정의할 수 없고, 개개인의 입장에 맞게 했을 때는 그 사람이 보는 관점에서 철이 들었다고 할지 모르겠지만, 진리적으로 완전하게 철이 들었다고 하는 사람은 존재하지 않는데, 그것은 다들 업이 있어 그 업습의 행을 하기 때문에 그렇고 그 차이만큼 철이라는 것이 들지 않았음을 의미합니다. 그러니 이치에 맞는 행이 아니면 철은 없다, 들지 않았다고 해야 맞고 그 차이만 서로 다를 뿐입니다.

Q 문6 어떤 문제에 대하여 상대와 대화하면서 상대와 나의 관념이 다르다 생각될 때 상대의 관념을 이해해보려는 것이 상대를 이해하는 것인지요?

A 답 상대를 이해하는 것은 결국 '나'라는 관념을 빼고 그 상대가 하는 말이 옳은가 그른가를 봐야 하는데, 문제는 이것이 어렵다는 것이고, 또 다른 의미로 '있는 그대로 상대를 보는 것'이 상대를 이해하는 것이 되지만 이것도 어렵습니다. 이같이 말하면, 그렇다면 상대를 어떻게 이해해야 하는가의 문제가 남는데, 이 경우 상대와 나와 어떤 거래의 관계가 있는가, 거래가 없는 경우, 거래라고 할지라도 금전과 연관이 있는 거래인가, 금전 거래가 없는 단순한 약속인가, 아니면 나와 전혀 연관이 없는 상태에서 상대의 행위를 보고 이해하는 것인가 등등 무수한 상황이 있으므로 질문처럼 상대의 관념을 이해하려고 하는 것으로만 이해한다는 개념은 맞지 않습니다.

그런데 구구단은 9단까지의 개념을 이해하고 어떤 상황에서는 2

단을 응용하고 어떤 상황에서는 9단을 접목하고 할 수 있다면 간단하지만, 이것은 보이는 물질 개념이고 진리는 이같이 정의할 수 없으므로 결국 '이치'라는 것을 알아야만 앞에 말한 대로 그 상황에 맞게 이해할 수 있다 할 것입니다. 그러므로 현실적으로 할 수 있는 것은 어떤 상황에 대하여 역지사지의 입장이 되어 보는 것이고, 이같이 하면 〈이 경우 나라면 어떻게 할 것〉이라는 개념이 생기게 됩니다.

이같이 해봄으로써 그 상대의 관념을 이해할 수는 있을 것이고, 진리적인 이해는 '나'라는 것을 개입시키지 않는 상태에서 중도(中道)의 개념으로 그 상대를 비로소 바르게 이해하게 됩니다. 그런데 우리는 질문처럼 어떤 문제에 대하여 상대와 대화를 하면 상대와 나의 관념이 다르다고 생각이 되고 맞지 않다고 생각이 들 때가 있는데, 이것은 결국 나라는 관념에 맞으면 이해가 되고, 맞지 않으면 그 상대가 잘못된 것이라고 생각하기 때문에 이러한 논리로만 말한다면 한도 끝도 없는 말이 됩니다. 그러므로 '상대의 관념을 이해해보려는 것이 상대를 이해하는 것인가?'라는 말은 맞지 않습니다. 나의 관념으로 그 상대를 이해한다는 논리 자체가 맞지 않는다는 것이고 앞에 말한 여러 가지의 상황 속에 어떤 문제인가에 따라 그 이치가 다르므로 단순 논리로 상대를 이해하고 배려한다는 것은 맞지 않습니다. 현실적으로 그 상황에서 지위고하의 관계, 그 문제에 대한 비중에 따라서 나의 처신을 확실하게 하면서 상대의 마음을 윤리 도덕을 기반으로 역지사지의 입장에서 이해해보려고 하는 것이 최선이라 할 것입니다.

Q 문7 카페 법문과 법답 말씀에 우리는 벌써 가족이 아니고 남이라는 선입견으로 '나'라는 울타리를 치게 되고 그 관념으로 남을 부모처럼 있는 그대로 볼 수 없게 된다는 말씀이 있는데 가족은 긍정의 시선이고 남은 부정의 시선이 아닐까 하는 생각이 들었습니다. 이해가 되지 않는데 어떤 의미인지 궁금합니다.

A 답 가족은 진리적으로 업연의 고리가 있으므로 나 자신이 현실적으로 긍정으로 보는 것이고, 남이라는 것은 가족과 같은 업연의 고리가 약하거나 덜하므로 부정의 시선으로 현실적으로 보는 것은 맞습니다. 이 개념으로 이성을 사귀기 전에는 부정의 시선이지만, 이 마음(진리적인 기운)이 업연으로 작용하면 긍정의 시선으로 현실적으로 바뀝니다. 따라서 내가 말한 "가족이 아니고 남이라는 선입견으로 '나'라는 울타리를 치게 되고 그 관념으로 남을 부모처럼 있는 그대로 볼 수 없게 된다"고 하는 말은 마음의 작용을 이야기한 것인데, 남과 가족이라는 것을 분별하는 것은 나 자신의 업연에 따라(이것은 보이지 않는 기운의 작용-진리이치) 보이는 물질 이치에서 나의 마음이 긍정과 부정의 시선으로 나타나게 되는 것을 의미합니다. 이 개념으로 예를 들면, 법은 좋지만 행동을 그것에 맞게 하지 않는 것은 이 법과 전생에 이치를 보면 전생에도 온전하게 이 법을 마음에 두지 않았음을 의미하는 것이고, 이 법에 맞게 행동하

는 것은 전생에 이 법에 마음을 두고 행도 함께 했음을 의미합니다.

다시 말하면 가족이라는 것은 전생에 자신의 마음과 행동을 함께 했기 때문에 이생에 한집에서 같은 행동을 하며 지내는 것이고, 가족이지만 가족으로 행동만을 같이하고 마음이 가족과 같지 않다면 그것은 몸 따로 마음 따로의 업연으로 맺어진 것입니다. 현실적으로 가족이기는 하지만 몸도 마음도 함께 있지 않다고 하면 그것은 나 자신이 비록 그 집에서 태어났지만, 진리적으로 맺어진 업의 고리가 별로 없음을 의미합니다. 물론 이것이 보편적 이치지만 이것으로 다 정의할 수는 없습니다. 이러한 업의 작용을 이야기하기 위해 나는 "우리는 벌써 가족이 아니고 남이라는 선입견으로 '나'라는 울타리를 치게 되고 그 관념으로 남을 부모처럼 있는 그대로 볼 수 없게 됩니다."라는 말을 한 것인데, 이 말을 풀어서 이야기하려면 무수한 업의 작용을 이야기해야 하므로 여기서는 생략합니다. 앞에 말한 개념을 정립하면 나 자신이 가족과 어떤 업연의 관계에 있는가를 이해할 수 있을 것입니다.

Q 문8 법문 중에서 전생(前生)과 미래가 이 순간에 다 있다고 말씀해주셨습니다. 전생의 행동을 이생에 똑같이 하므로 연기자라고 하셨는데, 전생에 했었던 이치에 어긋나는 행동을 이생에도 의식하지 못하고 똑같이 한다고 이해했습니다. 그래서 이치에 맞는 말을 기준으로 이치에 어긋나는 행동을 안 하거나 고치면서 자신의 운명을 조금씩

바꾸는 것인지요?

Ⓐ 답 궁극적으로는 운명을 바꾸는 것은 맞지만, 정확하게는 마음은 진리적 기운이라고 했으므로 마음을 바꿈으로 나 자신의 주변 기운도 그것에 맞게 변한다고 해야 맞습니다. 나는 삼생(三生)의 이치가 이생에 다 있다고 이야기했고, 살아 있으므로 우리는 이생이라고 할 뿐이지 몸만 없으면 전생이 될 수 있고, 다음 생이 될 수 있습니다. 이 개념으로 '전생과 미래가 이 순간에 다 있다'고 말했는데, 예를 들어 어떤 사람이 죽었다 할 때 마음만 남을 것이고, 그 마음은 다음 생 그 사람의 참나가 되고, 그 참나의 이치대로 살아갈 것입니다. 수차 한 말이지만 진리의 기운이라는 것은 오감이 없이 그 자리에 항상 존재하고, 몸만 있고 없고의 차이만 다르다고 말한 것을 잘 이해하면 운명(마음)이라는 것을 왜 바꾸어야 하는가를 이해하게 됩니다. 따라서 지금 보이는 현실에서 전생의 행동을 이생에 똑같이 한다는 것이 무엇인가를 이해하게 될 것입니다.

전생에 내가 어떻게 했는가에 따라 이생에 연기자(배우)가 되어 있을 뿐이므로 그 중심에는 마음이라는 바탕이 자리하고 있고 우리가 이같이 내 마음이라는 것을 알지 못해서 그렇지 실제 각자 전생 이치의 행동을 대부분은 그대로 하고 삽니다. 등잔 밑이 어둡다는 개념은 "전생에 했었던 이치에 어긋나는 행동을 이생에도 의식하지 못하고 똑같이 한다"고 이해하면 되겠지요. 따라서 질문에 "이치에 맞는 말을 기준으로 이치에 어긋나는 행동을 안 하거나 고치면서 자신의 운명을 조금씩 바꾸는 것"은 맞습니다만, 스스로 기준을 잡을 수 없으므로 이치에 맞는 것이 무엇인가를 자신의 일거수일투족에 대입하고 항상 '생각-마음-행동'으로 결론을 지어가는 삶을 살면 마음이 바뀌게 됩니다.

이 법당을 알기 전과 알고 난 이후에 자신의 마음 변화를 보면 마음이 바뀌는 것이 뭔가를 이해하게 됩니다. 결국, 마음이 어떻게 바뀌는가에 따라 세상을 바라보는 마음이 바뀌게 됨을 알 수 있을 것이고, 이에 맞게 나의 행동은 변하게 되어 있습니다. 미꾸라지는 용이 되지 않고 온전한 미꾸라지가 될 뿐이므로 '나'라는 존재가 모양만 미꾸라지인가, 아니면 100의 온전한 미꾸라지인가의 차이만 존재하므로 인간이라고 해서 다 같은 인간은 아니라는 개념을 정립해야 할 것입니다. 이 말은 진리적 기운인 마음이 다 다르므로 그 마음을 바탕으로 보이는 모양은 다 비슷한 인간의 모습이지만 진리적으로는 마음이 다르기 때문에 다 같은 인간은 아니라고 해야 맞는 말이 됩니다.

Q 문9 육신이 없는 상태의 마음은 무의식으로 존재한다고 하셨습니다. 업연이 있는 무의식의 기운은 업연의 때가 오면 육신을 가진 생명체에 그 기운 작용을 하는데 업연이 없는 무의식의 기운은 육신을 가진 생명체에 어떻게 영향을 주는지 궁금합니다.

Ⓐ 답 이 개념을 이해하기 위해 태양의 개념을 진리적으로 이해하면 쉽습니다. 죽으면 육신이 없으므로 의식은 없고 무의식으로 남는데, 이같이 남게 되는 무의식의 기운은 업연의 관계가 있으면 그 업연의 상대에게 참나로 작용을 합니다. 이 경우 대부분 좋지 않은 기운의 작용이 됩니다. 이러한 업연의 고리로 인해 나에게 해를 준 상대에게 그 앙갚음을 하는 것이 대부분의 빙의 작용입니다. 문제는 질문처럼 육신이 없는 상태의 마음은 무의식으로 존재하지만, 업연이 없는 관계에서 무의식의 기운이 육신을 가진 생명체(인간)에게 어떻게 영향을 줄 수 있고 또 주는가인데, 바로 이것이 '진리 이치'의 핵심입니다.

이 부분에 대하여 나는 현실적으로 다음과 같은 말을 비유하여 이야기한 적이 있습니다. 대통령이 어디를 간다고 하면 그에 맞는 사람들이 대통령이 목적하는 곳에 가도록 길을 만들어 주고 제각각 역할을 수행하게 되는 것과 똑같은 개념입니다. 진리도 진리 이치를 깨달은 자의 마음에 따라 무의식으로 존재하지만, 이치를 알고 해탈한 무의식의 기운은 이 개념으로 업연으로 아무런 관계가 없지만, 진리적으로 필요 때문에 그 몸을 이용할 수는 있고, 이 경우 몸을 빌려준 사람은 자신의 참나가 아니라, 바뀐 참나로 진리 이치에 맞게 살아갑니다. 이것은 진리적으로 선한 일을 짓는 행위가 되므로 이 사람은 다음 생에, 혹은 이생에 자신의 삶은 이치에 맞게 바뀌게 됩니다.

따라서 참나의 바뀜이라는 것은 업연에 의하여 빙의 개념으로 바뀌는가, 아니면 앞에 말한 대로 진리 이치에 맞게 바뀌는가의 차이만 다릅니다. 또 하나는 자신의 참나가 바뀌었다고 해도 영구적으로 바뀌는 일도 있고, 아닌 경우도 있으므로 이것을 결정하는 것은 육신이 있으므로 '의식'이라는 것이 있는 각자가 스스로 알아서 의식을 바르게 세우고 사는 수밖에는 별도리 없습니다. 거꾸로 이야기하면 참나가 바뀌었다고 안이한 생각을 한다면 착각입니다. 그래서 인간은 죽을 때까지 의식을 잃지 않고 깨어 있어야 하는 이유가 바로 여기에 있습니다.

질문처럼 "육신이 없는 상태의 마음은 무의식으로 존재한다"는 것은 맞고, 이 무의식의 기운은 업연의 때가 오면 육신을 가진 생명체에 그 기운 작용을 하는데, 이때 앞에 말한 대로 어떤 기운 작용인가는 다 다릅니다. 따라서 업연이 없는 무의식의 기운은 육신을 가진 생명체에 어떻게 영향을 주는지에 대한 답은 〈참나의 기운 작용으로 영향을 준다〉입니다. 지금 나의 참나가 있는 상태라도 나의 의식이 흐려지면 이같이 어떠한 기운이던 작용을 할 수 있고, 내 참나가 떠나고 나면 그 자리를 진리 이치에 맞게 혹은 자신의 업에 따른 참나의 작용으로 다른 무의식의 기운이 작용할 수도 있는데, 이것은 개개인의 업에 따라 다 다르게 작용합니다.

질문10 얼마 전에 회식이 있었습니다. 저는 술을 안 마셔서 사이다를 마셨습니다. 집으로 오는 길에 어떤 분이 “회식 때 술을 같이 마시면서 즐기는 것도 좋은 것 아니냐?”라고 했습니다. 저는 “술을 마시고 마시지 않고 하는 것은 개인적인 취향이라고 생각한다”고 대답했는데 가만히 생각해보니 회식이면 그 자리에 맞게 술을 같이 마셔야 하는 것 아닌가 하는 생각이 들었습니다. 어떤 기준으로 판단해야 하는 게 맞는지 질문 드립니다.

A 답 “술을 마시고 마시지 않고 하는 것은 개인적인 취향이다”라고 하는 것은 맞습니다. 문제는 개인적인 취향이기는 하지만 자신이 사회생활을 하는 처지라면 그 상황에 맞는 적당한 행동을 해주는 것은 맞습니다. 예를 들어 자신이 근무하는 회사 내에서 하는 회식이라면 직장과 연관이 있으므로 ‘술을 마시고 마시지 않고 하는 것은 개인적인 취향이다’라고만 해서 그 분위기에 따라주지 않으면 직장생활에 영향이 있을 수 있습니다. 어차피 세상은 상(相)의 논리를 무시하고 살 수는 없기 때문입니다. 그래서 ‘술을 마시고 마시지 않고 하는 것은 개인적인 취향이다’라고 말한 것은 맞지만, 이 말을 했다고 그 분위기를 따르지 않는 것과 이같이 자기 뜻을 분명하게 전달하고 어느 정도 따르는 것은 다릅니다.

이러한 표현조차 하지 않고 회사 생활이므로 부어라 마셔라 한다면 의식 없는 행동이 되지만, 이러한 말을 하고 적당한 분위기를 타는 것도 회사 생활에 도움은 됩니다. 질문에 어떤 기준으로 판단해야 하는가는 단답형으로 정의할 수는 없고, 큰 틀에서는 일단 회사의 흐름에 맞추는 것이 중요하고, 사회생활을 해야 하니 직장과 연관없는 곳에서도 이같이 '적당한 흐름'이라고 단편적으로 판단하고 직장의 개념과 똑같이 생각하면 안 되므로 이 차이를 이해하면 될 것입니다. 결국은 술이라는 것은 마시지 않는 것이 좋지만, 직장생활을 하는 처지이므로 직장에서의 흐름이 따로 있고, 직장이 아닌 사회의 논리 또한 있으므로 이 두 가지를 분별하여 처신하면 질문의 판단에 기준은 될 것입니다. 원칙은 마시지 않는 것이며, 마신다고 해도 그에 맞게 적절한 기준은 내가 말한 것을 스스로 정립하면서 자신이 판단해야 할 부분입니다.

Q 문11 이사를 앞두고 중고 가구점에서 물건을 알아보는 중에, 법문 말씀에서 누군가 특정한 물건에 애착을 두고 죽으면 그 물건에 죽은 이의 기운 작용이 있을 수 있다는 말씀이 생각났습니다. 기운의 작용이란 것에 대해 알아가면서 그런 것에 끄달릴 필요가 없구나 하게 되는데 그렇다고 아무것이나 가져다 놓는가 하는 생각을 하게 됩니다. 현실에서 이런 경우에는 어떻게 행동해야 하는 것인지요?

A 답 사람은 어떤 것에 마음을 두고 죽는 것이기 때문에 비단 물건뿐 아니라 집, 사람, 사물, 자연 등 일체의 것에 마음을 남기고 죽습니다. 결론부터 말하면 아무런 마음에 흔적을 남기지 않고 죽는 것이 최선이지만 우리가 궁극적으로 가야 하는 길임에는 분명하다 할 것입니다. 그런데 나는 남이 쓰던 물건을 될 수 있는

대로 사용하지 말라고 했는데, 이것은 무조건 사용하면 안 된다고 이야기하는 것이 아니라 그것을 사용하고자 하는 사람이 먼저 무심(無心)의 마음이 되어야 한다는 것을 말하는 것입니다. 그런데 하나의 물건에 대하여 마음을 끄달리게 되면 그 끄달림은 자신의 마음에 흔적으로 남고, 이 개념으로 그 물건을 전에 사용했던 사람도 그 물건에 마음의 흔적이 남아 있을 수 있으므로 내가 무심의 마음이 되지 않고 가져오면 그 사람의 마음과 충돌이 있을 수 있기 때문에 이러한 마음의 작용을 이해하고 그 물건은 물건으로만 생각하고 그 이상도 이하도 마음에 두지 말라는 뜻으로 남의 물건 함부로 가져오지 말라고 이야기한 것입니다.

이 개념을 확장해 보면 지금 개개인의 가족이라는 인연도 이 마음에 흔적으로 만난 것이고, 각자 마음의 흔적이라는 개념은 똑같습니다. 그러니 몸을 가지고 사는 인간의 처지에서 이같이 보이지 않는 마음을 단속하고 만들어가고 이치에 맞게 챙기며 산다는 것은 아무것도 아닌 것 같지만, 매우 어렵습니다. 결국 이 흔적이 어떤 것인가에 따라 나 자신의 마음은 그 이치대로 태어나고 지금 각자의 마음은 이같이 만들어져 있다 할 것입니다. 그리고 전생에 그 흔적의 유통 기한이 이생에서 다하면, 우리는 각자가 만든 그 흔적으로 연기자(배우)의 길을 또다시 시작하게 되는 것이 윤회의 정석입니다. 이런 이치를 알지 못하고 (여기서 알지 못한다는 것은 온전히 행으로 하지 못함을 의미하고 생각으로만 끝나는 것을 의미함) 자신의 마음을 여기저기 흘려 흔적으로 남기지 말라는 뜻으로 남이 쓰다 만 물건 함부로 가져오지 말라고 말한 것입니다. 그 물건에는 그 사람의 마음의 흔적이 남아 있을 수 있어서 그렇습니다. 직설적으로 말하면 그 물건에 아무런 마음을 남기지 않는 무심(無心)의 마음이 되어야(이 말은 내 마음을 스스로 다스릴 수 있는 사람은 어떤 것에도 흔적을 남기지 않는다는 것을 말함)만 자유자재로 어떤 것이든 사용할 수 있음을 이야기한 것이나 현실적으로 쓸 만한 것은 가져다 사용할 수는 있을 것이므로 이러한 이치를 알고 사용해도 하라는 뜻입니다.

Q 문12 지구의 윤회를 증명하는 것 중에 산꼭대기의 바다 생명체 화석 등을 예를 들어 말씀하신 것을 보았습니다. 무시무종으로 윤회하는 지구에서 과거 어느 때인가 지구가 멸했을 때 당시 인간들이 만들어 놓은 물건들(지금의 자동차, 선박 인공물 등)도 산꼭대기 바다 생명체 화석처럼 무언가 그 흔적이 나타나야 하는 것이 아닌가 궁금해집니다.

A 답 대기 속에 존재하는 것은 풍화작용 때문에 시간이 가면 그 모습은 변하게 되어 있고, 지구 윤회 과정에 질문과 같은 인공물은 다 녹아서 없어질 것입니다. 그러면 인공물이 화석화라도 되어서 남아 있어야 하지 않는가 하고 생각할 수 있을 것이나 지구의 모든 인공물이 전부 화석이 되지는 않는데, 그 이유는 지구가 지각 변동을 할 때 화석화되는 조건이 맞아야만 화석이 되는 것이므로 모두가 화석화된다는 논리도 맞지 않을 것입니다. 화산이 폭발하여 지구가 뒤죽박죽된다고 해도 화석이 되는 여러 가지의 조건이

맞아야 한다는 것입니다.

이 과정에 인간이 만든 인공물이라는 것은, 노출된 것은 그 형체가 전부 자연의 풍화작용으로 없어질 것이고, 화석화될 수 없는 인공물은 생명체의 뼈와 같이 특수한 물질이 아니므로 물질의 차이에 따라 화석화가 될 수 없습니다. 또 하나는 지구의 윤회라는 시간은 그야말로 영겁의 시간이고, 환산할 수 없는 시간이 지나야 하는 것이므로 인간이 상상할 수 있는 시간 단위의 개념으로 논할 수는 없습니다. 내가 쉽게 지구는 1~5번 윤회를 한다고 하나 이것은 상상할 수 없는 시간이므로 이 과정에 풍화작용으로 없어질 것입니다. 화석화될 수 없는 이유는 인공물과 자연물의 특성의 차이가 있기 때문이고 특성의 차이라고 해도 그 조건이 맞아야 화석화가 될 것입니다.

Q 문13 업장(빙의)이 없는 사람인 경우라도 참나의 기운이 단절되고 육신의 기운만 있는 경우 떠도는 다른 사람 참나(빙의)가 육신의 기운만 남아있는 그 사람의 몸을 이용해서 살아갈 수 있는 것인지요?

A 답 결론부터 말하면 "있다"입니다. 문제는 일반적으로는 극히 드문 일이기는 하지만, 보통은 자신의 참나가 떠났다고 하면 죽음의 시작을 알리는 일이 됩니다. 만약 이 법이라는 것을 모르고 산 상태라면 각자의 업에 따라 각자가 정해진 그 기운의 흐름대

로 갈 수밖에는 없는 것이 보편적 개념이고, 질문에 '빙의가 없다면' 이라는 것은 이러한 진리적 기운인 '마음'이라는 것을 알았을 때만 알 수 있고, 이것은 마음 법당이 아닌 일반적으로 할 수 있는 말은 아닙니다. 그래서 이 마음 법당의 법은 특별하고 존귀한 법이라고 말할 수 있는데, 이러한 이치를 알므로 이 법을 믿고 의지하는 처지에서 각자의 본성을 알 수 있습니다. 이 법이 아닌 밖에서 이같이 빙의가 있다 없다를 논한다는 것 자체는 아무런 의미가 없다 할 것입니다.

그러므로 질문에 '업장(빙의)이 없는 사람인 경우'는 이 법의 개념을 이해했을 경우에만 해당하고, 일반적 개념으로 이것 자체를 이해하지 못하므로 의미가 없다고 말한 것인데, 이 개념으로 일반 사람들을 보면 실제 빙의가 그 사람의 참나의 행세를 하고 있음에도 그 당사자는 자신의 '나'라고만 인식하고 사는 부분은 매우 안타깝다 할 것입니다. 이러한 부분은 그 사람의 참나의 이치(진리적 기운)를 보면 알 수 있고, 그 사람이 행동하는 것(물질이치)을 보면 쉽게 알 수 있습니다. 문제는 이 같은 이치를 알고 말하는 것이 2600년 전 화현의 부처님 법이 단절되고 난 이후에는 없었다는 것입니다. 긴 세월 동안 우리는 일반적 사상으로 만들어진 말을 들을 수밖에는 없었으므로 이 부분은 매우 안타까운 일이라고 나는 말하고 있는 것입니다.

바로 이 같은 것을 뺏어가기 위해 진리적, 역사적으로 무수한 사건들이 일어나게 됩니다. 따라서 참나의 기운이 떠났다는 것은 이미 죽음의 시작이라 할 수 있고, 참나의 기운이 떠나고 육신의 기운만 있는 경우에 얼마든지 떠도는 다른 사람 참나(빙의)가 육신의 기운만 남아있는 그 사람의 몸을 이용해서 살아갈 수 있다는 것입니다. 다만 이치에 맞게 바뀌는가 아닌가의 차이만 다릅니다. 진리 이치를 모르는 일반 사람들은 참나의 기운이 바뀌어도 '나'라고(육신이 있으므로 이 기운인 의식으로 관념화되어버린 나만을 의식하기 때문에) 인식하고 살뿐입니다. 하지만 이 법 안에서의 참나의 바뀜은 대부분 이치를 아는 해탈한 사람의 참나로 바뀌게 되므로 이치에서 벗어난 행위를 그것에 맞게 하지 않지만, 일반적인 참나의 바뀜은 이치에 맞지 않는 일반 사람들의 참나의 기운으로 바뀐다는 점이 다릅니다.

Q 문14 〈자신의 본성을 스스로 아는 법〉 법문 말씀을 보면 "마음공부라는 것은 자신의 본성을 드러내고 이치에 맞지 않는 그 본성을 이치에 맞게 바꾸어가는 것이고, 그 본성을 드러내게 되는 과정을 수행이라고 한다"고 하셨는데요, 이 말씀 중에 본성을 드러내게 한다는 것이 어떤 뜻인지 궁금합니다.

A 답 나는 이 세상에 존재하는 인간은 다 각자의 본성대로 산다고 말했습니다. 다만, 이것을 스스로 모를 뿐이라고 했습니다. 이것은 마치 눈 위에 붙어 있는 눈썹과 같은 것으로 내 앞의 얼굴에 분명하게 있지만 내 눈으로 볼 수 없는 것과 같은 이치라 할

것입니다. 바꾸어 이야기하면 각자의 본성의 행을 하지 않는다면, 여러분의 행동은 지금 무엇의 행동을 하고 있는가입니다. 따라서 내가 말한 "마음공부라는 것은 자신의 본성을 드러내고 이치에 맞지 않는 그 본성을 이치에 맞게 바꾸어가는 것이고, 그 본성을 드러내게 되는 과정을 수행이라고 한다"는 말은 스스로 자신의 본성을 아는 것을 깨달음이라고 했고, 이것은 내 마음이라는 것을 이치에 맞게 바꾸어감으로 자신의 본성이라는 것이 뭔가를 아는 것을 말합니다.

눈 위에 눈썹은 스스로 보지 못하지만, 거울이 있으므로 비로소 자신의 눈썹을 보게 됩니다. 이것은 물론 물질의 개념인데, 진리적으로 마음은 보이지 않으므로 이같이 볼 수는 없습니다. 그러나 현재 내 마음이라고 한 그 마음으로 지금 각자의 환경이 만들어졌으므로 객관적으로 자신의 현재의 모습을 보면 그것이 가장 합리적인 인생을 살았다고 말할 수는 없을 것입니다. 이같이 말하면 각자의 관점에서 합리적이라 생각한다면 할 말은 없지만, 냉정하게 보면 뭔가 모순된 것이 있음을 알 것입니다. 만약 모순된 것이 없다면, 업이 없다는 말이 되기 때문에 이것도 맞지 않습니다. 결국, 업이 있어 존재하고 그 업이 있다면 모순된 것은 두말할 나위 없이 있다는 뜻입니다. 따라서 업이 있으므로 존재한다면 나 자신의 본성도 현재 드러난 것이라는 뜻인데, 이것을 스스로 모르기 때문에 반드시 〈이치에 맞는 말〉이 기준이 되고 그 말을 거울삼아 자신의 마음을 비쳐 봐야 하므로 반드시 인간의 몸으로 기준이 되는 '진리 이치'를 말해야만 여러분이 그 말을 알아들을 수 있습니다.

그러니 이같이 하지 않고 누구처럼 보이지 않는 진리의 세계에서 무슨 말을 직접 들었다고 하는 개념은 성립될 수 없습니다. 그 이유는 진리의 세계는 무의식의 세계이기 때문에 무엇이 들렸다, 있다고 믿는 그 자체는 논리적으로 맞지 않습니다. 따라서 내가 말한 것은 자신이 눈썹을 달고 있지만 스스로 보지 못하는 것과 같이 자신의 본성을 다 드러내고 그것을 점검받아야 한다는 개념으로 이야기한 것입니다. 스스로 체득하지 못하면서 객관적으로 내가 지적을 해주면 여러분은 자신이 체득하지 못했으므로 대부분은 다 내 말을 부정하기 때문입니다. 이것이 현실적인 괴리감인데, 그래서 나는 여러분의 마음이 열린 만큼만 그것에 맞게 말해줄 수밖에는 없다는 말을 한 것입니다.

자신 스스로 자신의 마음을 열어야만 자신의 본성을 느러낼 수 있는데, 그것은 이 법의 근본을 마음으로 인정해야만 가능한 것입니다. 자신이 이 법을 인정하지 않는데 자신에게 어떤 말을 해주면 받아들일 수 있을까요? 받아들이지 못합니다. 이 법과 현실적으로 하나가 되지 않으면 나라는 것을 그대로 둔다는 의미가 되고, 뭔가를 끌어들여 자기 합리화를 하는 것이 보통입니다. 그러므로 "마음공부라는 것은 자신의 본성을 드러내고 이치에 맞지 않는 그 본성을 이치에 맞게 바꾸어가는 것이고, 그 본성을 드러내게 되는 과정을 수행이라고 한다"는 말은 우선 이 법을 마음에 두고 자신을 위해 자신 스스로 자신의 본성을 모르기 때문에 그 이치를 아는 자가 한마디를 해주면 그것에 수긍하고, 자신의 마음을 이 말에 대조하여서 하심(下心)하고 따르는 것이 우선입니다.

자신의 마음을 이 법에 온전하게 주어야만 자신의 본성이 뭔가를 체득하게 되는 개념으로 나는 "마음공부라는 것은 자신의 본성을 드러내고 이치에 맞지 않는 그 본성을 이치에 맞게 바꾸어가는 것이고, 그 본성을 드러내게 되는 과정을 수행이라고 한다"고 한 것입니다. 그런데 우리는 과연 어떤 수행을 하고 있습니까? 대부분은 '나'라는 것을 그대로 두고 있으므로(이것은 법당과의 거리를 말함) 내가 말한 수행을 하지 않고 있다 할 것입니다. 쉽게 이 개념을 이해하기 위해 예를 들면 자신이 다른 이성과 사귈 때 그 사람의 본성을 알기 위해 자신이 그 사람에게 어떻게 하는가를 대조해보면 내 말이 이해될 것입니다.

Q 문15 "마음이 통한다. 마음이 맞는다는 것은 업의 이치가 같으므로 업연의 관계에서 나라는 의식이 그렇게 느끼는 것뿐이다. 상대와의 업의 연결 고리가 같다"고 하셨습니다. 위 말씀 중에 '업의 이치가 같다'는 것과 '업의 연결고리가 같다'는 뜻의 정확한 의미가 궁금합니다.

A 답 육지의 항구에서 섬으로 들어가는 배를 보면, 사람

도 타고 자동차도 싣고 갑니다. 그 자동차 속에는 또 사람이 타고 있기도 한데, 그 배는 어떤 목적지를 두고 갑니다. '나'라는 것이 이 같은 배라고 하고, 내 배는 내가 도착해야 하는 어떤 목적지를 두고 간다고 가정하면, 나라고 하는 그 배에는 이처럼 여러 가지 인연(사람들)들이 있을 것입니다. 이러한 개념으로 보면 '마음이 통한다, 마음이 맞는다'는 것은 한배를 타고 있는 사람들을 이야기한 것이고, 이같이 한배를 타고 있지만, 그중에 자신과 마음이 맞는 사람은 그 배의 선장실에서 함께 그 배를 운전하게 되는 것과 같습니다.

포괄적으로 나라고 하는 배는 내 인생의 목적지를 향해가지만, 내가 이끄는 그 배 속에는 나와 인연이 된 다양한 사람들이 함께할 것이고, 이것은 '업의 이치가 같다'는 개념입니다. 이 중에 '업의 연결고리가 같다'는 사람과는 그 배를 이끄는 선장실에(가족의 개념) 함께 할 것입니다. 따라서 '업의 이치가 같다'는 것은 이치가 서로 같다고 말은 할 수 있지만(한배를 탈 수 있지만) 가족이 될 수 없고, '업의 연결고리가 같다'고 해야만 가족이 될 수 있다는 뜻입니다.

'업의 이치가 같다'는 것과 '업의 연결고리가 같다'고 해야만 그것에 맞게 마음이 통하고 맞으므로 내 인생에 있어 같은 방향으로(목적지) 가는 배 속에는 함께하지만, 결국 '업의 연결고리가 같다'고 해야만 가족이 됩니다. 그러므로 한 가족에 부부가 되어 있는 것은 '업의 이치가 같다'는 것과 '업의 연결고리가 같다'는 것이고, 그 이하 자식 등은 '업의 이치가 같다'는 것이고, 사회적으로 가깝게 지내는 사람도 자식 다음으로 '업의 이치가 같다'는 개념이 됩니다.

'업의 이치가 같다'는 것은 나와 직접적인 관계에서 조금 벗어난 것이라고 하면 '업의 연결고리가 같다'는 것은 나와 직접 관련이 있다는 개념입니다. 한 반의 학생이 있다면 이것은 '업의 이치'가 같은 개념이고, 이 중에 '업의 고리'가 같으면 그 학생과 가족을 이루게 되는 개념으로 한 말입니다. 따라서 포괄적으로 업으로만 보면 한 반에 있으므로 나의 업과 연관은 있지만, 세부적으로는 나와 직접 고리가 있고 없고 그 차이만 다릅니다. 비슷한 나사못이 수없이 있다면 이것은 업의 이치가 같은 개념이고, 이 중에 업의 고리가 같은 것끼리 하나의 나사로 짝을 맞추어 쓸 수 있는 것과 같은 개념입니다.

결국 불교에서 말하는 '업이 있으므로 존재한다'는 개념은 이 지구상에 있는 생명의 포괄적인 개념, 막연한 말이라면 내가 하는 말은 어떤 업의 고리가 있으므로 가족으로 만나게 되는가를 이야기하므로 불교의 상위법을 말하고 있다는 의미가 됩니다.

Ⓠ 문16 법사님 잠언 중에 "어떤 상황에서 자신이 현실적으로 불리하다고 해도 그것이 이치에 맞으면 비굴해져야만 한다"고 말씀하셨습니다. 이치에 맞는다고 생각되면 본인의 마음과 다르지만 받아들이려고 애쓰는 것은 이해가 됩니다만 "비굴해져야만 한다"고 말씀하

셨는데요, 비굴을 사전에서 보면 '용기나 줏대가 없이 남에게 굽히기 쉬움'이라고 적혀있는데 여기에서 '비굴'의 의미를 알고 싶습니다.

Ⓐ 답 자신이 어떤 잘못을 했을 때 불리하다고 하면 보통 사람은 궁색하게 두리뭉실하게, 어물쩍 그 잘못한 것, 불리한 것을 넘길 것입니다. 그런데 100% 그것을 마음으로 긍정, 인정해버리고 "그래 내가 진정으로 잘못했다"고 마음으로 정립하고, 인정하는 사람 거의 없습니다. 입으로는 그 상황에 잘못했다고 말은 하겠지만, 그것을 마음으로 온전하게 하지는 않는다는 뜻입니다. 나는 법회 때 "내가 잘못한 것이 있는 상황이라면 나는 무릎이라도 꿇는다"는 말을 가끔 했습니다. 이 말은 남들이 볼 때 '그 정도로 뭘 그렇게까지 하나'라고 말할 수 있을 것인데, 남의 눈에는 비굴한 행동으로 보일 것이나 이러한 마음 자세를 가져야 한다는 의미에서 비굴해져야 한다는 것입니다.

다시 말하면 어떤 상황에서 잘못이라는 것을 했다고 하면, 그것에 맞게 자신의 잘못을 표현하는 것은 당연합니다. 예를 들면 길을 가다 남의 발등을 밟은 상황과 사람을 죽인 상황은 그 잘못의 크기가 다를 것이므로 그 상황에 맞게 자신의 잘못을 표현하는 것이 맞을 것입니다. 그러면 내가 생각하기에 이 정도의 잘못에는 이 정도만 하면 된다고 생각할 것이나 상대가 원하는 것은 그 이상 잘못되었다는 표현을 요구할 것이고, 이 과정에 그 잘못의 표현은 내가 생각할 때는 맞고, 상대가 생각할 때는 맞지 않습니다. 그러므로 어떤 잘못을 했든지 최대한 나 자신이 할 수 있는 잘못의 표현을 하라는 뜻이고, 이 과정에서 나의 관념상 '이 정도면 된다, 적당하다'는 그 생각의 표현을 넘어서서 표현한다는 것이 자존심이 상할 것입니다. 그러나 내가 하는 말은 이 상황에서 잘못이 크든 작든 최대한 자신의 행동을 온전하게 표현하라는 뜻입니다.

예를 들어 내가 1을 잘못했으므로 1만의 표현을 하라는 것이 아니라, 1의 잘못이지만 나는 100의 표현으로 내가 할 수 있는 한 잘못을 표현하므로 이 과정에 자신은 비굴하다는 생각이 들 것이기 때문에, 바로 이 개념으로 "어떤 상황에서 자신이 현실적으로 불리하다고 해도 그것이 이치에 맞으면 비굴해져야만 한다, 최대한 자신이 표현해야 한다"는 말을 한 것입니다. 그 잘못을 초과한 것을 자신이 하면 비굴하다는 생각을 할 것이고, 사전대로 줏대가 없다고 할지 모르겠지만 잘못된 것이고, 상의 논리에서 초과한 사과는 줏대가 없을지 모르겠지만, 진리적으로 의미 없고, 1의 잘못에 대하여 나 자신은 항상 100으로 잘못을 표현할 수 있어야 한다는 것을 이야기한 것입니다.

그런데 현실은 1의 잘못은 1만큼만 하고 초과하는 것은 줏대가 없다 할 것이나 잘못된 것이고, 이것은 나라는 상이 살아있다는 것을 의미하기 때문에 그렇게 표현하는 것에 불과합니다. 상이 살아 있으면 어떤 현상이 생기는가 하면, '내가 1의 잘못은 했다. 그리고 나는 그 1에 맞게 사과를 했다. 그런데 너는 2의 사과를 요구하기 때문에 그것은 맞지 않는다'는 반발을 하게 될 것이고, 이제는 역으로 그 상대를 다그칠 것입니다. 그러므로 비굴해지라는 뜻은 나 자신이 이같이 비굴해지지 않으면 상이 내려가지 않으므로 끝까지 나의 잘못을 마음으로 인정하고, 그것에 대하여 1에는 1이 아니라, 1이라도 100의 마음으로 온전하게 비굴해져야만 상이 내려가게 되어 있다는 뜻입니다.

이것이 바로 나라는 상을 낮추는 하심(下心)하는 개념인데, 과연 우리는 크고 작은 나의 잘못에 대하여 얼마만큼의 마음으로 잘못을 인정하는가를 되돌아보면 이같이 나라는 상의 칼날이 다 살아있음을 알게 될 것입니다. 마음의 밑바닥에서 우러나오는 사과를 해야 하고 그 과정에 뜨거운 눈물을 흘리게 되는 것이고, 이 과정에 자신의 자존심은 내려가게 됩니다. 그러나 나라는 상이 있으면 그 마음에 비굴함이 남아 있게 된다는 뜻입니다. 1의 잘못을 했다고 생각하는 관점은 내 관념의 생각일 뿐이고, 그 기준으로 이 정도의 잘못을 했다는 기준을 세우고 있으므로 나는 이 정도면 된다는 뜻인데, 이같이 생각하는 것은 나라는 상의 기준이 되기 때문에 이 기준을 없애는 것은 그같이 생각하는 마음을 버려야 하기에 비굴해져야 한다는 말을 한 것입니다. 1의 잘못이라는 것은 없기 때문에 그렇고, 이 기준은 나의 관념이기 때문입니다.

Q 문17 빙의라는 것이 무의식을 통해서 생명체에 영향을 줄

수 있다고 알고 있는데 죽어서 생명체로 윤회하기 전의 모든 참나들은 빙의로 생명체에 영향을 줄 수 있는지요?

Ⓐ 답 결론은 "있다"입니다. 나는 지구 대기권 이내에만 생명체가 존재한다고 말했고 이것을 '자연'이라고 한다고도 했습니다. 이 말은 자연은 무의식의 기운(비물질)으로 존재하고, 보이는 생명체는 살아 있으므로 '의식'의 개념(물질)으로 존재하기 때문에 생명체가 의식이 있다는 것은 이 무의식(비물질)이라는 것이 근본적으로 있고, 그 이치, 섭리에 따라 존재하므로 빙의는 자연 속에 존재하는 비물질의 '무의식'의 개념으로 존재합니다. 그러므로 이 자연 속에는 무수한 생명체가 무시무종으로 존재하기 때문에, 내가 어떤 의식을 하고 있는가에 따라 이같이 무수하게 존재하는 무의식의 기운은 나에게 영향을 줄 수 있습니다.

이것이 바로 빙의의 개념입니다. 예를 들면 나의 의식은 이치에 맞게 생각하는 것이 1%이라고 가정하면, 이때 99%는 다른 무의식의 기운이 그것에 맞게 영향을 준다는 것이고, 이 99% 중에는 내가 지은 자업자득, 인과응보의 이치에 따라 내 업을 받는 일도 있지만 진리 속에 존재하는 그 어떠한 무의식(윤회에 들지 못한 기운-마음)도 또한 나에게 영향을 줄 수 있습니다. 그래서 내가 어떤 의식을 하고 있는가에 따라 얼마든지 자연(진리의 기운)의 영향을 받을 수 있습니다.

이것은 마치 벌집을 생각해보면 쉽게 이해가 되는데, 벌집의 구멍이 100개가 있다고 할 경우, 이 구멍을 나의 의식이라고 본다면 이치에 맞는 마음으로 100개의 구멍이 채워져 있으면 어떤 벌(무의식 속에 기운들)도 들어 올 수 없을 것이나, 1개의 의식만 채워져 있다면 나머지 99개의 구멍은 날아다니는 무수한 벌이 들어 올 수 있는 이치와 똑같습니다. 그러므로 중요한 것은 이것이 내 의식이고 저것이 무의식이라고 하는 논리를 생각하는 것은 어리석은 것이며, 내가 이 찰나(현재)에 어떤 의식을 하고 있는가는 매우 중요합니다.

다시 예를 들면 자신에게 일어나는 일이 100개라고 하면, 이 중에 한 개만 이치에 맞게 처리했다면, 나머지 99개는 자신의 업, 업습, 본성에 의해서 작용하는 무의식이 영향을 주게 됩니다. 이것이 내가 말한 "빙의라는 것이 무의식을 통해서 생명체에 영향을 줄 수 있다"는 것입니다. 질문과 같이 "죽어서 생명체로 윤회하기 전의 모든 참나들은 빙의로 생명체에 영향을 줄 수 있는가?"의 답은 "줄 수 있다"입니다. 이 경우라도 내가 지은 나의 빙의가 영향을 줄 수도 있고, 진리(자연) 속에 존재하는 인간은 앞에 벌집 개념으로 얼마든지 다른 기운이 나에게 영향을 줄 수도 있는데, 그것은 바로 나의 의식에 달려 있습니다. 그러므로 빙의가 문제가 아니라 나의 의식이 우선 깨어 있어야 하는 이유가 여기에 있습니다.

Q 문18 윤회에 든 참나와 들지 못하고 빙의로 떠도는 참나가

있다고 말씀 주셨는데 윤회에 들고 안 들고는 참나가 스스로 결정하는 것인지요?

A 답 진리 이치를 보면 모든 것은 자업자득 인과응보의 이치에 따르기 때문에, 윤회에 든 '참나'는 다른 인간(생명체)에게 어떤 영향도 주지 않습니다. 따라서 참나 자체가 윤회에 들고 안 들고를 결정하는 것이 아닙니다. 전생에 내가 어떤 의식으로 업을 지었는가에 따른 자업자득 인과응보의 이치에 따라 죽으면 무의식으로 남는 참나의 이치가 정해집니다. 죽고 난 이후는 오직 이 자연의 이치만 따르기 때문 죽고 난 이후 스스로 결정하는 것이 아니라 자연, 진리의 이치가 그렇게 되어 있다고 이해하면 됩니다. 문제는 죽고 나서 참나가 윤회를 스스로 결정하는 것이 아니라 살아 있을 때 내가 어떤 업을 짓고 어떤 의식을 하고 있는가에 따라 죽기 전 이미 나 자신이 어디서 어떤 기운으로 존재하며 태어날 것인가, 아닌가는 결정되어버립니다. 그러므로 죽고 나면 '나'라고 하는 의식이 없어져 버리므로(이것을 불교에서는 열반이라고 함) 나의 의식으로 선택할 수 있는 것은 아무것도 없습니다.

살아 있을 때 인간이 어떤 의식으로 어떠한 업을 짓고 죽으면 의식은 없어져 버리고 무의식의 기운(이것이 참나의 이치)만 존재하므로 이 기운 자체는 이 지구 위 자연 속에 퍼져 있고, 무의식이므로 스스로 선택할 수 없습니다. 예를 들어 내가 살아있을 때 누구에게 한을 품었다고 하면, 이것이 하나의 식(識)의 개념으로 진리 속에 저장이 되게 되고, 저장된 기운은 그때가 되면 그 이치에 맞게 자동으로 그 업연의 유통 기한에 따라 나타나게 되어 있습니다.

이것은 마치 사계절의 때가 되면 봄, 여름 같은 작용을 하는 것과 이치는 똑같습니다. 사계절이 오라고 누가 의식한 것이 아니라 지구만이 이 같은 기운의 변화가 있으므로 나도 죽으면 살았을 때 가지고 있었던 관념이 무의식으로 남고, 이 무의식의 기운은 진리 이치에 따라 그것에 맞게 태어납니다. 인간이 아닌 다른 동물은 상이라는 것이 없으므로 주어진 환경에 따르지만, 인간만이 마음이 있으므로 온갖 생각을 합니다. 자연스러운 이치를 따르고 그 이치대로 사는 것이 순리입니다. 인간처럼 마음이 있어 이것저것 분별하고 나라는 것을 내세우고 사는 그 차이를 이해하면 인간이 하는 행위는 모두 '나' 자신을 위하는 행위가 되기 때문에 이러한 것이 진리적으로 하나의 기운으로 저장이 되면(사실 저장이라는 것도 물질 개념인데, 이것은 여러분에게 개념 이해를 시키기 위한 표현임) 오로지 그 이치에 따르기 때문에 죽고 나서 나의 근본인 참나가 스스로 결정하는 것은 일절 없습니다.

살아 있을 때 나는 어떠한 의식으로 어떤 행을 했는가에 대한 결과에 따라 그 이치에 맞게 흘러갈 뿐입니다. 결국, 내가 어떤 마음을 만들었는가에 따라 죽으면 계절이 바뀌듯이 그 마음에 결과만 무의식으로 그 업의 이치대로 작용할 뿐입니다. 자업자득 인과응보의 이치로 살아있는 내가 어떤 의식으로 오늘을 살았는가에 따라 죽으면, 아니 죽지 않고 살아있을 때도 그 결과로 무의식은 작용합니다. 생명체는 그 순리를 따르므로 죽어서 하나의 무의식의 기운 개념으로 존재하는 그 자체가 어떠한 선택을 할 수 있는 것은 없습니다. 윤회에 들고 안 들고를 참나가 스스로 결정하는 것이 아니라 살아있을 때 내가 지은 업의 결과로 죽으면 무의식으로 이 같은 진리 이치에 따를 뿐이므로 죽어서 그 무엇을 선택할 수 있는 것은 없다고 이해해야 맞습니다.

Q 문19 〈인간이 죽는 순서〉 생명체가 죽을 때 참나가 떠나고 육신의 나가 떠나고 빙의도 떠난다고 하셨는데, 참나가 떠나고 얼마 후에 육신의 나가 떠나고 또 얼마 후에 빙의가 떠나는지 궁금합니다.

A 답 떠난다의 개념은 없고, 진리의 기운 속에 존재하는 생명체이기 때문에 그 기운만 바뀌는 것이므로 '떠난다'는 것은 물질의 개념이므로 이 부분을 정립해야 합니다. 예를 들면 공기를 마시고 사는 생명체는 공기는 그대로 있지만, 내가 그 공기를 인지하지 못하는 개념으로 기운이라는 것을 이해하면 됩니다. 진리는 가만히 있고, 내가 인지하고 못 하고의 차이만 존재한다는 뜻이고, 따라서 질문처럼 나는 인간의 죽음에 대하여 기운이 단절되는 것은 '참나–육신의 기운–맨 마지막에 빙의(업장)'의 기운 순으로 기운이 단절된다고 말했는데, 이 기운이 얼마 만에 바뀌는가도 정해진 것은 없습니다. 그 이유는 얼마라는 말은 물질의 개념이기 때문에 그

렇고, 사람마다 업이 다르므로 그렇습니다.

따라서 생명체는 물질 이치, 진리 이치 이 두 가지로 존재하므로 진리적으로는 이같이 기운의 변화로 알 수 있고, 물질적으로는 그 사람의 모습을 보면 쉽게 알 수 있습니다. 그래서 얼마 만에라는 것은 그 사람의 본성을 보면 알 수 있는데, 이것을 표현할 때는 우리가 이해하기 쉽게 '대략, 얼마 만에'라는 말로밖에 할 수는 없습니다. 하지만 진리 이치에서 진리 기운이 단절되는 순서는 이같이 '참나-육신의 기운-맨 마지막에 빙의(업장)'의 기운 순으로 작용하지만, 이것을 물질 개념으로 단답형으로 얼마 만에, 또 무엇이 간다는 논리로는 말할 수 없습니다. 그러므로 누구나 마음이라는 것을 가지고 있으므로 내가 말한 개념은 누구라도 자신의 마음에 상이라는 것을 없애면 이 같은 것을 쉽게 알 수 있습니다. 그러나 이 과정이 이생에서 다 할지, 아니면 영생의 시간이 지나도 하지 못하는 예도 있으므로 업은 짓기 쉽지만, 이처럼 그 업을 없애는 것은 상당히 어려운 것입니다.

Q 문20 참나가 떠나고 참나가 없이 육신의 나로 살고 있다면 이때 짓는 업은 어떻게 되는지요?

A 답 지금 우리가 '나'라고 인식하는 것은 참나가 떠나도, 떠나지 않아도 하나의 '나'로 인식합니다. 이것은 참나가 있든 없든

아무런 상관없이 '나'라고 인식하는 그 마음으로 살기 때문에 결국 진리적으로 참나가 떠나도 이 참나가 내 것인지 다른 것인지를 모르기 때문에 결론적으로 참나(내 참나 인지, 아닌지 의미 없음)가 떠나고 육신의 나로 살고 있어도 이때 짓는 업은 자업자득 인과응보의 이치로 내가 그대로 받게 됩니다. 다시 이야기하면, 이것은 내 참나, 저것은 너의 참나 등으로 구분할 수 없기 때문입니다. 내가 하는 행동(육신이 있으므로 인식하는 나)이 이치에서 벗어났는가 아닌가만 생각하면 되는데, 참나를 네 것, 내 것으로 분별하는 것은 옳지 않습니다.

참나를 이같이 분별하는 것은 진리를 물질의 개념으로 보는 것이기 때문에 그렇습니다. 이것이 진리 이치라면 현실적으로 이 논리를 대입하면 '네 마음', '내 마음'을 따지고 분별하는 개념과 같으므로 우리가 죽음의 이치에서 '참나-육신의 나-빙의' 순으로 기운이 단절되지만, 알아야 할 것은 이 같은 것은 진리 기운의 이치를 여러분에게 이해시키려고 구분하는 것이기 때문입니다. 지금 나 자신이 참나가 떠났다는 것도 '나의 참나가 나에게 영향을 주지 않는다'의 개념이지 떠났다고 하는 말은 맞지 않습니다. 그러면 나의 참나가 나에게 영향을 주지 않는다고 하면, 그 영향을 나의 참나와 비슷한 기운이 나에게 영향을 줄 것이므로 나의 참나가 나에게서 떠났다(영향을 주지 않는 개념)는 것은 나에게 더 좋지 않은 일이 됩니다.

육신의 나는 참나를 본성으로 형성된 것이므로 질문에 '참나가 떠났다'는 말의 의미는 참나가 나에게 영향을 주지 않을 뿐이고, 다른 참나가 영향을 주는 것이므로 떠났다는 개념은 맞지 않습니다. 내가 육신의 상(나라고 하는 마음)으로 지은 업은 결국 나의 참나에게 영향을 주고 내가 자업자득으로 받습니다. 다만, 참나가 떠난 것이 아니라 그대로 존재하는 것이고 떠났다는 것은 더 좋지 않은 영향을 내가 받을 수 있다는 뜻입니다. 한 사무실(진리라는 이 지구)에서 다 같이 있지만, 의자만 바꾸어 앉았다는 개념을 생각하면 될 것인데, 결국 진리라는 하나의 통 속에서 나에게 영향을 미치는 것만 바뀐 개념이고, 그렇게 바뀌었다고 해서 바뀐 사람이 어디에 가버린 것은 아니라는 뜻입니다. 따라서 참나의 바뀜은 마음의 바뀜을 의미하는 것이고, 바뀌었지만 어디로 그 참나가 가고 새로운 참나가 오는 개념은 아니므로 육신의 나로만 사는 것이 아니라 다른 참나가 영향을 주고 있다는 것으로 이해하면 됩니다. 이것은 진리 속에서 우리가 벗어나지 못하기 때문에 그렇고, 결국 참나의 바뀜이 있다고 해서 내가 지은 업은 다른 참나에게 가는 것이 아니라 나의 참나에게 영향을 줍니다.

Q 문21 의업(意業)에 대해서 질문을 드립니다. 법사님께서 의업은 상대에게 직접 영향을 줄 수 있다고 하셨습니다. 직접 상대를 해하지 않았다 하더라고 마음으로 상대를 계속해서 해한다면 실제로 해한 것과 같은 강도로 자신의 몸 신체 구조에 문제(암, 당뇨) 등이 생길 수도 있는지 궁금합니다.

A 답 사람은 마음이 바탕이 되어 그 마음의 이치에 따라 존재하기 때문에 사람에게 나타나는 것은 진리적으로 그만한 이유가 있습니다. 이것을 바탕으로 사주, 철학이 발달하게 되었다는 것이 진리적 입장인데, 문제는 진리는 A=A라고 하는 단답형은 없습니다. 예를 들어, 돼지꿈을 꾸었다고 해서 소위 말하는 그 날 재수가 좋다고 할 수 없는 것과 같으므로 신문, 잡지 등에 나오는 띠별 운세, 생년월일을 따져 말하는 것 자체는 진리적으로 있을 수 없는 것이므로 이러한 것에 마음 두지 않는 것이 좋습니다. 그렇다면 인간의 몸에 나타나는 이 같은 질병의 개념을 나는 어제까지, 아니 조금 전까지를 전생의 개념으로 말했으므로 꼭 전생에 내가 어떻게 해서라는 식으로 이전 생(生)만을 말하는 것은 맞지 않으므로 이 개념을 정립해야 하고, 질문처럼 업(業) 중에서 제일 큰 업이 뜻으로 짓는 의업(意業)이라 할 수 있는데, 그 이유는 다른 것은 말이나 행동으로 나타나지만, 이 의업이라는 것은 표면적으로 나타나지 않기 때문에 그렇습니다.

인간의 마음, 생각으로 어떤 것을 담아도 표나지 않아 밖에서 알 수 없으므로 실제 이것은 단순하게 업만을 비유하면 살인을 한 것보다도 더 중한 업이 됨을 알아야 합니다. 그런데 불교는 신구의(身口意)를 삼업(三業)이라고 하는데, 이것의 맨 앞에는 몸, 그다음 말, 뜻으로 순서가 정해졌는데, 바로 이 부분은 거꾸로 된 말입니다. 진리적으로 바로잡으면 먼저 이치에 맞는(바른) 뜻, 이치에 맞는(바른) 몸가짐, 마지막으로 이치에 맞는(바른) 말을 하는 것이 업의 순서가 됩니다. 그 이유는 생각으로 정립되어야 행동이 나오기 때문에 의업(생각)은 행동이나 말로 나타나지 않는 제일 밑바닥에 있는 것이고, 여기서 정립되면 그다음 행동으로 실제 움직이게 되기 때문입니다. 말이라는 것은 행동으로 옮기지 않았기 때문에 업의 개념으로 '신구의'가 아니라 '의, 신, 구'의 순서로 말을 해야 맞습니다.

그러므로 질문처럼 상대를 실제 나타나게(물리적으로) 해하지 않았다고 해도, 이같이 의업으로 짓는 행위는 무섭습니다. 우리가 보통 말하기를 나는 특별하게 뭔가를 잘못하지 않았다고 하는 부분도, 나타나는 행동을 그렇게 하지 않았을 뿐이지 실제 그 자신의 마음으로 이같이 의업을 지었을 수 있습니다. 그 이유는 현실적으로 이 생에 그러한 행동을 하지 않았다고 해도, 내 마음이라는 것은 전생에 본성을 바탕으로 형성되어 있으므로 은연중에 자신의 본성으로 의업을 지을 수 있기 때문입니다. 그러므로 내 몸에 병은 꼭 이생에 어떤 업을 지어서라기보다 이처럼 보이지 않는 자신의 마음 상태에 따라서 그 이치에 맞게 생겨납니다. 그러기에 그 업연의 유통 기한에 따라 인간에게 병이라는 것은 발생하게 됩니다. 긴 이야기는 차후에 하겠습니다.

Q 문22 마음의 흔적으로 인하여 돌고 도는 윤회의 굴레라고 하셨는데 흔적(법과의 인연)은 점점 더 지어가고 개인적인 흔적(가족 혹은 가까운 지인)들은 이치에 맞게(법에 의지하여) 지워가야 한다는 생각이

들었습니다. 주변과의 관계가 너무 좋거나 혹은 너무 나쁜 것, 모두 풀어야 할(정리해야 할) 인연들이 아닌가 하는 생각이 드는데, 일상에서 윤리, 도덕을 생각하여 상대를 대하다가도 순간순간 감정의 대립이나 집착 등 대화로 풀어나가기 힘든 순간들이 있습니다. 그럴 때 계속 이야기를 해나가면 갈등이 풀리기보다는 오히려 감정의 골이 깊어지거나 그냥 제 입장에서는 정리하고 대화가 마무리되어도 상대에게는 남아 있는 경우가 있는데(혹은 그 반대의 경우–상대는 정리되고 제게는 남아있는 경우), 법당에 의지해 정립할 수 있는 지금 최선의 행은 무엇인지 여쭙고 싶습니다.

Ⓐ 답 사람의 몸으로 세상을 등지고 살 수는 없는 처지이므로 누군가와 부딪치고 살 수밖에는 없는 것이 인생이기도 합니다. 이 말은 누구와 관계를 맺어가는 것은 상대성이라는 뜻입니다. 인생을 살면서 이 법을 알았다고 해서 이 법만을 마음에 담고 세상을 보면 치우침이 됩니다. 이 말은 자연스러움이라는 것이 그래서 필요한 것인데, 내가 법을 알았으므로 "이것은 맞고, 저것은 틀려"라고 단박에 정리할 수는 없다는 뜻입니다. 어둠에서 밝음은 서서히 오는 것이므로 내가 법을 알았으므로 상대라는 처지를 이해하고 배려하면서 점진적으로 나의 마음에 영역을 넓혀가는 것이 중요합니다. 따라서 질문에 '법과의 인연'은 점점 더 가깝게 맺어가고, 개인적인 흔적(가족 혹은 가까운 지인)들은 이치에 맞게(법에 의지하여) 지워가야 한다는 생각은 잘한 것입니다.

그러나 마음은 이같이 중심에 두더라도 현실적으로 사회적 활동을 해야 하기 때문에 "나는 주변과의 관계가 매우 좋거나 혹은 너무 나쁜 것, 모두 풀어야 할(정리해야 할) 인연들이 아닌가?"라는 마음을 가지면 안 됩니다. 내 마음의 중심은 앞에 말한 대로 두되, 밖으로는 자연스럽게 일상에서 윤리, 도덕을 생각하여 그것에 맞게 하면 됩니다. 그러나 이같이 하다가도 순간순간 감정의 대립이나 집착 등 대화로 풀어나가기 힘든 순간들이 있을 것인데, 이것은 자신의 본성과 연관이 있으므로 죽을 때까지 올라오게 되어 있습니다. 문제는 겨자를 처음 먹을 때 오랜 기간 먹으면 겨자의 강도가 약해지는 것과 같은 것이므로 중요한 것은 본인이 정립한 '법과의 인연'은 점점 더 가깝게 맺어가고, 개인적인 흔적(가족 혹은 가까운 지인)들은 이치에 맞게(법에 의지하여) 지워가야 한다는 생각의 기본 중심을 잃지 않으면 됩니다.

따라서 이같이 마음을 먹고 있다가도 어느 순간에 자신의 감정이 올라올 때가 있는데, 이것은 겨자 먹는 것에 대입해 보면 처음에는 조절이 잘 안 되겠지만, 점차 앞에 말한 이치를 대입하면 점차 누그러들게 되어 있습니다. 그러나 그것을(감정의 대립이나 집착) 온전하게 마음으로 지울 수는 없습니다. 바로 이것이 본성이 되는 것이기 때문에 그럴 수밖에 없습니다. 그러니 이것을 모르고 사는 것과 정립하고 알고 사는 것의 차이만 존재합니다. 알고 매를 맞는 것과 모르고 맞는 것의 차이가 된다는 뜻입니다. 그러므로 상대와 "계속 이야기를 해나가면 서로에게 풀어지기보다는 오히려 감정의 골이 깊어지거나 그냥 저로서는 정리하고 대화가 마무리되어도 상대에게는 남아있는 경우가 있는데(혹은 그 반대의 경우-상대는 정리되고 제게는 남아있는 경우)"에서 상대의 마음까지 고려해야 할 필요는 없고(이 말은 윤리 도덕을 무시하라는 말이 아님), 문제는 내 마음에 마무리되지 않는 것이 있다면 그것은 아직 그 감정의 대립이나 집착에 대한 흔적이 정립되지 않았음을 의미하므로 뭐가 이치에 어긋난 것인가 자신의 마음을 파고들면 그 문제에 대한 답을 찾게 될 것이고, 정립되면 법당에 그것에 대한 점검을 최종적으로 받아야 합니다.

혼자 마무리하면 그것이 자신의 견해, 관념으로 정리되기 때문에 그렇습니다. 따라서 "계속 이야기를 해나가면 서로에게 풀어지기보다는 오히려 감정의 골이 깊어지거나 그냥 저로서는 정리하고 대화가 마무리되어도 상대에게는 남아있는 경우가 있는데(혹은 그 반대의 경우-상대는 정리되고 제게는 남아있는 경우)"에도 문제는 내 안에 있는 것이기 때문에 위 두 가지의 상황에서도 상대를 탓하기 이전에 내가 그 상황에서 무엇을 잘못했는가를 되돌아보면 답이 보입니다.

Q 문23 법문 댓글을 보면, "감사드립니다"와 "감사합니다"라는 표현을 하는데, 무엇을 드린다는 것은 물질의 전달에 쓰이는 표현이라는 생각이 듭니다. 감사라는 것은 비물질이기에 감사드립니다란 표현이 맞는 것인지 궁금합니다.

A 답 사전적으로 감사(感謝)에 대하여 정의하기를 〈① 고마움을 나타내는 인사. ② 고맙게 여김. 또는 그런 마음〉이라고 말하고 있는데, 문제는 "감사드립니다"와 "감사합니다"의 말을 보면 '드린다'와 '합니다'라는 말만 다름을 알 수 있습니다. '감사드린다'라는 말은 '거래의 개념'이라고 한다면, '감사합니다'라는 말은 거래의 개념이 아닌 통상적인 인사치레의 개념, 악수의 개념이라고 할 수 있을 것입니다.

문제는 앞에 말한 "감사드립니다"라는 말인데, 아랫사람이 윗사람에게 이 말을 하는 것과 윗사람이 아랫사람에게 이 말을 하는 것은 다릅니다. 아랫사람이 윗사람에게 '물건을 드린다'고 할 경우 이 말은 자연스러운 말이나 물건 거래가 아닌 상태에서 예를 들어 법문을 보는 입장에서 나는 여러분에게 법문을 말했고, 여러분의 입장에서 받는 입장이므로 이 경우 "감사합니다" 정도면 충분한데, "감사드립니다"라고 할 경우 나는 법문을 주었고, 여러분은 받는 입장이기에 '감사합니다'라는 말, 또는 '고맙습니다' 등의 말이 있을 것입니다. '드립니다'라고 하면 여러분은 나에게 무엇을 주어야 한다는 개념이므로 이 경우는 진정으로 이 법을 마음에 담았으므로 그에 대한 도리를 하겠다는 의미가 전제되어야 맞습니다.

'감사드립니다'와 '감사합니다'라는 말을 수없이 해보면 뭔가 다른 의미가 분명하게 있음을 여러분도 알 것입니다. '감사드립니다'라는 말은 큰 틀에서 거래의 개념이고, 이것은 두 가지의 의미가 있음을 정립해야 합니다. 아랫사람이 윗사람에게 물건을 건넬 때 '드립니다'의 의미이고, '감사합니다'라는 개념은 거래가 아닌 인사의 개념인 악수와 같은 의미로 이해하면 되는데, 내가 쓴 글에 여러분이 "감사드립니다"라는 말을 한다면 여러분은 무엇을 나에게 준다는 개념인데, 내 마음을 글로 여러분에게 주었다고 하면 여러분은 일반 사전에서 정의한 대로 〈① 고마움을 나타내는 인사. ② 고맙게 여김. 또는 그런 마음〉을 이 법당에 주었는가 하는 문제가 생기게 됩니다. 법문의 깊이를 이해했으므로 '그 마음을 주었을 때' '감사드립니다'라는 말은 맞는 말이지만, 그 밖의 마음으로 '감사드립니다'라는 말은 잘못된 말이라 할 것입니다.

여기에 더 깊은 말로 여러분에게 이해가 되도록 말하고 싶지만, 그렇게 할 수 없기 때문에 결론은 사전에서 말하는 감사라는 말에 대하여 〈① 고마움을 나타내는 인사. ② 고맙게 여김. 또는 그런 마음〉이라고 하는 말은 진리적으로는 의미 없고, '드린다'와 '합니다'라는 개념은 정립해야 할 것입니다. 이같이 말하면 한글을 전문적으로 공부한 사람이 보면 뭔 말인가 할 것이나 내가 보는 견해는 이 두 가지의 개념은 분명 분별해서 사용해야 맞습니다. 법문을 보고 그냥 지나칠 수 없으므로 이 경우 '감사합니다'로 하면 되고, 마음으로 온전하게 이 법을 이해하고 받아들이는 입장이라면 '감사드립니다'라는 말이 맞지만, 온전하게 이해하지 못하고 감사드린다고 한다면 가식된 상의 마음의 말이 될 수도 있다는 뜻입니다.

예를 들어 여러분이 길을 가는데, 누가 자신에게 길을 물었을 경우 자신이 "저쪽으로 가면 된다"고 말했다면 그 사람의 입장에서 '감사드립니다' 하는 것이 맞습니다. 그런데 이 말을 들은 여러분의 입장에서 동일하게 '감사드립니다'라고 똑같이 말하면 이치에 맞지 않을 것입니다. 이럴 때는 상대방의 입장에서 자신이 얻는 것이 있으므로 '드린다'고 하면 되고, 자신의 입장에서 드린다고 할 때 "네" 하고 답하면 끝입니다. 다시 예를 들면 식당에서 밥을 먹고 나오는데, 계산하면서 자신이 "감사드립니다" 하고 주인에게 말하면 이상한 말이 됩니다. 이것이 물질의 개념이라고 하면, 진리적 개념으로 여러분이 내가 말하는 법문을 보고, 자신이 '드립니다'라고 하면, 이 말 뒤에 '무엇을 줄 것인가?'라는 말이 붙어야 맞는 말이 될 것입니다. 그러므로 현실적인 개념으로 이 '감사드립니다'와 '감사합니다'라는 말을 그 상황에 맞게 잘 써야 할 것이고, '감사드립니다'와 '감사합니다'라는 말을 수없이 해보면 분명하게 다른 어감이 있을 것입니다. 긴 이야기는 생략합니다.

Q 문24 법문 말씀 중에 업연의 유통 과정에 있는 순간은 업이 같으므로 이 차이(상대의 결점이나 모순)가 절대 보이지 않는다고 하셨는데 '업이 같으므로'라는 부분이 잘 이해가 되지 않아 여쭙고 싶습니다.

A 답 사람과 사람이 만날 때는 뭔가의 끌림으로 만나고, 이 만남에는 어떤 동기가 반드시 부여됩니다. 그것이 좋은 감정이

든 좋지 않은 감정이 되었든 그것이 동기 부여가 되고, 그 상대와 맺어지기 위해 이같이 서로의 마음에 뭔가가 일어납니다. (이것이 진리적인 기운의 작용) 아니면 마음이 이같이 움직이기 이전에 하나의 현상이 먼저 일어나고 그 현상으로 마음이 움직이기도 합니다. 마음(진리적 기운)과 나타나는 현상(물질 이치)은 어느 것이 먼저라 할 것도 없고, 그 업에 따라 작용하는 이치는 다 다르므로 어떤 것이 먼저라고 우열을 가리는 것은 어렵습니다. 이를테면 버스를 타고 가는데 상대가 내 발등을 밟았다고 하면, 마음이 먼저 가지 않고 발등을 밟은 상황(물질 개념)이 먼저 생긴 것이라 할 수 있고, 이것이 아니라 방송을 보고, 혹은 길 가다가 어떤 특정한 사람이 먼저 자신의 마음에 들어올 수 있으므로 이러한 것은 업이 어떤 업인가에 따라 이같이 나타나는 차이는 다 다릅니다.

따라서 내가 말한 '업연의 유통과정'이라는 것은 이같이 비슷한 업이거나 아니면 그 상대와 풀어야 할 업연이 있다면 앞에 말한 상황에서 서로는 '좋은 마음, 감정'이 먼저 일어납니다. (이것을 나는 사랑, 행복, 우정 등의 포장지라고 말했음) 그러므로 업의 차이라고 하는 것은 이때는 자신이 그 차이(마음에 차이)를 알지 못합니다. 그 이유는 좋은 감정으로 모든 것이 다 좋게 보이기 때문에 그렇습니다. 업연의 유통 과정에서 이 같은 인연으로 만나게 되고 서서히 그 포장지가 벗겨지면 어떻게 되는가, 바로 성격(性格)의 차이로 나타납니다. 그래서 처음에는 업이 비슷하거나 같으므로 그 차이를 보지 못하고, 그 업에 따른 시간(유통 기한)이 지나고 나면 비로소 그 다름의 차이가 보이고 후회하게 될 것입니다. 다들 이래서 만나고 헤어지고 하는 것이 아닌가 합니다.

바로 이것을 두고 만남의 순간은 업이 같으므로 이 차이(상대의 결점이나 모순)가 절대 보이지 않는다고 말했던 것입니다. 쉽게 다시 말하면 남녀가 인연이 되는 과정에서는 서로 좋은 감정으로 포장하여 나에게 다가오기 때문에 그 차이를 모르지만, 깊게 가까워지고 나면 서로의 보순이 보일 것입니다. 그러면 처음에는 초록도 동색이라는 개념으로 그 차이(마음의 차이)를 보지 못하다가 시간이 가면 초록은 동색이 아니라는 것을 알 것이므로 나는 '초록은 동색은 아니다'라고 말한 것입니다. 이 개념으로 흰콩에 검은 콩 하나 섞이면 그것은 흰콩이 아니라고 한 것입니다. 또 하나의 예를 들면 부모와 자식 간에도 업의 유통 기한이 작용하기 이전에는 좋은 부모와 자식으로 지냅니다만, 그러나 업의 유통 기한이 시작되면 서로의 눈에(마음에) 뭔가의 다른 마음이 싹트는 것과 같습니다. 이 개념을 정립하면 질문에 대한 답을 찾을 수 있을 것입니다.

Q 문25 얼마 전 제가 생일을 맞이하였습니다. 과거에는 무조건 축하하는 날이라는 생각이 들었습니다. 업이 있어 존재하고 또 태어나는 생명체의 처지에서 어떤 마음을 가지고 생일을 보내는 것이 맞는가 여쭙고 싶습니다.

Ⓐ 답 결론은 간단한데, '생일이 되었든 회갑이 되었든 그 것을 마음에 전혀 두지 않아야 한다'입니다. 따라서 이것은 자신에게만 국한된 것이 아니라 가족, 친구 등 모든 것에 신경을 쓰지 않아야 합니다. 그런데 이같이 말하면 현실적으로 인간관계를 유지하고 있는 처지이므로 무관심하다는 것도 현실적인 이치에서는 맞지 않을 것이기 때문에 나에 대한 것은 아무것도 의미를 두지 않는 것이고, 다만 나를 떠나 관계가 있는 사람에게는 그 상황에 맞는 적당한 도리만 하면 그뿐이라 할 것입니다. 그런데 나의 생일은 아무것도 하지 않으면서 남만 그 상황에 지나친 마음으로 챙긴다는 것은 치우침이 되므로 현실적으로 어느 선에서 행동할 것인지 마음의 기준은 있어야 할 것입니다.

참고로 나는 60평생을 살았지만, 생일을 염두에 두고 챙기고 산 적은 없는데, 내 자체가 어릴 때부터 그러한 것에 대하여 별 관심이 없었기 때문입니다. 주변을 보면 생일이나 무슨 기념일 갖고 야단법석 떠는 사람들 상당한데 내 눈에는 다 한심하게 보입니다. 이 개념으로 오늘날 우리 사회를 보면 1년 대부분이 무슨 기념일이나 날이라고 정하고 해마다 그 날만 되면 호들갑을 떠는데, 안타까운 일이라 할 것입니다. 진리적으로 생일이 나와 연관된 날짜라는 것은 뭔가의 의미는 있는 날이기는 하지만, 그것을 알면 여러분은 이 같은 날짜에 치우치게 되므로 마음이 진리를 온전히 이해해가는 그 마음 정도에 따라 공부하는 과정에 점진적으로 이해하게 되는 것이지, 마음이 되지 않은 상태에서 그 날짜의 의미를 알아봐야 좋을 것은 없습니다. 결론은 이 같은 날짜의 개념은 다 무시하라는 것이고, 생활과 연관된 것에는 현실을 떠날 수 없으므로 그에 맞는 적당한 표현 정도는 무난하다 할 것입니다. '나'라고 하는 상이 클수록 '나'라는 주관이 없을 때 이 같은 날짜에 끄달리고 산다는 이야기입니다.

Ⓠ 문26 "육신이 인식하는 내 마음이라는 모든 것은 허상이다"라는 말씀에서 '육신의 마음'의 개념은 어떤 의미인지요? 예를 들어 춥다, 덥다, 배고프다, 다치거나 상처가 났을 때의 육체적인 아픔, 고통 등, 또 슬프고, 기쁘고, 화나고, 답답하게 느끼는 감정 등 육신으로 느끼는 모든 것은 허상이라는 의미인지요? 저희가 보는 현실은 진리적으로 허상의 세계가 아니냐는 생각이 들기도 합니다. 그림자에 불과한 육신으로 느끼는 모든 것이 허상이라는 개념이 무엇인지 궁금합니다.

Ⓐ 답 우선 '나'의 개념에서 인식하는 나는, 나의 근본이 되는 참나의 기운 작용이 있으므로 그 기운의 영향으로 '나'라고 인식하는데, 진리적인 참나의 기운은 비물질의 작용이고, 이 작용으로 (이 참나의 기운이 바탕이 되고) 우리는 육신이 있으므로 '나'라고 인지를 합니다. 이것이 물질, 비물질의 개념인데, 따라서 우리가 몸을 가지고 있으므로 물질적으로 몸이 느끼는 것은 물질의 이치에 따른 감각 기관으로 아프다는 것을 인식합니다. 그런데 마음이 아프다는 것은 몸하고는 아무런 상관이 없습니다. 물론 내 몸이 아프면 내 마음이라는 것도 그 아픔을 느끼겠지요.

이처럼 우리가 몸이 있으므로 인식하는 '내 마음'이라고 하는 것은 사실 진리적으로 보면 '내 참나의 영향이 있을 수도 있고, 내 참나가 아닌 다른 기운일 수도 있다'는 것이 진리 이치입니다. 그러므로 '내 것'이라고 하는 것은 사실 없는데, 그 이유는 내가 A라는 업을 지었다고 합시다, 그러면 진리적으로 이 A라는 기운과 비슷한 기운을 가진 마음(죽어서 떠도는 다른 사람의 참나일 수 있고, 하지만 윤회에 든 사람은 이 같은 영향을 주지 않음)일 수 있으므로 이러한 작용을 여러분 스스로 분별하지 못하고 무조건 내 마음이라고 인식하고만 삽니다만, 실제는 이같이 다른 기운이 얼마든지 나의 근본으로 작용할 수 있습니다.

이것을 여러분이 느끼는 방법이 하나 있는데, 예를 들면 서울을 갈 때 자신이 평소에 가던 길로 잘 가면, 이 경우 자신의 참나의 이치로 간다고 할 수 있겠지만, 잘 가던 길인데 어느 날 다른 길로 가고자 하는 마음이 들었다고 할 경우, 이것은 순간 다른 기운의 작용일 수 있다는 뜻입니다. 그런데 다른 길로 가고 나서 스스로 느끼기에 '다른 길로 오니 더 편하다'고 느끼면 비슷한 A의 참나라고 하지만 진급이 된 기운의 작용이고, '평소에 갔던 길보다 더 힘들었다, 다시는 오지 않아야지'라고 느꼈다면 강급이 되는 기운의 작용일 수 있습니다.

이 경우 내가 다녔던 평소의 길(이것은 나라고 고집하는 그 마음을 말함)을 기준으로 진급과 강급의 마음 변화입니다. 물론 이 경우 어떤 것이 내 참나인가의 기준은 없고, 단지 현재 자신이 가지고 있는 기운(마음)을 기준으로 이같이 생각은 해볼 수는 있을 것입니다. 그러므로 육신이 있으므로 인식하는 이 '나'라는 것은 이 개념으로 나는 "육신이 인식하는 내 마음이라는 모든 것은 허상이다"라고 말한 것입니다. 실제는 이같이 보이지 않으나 기운(마음)의 순간 작용이 무수하게 일어나기 때문에 그렇습니다.

따라서 이같이 육신이 있으므로 인식하는 나는 육신이 없어지면 사라지는 일회용의 마음이므로 나는 이것을 '육신의 마음'이라고 한 것입니다. 따라서 질문에 '춥다, 덥다, 배고프다, 다치거나 상처가 났을 때의 육체적인 아픔, 고통 등, 또 슬프고, 기쁘고, 화나고 답답하게 느끼는 감정' 등은 이 '육신의 나'라고 하는 내가 느끼는 것이므로 허상이고, 실제는 나의 참나를 작용하게 하는 다른 기운이 그렇게 작용할 수도 있습니다. 예를 들면 평소에 바느질하다가 바늘로 약간의 상처를 냈다고 할 때 이 아픔을 평소에는 별로 아프다고 느끼지 않았는데, 어느 날은 같은 상황인데도 무지하게 아플 정도의 감각을 느꼈다면 이것도 나의 참나라는 기운이 어떻게 변했는가의 작용에 따라 다 다릅니다. 이러한 비유는 여러분에게 기운(참나)의 작용을 이해하도록 하기 위한 것인데, 이같이 말하면 문제는 단편적으로 여러분은 이 말에 끄달려서 자신이 어떤 행동을 할 경우 법사님이 이같이 기운 작용을 한다고 했으니 이것은 어떤 기운이고, 저것은 어떤 기운이라는 기운 타령만 하게 됩니다.

다시 예를 들면 어떤 여자가 평상시에는 눈이 큰 사람을 좋아하다가 어느 날은 눈이 작은 사람을 좋아하게 되었다고 하면, 이것도 기운의 작용입니다. 물론 이 상황에서 여러분 자신이 좋은 기운의 작용인가 나쁜 기운의 작용인가를 스스로 모르기 때문에 반드시 자신의 마음에서 뭔가가 일어났다면 그것에 대한 원인은 진리적으로 있다 할 것입니다. 이것이 무의식으로 존재하는 진리 기운의 작용입니다. 그런데 여기서 '나의 의식'이 뚜렷하면 이같이 일어나는 마음의 변화를 마음으로 인지합니다. 그리고 중요한 것은 스스로 일어난 두 가지의 상황에서 어떤 것을 선택해야 하는가를 정립해야 되는데, 이것을 스스로 하지 못한다는 것이 문제입니다.

그 이유는 이미 '나'라고 하는 나는 나만의 본성에 의한 관념이 있으므로 팔이 안으로 굽는 것처럼 자신이 아무리 맞는다고 해서 선택했다 하여도 결국 자신도 모르는 무의식의 상태에서 자신의 관념대로, 본성대로 행을 해버린다는 것이 문제이기 때문에 마음공부는 절대로 혼자 할 수 없다고 한 것입니다. 내가 하는 말은 누구는 속으로 정립하고 "아하! 이렇게 하면 되는구나!" 하고 자신의 삶에서 적용을 시켜갈 사람도 분명하게 있을 것인데, 바로 이것이 법을 인위적으로 자신의 입맛에 맞추어가는 것이므로 딴 길로 가게 되어있고, 자가당착에 빠지게 됨을 알아야 합니다.

따라서 여러분이 보는 이 세상은 육신이 있어 오감으로 보는 것이므로 현실의 세계가 아닌가 생각할 것이나, 앞에 말한 진리 기운의 작용(참나의 이치)으로 보면 결국 '나'라고 인식하는 나, 존재하는 나 자신은 결국 내가 지은 업의 이치에 따른 꼭두각시, 연기하는 배우에 불과합니다. 바로 이것이 고대 인도에서 말한 '자아' 사상의 개념인데, 이것이 잘못된 것이 나는 "자아는 존재한다, 그러나 바꾸어갈 수 있다"고 말한 것이므로 고대 인도의 자아 사상은 이치에 맞지 않습니다. 단순 논리이기 때문에 그렇고, 이것의 반대 개념인 대승 불교의 무아(無我) 사상도 단순 논리라는 사실입니다.

다시 말하면 자아 사상이나 무(無)와 공(空) 사상이나 보이는 물질 논리에서의 생각에 생각을 더한 사상(思想)적인 말에 불과합니다. 나는 이러한 자아(自我) 사상은 불변의 것이라고 했고, 이것으로 인도의 계급 사회가 만들어졌다고 한다면, 내 말은 '자아(나를 존재하게 하는 근본-참나)는 있다, 그러나 육신이 있으므로 의식이라는 것을 할 수 있으므로 나의 의식이 어떤 것을 인식하는가에 따라서 나는 얼마든지 변할 수 있다'는 것이 내가 말하는 〈화현의 부처님 법〉입니다. 이 개념으로 나는 무와 공이라는 불교의 말도 무와 공으로 모든 것이 존재하는 것이 아니라 그 속에는 진리의 기운이 있다고 한 것입니다.

문제는 우리는 이 진리의 기운이라는 것을 무시하고 사는데, 예를 들면 어떤 사람에게 참나의 기운이 작용하여 자신의 마음에 '나는 자살을 하고 싶다'는 마음을 일으키면, 이 사람이 인식하기를 자살하는 것에 두려움을 느끼지 않고, 오히려 즐거운 쾌락으로 인식합니다. 그래서 자살하는 사람이 두려움을 갖지 않는 것인데, 이 경우 누가 이 사람을 이와 같이 움직이게 했는가? 바로 참나라는 보이지 않는 기운이 작용하기 때문에 그렇습니다. 그러므로 불교에서 말하는 무와 공이라는 개념은 논리적으로 맞지 않는다 할 것입니다. 다시 예를 들면 어떤 사람이 사업을 할 경우 처음에는 이렇게 저렇게 하면 되겠지 하고 꿈을 꿉니다. 그리고 이 마음으로 '나'라고 인식하는 나는 그 마음에 일어난 대로 할 것이나 문제는 이 사람의 업의 이치가 문제가 있어 사업하지 않아야 한다는 입장이라면 사업하지 말아야 하는데, 이렇게 그만두는 것이 자신의 참나의 이치, 업연의 이치를 바꾸는 것이고, '나'라고 인식하는 그 마음을 바꾸는 법입니다. 그러나 보통은 당장 자신의 생명과 별 관계가 없으면 말을 듣지 않습니다.

바로 이것이 스스로 마음에서 일어나는 그 본성과 이치에 맞는 사람이 말해주는 것에 괴리감이 되고, 여기서 결국 어떠한 것을 선택하는가의 괴로움이 그 마음에서 일어날 것입니다만, 대부분은 결국 자신의 본성대로 그 마음에서 일어나는 대로 합니다. 그래서 스스로 바꾸지 못하는 그 자신만의 참나의 이치를 결국 바꾸지 못하고 이 '나'라고 하는 내 마음에서 일어나는 대로의 행을 해버린다는 것이 문제입니다. 그렇기 때문에 자신의 이치는 바뀌지 않는 것인데, 이처럼 업(業)이라는 것은 한 치의 오차도 없이 작용하고 있음을 알아야 합니다. 문제는 자신이 잘된다고 하면 자신이 뭔가를 알아서 잘되는 것으로 생각하겠지만, 이것은 주사를 맞을 때 순간 다가올 아픔을 잊게 하기 위한 사탕일 수 있다는 점을 명심해야 합니다.

다시 예를 들면, 어떤 사람이 멀쩡하게 살아가다가 갑자기 신(神)이라는 것이 왔다 해서 신을 받습니다. 그러면 이같이 느끼는 것은 무엇인가? 바로 육신의 마음이 그렇게 인식하는 것이고, 이같이 마음이 바뀌고 인식하게 하는 것은 무엇 때문인가 바로 진리의 기운이라는 '참나-마음'의 작용입니다. 그런데 문제는 이 당사자는 무조건 자신의 마음에 일어난 그 마음이 맞는다고 생각하는 것이지만, 실제는 진리 속에 존재하는 인간이므로 어떤 기운(참나의 마음) 작용인지를 모르고 보통은 '내 마음'에서 일어난 마음이므로 그대로 합니다. 포괄적으로 기운의 작용은 이같이 진행이 되다가 내가 죽어버리면 보이지 않는 기운을 인식하는 의식이 사라져버리고, 남는 것은 나를 존재하게 했던 진리의 기운인 '참나'의 기운만 남게 됩니다. 이같이 보면 결국 지금의 나라는 것은 보이지 않는 기운의 작용으로 주어진 연기를 하는 연기자(배우)에 불과한 것이므로 나는 이 개념으로 "육신이 인식하는 내 마음이라는 모든 것은 허상이다"라고 말한 것입니다.

앞에 말한 "갑자기 신(神)이라는 것이 왔다"고 인식을 해서 신이라는 것을 받는데, 이것이 그 사람의 참나라는 기운의 작용이고, 이처럼 변화가 있으면 결국 그 자신의 의식에는 그렇게 해야 한다는 마음이 자리하게 됩니다. 이 개념으로 다시 예를 들면, 인생을 사는 우리가 이성을 보거나 아니면 어떤 선택의 순간이 오면 결국 그 시간은 자신에게 매우 중요한 기로에 서 있다는 것은 인식해야 하고, 오직 일어나는 그 마음 중에 어떤 것이 가장 이치에 맞는 것인가를 분별하고 행하는 것이 그나마 업, 괴로움을 줄여가는 것이 됩니다. 그래서 잠을 자더라도 의식이 깨어 있어야 한다고 나는 말한 것이고, 기운은 이같이 찰나 속에서 바뀌는데 인간의 의식은 그것을 인지하지 못합니다.

그 이유는 바로 나라고 고집하는 아상이라는 것이 있어 그러합니다. 이 아상이 없으면 어떤 상황에서도 가장 합리적인 중도의 행을 하고, 그것에 대하여 나를 빼고 객관적으로 보게 되므로 최선의 선택을 할 수 있게 됩니다. 여러분도 자신의 입장에서 인생을 살아가지만 이처럼 보이지 않는 자신만의 참나의 이치가 바뀌기 때문에 그 선택은 결국 자신의 본성대로 흘러가게 되어 있고, 이것을 바꾸는 것은 오로지 '나'라는 의식으로밖에 할 수 없으며, 이것은 부처, 절대자의 할아버지가 있다고 해도 할 수 없는 자업자득 인과응보의 철저한 이치라는 것 명심해야 할 것입니다.

Q 문27 동물은 생각이 없이 본능의 행만 한다고 알고 있습니다. 동물들은 상이 없기에 너와 나라는 구분이 없는 것으로 알고 있는데, 그러나 강아지의 경우 주인의 부름이나 명령에 즉각적으로 반응하고, 명령을 따르거나 혹은 타인이나 도둑을 보며 짖거나 물거나 하여 인식하는 것은 어떻게 하는 것인지요. 동물들이 세상이나 다른 생명체

를 어떻게 인식하는지 궁금합니다.

Ⓐ 답 먼저 자연(自然)이라는 것을 객관적으로 이해할 필요가 있습니다. 세상에 있는 모든 것은 바로 이 자연의 이치에 따라 존재하므로 이 개념으로 동물이라는 것은 그 이치에 맞게 말 그대로 자연스럽게 존재할 뿐입니다. 그러므로 자연 속에 존재하는 생명체는 그 자신의 이치에 따라 제각각 형상을 하고 있지만, 그 이면에는 왜 제각각의 모습을 하고 있는가의 이유가 있을 것입니다. 그러니 이 개념으로 보면 자연 속에 존재하는 생명체는 그 자체로 자연스럽게 존재하는데, 문제는 이 중에 인간만이 세상만사 모든 것을 인위적이고 인공적으로 조작합니다. 이 개념으로 인간의 말을 동물이 알아들을 수가 없고, 동물만의 언어를 인간이 들을 수 없습니다.

따라서 동물은 인간처럼 상이 없으므로 '나'라는 생각이 없이 본능의 행을 합니다. 동물들은 이같이 상(象)은 있되 상(相)이 없기에 너와 나라는 구분 또한 없습니다. 따라서 질문에 "강아지의 경우 주인의 부름이나 명령에 즉각적으로 반응하고 명령을 따르거나, 혹은 타인이나 도둑을 보며 짖거나 물거나 하는 행위는 어떻게 하는 것인가?"라는 답은 그것은 강아지의 본능이 자연스럽게 그렇게 생겼다고 이해하면 그뿐입니다. 그 동물들의 개별적인 행위 자체를 여기에 다 말할 수는 없을 것입니다. 따라서 동물들이 세상이나 다른 생명체를 어떻게 인식하는가 하는 것을 보면 동물 개개인이 인간을 볼 때 '인간'으로 보지 않으며 자신과 다른 동물의 개념으로 봅니다.

그러나 겉으로 보기에 다 같은 강아지의 모습이라고 해도 그 이면에 작용하고 있는 상(象)은 진리적으로 다 다르며 이것을 일일이 다 말할 수는 없습니다. 이 개념으로 인간도 다 같은 인간의 모습을 하고 있지만, 그 참나의 이치는 다 다르고 이러한 개념은 모든 생명체가 똑같습니다. 하지만 여기에 다른 기운(빙의)이 어떻게 작용하는가에 따라 개개의 동물들의 특성이 약간 다르게 나타납니다. 이를테면 강아지가 특별한 행동을 하는 것, 유별난 행동을 하는 것 등이 그것입니다.

Q 문28 지금 세상에 백인, 흑인 등 사람의 피부색이나 머리카락 색도 다르게 나뉘는데 지금 황인종으로 태어났다면 다음 언제인가 다시 인간으로 태어날 때도 황인종으로 태어나는 것인지 아니면 백인이든 흑인이든 바뀔 수 있는 것인지 궁금합니다. 사람의 피부색도 업 따라 태어남이 다르다고 알고 있지만 정법을 모르고 변함없이 살다 죽게 되면 다음 언제인가 다시 인간으로 태어나도 변치 않고 황인종이나 백인 또는 흑인으로 태어나는지 궁금해 질문 드립니다.

A 답 나는 '이치'라는 것은 수시로 변한다고 말했는데, 업의 개념에서 질문과 같이 진행되는 것은 맞지만 그렇다고 변하지 않는 것은 없습니다. 쉽게 말하면 우리나라 경우도 나라 자체의 기

운이 다르고, 이것을 쪼개면 도, 시, 읍, 면, 리, 더 작게 쪼개면 각각의 가정, 개인 등으로 업이라는 기운의 개념은 다 다릅니다. 음지가 양지 되고 양지가 음지 되는 개념, 이것이 진급과 강급의 개념이므로 이러한 진리 이치를 아는 사람과 모르는 사람의 삶은 분명하게 다릅니다. 말 그대로 자연의 이치에 따라 생명체는 그 이치에 맞게 존재할 뿐이므로 '그렇구나' 하고 이해하는 정도에서 그쳐야 하고, 한쪽으로 치우쳐 이 사람은 이렇고, 저 사람은 저렇다고 의식을 자꾸 하게 되면 치우침이 되어 자신에게도 좋지 않은 영향을 미치게 됩니다. 따라서 질문에 대한 답은 정해진 것은 없습니다. 언제든지 그 이치는 변하게 되어 있습니다. 문제는 정법(正法)을 모른다고 해도, 자연의 이치에 맞게 살면 언제라도 그것에 맞게 이치는 변하므로 법을 먼저 대입하여 법이라는 것을 꼭 알아야 한다는 것도 맞지 않습니다.

Q 문29 사회생활이나 가정에서 본인만의 자리가 있고 그 속에 존재감이라는 것이 있는데, 그 존재감에 대해 질문 드립니다. 나라는 존재감이 클 때와 그렇지 않을 때를 느끼곤 하는데 사람이 살면서 어떤 환경이든 그 존재감이 있어야 하는 것인지 아니면 있는 듯 없는 듯 존재감이 별로 없이 사는 것이 좋은지 궁금합니다. 어차피 태어나 살아야 한다면 "주변에 나라는 존재감이 없는 것보다는 있는 것이 나은 것 아닌가?" 하는 생각과 또 윤회하는 입장에서 존재감이 커서 많은 사람과 인연의 고리가 생기는 것은 오히려 좋지 않다는 생각도 들어

어떻게 정립해야 할지 몰라 질문 드립니다.

Ⓐ 답 대부분 사람은 자신이라는 존재감을 드러내기를 좋아합니다. 이것이 '나'라는 상(相) 때문에 그런데, 결론부터 말하면 '존재감은 없어야 한다, 세우지 않는 것이 좋다'입니다. 이같이 말하면, 그러면 나는 분명하게 존재하는데, 존재하므로 나라는 것을 이야기할 수 있지 않느냐고 반문할 수 있을 것이나 그렇지 않습니다. "나는 있다, 그러나 나는 없다"는 말을 나는 많이 하는데, 분명하게 우리는 '나'라는 것이 있기에 나의 존재감을 느끼고 살지만, 이치를 아는 사람은 '나는 있지만 나는 없다'의 행을 하고 삽니다. 여기서 이 말을 다 이야기할 수는 없지만, 인간의 몸을 가지고 있는 처지에서 우리는 사회생활을 하거나 가정에서 본인만의 자리가 있게 되는데, 그러면 그에 맞는 행만을 하면 아무런 문제 없습니다.

예를 들면 자식은 자식이 된 도리, 부부는 부부의 도리라는 것이 있습니다. 이것은 단답형으로 이야기할 수는 없고, 스스로 '이치'라는 것을 알고 행하는 수밖에는 없습니다. 존재감의 예를 들면 여러분이 어떤 상황에 대하여 자신의 의견이 있을 것인데, 그 의견을 관철하려는 것이 나를 내세우는 존재감이라 할 것입니다. 여기서 나를 세우지 않는 것, 나라는 존재감을 없게 하는 방법은 그 문제를 객관적으로 보면 됩니다. 이같이 되지 않는 것은 육신을 가지고 있는 한 서열이 있고, 현실적인 여러 가지 상황이 있으므로 반드시 나는 개입되게 되어 있지만, 주관적으로 처리해야 할 것과 객관적으로 처리해야 하는 상황은 서로 다르므로 오로지 어떤 상황에서든 '이치에 맞는 행'을 하게 되면 나라는 존재감은 빠지게 되고 이것이 '나는 있지만 나는 없다'의 개념이 됩니다.

다시 말하면 인간은 일단 몸을 가지고 존재하므로 존재감이 있을 수밖에는 없고 아상이 클수록 이 존재감은 더 비례하여 심합니다. 이것을 자신이 스스로 모르고 그저 어떤 사안에 대하여 '이렇다, 저렇다'고 자기 뜻을 이야기하게 됩니다. 그런데 그러한 말속에 아상이라는 자신만의 본성이 들어 있습니다. 어떤 사람이 누구에게 물질적 도움을 주었다고 할 때 그 행동이 맞는다고 하면 준 그것으로 마음에서 지워야 합니다. 마찬가지로 은연중에 나는 법당에 이렇게 했다는 존재감이 있다면 이러한 표현은 스스로 직접 하지 않더라고 다른 말이나 행동에서 그 존재감을 드러내게 됩니다. 물론 이것은 예를 들어 하는 말이지만, 이처럼 각자의 상에 따른 존재감은 누구나 다 가지고 있지만, 그것을 대놓고 '나 아니면 안 돼'라는 식으로 이야기하는 사람도 있고, 드러내지 않아도 은연중에 자신의 언행에서 은유적으로 나타나기도 합니다.

따라서 '나는 내가 처한 상황에서 그에 맞는 행동을 한다'고 하면 존재감은 점차 사라지게 됩니다. 그런데 질문에 '있는 듯 없는 듯'이라는 것은 잘못하면 의식 없는 나, 주관이 없는 행동이 될 수 있다는 점입니다. 그러므로 어떤 문제에 대하여 '나'라는 것을 빼고 객관적으로 보고 그에 맞는 행을 하면 '나는 있지만, 나는 없다'의 중도

(中道)의 행을 할 수 있습니다. 질문에 "어차피 태어나 살아야 한다면 주변에 나라는 존재감이 없는 것보다는 있는 것이 나은 것 아닌가 하는 생각"은 맞지 않고, "윤회하는 처지에서 존재감이 커서 많은 사람과 인연의 고리가 생기는 것은 오히려 좋지 않다"는 것은 맞는 생각입니다. 이 두 가지를 적절하게 사용하는 마음이 중도의 마음이 되며 이것은 하루아침에 되지 않습니다. 이 개념을 이해하는 것이 중요하다 할 것입니다.

Q 문30 〈유정, 무정의 개념〉 '모든 것은 이유 없이 있는 것이 없다'는 개념으로 본다면 작은 꽃, 나무 하나하나에도 뿌리 없는 식물은 없는 것 같다는 생각이 드는데, 나무와 같은 무정들 하나하나에도 그렇게 피어나는 이유가 있는 것인지 궁금합니다.

A 답 풀, 나무와 같은 것은 무정(無情)물이라고 하고, 인간과 같은 생명체는 유정(有情)물이라고 합니다. 따라서 질문에 무정물이라고 하는 것은 살아서 움직이는 생명체의 개념이 아니라 한번 씨앗이 떨어지면 그 자리에 그대로 자라나는 생명체를 무정물이라고 할 수 있는데, 이 자체를 말 그대로 자연(自然)이라고 합니다. 선과 악의 개념도 하나의 행위는 같지만, 선악의 범주 안에 있고 무정물인 자연도 무정, 유정으로 나눌 수 있지만 같은 생명체라는 범주에 들어가고, 이 개념은 똑같습니다.

그런데 문제는 이 무정물이라는 것은 말 그대로 자연스러운 '자연'을 나타냅니다. 따라서 인간이 이 자연물을 그대로 두어야 하는데, 우리는 이 자연물을 인공적으로 조작하지요. 예를 들면 콩이라는 것도 애당초 콩이었다면 그것을 있는 그대로 사용하는 것이 맞지만, 양(糧)을 늘리기 위해 인공적으로 조작하는 자체가 진리적으로는 잘못된 것입니다. 이 개념으로 인간이 먹는 식물에 대하여 이처럼 조작하는 자체가 인간의 상으로 자연이라는 진리를 조작하고 있다는 것을 의미하며 이미 넘어서는 안 되는 선을 넘었다고 할 수 있을 것입니다. 이같이 하므로 결국 '자연의 재앙'이 일어나는 것인데, 이것은 단순하게 자연의 재앙이라고 하기보다 그 이면에 작용하는 진리의 기운 작용이 있고, 이것은 곧 지구의 종말을 의미합니다.

따라서 무정물이라는 것은 말 그대로 자연의 조화이고, 자연의 조화에 따른 모습을 보여주고 있을 뿐이므로 이것이 존재의 이유가 되지만, 인간처럼 유정물이 존재해야 하는 이유와 같은 윤회의 개념으로 존재하지는 않습니다. 자연의 모습을 보라는 것은 말 그대로 진리의 기운이 존재하여 무정물로 나타나는 것을 보고, 유정물도 갖가지 생명체의 개념에서 자연의 모습이 되므로 유정, 무정의 이치는 똑같으나 무정물은 '자연의 기운'이라는 것을 그대로 나타내는 것이라면 유정물도 자연의 기운을 그대로 나타내고 있으므로 이 두 가지의 개념은 같습니다. 다만 무정물은 자연의 기운 그 이치대로 자연스럽게 존재한다고 하면 유정물은 업(業)이라는 기운으로 인위적으로 존재한다는 차이만 다릅니다.

결국, 무정물은 손대지 않는 자연스러움의 기운에 따르지만, 유정물은 인공적인 것으로 존재한다는 개념으로 물질 이치에 따라 존재하고, 무정물은 인공적인 것이 아닌 말 그대로 진리 그 자체라 할 수 있다는 뜻입니다. 여기서 '인공적'이라는 말은 뭔가의 작용으로 존재하는 것을 의미하고, 이것은 '마음'의 작용을 의미하는데 무정물은 자연의 이치, 순리에 따라 그대로 손대지 않는 것을 말합니다.

이와 같이 유정물은 무엇인가의 작용에 의해 존재하므로 자연 속에 유정, 무정의 개념은 차이가 있습니다. 결국, 손대지 않는 자연의 흐름(기운)을 보면 진리의 기운을 알 수 있다는 이야기가 되며(무정물의 이치), 반대로 생명체인 유정물의 이치를 보면 물질 이치와 비물질의 개념을 이해하게 되는데, 이것은 철길의 두 갈래처럼 균형을 이루어야 하지만 인간의 상(물질-유정물)이 무정물(자연-비물질)을 지배하는 세상이므로 결국 지구는 멸한다는 사실입니다.

Q 문31 법문에서 업의 초과에 대해서 즉문즉답을 주셨습니다. A가 B를 10년간 괴롭히고 후에 다시 둘 사이 만남이 이어지면 B가 A를 10년간 괴롭힌다는 식으로 업이 끊어질 수도 있다고 하셨습니다. 이 경우 괴롭힘을 받는 A의 입장에서 B의 행동이 지나치다 느낄 때는 어떻게 해야 하는지요?

A 답 위 질문은 포괄적인 업의 개념이며, 내가 말한 업의

유통 기한이라는 것은 업의 개념을 이해하기 위해서 한 말인데, 위 질문과 같이 '괴롭힘을 받는 A의 입장에서 B의 행동이 지나치다 느낄 때'는 그 상황이 내가 개인적으로 잘못한 상황인가 아니면 공적으로 내가 잘못한 것인가, 아니면 상대가 잘못한 것인가 등 그 본질의 문제가 있을 것입니다. 그러니 진리고 뭐고를 생각하면 아무것도 하지 못하게 되므로 그 상황만을 바로 보는 것이 필요하고, 그에 맞는 대처법을 생각하고 그에 맞는 행동을 하면 됩니다. 그런데 잘못하면 내가 당하는 처지에서 그 문제의 본질을 이해하지 못하고 막연하게 '당할 업이 있으므로 당하는구나, 당해야 하는구나'라고만 생각하면 현실적으로 바보가 됩니다.

따라서 업이고 진리고를 떠나 현실적 상황에 대해 분별을 하는 것이 우선이고 그 기준은 먼저 윤리, 도덕적으로 내가 잘못을 했으므로 받아야 하는 괴롭힘인가를 생각하고 이것이 아닌 아무런 상황도 아님에도 상대가 지속해서 자신을 괴롭힌다면 그에 맞는 행동(이것에는 여러 가지 방법이 있을 수 있으므로 어떤 방법이 좋은가는 스스로 정립하는 것이 자신의 의식을 깨어나게 하는 것임)으로 대처하는 것이 최선이라 할 것입니다. 다시 말하면 업인지 뭐인지를 먼저 생각하지 말라는 이야기입니다.

문32 제가 속한 팀에는 저와 동갑인 과장님이 있습니다. 입사 후부터 계속 인사를 했는데 한 번도 인사를 받은 적이 없어서 최근에는 더는 인사를 안 하게 되었습니다. 그리고 같이 일하시는 아저씨도 계시는데 이분께도 처음부터 한동안 계속 인사를 드렸는데 인사를 하면 할수록 사람을 곤란하게 하는 말을 계속한다는 생각이 들어 결국은 안 하게 되었습니다. 인사는 기본 중의 기본이라 배웠는데 이런 상황에서 올바른 행동이 어떤 것인지 궁금합니다.

Ⓐ 답 사회생활은 상대성이며 업이라는 것도 상대성입니다. 이 말은 상대가 하지 않는데 굳이 내가 일부러 의도하고 인사를 할 필요는 없고, 어쩌다 마주치게 되면 눈웃음이나 머리만 끄덕이면서 자신의 의사 표현만 하면 그뿐입니다. 왜 이 말을 하는가 하면 상대도 나와 같은 관점, 비슷한 행을 하면 자연스러운 행이 되지만 나 자신이 그렇게 한다고 해서 상대가 관심이 없다면 나 자신도 행동을 그것에 맞게 바꾸어 적응하는 것이 좋다는 이야기입니다. 우리가 배려한다는 것도 상대도 기본적인 행을 했을 때의 이야기이며, 상대가 안하무인이라고 하면 나도 그것에 맞게 응대하고 사는 것이 좋은데, 문제는 이 과정에서 나라는 존재가 먼저 그 상황에서 어긋나는 행을 하지는 말라는 뜻입니다.

인간은 사회적 동물이기 때문에 인간과의 부딪힘이라는 것은 있을 수밖에는 없습니다. 그렇기 때문에 그 상황에 맞는 행을 하는 것이 중요하고, 내면으로는 앞에 말한 대로 내가 먼저 이치에서 벗어난 행을 하지 말고, 또 내가 먼저 그 상대를 지적할 필요도 없습니다. 위 질문에 '인사는 기본'이라는 말은 꼭 '안녕하세요'라는 말로 표현할 필요는 없습니다. 그 상황에 맞는 적당한 몸짓이나 행동을 하면 그것도 하나의 인사의 개념이 되므로 이러한 것을 적절하게 사용하는 것이 좋습니다.

Q 문33 종교가 존재하기 전에는 해탈한 사람들이 있었다는 말씀을 듣고 해탈한 사람들이 진리 이치를 알아서 그런 것은 아니고 자연에 순응하고 살므로 그런 것이라고 생각하게 되었습니다. 종교가 생겨난 이후 해탈한 사람은 없다는 말씀을 들었는데 종교 이전에 태어나 해탈한 분들은 그때 태어나 해탈을 해야만 하는 업의 이치가 있어서 그런 것인지요? 그리고 종교가 생겨난 이후 태어난 사람들은 모두 정해진 운명대로만 사는지, 아니면 진리 이치를 모르지만 업의 이치가 자신도 모르게 바뀌기도 하는지요?

A 답 종교가 없었을 때는 자연의 순리에 따르는 사람이 있었는데, 종교가 생기고 사상이 만들어지면서 사람들은 그것을 따르면 뭔가를 알 것처럼 생각합니다. 그리고 종교의 사상에 빠지면 어느새 마음은 그것에 맞게 길들어 버리기 때문에 어떤 면으로는 차라리 종교라는 것이 없는 편이 좋을 것입니다. 그 이유는 이치에 맞지 않는 말을 가져다 사상으로 만들면 인간의 특성상 무엇을 알려고 하는 입장이기 때문에 그 말이 이치에 맞는지 분별할 수 있다면 좋겠지만, 스스로 분별할 수 없으므로 그렇습니다.

그런데 종교 이전에는 어찌 되었든 자연의 순리에 따라 사는 사람이 종교가 생기고 나서 점차 줄었으므로 이 개념으로 종교 이전에 해탈한 사람이 있었고, 종교가 생긴 뒤로는 해탈한 사람이 없었다고 한 것이고, 실제 참나의 이치에서 보면 없습니다. 그런데 해탈의 개념은 두 가지로 볼 수 있는데, 하나는 진리 이치를 스스로 이해하고 깨달아 가면서 마음 변함을 알고 궁극적으로 해탈하는 사람과, 다른 하나는 자기 스스로 자연의 순리에 맞게 살다 보니 해탈하고자 한 것은 아니지만 해탈의 범주에 들어 버린 사람이 있습니다.

그러므로 종교가 존재하기 전에는 해탈한 사람들이 있었다는 말은 이 같은 개념으로 이야기한 것이고, 다시 말하면 인간이라는 존재가 이 지구 위에 존재할 때는 하나의 동물 개념으로 존재했지만, 이 마음이라는 것을 발견한 이후에는 급격하게 인간의 상이 변해왔으므로 해탈한 사람이 없다는 사실입니다. 따라서 이 마음이라는 것을 발견하기 전에는 해탈한 사람들이 진리 이치를 알아서 그런 것은 아니고 자연에 순응하고 살았으므로 그런 것이며, 종교적 사상이 생겨난 이후 해탈한 사람은 없다는 것입니다. 또 종교 이전에 태어나 해탈한 자들은 그때 태어나 해탈을 해야만 하는 업의 이치가 있어서 그런 경우도 있고, 반대로 무조건 다 해탈을 한 것도 아닙니다.

그 이유는 지구의 윤회를 생각해보면 어차피 지금과 같은 상황이 반복되므로 태초라 해도 대부분은 각자의 본성이 있으므로 그렇습니다. 따라서 질문에 "종교가 생겨난 이후 태어난 사람들은 모두 정해진 운명대로만 사는지 아니면 진리 이치를 모르지만, 업의 이치가 자신도 모르지만 바뀌기도 하는지"에 대한 답은 음지가 양지가 될 수 있고, 반대로 양지가 음지가 될 수 있으므로 이것은 각자의 '의식'이 어떤가에 달려 있다 할 것입니다.

나는 삼생(三生)의 이치가 이생에 다 있다고 했으므로 이생에 자신의 업의 이치가 있다고 하더라도 마찬가지고, 내가 오늘 어떤 의식으로 내 마음을 만드는가에 따라 나는 운명은 정해져 있지만 바꿀 수 있다는 말을 하는데, 문제는 이것이 쉽지 않다는 점입니다. 어지간한 의지 없이는 어렵습니다. 그러므로 이 법을 얼마나 의지하는가에 따라 자신의 이치는 얼마든지 변하게 되지만, 이 법을 알았다는 것만으로 의지한다고는 할 수가 없다고 무수하게 이야기했습니다.

결론적으로 앞으로 세월이 가면 갈수록 해탈한 사람은 없을 것이고, 반대로 인간의 상이 이제는 극에 달해 이 지구는 자연스럽게 멸할 때만 남았다는 것이 진리적 입장입니다. 다시 말하면 〈화현의 부처님 법〉이 살해를 당했을 때를 기점으로 지구는 자멸의 시간을 맞이하고 있고, 이것은 시소가 한쪽으로 기울어졌다는 것이 진리적인 입장입니다.

Q 문34 법사님 법문을 읽으면서 본성이라는 것은 무의식이고

육신의 나와 의식이라는 것은 육신이 있으므로 있는 것이라고 이해를 했습니다. 나와 의식은 어떻게 다르고 어떻게 구분이 되는지 알고 싶습니다.

Ⓐ 답 오래전에 한 말인데 다시 한 번 이야기하면, 지금 사람들이 하는 행동은 각자 본성(本性)의 행동을 다 합니다. 행동한다는 것은 육신이 있으므로 '나'라는 관념에서 일어난 마음을 바탕으로 행동하므로 의식으로 '이게 나구나'라고 인식합니다. 이 과정이 내가 살아 있어서 인식하지만, 죽으면 이 나라고 하는 것을 인식하지 못합니다. 그것은 육신이 없으므로 물질 개념으로 '나'라고 인식하지 못하기 때문이고 실제 죽은 사람은 무(無)와 공(空) 속에 진리적 기운으로 존재하고 있어서, 이것을 이해하기 위해 자연이라는 것을 이해하면 됩니다. 자연의 기운이라는 것은 보이지 않지만, 그 기운에 따라 갖가지 모양새로 자랍니다.

이 개념을 인간에게 대입하면 보이지 않는 무의식의 기운(비물질이고 이것이 무의식의 기운이 됨)의 작용으로 지금 제각각 인간의 모습을 하고 있으므로 이 개념만 보면 자연의 이치와 똑같습니다. 따라서 질문에 "본성이라는 것은 무의식이고 육신의 나와 의식이라는 것은 육신이 있으므로 있는 것이라고 이해를 했습니다. 나와 의식은 어떻게 다르고 어떻게 구분이 되는지"에 대한 부분도 위에 한 말을 보면 이해가 될 것입니다.

다시 말하면 지금 A라는 사람이 성(性)을 밝힌다고 합시다. 그러면 이 사람의 의식에는 성적인 생각이 일어나고, 생각이 일어나는 것은 그 사람의 마음 바탕이 그러하기 때문인데, 결국 몸이 있어 행동하는 그 밑바닥에는 각자가 지어놓은 것을 바탕으로 무의식의 기운이 작용하고 있기 때문입니다. 여기까지가 무의식의 개념이라면, 몸이 있으므로 나라고 의식하는 마음, 생각, 행동은 자신의 무의식의 참나의 행동을 그대로 하고 있으므로 육신이 있으므로 인지하는 '나'는(이것은 물질 개념) 나의 참나(비물질)의 기운을 바탕으로 그 행동을 그대로 하고 있으므로 이 부분의 개념을 정립해야 합니다.

그러므로 살아 있는 생명체는 비물질의 무의식(참나의 이치)의 기운을 바탕으로 육신이 있으므로 그 행동을 그림자같이 똑같이 하고 있지만, 스스로 이같이 작용하는 본성을 알지 못하기 때문에 본인은 그저 단순하게 '내 마음'이라고만 느끼는 것입니다. 물질-비물질의 개념을 이해하면 '나의 본성은 이러하고 그 본성에 행동을 그대로 하고 있구나' 하는 것을 아는데, 이것이 깨달음이라고 하는 것입니다. 세상에 존재하는 생명체는 이유 없이 존재하는 것은 없으므로 결국 각자의 본성을 스스로 안다는 것은 매우 어렵습니다.

마음공부를 구구단 외우듯이 하려는 것은 맞지 않으며, 개념을 파고들지 않으면 할 수 없습니다. 참나의 이치, 나 자신의 본성을 알면 나는 왜 이같이 존재하는가를 알기 때문에 이치에 벗어난 행을 하지 않는데, 스스로 이것을 모르니 내가 생각하는 바대로 무엇이든 그대로 되었으면 하는 마음이지만 바라는 대로 되지 않으면 괴롭다고 합니다. 하지만 그 괴로움은 각자의 본성에 이미 자신이 그렇게 되도록 만들었기 때문에 그러한 이치가 다 들어 있는 것이며, 문제는 스스로 모르기 때문에 괴로움에서 벗어나기 어렵다고 말한 것입니다. 그림자놀이를 생각하면 내가 한 말의 개념을 이해할 수 있을 것입니다.

이 개념으로 〈마음 법당〉의 법은 스스로 각자의 본성을 알지 못하기에 그 본성의 행을 하는 것을 바로 잡아주는 법이고 이것이 마음 법당의 핵심입니다. 아무리 잡아주어도 나라는 관념에 젖어 있으므로 따르지 않는데, 그렇다면 더 이상 해줄 수 있는 것은 아무것도 없지 않겠습니까? 감나무에 열린 감은 내가 감나무 아래에 있다고 해서 내 입으로 자동으로 떨어지지는 않습니다. 자연을 보고 배워야 하는 이유가 바로 여기에 있습니다.

Q 문35 갑자기 생각들이 올라오는 경우가 있는데 이때 등장하는 사람들이나 배경이 전혀 모르는 것들입니다. 어떻게 이해를 해야 하는지요?

A 답 인간으로 생각하고 산다는 것은 당연합니다. 그런데 문제는 이 생각이라는 것이 자신의 본성을 바탕으로 일어나는 것이므로 나 자신의 업과 깊은 연관이 있습니다. 마찬가지로 꿈이라는

것도 자신의 본성(참나)과 깊은 연관이 있고 생각이 나무기둥이라면 이 기둥은 뿌리(본성-참나)를 기반으로 일어나게 되어 있습니다. 그러므로 스스로 생각이 일어나는 것을 들여다보면 자신의 업습을 어느 정도는 이해할 수 있을 것입니다. 바꾸어 말하면 일어나는 생각이 건전한 것인가, 윤리, 도덕, 양심에 어긋나는 것이 아닌가, 또는 한 가지인가 아니면 수도 없는 생각이 교차하는 것인가 등을 들여다보면 자신의 본성(참나) 작용을 이해할 수는 있을 것입니다.

과거 고기를 좋아했던 사람은 이생에 그것을 바탕으로 고기를 좋아하게 됩니다. 이같이 말하면 현재 여러분이 먹는 음식도 다 이유가 있다 할 것입니다. 따라서 이성만 보면 성적 욕망이 일어나는 것이 대부분이라면 전생에 문란하게 성을 밝혔거나 즐겼기 때문에 그 습이 남아 있어 이생에도 이성만 보면 몸이 근질근질하게 됩니다. 이같이 현재 나 자신에게 일어나는 생각은 나의 본성을 바탕으로 일어나므로 이것을 윤리/도덕, 양심에 비추어 맞지 않는 생각이라고 하면 그것을 지워야 합니다만, 지워도 지워도 일어날 것입니다. 그러나 이것이 내 본성이고 나는 이같이 좋지 않은 마음 바탕을 가진 존재라고 인정하고 그 생각에 더는 미련을 두지 않아야 합니다.

이것은 죽을 때까지 지워가야 하는데 바로 이 부분이 수행이라 할 것입니다. 따라서 각자에게 일어나는 생각을 보고 그것을 들여다보면 자신의 본성을 알 수 있으므로 이것을 파고들지 못하면 마음공부 할 수 없습니다. 단순하게 일어나는 것을 이해한다고 해서 되는 문제는 아니라는 뜻입니다. 뿌리 없는 나무는 없다는 것을 정립하면 왜 인간에게 무수한 생각이 일어나는가를 알게 됩니다.

Q 문36 법사님 법문 중에 인간을 살생하면 안 된다고 하셨는데 전쟁에서 인간을 죽이는 것은 어떻게 이해를 해야 하는지요?

A 답 여기서는 단순하게 '전쟁의 살생'과 관련된 말만을 하면, 애당초 인간이 이 세상에 존재하고 난 이후 마음이라는 것을 발견하고, 이후 어느 때부터인가 선과 악이라는 개념이 생겨났습니다. 그런데 사람들은 우리가 사는 이 지구에서만 선악의 시초를 이야기하는데 잘못된 것이고, 지구 윤회의 개념에서 보면 선악이라는 것은 항상 존재해 왔으므로 타 종교에서 이야기하는 태초의 개념으로 이야기하는 선악의 논리는 지구의 진리라는 것에서는 의미 없습니다. 그것은 지구 윤회의 개념에서 보면 시작도 끝도 없어서 단편적으로 이 지구 위에 선악이 언제부터 존재했다는 말은 의미가 없기 때문입니다.

이 개념으로 보면 전쟁이라는 것도 선과 악이라는 논리가 핵심인데 업의 이치에서 전쟁이라는 것은 사실 상(相)의 대립이 되기 때문에 진리적으로는 이치에 맞는 쪽에서는 업이 되지 않고 이치에 맞지 않는 쪽에서는 업이 됩니다. 그런데 문제는 무엇이 이치에 맞는가 아닌가를 전쟁에서는 단편적으로 분별할 내용이 아니므로 무엇이 업이고 아닌지를 이분법적으로 이야기할 수는 없습니다. 결국 진리 이치에 따른 인과응보를 어느 쪽 누가 받아도 받는 것이 전부이며, 상(相)의 집합체의 개념인 전쟁에 대한 것은 진리적으로 논해봐야 아무런 의미 없습니다. 그 시작은 각각의 나라마다 사상이 달라 대립하는 것에서 그 전쟁의 본질을 찾아야 하는데, 이 또한 끝없는 말이 되므로 여기서 단편적으로 정의를 내린다는 것은 어렵습니다.

질문에 전쟁에서 인간을 죽이는 것에 대한 이해는 그 뿌리에는 선악이 있고, 진리적으로는 사상 대립의 결과라고 이해하면 됩니다. 다시 말하면 개인적인 업은 혼자만의 문제지만 나라 간 사상의 대립으로 발생하는 문제는 아주 복합적인 것이므로 무엇이 업(業)이다 아니다라고 이분법적으로 잘라서 말할 수는 없습니다. 한 가지만 이야기한다면 나는 지구에 있는 각각 나라는 업이 비슷한 사람끼리 모여 산다고 했습니다. 이것을 점차 축소해보면 각각의 대륙으로 나누어지고 대륙이라고 해도 나라마다 다르고 도마다 성향이 다르고 아주 축소를 하면 개개인의 가정, 개인의 사상이 다르므로 이념, 사상의 문제로 인한 전쟁의 업은 단편적으로 정의하지 못하는 아주 복합적인 문제라 할 것입니다.

현실적으로 부부간에도 전쟁이라는 것을 하지만 이 속을 들여다보면 무수하게 복잡한 이념, 사상의 대립이 있고 이 개념을 확대 축소를 해보면 내 말이 이해될 것입니다. 그런데 개인적인 업의 이치만 알면 쉽게 이해되지만 국가 대 국가의 업의 개념으로 전쟁을 논한다는 것은 논할 수는 있지만 여기서 말한들 아무런 의미가 없으므로 깊은 이야기는 생략합니다.

Q 문37 남자와 여자가 있는데 여자는 남자에게 전혀 관심이 없지만 남자 혼자 속앓이하며 그 여자에게 집착하고 죽었으면 그 남자는 그 여자의 빙의로 갈 수 있는 건지요? 빙의가 될 수 있다면 여자 입장에서는 억울할 수도 있을 것 같으며 그 남자(빙의)는 그 여자에게 어떠한 영향력을 줄 수 있는 건가요?

A 답 업의 개념에서 빙의로 갈 수도 있고, 가지 않고 다른 방법으로 그 여자에게 살 수도 있습니다. 이것은 꼭 질문과 같은 상황이라고 해서 무조건 빙의로 간다는 것이 아니라, 그 여자가 다른 사람과 결혼하면 그 자식으로 혹은 손자, 손녀로도 갈 수 있으므로 그렇습니다. 실제 이러한 경우는 많이 있는데, 사람들은 이 이치를 모르고 내가 난 자식이라고 생각하지만, 진리적으로는 아닐 수 있습니다.

질문에 "남자, 여자가 있는데 여자는 남자에게 전혀 관심이 없지만 남자 혼자 속앓이하며 그 여자에게 집착하고 죽었으면"이라는 것은 그 여자의 몸을 좋아해서인가 아니면 그 여자에게 관심을 받기 위해서인가, 또는 엄마와 같은 모정을 느껴서인가, 그 여자의 재산을 노려서인가 등등 무수한 이유가 있을 것이기 때문에 단편적으로 우리가 좋아한다는 표현을 하지만, 그 이면에는 무수한 마음이 자리하고 있을 것이므로 어떤 마음으로 남자가 여자를 좋아하는가의 그 마음에 따라 다를 수 있습니다.

질문에서 만약 '빙의가 될 수 있다면 여자 처지에서는 억울할 수도 있을 것 같다'라고 했는데, 문제는 여자의 관점에서 남자에게 뭔가의 빌미를 주었을 수 있으므로, 여기서 빌미라고 하는 것은 여자가 남자에게 직접 표현은 하지 않았지만, 옷을 짧게 입어 성적 동기를 부여한다든가, 남자가 자신에게 관심을 두도록 의도하여 행동하는 등의 내숭을 떨었을 수도 있으므로 역시 이같이 보면 여자가 빌미를 제공했을 수 있으므로 이 경우 여자의 관점에서 억울할 것은 없습니다. 이 경우 자업자득 인과응보의 이치에 따른 인과응보가 됩니다. 따라서 업의 개념은 단편적으로 정의할 수 없고 개개의 마음 작용이 다르므로 실제 당사자 간에 어떠한 관계인가는 직접 당사자의 업의 이치를 봐야 하고 지금 설명하는 것은 업의 개념을 이해하기 위해 한 말이므로 이것을 모두에게 대입해보면 이해가 될 것입니다.

그러므로 단편적으로 어떤 영향이라고 할 수는 없습니다. 이 생에 인연이 안 되면 다음 생에 부부로 만날 수도 있고, 빙의로 있을 수도 있고, 자식이나 손자 등으로 될 수 있습니다. 실제 이 세상에는 이 같은 상황으로 인연을 맺어 사는 사람이 무수하게 있습니다. 실제 현실에서는 자신의 몇 대 조상이, 혹은 이생에 자신의 형이,

자신의 자식으로 태어나 사는 것도 있고, 전생에 엄마를 이생에 부부로 사는 경우도 있으므로 죽으면 족보는 다 필요 없다고 말한 이유가 여기에 있습니다. 그래서 진리의 작용으로 이생에 인간으로 오면 우리는 상의 논리로 족보 관계를 따지는데, 이 두 가지의 개념을 이해하면 도움이 될 것입니다.

Q 문38 어떤 누군가에게 강하게 끌려 호의적인 기분이나 감정이 일어났을 때를 돌이켜 생각해보니 그때는 몰랐는데 그 감정이 내 감정이라 생각하고 끌리는 감정에 빠지게 되면 그만큼 분노나 원망으로서 나중에 후회하게 된다는 생각이 들었고, 지금은 어떤 누군가에게 조금이나마 끌린다 하면 그런 감정이 제가 느끼는 게 아닌 그 감정 자체가 껍데기 내지는 밖에서 상대를 보는 남과 같은 기분처럼 느껴지는데, 이러한 감정이 드는 이유가 무엇인지 여쭙고 싶습니다.

A 답 사람의 감정이라는 것은 자신의 본성과 깊게 연관이 있습니다. 예를 들어 똥이라는 것을 보고 예전에는 '더럽다'고 생각이 들었는데, 지금은 똥을 보고, '아무렇지 않다'고 하면 자신의 감정 변화가 있음을 의미합니다. 문제는 왜 같은 것을 보고 이같이 감정의 변화가 있는가는 두 가지 개념입니다. 하나는 업의 유통 기한에 따른 업의 변화일 수 있고, 다른 하나는 자신이 추구하는 상의 마음이 변했기 때문에 그럴 수 있습니다. 예를 들어 어떤 사람이 평소 A라는 사람과 같은 성향을 가진 사람이 좋다고 했는데, 나중에

는 B라는 성향이 좋다고 하면 자신은 이같이 변한 생각을 느낄 것입니다.

문제는 그 속에는 자신이 추구하고 얻고자 하고, 바라는 뭔가의 바탕, 목적하는 바가 변했기 때문에 질문과 같은 감정의 변화를 느낄 수 있을 것이므로 왜 내가 예전의 감정과 지금의 감정이 변했는가의 마음을 파보면 둘 중에 하나와 연관이 있음을 알게 됩니다. 이 말은 일어난 그 마음속을 파보면 결국 그 이면 자신의 속마음에는 대부분 '목적하는 것'이 변해 이같이 감정의 변화로 나타날 수가 있으므로 스스로 왜 이같이 변한 감정을 가지게 되었는가를 보면 그 이유를 알 수 있습니다.

Q 문39 제가 하는 일은 계약 관계에서 공산품처럼 가격이 정해져 있지 않고 협상을 통해 계약이 이루어집니다. 어떤 일에 대해 협상할 때 거래처로부터 제가 얼마를 받을지 확정한 다음 기술자와 협상하는 경우와 반대로 기술자가 원하는 금액을 바탕으로 거래처에 얼마를 요구하는 경우가 있습니다. 보통 거래처로부터 받는 금액에서 10% 전후의 수수료를 빼고 기술자와 계약을 하는데 간혹 기술자에게 얼마를 원하는지 물었을 때 저의 예상보다 적은 금액을 원하여 그대로 계약을 하고 저는 20%의 수수료 이득이 생기는 경우가 있습니다.

그런데 이런 경우 죄의식 같은 느낌이 듭니다. 상대에게 숨기는 것 같은 기분도 듭니다. 그러나 상대가 원하는 대로 주었고 이것을 계약이 라고 애써 마음 정리를 하는데 이것이 합리화는 아닐까, 양심을 속이는 것은 아닌가, 조금 더 주겠다고 해야 하는 것이 아닐까 하는 생각이 드는데 이러한 경우는 어떤 정립을 해야 하는지 궁금합니다.

A 답 사업의 논리는 상(相)의 논리이므로 진리적으로 질문 사안에 대하여만 말하기는 어렵습니다. 나는 사업의 논리는 장사꾼의 논리라고 이야기하는데, 그것은 사업의 논리에서 안면이고 무엇이고 따질 것 없이 이윤만 많이 남기면 그것이 사업 잘하는 사람이 되기 때문에 그렇습니다. 그런데 본인의 경우 거래처에서 받는 금액은 이미 정해져 있고, 주어야 하는 노임과의 차이로 본인의 수입이 되는 입장인데, 보통 10% 이득인데 20% 남았다면 그것은 본인의 수입으로 챙기면 됩니다. 이 개념으로 40%의 이득이 남았다고 하면 남기면 그뿐인데, 질문과 같이 속이는 것이 아닌가 하는 등등의 생각이 앞서면서 뭔가 마음이 불안하다면 사업가의 기질은 없다고 해야 맞을 것입니다.

사업, 장사하는 입장이라면 때로는 100%의 이득을 남기고 그 이득은 사업이 되지 않을 때를 대비하는 충당금이 되어야 하는 장사, 사업의 논리가 있어야 한다는 이야기입니다. 다시 말하지만, 사업(장사)의 논리는 한 푼이라도 더 남기는 것이 장사 잘하는 사람, 사업 잘하는 사람이 된다 할 것입니다. 문제는 제품을 파는 사업이라면 원가를 절감할 수 있는 여지가 있는데, 질문의 경우 원가 절감이라는 것은 있을 수 없으므로 20%가 아니라 그 이상의 중간 이윤을 챙길 수 있다면 챙기는 것이 맞다 할 것입니다. 따라서 상의 논리인 장사, 사업의 개념은 자신의 성향과 맞아야 사업을 잘할 수 있습니다.

사업(장사)의 논리는 양심을 대입하면 사업할 수 없고, 반대로 양심의 논리는 사업에 대입하면 사업하지 못합니다. 이 말은 양심 있는 사업(장사)가라는 것은 존재하지 않는다는 이야기고 진리적으로 사업을 논한다는 자체가 맞지 않습니다. 다만 나라는 존재기 왜 그 같은 사업을 하게 되었는가의 본질을 보면 사업을 할 수 있는 사람인가 아닌가를 알게 될 것이고, 이것을 바탕으로 자신의 현실적인 문제를 풀어가는 데 도움이 되었으면 합니다. 사업이라는 것은 오로지 돈이라는 물질을 목적으로 하기 때문에 간이고 쓸개고 다 빼두고 하는 것이 사업, 장사의 본질이라 할 것입니다.

Q 문40 분별하는 방법에 대해 여쭙고 싶습니다. 어떤 행동을 할 때 이게 아닌데 싶지만 왜 아니고 어떻게 해야 하는지 그 행 외에 다른 것 자체로서의 생각들이 잘 일지가 않습니다. 상황이 발생하면 저라는 걸 빼고 객관적으로 상황을 본다는 게 무엇인지 잘 모르겠고 어렵게 느껴집니다. 상황이 일면 감정이 나고, 감정이 나면 분별할 능력 자체가 없어져 버린다는 생각이 들었습니다. 저 같은 사람은 어떻게 해야 하는지 여쭙고 싶습니다.

Ⓐ 답 나는 사람은 누구나 자신만의 본성을 가지고 있고, 이 본성은 자신의 참나와 깊게 연관이 있다고 말했습니다. 따라서 어떤 상황이 일어나면 백 사람, 천 사람의 마음은 다 다르게 작용합니다. 따라서 질문과 같은 내용을 고쳐가기 위해서 어떤 사안에 대하여 일어나는 마음 그대로 해버리는 것보다 한숨 쉴 동안이라도 생각하고 그다음 그 상황에 맞는 나의 행동은 어떤 것이어야 하는가를 정립하고 행동하면 바로 나오는 감정과는 다른 감정으로 변하게 되는데, 문제는 이것이 쉽지 않다는 것이고, 대부분 사람은 어떠한 사안에 대하여 자신의 본성에 의한 관념으로 바로 감정이 나버리게 됩니다.

객관적으로 보는 것을 잘 모르겠다고 한 부분은 예를 들어 두 명의 어린아이가 어떤 문제로 싸움할 때, 싸움이 되는 그 문제는 자신과 연관이 없으므로 이 싸움을 객관적으로 보고 누구의 잘못인가를 생각할 수 있다면 이것이 객관적으로 보는 수행법이라 할 것입니다.

그런데 이 또한 문제가 쉽지 않은 것이, 아무리 객관적으로 자신이 본다 해도 나라는 것이 개입되게 되어 있으므로 자신의 견해에서는 객관이라고 해도 진리적으로 100의 객관화된 입장이 될 수는 없습니다. 그러나 현실적으로 이같이 해서 개념을 이해하는 것이 중요합니다. 이 개념으로 부모가 다툼이라는 것을 해도 그것을 제삼자의 처지에서 보면 무엇이 잘못된 것인가를 알게 됩니다. 긴말을 해야 하므로 여기서는 생략합니다.

Q 문41 우주에서 〈참나의 미아〉, 전에도 한 번 질문 드린 내용인데 이해가 확실치 않아 다시 여쭙고 싶습니다. 육신을 가진 인간의 참나는 공기 중에서 작용한다고 생각되는데 우주로 나간 인간이 산소통에 들어있는 공기만을 가진 채 우주의 미아가 되어 공기가 소모되어 죽게 되었다면 지구와 연결될 수 있는 매개체인 공기가 없는 상태에서 참나는 그 우주에 그대로 존재하는지 아니면 지구로 돌아올 조건이 있는 것인지, 아니면 참나는 지구에 남아있고 따라가지 않는 것인지요? 그렇다면 우주에 간 인간은 기운 작용이 어떻게 이루어지는 것인지 궁금하여 여쭈어봅니다.

A 답 질문에 공기 중에 작용한다고 하는 부분은 잘못되었는데, 그 이유는 생명체는 진리의 기운이 있는 지구라는 것에 의존해 삽니다. 따라서 공기 그 가운데서 작용한다고 하면 공기 중에 그 무엇이 있다는 물질의 의미가 되므로 '공기 중에서 작용한다'는 말은 맞지 않습니다. 자연이 있는 지구에서 생명체는 존재할 뿐이므로 만약 달에서 사람이 죽어 간다고 하면 그 사람은 무엇을 마음에 두고 죽을까, 그것은 지구에 있는 그 무엇을 생각하거나 마음에 담고 죽을 것입니다. 그러면 비록 달에서 사람이 죽어도 자신에게 연고가 있는 지구를 생각할 것이므로 그 참나의 기운(마음)은 이미 이 지구 어디엔가 있을 것이므로 우주에서 참나가 미아가 되는 경우는 없습니다.

만약 이 사람이 달에서 죽을 때 화성을 생각하고 죽었으면 이 사람의 참나는 화성에 있지 않느냐고 생각할 것이나 절대로 그렇게 되지 않는 이유는, 지구 자연 속에 존재하는 생명체는 결국 이 지구에 자석 끌림과 같은 개념으로 자연이 있는 고향, 지구 그 어디에 그 업연에 따라 존재하므로 우주의 미아가 될 수 없습니다. 따라서 앞에 말한 대로 마음(참나의 개념)이라는 것은 물질 개념이 아니므로 아무리 자신이 화성을 생각하고 마음에 두고 죽었다고 해도 지구를 벗어나서 그 어떠한 것도 존재할 수 없으므로 우주 미아는 되지 않습니다.

따라서 질문에 "지구와 연결될 수 있는 매개체인 공기가 없는 상태에서"라는 이 부분도 잘못된 것인데, 공기 자체가 진리의 기운이라 생각하면 되는데 이것이 아니라 참나가 따로 있고, 공기라는 것을 매개체로 이용하는 개념으로 이해하는 것 자체가 잘못된 것입니다. 그러니 이 논리라면 참나가 서울에 갔다가 부산으로 오고 가는 논리가 되므로 이치에 맞지 않습니다. 오래전에 나는 참나라는 진리의 기운은 크기가 지구만 할 수 있고, 겨자씨만 할 수도 있다고 말했는데, 이것을 대입하면 무엇이 공기를 통해 오고 가고 하는 것은 존재할 수 없습니다. 그러므로 참나가 공기를 매개체로 한다는 생각은 맞지 않는다고 할 것이고 깊은 이야기는 생략합니다.

Ⓠ 문42 마음의 흔적을 남기지 않는 마음에 대해 생각하다가 누군가를 조금이라도 맘에 두었고 시간이 지나 맘에서 멀어졌다면 그

것도 업의 흔적에 따라 마음도 간 것이고 유통 기한이 다 되어서 맘에 선 멀어졌다는 생각도 해보지만 내가 누군가에게 맘을 두었다는 것 자체가 흔적이 남는 것인지 궁금해 질문 드립니다.

Ⓐ 답 사람은 누구나 흔적은 다 있고, 생명체로 존재하는 한 흔적이란 없을 수는 없습니다. 다만, 그 흔적이 어떠한 흔적인가는 60억의 인간이 다 다를 수밖에는 없고, 이 흔적이 다르므로 마음도 다 다른 것과 같습니다. 문제는 질문처럼 나 자신이 누군가에게 마음을 두었다면 마음을 준 그 상대와 뭔가의 업연의 고리가 있음을 의미하는데, 이 경우 나의 일방적 마음인가, 아니면 그 상대와 같은 마음인가의 문제가 있으므로 단편적으로 말하기는 어렵습니다.

다시 말하면 어떤 사람이 특정한 사람만 보면 마음을 주는 경우가 있는데, 이것은 그러한 사람에 대한 흔적이 깊게 남아 있으므로 그렇습니다. 또 어떤 사람은 술(酒)만 보면 애착을 갖는 경우도 전생에 술을 좋아하는 뭔가의 이유가 있을 것이고, 또 각자가 어떠한 것에 대하여 마음을 둔다는 것은 분명하게 그에 대한 자신의 마음에 뭔가의 흔적이 있지만, 앞서 말한 대로 개개인의 업이 다 다르므로 단편적으로 이 부분도 말할 수는 없습니다.

문제는 내 마음에 그 흔적이 남았다면 왜 그 흔적이 남았는가를 아는 것이 자신의 마음 공부법인데, 이것은 사실 어려운 것이고, 그렇다고 법당에서 일일이 이러한 것을 다 이야기해준다면 여러분은 밥 한 숟가락 뜨는 것, 숨을 쉬는 것까지 다 간섭을 받아야 할 것입니다. 또 중요한 것은 '나'라는 주관을 잃어버리게 되므로 본인 인생에 특별한 것이 아니라면 말해 줄 수는 없습니다. 그런데 질문에 "내가 누군가에게 맘을 두었다는 것 자체가 흔적이 남는 것인지"라는 부분은 먼저 스스로 그 흔적에 대하여 현실적으로 엮이는 것이 없다면 잊어버리는 것이 좋고, 뭔가의 관계를 해야 하는 상황이라면 그것이 현실적으로 이치에 맞는가 아닌가를 분별하고 마음에서 지우든 아니면 그 관계를 맺어가든 해야만 순리를 따르는 행이 됩니다. 따라서 질문처럼 단답형으로 '내가 누군가에게 맘을 두었다는 것 자체가 흔적이 남는 것인지'에 대한 답은 할 수 없는데 그것은 상황마다 다 다르므로 그렇습니다.

Q 문43 법을 이해하고 이치에 맞는 행을 하며 살아감으로써 의식이 뚜렷해지고 마음의 힘이 세지면 떠도는 다른 기운의 침범을 막을 수 있다고 법사님께서 말씀하셨습니다. 떠도는 이치를 모르는 기운들도 기본적으로 누가 어떤 사람들이 어떤 마음으로 법을 의지하고 있는지도 다 알고 있다는 생각이 듭니다. 다 알고 있다 하더라도 이치를 모르는 기운들은 법을 의지하는 사람의 무의식 속에 침범해 마음을 뒤흔드는 장난을 칠 수 있는지요?

A 답 결론은 '있다'입니다. 그 이유는 생명체는 진리의 기운이 있는 지구에 살고 있으므로 무의식의 기운으로 존재하는 생명

체의 기운과 함께 공존해 있으므로 그렇습니다. 이것은 '창과 방패'와 같은 개념으로 방패가 빈틈을 보이면 창은 언제라도 나에게 영향을 줄 수 있는 것과 같은 것이고 그래서 항상 깨어 있어야 한다고 말한 이유가 여기에 있습니다. 이 개념으로 깨어 있겠다는 것은 언제라도 다른 무의식의 기운이 나에게 영향을 줄 수 있으므로 마음 단속을 해야만 하므로 이것이 깨어 있어야 하는 의미인데, 단순하게 말하면 마음을 놓아버리거나 방심하게 되면 아무리 참나가 바뀌었다고 해도 다른 기운의 영향은 받을 수 있다는 점입니다.

따라서 질문처럼 반드시 '법을 이해하고 이치에 맞는 행'을 하려고 하는 노력은 매우 중요한 기본이고 이같이 하므로 의식이 뚜렷해지고 마음의 힘이 세지는 것인데, 이 경우 나의 의식이 강해지게 되므로 이치에 맞지 않는 다른 기운의 작용은 막을 수 있습니다. 우리가 떠도는 기운이라고 하는 것은 윤회에 들지 못하고 있는 무의식의 기운을 말하는데, 이들은 이치를 모르기 때문에 윤회에 들지 못하고 이치에서 벗어난 행위로 다른 생명체에게 영향을 주는 것이므로 이것이 빙의 작용을 일으키는데, 사람들은 이러한 작용도 모르고 신, 귀신이 있다고 믿는 부분은 매우 안타까운 일이라 할 것입니다.

따라서 기운으로 존재하는 무의식의 이들도 이치를 모르는 기운들이고, 기본적으로 누가 어떤 사람들이 어떤 마음으로 법을 의지하고 있는지도 다 알고 있다는 것은 맞습니다. 그러므로 이같이 다 알고 있다 하더라도 이치를 모르는 기운들은 법을 의지하는 사람의 무의식 속에 침범해 마음을 뒤흔드는 장난을 칠 수 있는지(마음에 영향)에 대한 답은 앞에 말한 대로 '그럴 수 있다'입니다. 그러므로 왜 깨어 있어야 하는가의 의식은 매우 중요합니다.

Q 문44 나의 의식이라는 것이 자신의 본성과 같은 연관이 있다고 법문 말씀을 주셨는데 의식을 아무리 바르게 세우고자 하여도 본성이 흐리멍덩하다면 의식도 비슷할 거란 생각이 들었습니다. 의식이란 무엇인지요?

A 답 사전적 정의로 의식(意識)은 '깨어 있는 상태에서 자기 자신이나 사물에 대하여 인식하는 작용'이라고 이야기하는데, 이 같은 것은 진리와 아무런 연관없는 말이므로 잘못된 말입니다. 다시 말하면 인간의 기본 행위, 동물적 감각의 행위를 하고 있다고 해서 의식이 있다고 하는 것과 어떤 사안에 대하여 분별하고 '나는 이렇게 해야지'라고 정립하고 실천하는 행을 하는 것과는 다릅니다. 따라서 지구 위에 60억의 인간이 있다고 해서 그 의식이 다 같은 것이라고 할 수 없고 60억 인간의 의식이라는 것은 똑같은 인간의 모습이지만 문제는 제각각의 마음이 다르고 마음이 다르므로 이것을 바탕으로 가지고 있는 의식이라는 것은 업(마음)이 다르므로 모두 다릅니다. 의식이 뭔가를 쉽게 이해하기 위해 예를 들어 말하면 성 행위를 할 경우 변태적으로 하는 사람의 의식과 그렇게 하지 않는

사람의 의식은 분명하게 다릅니다.

그런데 변태적인 행위를 하는 사람과 그렇지 않은 사람은 다 같은 사람, 동일한 사람이라고 자신이 생각한다면 이같이 생각하는 나 자신의 의식에는 분명하게 문제가 있다 할 것이고, 상대 또한 마찬가지이므로 이 개념을 생각해보면 내가 말하는 의식의 개념을 이해할 수 있을 것입니다. 이 경우 두 사람은 기본적으로 밥을 먹으며 인간이라는 생명체의 기본 행위를 하므로 의식이 있다고 하는 것과 두 사람이 성적으로 행동하는 의식의 차이는 다릅니다. 따라서 다 예를 들어 말할 수는 없지만 진리적으로 인간으로서 기본 행을 하는 의식과 이것을 바탕으로 한 개인적인 성향은 전부 자신의 참나의 이치에 따른 본성과 깊게 관련이 있습니다.

그러므로 이 의식이라는 것을 바로 세우는 방법은 업이니 본성이니를 따지지 말고 '이치에 맞는 행'이 뭔가를 생각하고 그에 맞는 행동을 해나가려 하는 것이 수행인데, 잘못하면 "그래 나는 이같이 타고났나 봐"라고만 생각한다면 인생을 사는데 회의감, 허무함이 들 것이고 결국 인생 비관론자가 돼버릴 수 있으므로 주의해야 합니다. '나는 나다'라는 입장에서 '그러면 이렇게 해야지'라고 마음을 다잡지 않으면 우물 안의 개구리가 되어 버립니다. 의식에 정의는 '이치에 맞는 행을 하는 정신 상태, 인식의 상태를 말한다'고 해야 이치에 맞는 말이 됩니다. 의식과 변태의 관계를 더 이야기할 수 있지만 여기서는 생략합니다.

Ⓠ 문45 〈꿈과 몽유병〉 드라마를 가끔 보게 될 때가 있는데 임신한 장면을 보았습니다. 그러다 태몽이 생각이 나서 사람들은 태몽을 꾸면 대부분 좋은 꿈으로 인식하는데 진리적으로는 어떤 의미가 있는지 궁금합니다.

Ⓐ 답 꿈이라는 것은 유정물의 모든 생명체가 꾸는데, 이유는 진리 속에 살고 있으므로 그렇습니다. 심지어 전깃줄에 앉아 있던 새가 꿈을 꾸다가 떨어지기도 한다고 이해하면 될 정도로 꿈이란 무의식 속에 빠지는 것을 말하는데, 임신한다는 것은 내 기운 말고 다른 기운이 하나 더 나에게 있음을 나타내는 것으로 이것은 마치 달걀 속에 또 다른 달걀이 있는 것과 같습니다. 보통 태몽이라고 하는 것은 난자 정자의 세포가 분열하는 과정에 일정 시간이 지나서 이 태몽을 꾸는데, 이때 분열하는 세포 속에 하나의 다른 기운의 '나'라는 것이 자리를 잡을 때 꿉니다.

따라서 이때 꾸는 꿈은 일반적으로 개인 혼자서 꾸는 꿈과 그 내용이 다릅니다. 혼자 꾸는 꿈은 본성의 업(참나의 개념)과 깊게 관련이 있다면 태몽이라는 것은 나 개인적인 본성과 연관이 없는 것이므로 꿈의 내용이 다르게 나타납니다. 문제는 꿈이란 될 수 있는 대로 꾸지 않는 것이 좋다고 나는 말하는데, 그것은 자신의 참나(본성)와 깊게 연관이 있고, 이 개념으로 악몽이라는 것을 꾸는 사람은 그만큼 자신의 마음에 뭔가 문제가 많이 있음을 의미하고 반대로 마음이 청정한 사람이 꾸는 꿈은 예지몽이 됩니다.

길게 이야기해야 하지만 꿈은 자신의 업과 밀접한 연관이 있고 따라서 꿈을 해석한다는 것은 논리적으로 맞지 않습니다. 질문에 말한 태몽이라는 것은 세포 분열로 인하여 하나의 다른 기운이 내 몸에 영향을 주는 개념인데, 이것은 보통 말하는 빙의의 개념과는 다른 부분이므로 별도로 이해하면 됩니다. 태몽이 아닌 개인적으로 꾸는 꿈은 내 업에 따른 것으로 차창밖에 스치는 풍경과 같은 것이나 태몽의 경우 나의 개인적인 본성의 것이 아니고 다른 무의식의 작용을 임신한 사람이 무의식 속(꿈도 무의식의 작용이므로)에서 그 다른 생명체의 무의식 작용을 느끼는 것입니다.

이같이 말하면 그 생명체를 잉태하므로 꾸는 꿈은 다 좋은 것으로 생각할 수 있지만 착각이며 단순하게 다른 생명체가 나에게 있다는 무의식의 암시 개념이라고만 생각하면 그뿐입니다. 이 개념으로 몽유병(夢遊病) 환자의 경우 깨어는 있지만, 그 의식은 이같이 무의식 속에 꿈을 꾸는 것 같은 상태가 몽유병이라 할 수 있습니다. 이것도 자신의 본성(참나)의 업과 깊게 연관이 있는데, 기운의 작용은 이같이 다양하게 나타나므로 태몽의 경우도 평소에는 꿀 수 없고, 다른 기운이 나에게 영향을 준다는 신호 정도이며 그나마 이것도 딱 한 번에 그치므로 이 개념으로 이해하면 그뿐입니다. 그 꿈의 내용은 아무런 가치나 의미가 전혀 없으므로 그것에 연연하다 보면 꿈과 현실을 분별하지 못하는 이상한 상태가 되므로 꿈에 빠지지 않는 것이 중요합니다. 꿈은 어떤 것이든 꾸지 않는 것이 좋은데, 꿈에 연연하고 사는 것은 정도의 차이는 있지만 몽유병이라 해도 진리적으로 지나친 말은 아닐 것이므로 주의해야 합니다.

Q 문46 〈육도윤회의 정석〉 법문 말씀 중에 "비록 같은 인간이라도 이치를 모르면 안하무인으로 의식 없는 행동을 하는 것과 그 이치는 똑같습니다. 그런데 인간과 가까운 동물의 경우 실제 다음 생 인간으로 태어날 확률이 높다고 말했고, 실제 그렇게 진행이 됩니다"라는 말을 보고 들었던 생각인데, 육신이 있는 처지에서 이치를 얼마나 알았는가에 따라 자기가 받는 몸이 결정되는지 궁금합니다.

A 답 불교에서 말하는 육도윤회 하는 여섯 세계, 지옥(地獄), 아귀(餓鬼), 축생(畜生), 아수라(阿修羅), 인도(人道), 천도(天道)를 육도라고 하는데, 이 세상이 아닌 죽어서 가는 사후 세계에 대한 내용입니다. 하지만 나는 이생에서 현실적인 부분을 이야기하는데, 이 말은 같은 인간이라고 해도 인간의 차이가 이같이 나뉠 수 있다는 것을 말합니다. 그런데 꼭 이 여섯 가지라고 할 수 없는 부분은 인간의 마음이 다 다르므로 지구 위에 60억의 인구가 있다면 60억 개의 도(道)가 이생에 존재한다고 해야 맞는 말이 됩니다. 이것은 매우 중요한 말인데, 죽어서 우주 어디에 이 같은 세계가 존재하는 것이 아니라 실제 우리가 사는 이 세계에 육도의 이치가 다 있으므로 인간이라고 해서 다 같은 인간은 아니라고 나는 말한 것입니다.

이 같은 개념으로 인간이라는 부류에서도 60억 개의 층, 도의 세계가 있고, 강아지 부류를 보면 각각의 강아지의 업이 다르므로 인간으로 오는 층이 있고, 인간으로 오지 못할 층(부류-도)이 있다고 이해하면 되며 기타의 생명체도 마찬가지 개념으로 이해하면 됩니다. 내가 말한 "인간과 가까운 동물의 경우 실제 다음 생 인간으로 태어날 확률이 높다"는 것은 확률적으로 그러한 것입니다. 앞에 말한 대로 강아지라고 해서 다 인간으로 올 수 없는 이유는 강아지의 부류에서의 도(道)가 다 다르므로 그렇습니다. 따라서 불교에서 말하는 것은 현실을 떠나 상상 속 판타지 소설에나 나오는 말이기 때문에 아무런 의미 없습니다.

따라서 질문에 "육신이 있는 처지에서 이치를 얼마나 알았는가에 따라 자기가 받는 몸이 결정되는지"에 대한 부분은 그렇지 않고 무수한 생명체 중에 미미한 인간의 숫자이기 때문에 확률로 보면 지금과 같은 인간으로 올 확률은 극히 미미합니다. 따라서 진리에 대한 이치만 알았다고 해서 인간으로 온다는 것은 맞지 않으며 얼마나 자신이 이치에 맞는 행(行)을 했는가가 중요합니다. 이 법과의 인연으로 만난 이 시간에 자신의 이치를 바꾸지 않으면 답이 없고, 입으로 말로만 이 법을 의지한다, 믿는다고 해서 이치는 절대로 바뀌지 않습니다.

업의 유통 기한만 보내는 것뿐이고, 따라서 깨어나는가 깨어나지 못하는가는 자신의 의식에 달려 있다고 말한 이유가 여기에 있습니다. 그러므로 질문에 "이치를 얼마나 알았는가에 따라 자기가 받는 몸이 결정되는지"는 중요하지 않습니다. 얼마나 이치에 맞는 행을 했는가가 중요하다는 뜻이며 깊은 이야기는 생략합니다.

Q 문47 〈친구의 정의〉 오랜만에 보게 된 친구가 다른 친구에게 하는 행동을 보다가 저도 그 친구에게 그런 행동을 하고 있었다는 것을 알게 되면서 친구라는 개념을 확실하게 알고 있다는 생각이 들지 않았습니다. 친구라는 것이 가족보다는 업연의 고리가 약하지만, 그 업이 비슷한 상대가 아니겠느냐는 생각이 드는데 친구의 개념이 궁금합니다.

A 답 질문처럼 '업이 비슷한 개념'으로 친구가 되는 것은 대략 맞습니다. 그런데 여기서 문제는 비슷한 업이 아닌 '나'의 목적에 따라 그 친구를 이용하는 경우도 있는데, 이것은 비슷한 업이 아니라 나의 상(相)에 의한 친구의 개념이 되므로 나 자신의 친구를 객관적으로 두고 왜 내가 그와 친구의 관계를 유지하고 있는가, 자신의 마음을 들여다보면 분명하게 어떤 목적이 있음을 알게 됩니다. 그러므로 진리적으로 질문처럼 단편적으로 '업은 약하지만 비슷한 것'이 친구라고 단도직입적으로 판단하는 것은 확실한 답은 아니라 할 것입니다.

따라서 진리적으로 '친구'의 정의로 우리가 아는 일반 상식에서의 친구는 존재하지 않고 그 친구도 결국 나 자신의 상에 따른 목적에 기반을 둔 것이 대부분입니다. 바꾸어 말하면 상대의 입장에서도 나를 자신의 어떠한 목적에 기반을 둔 것이므로 역지사지의 입장은 똑같다 할 것입니다, 그러므로 친구의 정의는 없다는 것이 결론이고 현실적으로 친구는 각자의 필요에 의한 거래의 개념일 뿐이며, 이것도 업의 유통 기한에 따라 또는 내 마음의 바뀜에 따라 거래의 개념에서의 친구도 바뀌게 됩니다. 따라서 친구란 앞에 말한 두 가지의 개념인데, 업이 비슷한 사람끼리의 만남이거나 나의 목적에 의하여 관계를 유지하는 개념이 전부입니다.

Q 문48 마음공부를 하려면 '여리고 여린 마음'을 먼저 만들어 가야 한다고 알고 있는데 '자신을 낮춘다'는 의미와 비슷한 의미인지 궁금합니다. 또 예를 들어 발밑에 개미를 밟지 않으려고 살피는 것도 여린 마음을 만들어 가는 것이라 여겨도 될는지 정확히 모르겠다는 생각에 여쭙습니다.

A 답 '여린 마음을 만들어 간다'는 것과 '자신을 낮춘다'는 의미는 다릅니다. 여린 마음이라는 것이 나 홀로의 마음 상태를 의미하는 것이라면, 자신을 낮춘다는 것은 상대성이 있는 개념이기 때문에 그렇습니다. 이 개념으로 발밑에 개미를 밟지 않는다는 상황에서도 단순하게 생명체인 개미를 죽이지 않아야 한다고 의식하여 밟지 않는 것과 내 마음 바탕이 여리기 때문에 이 마음이 기본이 된 상태로 '개미를 밟지 않아야지'라고 의식하지 않고 행동하는 것

은 다릅니다. 마음 바탕이 여릴 때 자신의 행동은 자연스럽게 생명체 입장의 마음을 가지게 되기 때문에 단순하게 '생명체를 죽이는 것은 업이 되므로 죽이지 않아야지'라는 마음만으로 여린 마음을 가졌다고 할 수는 없습니다. 이것은 인간의 기본인 윤리 도덕, 양심의 마음만이라도 가지고 있다면, 조금만 의식이 바르면 누구라도 할 수 있는 행동입니다. 하지만 내가 이야기하는 여린 마음이라는 것은 외적인 것과 상관없이 내 마음을 먼저 여리게 만들어가고 이것이 바탕이 되면 생명체에게는 의식하지 않아도 자연스러운 행동을 하게 된다는 것입니다.

또 '자신을 낮춘다'는 것은 '이치'를 알아야 가능합니다. 두 가지 개념으로 이야기하면 진리를 떠나 이것도 윤리 도덕, 양심에 비추어 자신의 행동을 하면 자연스럽게 어떤 상황에서도 자신을 낮추는 행동을 할 수 있는데, 이치를 모르면 자신이 낮추는 행동을 했지만, 그것이 자신의 상(相)을 드러낼 수 있는 행동이 됩니다. 따라서 질문에 개미를 밟지 않는다고 해서 진리적으로 여린 마음을 만들어간다고 할 수 없고, 인간의 기본 마음을 만들어간다고 이해하면 될 것입니다. '자신을 낮춘다'와 여린 마음의 개념은 다릅니다. 따라서 여린 마음을 먼저 만드는 것이 기본이고, 이것을 바탕으로 하여 극과 극의 이치를 알아야 자신을 낮춘다(하심 하는 마음)는 것이 무엇인가를 이해하게 될 것이므로 여기서 깊은 이야기는 생략합니다.

Ⓠ 문49 〈진급강급(進級降級)의 정의〉 법을 의지하여 자신의 지나간 잘못된 행을 돌아보고 마음을 점검받고 정립하여 이치에 맞는 행을 하는 것이 수행이라는 생각이 들었습니다. 그런데 깨어있지 못하면 업을 오히려 더 짓는 거라는 생각이 들었는데, 진급과 강급의 개념이 궁금하여 질문 드립니다.

Ⓐ 답 진급 강급(進級 降級)의 단어적 의미는 말 그대로 더 좋아지는 것을 진급이라고 하고, 더 나빠지는 것을 강급이라고 합니다. 이 말을 자신의 견해에 대입해보면 이 법을 알고 나서 자신이 그전보다 더 좋아졌는가 아닌가를 보면 스스로 진급 강급(進級 降級) 중에 어디에 해당이 되는가를 알게 될 것입니다. 따라서 이 진급, 강급의 기준은 현재의 상태가 기준이 되므로 내일은 내일의 기준으로 진 · 강급을 평가할 수 있으므로 다가오지 않는 미래를 오늘 생각하고 "나는 내일이면 좋아질 것이야"라고 생각하는 것은 어리석은 것이므로 다가오지 않는 미래는 모래성에 불과하다 할 것입니다.

따라서 질문에 "법을 의지하여 자신의 지나간 잘못된 행을 돌아보고 마음을 점검받고 정립하여 이치에 맞는 행을 하는 것이 수행이라는 생각이 들었습니다."라는 말은 진 · 강급과 관련이 없는 말이 됩니다. 이것은 개인적인 공부 방법일 뿐이고, 이같이 한다 해서 진급, 강급이 된다고 할 수 없으므로 그렇습니다. '이렇게 해야 진급이 될 것이다' 이것은 진행형이고, '지금이 어제보다 좋아졌다, 나빠졌다'는 확정된 상태이므로 이 경우 진급했다, 강급했다의 말이 성립된다는 뜻입니다. 따라서 진 · 강급의 의미는 현재를 기준으로 이전보다 좋아졌는가 아닌가의 상태를 말하는 것이고, 이것은 시시각각 변하는 것이므로 지금 시각에 나의 상태가 한 시간 전보다 좋아졌는가 아닌가이며, 확대하여 지금이 한 달 전보다 좋아졌는가 아닌가 이 개념을 일 년, 10년, 일생… 등으로 확대 축소해보면 스스로 진 · 강급이 되었는가를 알 수 있을 것이고 이것이 마음 법당의 진급, 강급의 개념입니다.

그런데 불교는 〈수행을 열심히 하여 중생 세계로부터 불보살 세계로 나가거나 이와 반대로 수행을 게을리하여 불보살 세계로부터 중생 세계로 떨어짐, 천지 대자연의 운행인 성주괴공(成住壞空)과 춘하추동(春夏秋冬), 천지 대자연의 성주와 춘하는 진급이며 괴공과 추동은 강급이다〉라는 논리를 이야기하면서 진 · 강급을 이야기하지만, 의미 없으니 내 말과 무엇이 다른가를 이해하면 어떤 말이 맞는가를 이해하게 됩니다. 자연은 자연으로 존재하므로 자연을 끌어들이는 것은 맞지 않고, 내가 말하는 것은 나의 마음 작용으로 나라는 존재 상태의 변함을 나는 진 · 강급의 개념으로 말하니 판단은 스스로 하고 마음에 정립해야 할 것입니다. 진급, 강급의 논리는 상당한 말을 해야 하는 부분이므로 여기서는 이 정도로 말하고 생략합니다.

Q 문50 〈임신과 입덧의 정의〉 입덧은 자식과의 업의 상태가 0(영)이기 때문에 세포 분열로 뱃속에서 자라면서 그 아이만의 성향을

드러내게 되면서 입덧을 한다고 법사님께서 말씀하셨습니다. 그런데 자연스러운 입덧을 하기 싫다고 해서 입덧을 막기 위해서 무언가를 먹는 여성들은 잘못된 것이 아닌지요?

Ⓐ 답 사람은 자신에게 뭔가의 변화가 있으면 그것을 행동으로 나타낸다고 말했습니다. 이 개념으로 여성이 임신하면 다른 기운이 이미 자신의 몸에 있다는 것을 의미하는 것이므로 입덧이라는 것을 하지 않으면 임신의 상태(다른 기운의 작용)를 쉽게 이해하지 못할 것입니다.

임신하게 되면 몸의 변화가 일어나고 주기적인 생리가 멈추게 되는 것도 이 개념이라 할 것인데, 이것은 동물학적인 현상으로 물질개념이 되지만, 진리적으로는 기운 변화의 작용으로 그 행동을 나타내게 되고 이것이 입덧이라는 개념으로 나타납니다. 따라서 어떤 입덧을 하는가도 그 기운의 작용에 따라 다 다르게 나타나므로 단편적으로 여기에서 다 말할 수는 없습니다.

질문에 "입덧은 자식과의 업의 상태가 0이기 때문에 세포 분열로 배 속에서 자라면서 그 아이만의 성향을 드러내게 되면서 입덧을 한다"는 말은 맞고, 이 과정에서 그 자식만의 기운이 점진적으로 완성되고 이 과정에 입덧이라는 것으로 그 존재감을 나타냅니다. 따라서 먹고 싶은 것이 있으면 자연스럽게 먹어주면 되는데, 문제는 이 같은 입덧을 하기 싫다고 해서 입덧을 막기 위해서 무언가를 인위적으로 먹고 입덧을 막아 보겠다는 것은 매우 잘못된 것입니다.

보통 입덧을 하게 되면 '역겹다'고 느끼는 것이 보통이며 반대로 달콤하다, 좋다 등의 감정을 느끼지 않을 것입니다. 그 이유는 무엇인가? 바로 업연의 관계로 태어나기 때문에 '역겹다'는 마음이 일어나게 됩니다. 참고로 100% 좋은 업이라고 하는 것은 없지만, 설령 있다고 하면 태어나지 않을 것이고, 이같이 역겹다는 식의 감정은 일어나지 않을 것입니다.

뭔가의 업이 있으므로 존재하는 입장이라면 어떤 식으로든 입덧이라는 것은 하게 되어 있고, 여기서 다 말하기는 어려운 부분이 있으므로 깊은 말은 생략합니다. 따라서 임신을 하게 되면 생리가 멈추는 것은 '물질 이치'로 이것은 모든 동물의 공통점이고, 입덧이라는 것은 인간만 하는 것입니다. 이것은 진리적 기운의 작용을 몸으로 나타내는 것(진리 이치)으로 이해하면 됩니다. 동물이 입덧하지 않는 이유는 상의 마음이라는 것이 없으므로 그렇고, 그들은 상이 없으므로 자연의 순리, 진리 이치에 순응하며 따르기 때문에 입덧이라는 것을 하지 않습니다. 깊은 이야기는 생략합니다.

Q 문51 〈법연, 업연의 정리〉 알 수 없는 윤회를 돈 사람들은 그만큼 수많은 업연들이 있을 것이라는 생각이 듭니다. 만약 이번 생에 정법(이치에 맞는 말)을 만나 법을 의지함으로써 이생에 만난 업연들과의 업(業) 정리를 이치에 맞게 했다고 하더라도 이생에 만나지 못했던 나머지 업연들과의 업 정리도 결국은 해야만 궁극적으로 해탈할 수

있는 것인지요?

A 답 나는 '이치(理致)'라는 것은 얼마든지 바뀐다고 말했는데, 이 말은 자신의 본성(本性)이라는 것은 바꾸지 못한다고 했고, 다만 그 본성이 가지고 있는 이치는 바꿀 수 있다는 의미입니다. 이 개념으로 알 수 없는 윤회를 돈 사람들은 그만큼 수많은 업연이 있을 것이고, 화현의 부처님 법이 이 세상에 있을 때는 개인적인 업의 작용은 잠깐 멈추게 됩니다. 이 말은 전생에 이 법과의 어떤 업인가에 따라 이 법과의 유통 기한이 정해지게 되고, 그 시간만큼 개인적인 업의 진행은 멈추고 이 법과의 관계에서 자신이 어떠한 마음으로 고쳐지는가에 따라 진급, 강급됩니다. 만약 이 법을 알므로 자신의 이치가 진급이 되는 것으로 바뀌게 되면 이 법과의 유통 기한이 끝이 났을 때 개인적인 업의 이치도 바뀌게 되지만, 자신의 상(相), 본성(本性)으로 이 법에 대하여 업을 지으면 그것은 강급의 개념으로 이 법과의 유통 기한이 끝이 나면 자신의 개인 업은 그대로이거나 더 좋지 않게 됩니다.

왜 이 말을 하는가 하면 자신 스스로는 모르지만, 이 법에 자신의 본성의 행을 그대로 하는 사람이 있는데, 이것은 진급의 개념이 아니라 강급의 개념으로 오히려 업을 더 부풀려 가고 있는 것에서 알 수 있습니다. 따라서 이 법을 알아서 진급되고 개인 업의 이치를 바꾸어가는 사람도 있고, 아니면 업을 더 부풀려 가는 사람도 있으므로 나는 법을 떠나, 윤리 도덕이 기본이라고 했고, 이것이 원만하게 진행이 되면 그다음 진리적인 이치를 이해해야 함을 이야기했습니다. 이 기본마저도 못하는 사람이 있기 때문에 이 법을 알았다고 해서 업을 진리적으로 줄여가고 있다고는 할 수 없습니다.

수차 한 말이지만, 개인적인 업의 윤회에서 살다가 이 법이 이 세상에 나타나고 이 법을 안 순간 개인적인 업의 작용은 멈추게 되고, 이 법과의 인연에 따라 이 법과 함께할 수 있는 시간은 주어집니다. 하지만 이 기간에 어떻게 자신의 마음을 만들어가는가에 따라 이치는 바뀌게 되므로 이 부분은 본인이 어떠한 마음을 가지는가에 달려 있습니다. 누가 대신해 줄 수는 없고 오로지 자신의 의식으로밖에 할 수 없으므로 의식이 중요한 이유가 여기에 있습니다.

정리하면 개인적으로 윤회를 돌다가 이 법을 이생에 만났다고 하면, 이때 개인적인 업의 진행은 전생에 이 법을 안 만큼의 유통 기한에 따라 멈춥니다. 그리고 그 유통 기한에 따라 스스로 윤회에서 벗어나는 진급이 되는 방법을 알게 되는 시간을 가지게 되고, 그 시간(법을 알았던 시간-법연이라고도 함)이 지나면 이 법을 알았을 때 어떠한 마음으로 변했는가에 따라 이 법과의 시간이 다하여 개인적인 업을 이어갈 때 자신의 개인 업의 이치는 바뀌게 된다는 것이 진리적 입장입니다.

이 개념이 진급과 강급의 개념이 되는데, 이 법을 만나 이치에 맞게 마음이 변했다고 해도 윤회 속 개인적인 업연들과의 업(業) 정리를 결국은 해야 하지만 가래로 막을 것 호미로 막는 개념으로 개인적인 업은 정리를 해야만 궁극적으로 해탈을 할 수 있습니다. 일단 자신이 지었던 업 자체는 없앨 수는 없고 피해가거나 가래로 막을 것 호미로 막을 수 있는데, 이것은 이치가 바뀌었을 때만 가능한 것이고, 반대로 이 법을 알았다고 해도 오히려 업을 가중하고 있을 수도 있음을 의미합니다. 어찌 되었든 전생에 이 법을 알았다는 이유만으로 스스로는 진급, 강급의 기로에 설 수 있는 기회를 얻었다는 점입니다. 더 깊은 말은 생략합니다.

Q 문52 지난번 법회 때 주셨던 법문 말씀 중에 어떤 상황에서 무수히 일어나는 생각들의 차이만 있지 그 생각 중 본인 스스로 분별할 수 없지만 답은 있다고 말씀하셨는데, 그 이유가 무엇인지 여쭙고 싶습니다. (잘은 몰라도 태초의 참나와 긴 시간 윤회하면 굳어진 본성과 연관이 있는 것인가 하는 생각도 들었습니다.)

A 답 마음이라는 진리적인 기운을 인간은 누구나 다 가지고 있으므로 그 마음에서 일어난 마음 중에는 분명 이치에 맞는 마음이 있습니다. 그런데 어떠한 마음을 가지고 있는가에 따라 각각의 마음에 일어나는 마음의 종류, 숫자가 다르므로 자신의 마음에서 일어나는 그것 중에 어떤 것이 이치에 맞는 것인가의 답을 찾지 못할 뿐입니다. 예를 들면 학교 공부 때 하나의 문제에 대하여 4~5가지의 답안을 주고 그중에 하나를 고르라고 하면 100점짜리 답을

찾기란 매우 어렵고 각자가 가지고 있는, 알고 있는 것으로 답이라 생각하는 것을 찾을 것입니다. 이 경우 알고 답을 찾는 것과 안다고 해도 묘하게 그 답만을 피해 가는 경우도 있으므로 이 이치와 자신의 마음을 대조해보면 이해가 될 것입니다.

다시 말하면 나나 여러분이나 '마음'이라는 진리적인 기운은 똑같지만, 문제는 그 마음에서 일어나는 마음에 작용은 다릅니다. 따라서 어떤 상황에서 무수히 일어나는 마음의 차이만 있는 것이고 마음이라는 본질은 같으므로 그 마음에서 일어나는 것 중 본인 스스로 분별을 얼마나 잘하는가의 차이만 다릅니다. 이것은 질문처럼 각자가 가지고 있는 참나의 본성과 깊은 연관이 있고, 또 긴 시간 윤회하면서 굳어진 본성과 연관이 있다 할 것입니다. 우리가 마음을 청정하게 해야 한다는 것은 결국 그 마음에서 일어나는 마음이 100으로 이치에 맞게 일어나고 그 행을 하는 것이 진리적으로 청정하다 할 것이고, 일어나는 마음이 얼마나 이치에서 벗어났는가에 따라 청정하지 못하다고 할 수 있습니다.

이것은 마치 진흙탕물이 얼마나 깨끗해졌는가의 이치와 같다는 이야기입니다. 그러니 업이 있어 존재하는 인간의 입장에서 정도의 차이만 다 다르므로 스스로 답을 알지만, 그 답이 뭔가를 찾지 못하고 본성의 행을 하므로 그 굴레에서 벗어나지 못하고 있다 할 것입니다. 그래서 자신의 의식으로 이치를 알아가야만 스스로 답을 찾을 수 있는 것입니다. 따라서 100으로 이치에 맞는 마음이 되었다고 할 때가 '깨달음을 얻었다'고 할 수 있고, 이때 진리 이치를 그 마음으로 다 알게 됩니다.

Q 문53 "현실적으로 진리적인 양극단에 이치를 알므로 이같이 말하는 것입니다"라는 법문 말씀 중 진리적으로 양극단의 이치가 무엇인지요? 가끔 법사님 말씀 중에 '극과 극을 아시기에'라는 말씀도 하신 적이 있어 궁금하여 여쭙고 싶습니다.

A 답 양극단은 '극과 극'이라는 의미인데, 이 말은 '진리 이치–물질 이치'가 양극단의 개념이고, 이 논리로 선–악, 물질–비물질, 몸과 마음, 영(靈)과 육(肉), 지식–지혜 등과 같은 것이고, 이 두 가지의 극단의 끝을 이야기하는 것입니다. 이것을 알아야만 중도(中道)라는 것이 뭔가를 알게 되므로 어느 한쪽에 치우치지 않게 됩니다. 양극단을 알아야만 법이라는 것을 이야기할 수 있는데, 이것을 모르면 인간은 어느 쪽이라도 치우치게 되어 있고 치우치지 않는 중도의 마음을 가질 수 없으며 법을 이야기할 수 없습니다.

쉽게 말해 서울–부산이라는 것을 알지 못하면 어디가 중간쯤인가를 모르는 것과 같고, 서울과 부산을 왔다 갔다 한 사람은 중간 지점이 어디인가를 알게 되는 것과 같다 할 것입니다. 그러니 선(善)을 이야기하는 사람도 어디까지가 선이고 악인가를 모르는 것과 같으니, 악의 끝 선의 끝을 알면 어디까지가 선이며 악인가를 알게 되는 이치와 똑같습니다. 따라서 나는 몸이 있으므로 "현실적으로 진리적인 양극단에 이치를 알므로"라는 말을 한 것이고, 이같이 극과 극을 알아야만 두 극단을 알고 법이라는 것을 말할 수 있고 중도의 행을 할 수가 있습니다.

Q 문54 죽음의 이치는 전생과 똑같이 이루어지며 바뀌지 않는다고 했습니다. 만약 정법의 말씀으로 이생에 진급이 되어 다음 생 그것에 맞게 태어나면 죽음의 이치도 바뀔 수 있는 것인지 궁금하여 질문 드립니다.

A 답 답은 '바뀔 수 있다'입니다. 그러나 문제는 뭔가 하면, 예를 들어 전생에 물에 빠져 죽었다고 할 때 '물에 빠져 죽는다', 즉 물과 연관이 있게 죽는다는 것은 바뀌지 않습니다. 다만 실제 강물에 빠져 죽는 예도 있고, 설거지하면서도 물을 만지기 때문에 '물과 연관이 있는 죽음'이라는 것은 바뀌지 않습니다. 다시 예를 들면 전생에 수레바퀴에 깔려 죽었다고 하면 죽음의 이치는 바퀴와 관련된 죽음의 이치는 바뀌지 않으며 이생에 차 바퀴에 치여 죽은 경우도 있고, 자전거, 혹은 안경과 같은 것, 놀이기구에서도 그렇게 될 수 있습니다. 비행기나 열차, 자동차 등과 같이 움직이는 물체에 죽을 수도 있으므로 단답형으로 전생과 똑같다고 할 수는 없습니다.

이 개념에서 진급이라면 전생에 칼에 맞아 죽었지만 이생에는 바늘에 죽을 수도 있는데, 이것이 진급의 개념입니다. 강급의 개념은 칼을 한 번이 아니라 수없이 맞아 죽을 수도 있으므로 결국 죽음의 본질은 태초에 무엇으로 어떻게 죽었는가는 바뀌지 않습니다. 다만, 그 이치는 바뀌는 것이므로 A로 죽었으니 이생에 똑같이 A로 죽는다는 것은 없고 '이치'는 바뀐다고 해야 맞는 말이 됩니다. 이 같은 작용으로 이생에 인간이 죽을 때 다 같은 방법으로 죽는 것이 아니라 참으로 다양하게 죽음의 상황이 나타나게 되고, 죽음의 상태가 다 다른 이유가 여기에 있습니다. 같은 비행기를 타고 가다 추락으로 죽었다 할 경우 단순하게 추락해 죽은 것으로 보이겠지만, 그 개개인의 죽음의 이치는 진리적으로 다양하게 있다 할 것입니다.

그러므로 죽음의 이치는 이미 개개인의 참나 속에 기본은 정해져 있음을 알 수 있고, 진급, 강급으로 죽는가만 다를 뿐입니다. 그런데 이러한 죽음의 이치는 개개인이 이미 가지고 있으므로 운명은 정해져 있다고 말한 것이고, 바꿀 수 있다고 이야기한 것입니다. 이유 없는 죽음은 존재하지 않으며 뭔가의 이유가 있고, 그 이유 속에 나 자신은 죽을 뿐인데, 그 이유는 바로 개개인의 참나 속에 다 있다 할 것입니다. 그러므로 마음(참나)의 이치를 알면 생명체의 존재에 대한 모든 것을 알 수 있습니다.

Q 문55 내 몸의 세포도 업 따라 있다는 말씀을 들었습니다. 정법 말씀을 들으며 나에게 있는 세포도 내가 변한 만큼 법문을 들으며

함께 깨어날 수 있는지 궁금해 질문 드립니다.

Ⓐ 답 결론은 '있다'입니다. 나는 나 자신을 존재하게 한 '참나'의 이치에 따라 나의 마음이라는 것은 형성되었다고 말했는데, 우리가 인식하는 '내 마음'이라는 것은 지구 위 60억의 인간이 있다 해도 이 개념으로 다 다르다고 했고, 따라서 마음이 다르므로 몸이라는 것도 제각각 다 다릅니다. 그러므로 마음이 변하면 참나가 변하고, 참나가 변하면 몸은 자연스럽게 그 이치에 맞게 변합니다. 따라서 내 몸의 세포도 나라는 주관자적인 업(業) 따라 형성되므로 이치에 맞는 말을 듣고 분별하고 맞는 것을 마음에 새기게 되고 행을 그것에 맞게 하면 나의 몸을 형성하고 있는 세포도 내가 변한 만큼 함께 깨어날 수 있다는 것이 진리 이치입니다.

바로 이 개념이 나라는 존재의 운명을 바꾸는 법이 되는데, 이것이 아닌 것으로 보이는 몸뚱이를 어떻게 한다 하는 것은 포장지만 인위적으로 만드는 것이지 근본적으로는 바뀌지 않습니다. 쉽게 마음이 예쁘면 몸도 그것에 맞게 예쁘게 변한다고 해야 맞는데, 보통 사람은 그렇지 않습니다. 자신의 마음이 최고인 것으로 알고 살며, 몸뚱이도 그것에 맞게 이리저리 고치는데, 바로 이것이 상(相)이고 자신의 견해에서 업을 부풀려가는 것이라 할 것입니다.

나는 참나의 기운에 따라 내 마음이라는 상의 마음이 생기고 몸은 참나의 이치에 따라 형성되었다고 말했는데, 그러므로 행동이라는 것(물질 개념)은 그 참나에 따라 행동하게 되어 있으므로 결국 그 '마음-몸-행동'에는 이미 자신이 모든 것을 다 드러내고 있다는 점 명심해야 합니다. 마음이 근본이요, 바탕이라고 하는 말의 정석은 바로 위에 말한 것이라 해야 맞는 말이 되고, 문제는 어떤 마음을 내가 만들어가야 하는가 이것이 마음 법당의 마음 공부법이라 할 것입니다.

Q 문56 법회 때 말씀 중에 부모님과 돈거래 하지 말라고 주셨던 말씀이 있었습니다. 월급을 받고 다만 조금이라도 드렸던 적이 있었는데 조금 있다가 어머니께서 문자를 주셔서 얼마를 빌려줄 수 있느냐는 내용을 받은 적이 있었습니다. 그 정도의 돈은 없었기도 하지만 돈이 없다는 말씀을 드렸는데 약소한 금액이라도 부모님께 드리는 것은 제 경우에는 이치에 맞는 행동인지 아닌지 궁금해졌습니다.

A 답 이 부분은 사실 가장 현실적인 부분이라 할 것인데, 단편적으로 부모에게 주라, 주지 말라는 말은 할 수 없습니다. 그 상황이 다 달라서 그런데, 이를테면 부모가 이치에 맞지 않는 그 무엇을 한다고 하면서 돈을 달라고 하는 것과 이것이 아닌 모든 상황이나 여건으로 볼 때 도와주지 않으면 안 되는 것이 있으므로 단편적으로 주라, 말아라고 단답형으로 이야기할 수는 없습니다. 다만 현실적으로 본다면 자식된 도리로 부모에게 적은 금액이라도 보내주는 것은 맞겠지만, 또 문제는 이 '적은 금액'이라는 것의 한계를

어디까지 봐야 하는가의 문제가 남습니다.

그러므로 단답형으로 말할 수 있는 것이 아니라 자신의 모든 것을 다 드러내놓고 이러한 상황에서 내가 할 수 있는 제일 나은 선택이 뭔가를 알고, 그것에 맞게 물질적인 행위를 하는 것이 좋을 것입니다. 그래서 막연하게 부모이기 때문에 부모가 원하고 바라는 것을 다 들어 주어야 한다, 그것이 효(孝)라는 논리를 앞세우기보다는 그 이전에 앞에 말한 대로 전반적인 상황을 봐야만 어떻게 해야 하는가의 틀을 잡을 수 있다 할 것입니다. 질문을 보면 부모가 어떠한 연유로 돈을 달라는지, 또 부모의 사정이 무엇인지 등을 봐야 할 것입니다.

이를테면 부모가 어떤 사업을 한다고 가정하면 사업이 잘되지 않아서 한 번만 도와주면 된다고 할 경우, 나 같으면 도와주지 않습니다. 이것은 도와주어야 할 이치와 도와주지 않아야 할 이치를 먼저 봐야 하고 이 결과에 따른 행을 하는 것이 맞는다는 의미입니다. 문제는 부모의 업이 다르고 나 자신의 업이 다른데, 물질적으로 내가 자립해서 나 자신의 길을 찾아야 하는 입장인데, 부모라는 이유로 사업을 하지 않아야 하는 업의 이치가 있다고 하는 상황이면 그 사업을 포기하는 것이 맞고, 이 이치를 모르면 한강에 돌을 던지는 꼴이 되고 말며, 결국 서로가 힘들어집니다.

이같이 하면 현실적으로 불효 자식이라는 소리를 하겠지만, 이치에 맞지 않으면 불효 자식 소리를 듣는 한이 있더라도 하지 않는 것이 좋습니다. 그래서 마음을 푼다는 이야기를 나는 자주 하는데, 자신의 마음속에 있는 것을 다 펼쳐놓고 무엇을 어떻게 정리해야 하는가의 틀, 기준을 세우고 그 이치에 따르는 것이 최선이라 할 것이고, 이것이 마음 법당의 마음 공부법입니다. 이같이 자신의 마음을 풀지 않으면서 법이 우선이다, 뭐가 우선이라고 생각해봐야 그것은 허상에 불과합니다. 깊은 이야기는 생략합니다. 진흙 구덩이에 빠진 사람은 가까이서 구하는 것이 아니라 멀리서 구해주는 것이 맞습니다. 잘못하다간 나 자신도 그 구덩이에 끌려 들어갈 수 있다는 것을 알아야 합니다.

따라서 가까이서 꺼내주어야 하는 문제인가, 아닌가를 봐야 하는데 스스로 이것을 보지 못한다는 것이 안타깝습니다. 그래서 마음 법당의 마음 공부법은 이 같은 개념, 이치를 알아가는 것이 핵심이고, 이치에 맞게 마음을 만들면 자신의 이치도 변하게 되어 있으므로 괴로움은 점차 사라지게 될 것입니다.

Q 문57 법사님께서 예전에 법문에서 참나의 이치에 대해 말씀하셨는데 윤회에 든 참나는 육신을 바로 받기도 하고 중음에 머물다가 어떤 인연이 되면 육신을 받기도 한다고 하셨는데 중음에 있는 참나는 윤회에 들지 않은 참나와 어떻게 다르게 무의식으로 존재하고 육신들에게 어떤 영향을 주는지 궁금합니다. 그리고 중음이라는 것에 대한

이해가 정확하지 않아 여쭈어 봅니다.

A 답 중음(中陰)이라는 것은 비물질의 세계, 즉 기운의 세계를 의미하고, 이것을 다른 말로는 자연의 기운이라고도 이야기할 수 있습니다. 따라서 모든 생명체는 비물질인 자연의 기운, 자연 속에 물질의 몸을 나타내고 나타내지 않고의 차이만 있는 것이므로 사실 그 무엇이 오고 가는 개념으로 존재하는 것은 아닙니다. 그야말로 무와 공으로 존재하지만, 그 무와 공 속에 기운(마음)이라는 것이 있고 이 기운을 인간만이 '마음'이라고 느낍니다. 이같이 볼 때 질문처럼 '중음에 있는 참나'라고 하는 것은 자연의 기운 속에 있는 생명체의 개별 단위를 이야기하는 것입니다. 예를 들면 거대한 바닷물이 진리 자체라고 하면 참나는 그 물속에 있는 하나의 물방울의 단위를 이야기하는 것이고, 물 전체를 중음의 세계라고 하면 맞는 말이 됩니다.

그런데 보통 종교적으로 중음을 이야기하는 것은 단순하게 인간이 죽으면 49일 동안 중음의 상태로 있다가 몸을 받는다고 하는데 비물질의 세계에서 49라는 숫자는 의미 없으므로 이 말 자체가 잘못된 것입니다. 무엇이 어디에서 49일은 있는가이기 때문에 그렇습니다. 정리하면 우리 생명체 모두는 〈빛과 색의 이치〉에서 중음에 다 존재한다고 해야 맞고, 지구만이 진리의 기운이 있으므로 이 자체를 중음이라고 해야 맞습니다. 방 안에 내가 있다고 할 때 불을 끄면 중음이고, 불을 켜면 이생이 되므로 무엇이 오고 가는 것이 아니라 있다, 없다의 차이만 존재하므로 중음이라고 해서 별도로 존재하는 것은 아닙니다.

윤회에 들었다는 이야기는 방에 불이 들어와 보이는 형체로 존재하는 것을 의미하고, 이때 보이지 않지만 하나의 기운을 바탕으로 형체가 생겨난 것이고, 이것을 인간은 '나, 내 것'이라고 인지합니다. 그러므로 윤회에 들어 형체를 가지고 있다면 그 기운은 다른 사람에게 빙의 작용을 하지 않습니다. 하지만 깜깜한 방 안에 있는 보이지 않는 중음 속에 있는 그 기운은 인간이나 기타 생명체에게 영향을 주는 것이므로 오로지 이 관계만 존재하는데, 인간은 여기에 절대자, 신 등과 같은 존재를 만들었는데, 이와 같은 기운의 작용을 몰랐기 때문입니다.

정리하면 중음(中陰)이라는 것은 지구가 가지고 있는 진리의 기운을 중음이라고 하고, 이것은 깜깜한 방안이라 생각한다면, 이 속에서 보이지 않지만 움직이는 것이 개개의 참나라고 이해하면 될 것이고, 보이는 이치에서 인간은 그것을 참나라고 인식하는 것이나, 실제는 내 참나가 아닐 수 있다고 해야 나머지 말들이 이해가 될 것입니다. 깜깜한 방에서 결국 보이지 않지만, 기운은 존재한다는 것이고(비물질–진리 이치–하나의 기운 단위–참나), 이 기운의 작용으로 보이는 형체(자연의 물질–생명체–물질 이치)로 작용하고 있다는 이야기입니다. 그래서 보이는 형체를 보면 비물질과 깊게 연관이 있고, 보이지 않지만 깜깜한 방에 작용하는 기운의 세계를 알면 결국 모든 생명체가 왜 존재하는가의 자연 이치를 알 수 있는 것입니다.

Q 문58 육신을 가진 인간은 잠을 자야지 육신의 피곤을 회복하는데, 어린아이는 잠이 많고 나이가 들수록 잠은 줄어듭니다. 이것은 어떻게 이해를 해야 하는지요? 또 잠을 잔다는 것은 무의식이라 생각되는데 잠을 자지 않고 깨어 계속 있으면 육신이 피곤하여 졸리고 잠을 너무 많이 자면 무의식에 끄달려 더 피곤합니다. 육신을 가진 인간의 잠이라는 것을 의식과 무의식의 관계에서 어떻게 이해해야 하는지 잠을 적당히 잔다는 것은 어떤 기준을 가져야 하는지 여쭈어 봅니다.

A 답 생명체는 잠이라는 것을 다 잡니다. 그런데 인간과 동물의 차이는 동물은 그 자신이 졸리면 이런저런 것 생각하지 않고 그것에 맞게 알아서 잡니다. 하지만 인간은 잠이 많다, 적다를 따집니다. 왜 그런가? 바로 상이라는 것이 있어서 그런데, 다시 이야기하면 질문에 어린이는 잠이 많고, 나이가 들면 잠이 없어진다고 했는데, 이것은 어린이 때는 나라는 상(相)의 마음(육신이 성숙하지 않았으므로)이 무의식의 상태가 되어 있는 시간이 많고, 나이가 들면서 나라는 의식이 살아나면서 어릴 때의 무의식의 시간에서 비율이 변하게 되는데, 이것은 상의 변화라고 하면 맞습니다.

그래서 나이가 들면 보통 사람은 상(相)의 확정, 굳어짐으로 인해 잠(무의식)이라는 것이 줄어들게 되어 있습니다. 그렇다면 잠이라는 것은 결국 자신의 의식과 깊은 연관이 있다는 이야기가 됩니다. 여기서 다 개인적으로 이야기할 수는 없는 부분인데, 질문에 이미 본인이 "잠을 잔다는 것은 무의식이라 생각되는데 잠을 자지 않고 깨어 계속 있으면 육신이 피곤하여 졸리고 잠을 너무 많이 자면 무의식에 끄달려 더 피곤하고"라고 이미 결론은 내버렸는데, 잘못된 것이 뭔가 하면 왜 의식, 무의식이라는 것으로 잠을 지레짐작으로 스스로 평가하고 정의를 해버리는가입니다.

진리적으로 생명체는 진리의 기운 속에 살므로 단편적으로 보면, 인간이 100년을 산다면 반은 잠이고 반은 깨어 있는 것이라고 할 때 이것이 현실적으로 중도라 해도 무난할 것입니다. 누가 잠이라는 기준을 만들었고 거기에 나의 잠은 부족하고 많이 자고를 잣대삼고 한다는 자체가 모순이기 때문에 그렇습니다. 따라서 현실적으로 몇 시간을 자야 한다는 말은 아무런 의미 없습니다. 이 말은 때에 따라 10시간을 잘 수도 있고, 5시간을 잘 수도 있으므로 시간을 가지고 의식, 무의식을 논한다는 잣대가 잘못된 것이고, 다시 말하면 내가 해야 할 일이 있으면 그 일에 따라 나의 의식이 움직이면 몸은 그것에 맞게 적응하기 때문에 그렇습니다.

따라서 나의 의식에 따른 잠의 시간 배분을 적절하게 하면 많다, 적다의 논리는 말할 수 없습니다. 한 가지 분명한 것은 잠이라는 것은 나 자신의 의식과 밀접한 관계가 있다는 점이고, 깊게는 자신의 본성, 업과도 깊게 연관이 있는데, 이를테면 전생에 자신이 도둑의 집안에 태어났다고 하면 밤에 잠을 잘 자지 못하는 예도 있을 것입니다. 물론 이것은 제각각의 본성에 따라 다르지만 그래서 질문에 '육신을 가진 인간은 잠을 자야지 육신의 피곤을 회복한다'는 것은 진리를 떠나 물질 이치에서 적절하게 자기 일과 상황에 따라 적절하게 배분하는 것이 중요하고, 어린아이는 잠이 많고 나이가 들수록 잠은 줄어든다는 것은 상(相)의 성숙과 관련이 있습니다.

문제는 본인이 스스로 "잠을 잔다는 것은 무의식이라 생각되는데 잠을 자지 않고 깨어 계속 있으면 육신이 피곤하여 졸리고 잠을 너무 많이 자면 무의식에 끄달려 더 피곤하고"라는 말로 이미 정의를 해버렸다는 점입니다. 모든 것에 대하여 의식, 무의식을 대입하여 말하는 것이 맞지 않는 치우침이며, 나는 진리고 업이고를 떠나 현실을 사는 처지에서 이 순간 나의 삶에 어떤 것이 우선이고, 맞는가, 틀렸는가만을 생각하라고 했는데, 앞서 말한 대로 모든 생각, 행동을 이것이 의식이다, 아니다를 먼저 생각하는 것 자체가 맞지 않습니다. 따라서 '잠을 적당히 잔다는 것의 기준'은 단답형으로 이야기할 수는 없습니다. 이유는 각자의 업, 본성, 의식과 연관이 있으므로 그러하고, 이 부분은 '이치'를 알면 자연스럽게 알게 되는데, 개인의 이치가 다 달라서 그렇습니다. 깊은 이야기는 생략합니다.

Q 문59 〈본성(本性)의 정의〉 법문 416에 보면 보편적으로 작용하는 본성이라는 말씀을 주셨는데 보편적으로 작용하는 본성이라는 말

씀과 개인이 가지고 있는 본성과는 어떻게 차이가 있는지 궁금합니다.

Ⓐ 답 윤회가 아닌 최초의 생명체로 태어나기 전에는 이 본성이라는 것은 없습니다. 그런데 최초로 인간으로 태어났을 때 그 환경에 따라 각자의 본성은 형성됩니다. 이 개념이 보편적인 개념으로 누구나 다 가지고 있는 본성이 되는 것이기 때문에 사실 똑같은 본성을 가진 사람은 이 세상에 존재할 수가 없습니다. 이 개념을 이해하기 위해 콩나물시루를 생각해보면 되는데, 콩을 시루에 넣고 물을 부으면 제각각의 콩에서는 초기에는 비슷한 모양의 싹이 나게 될 것인데 이 개념이 보편적인 본성이라 할 것이고, 그다음 이것이 계속 자라나면서 제각각의 모양으로 똑같은 모습으로 자라나는 것은 없습니다.

그러니 내가 말한 보편적인 본성은 이같이 자신 개개인에게 있는 본성은 다 있다는 점이고, 개개인의 본성은 다 이같이 다르다는 것을 이야기한 것입니다. '콩나물시루에 있는 모든 콩은 보이지 않지만, 제각각의 본성이 있다' 이것이 보편적인 본성의 개념이면, 싹이 자라나면서 각자의 성향(본성)대로 자라난다고 해야 맞습니다. 다른 개념으로 이야기해보면 모든 생명체가 기본적으로 다 가지고 있는 본성이 있고, 이것을 개별적으로 쪼개보면 개인적인 본성은 그 자신의 업에 따라 다 다르다고 해야 맞는 말이 됩니다. 보편적인 본성은 포괄적으로 다 가지고 있다는 것이고, 개인적인 본성은 각자가 가지고 있는 본성이라는 특징을 이야기한 것입니다.

그러므로 불교에서 말하는 부처가 되는 것을 다 가지고 있다는 뜻으로 '본성이 불성(佛性)이다'라고 하는 말 자체가 모순이 되는 것입니다. 누구나 다 본성이라는 것은 있을 수밖에는 없고, 이것은 업으로 형성되어 나타나는 각자의 성향이 본성이라 할 것입니다. 그렇지만 이치를 알면 이치를 깨달은 자가 되므로 윤회에서 벗어나게 될 뿐이므로 이 본성을 불성이라고 하는 불교의 말은 모순이며 맞지 않습니다. 다만 태초에 어떠한 환경에서 자신의 본성이 형성되었는가는 매우 중요합니다. 그러니 이 본성을 알고 자신의 본성을 이치에 맞게 사용하는 것이 마음공부의 정석이라 할 것입니다. 이치는 바뀌게 되어 있으므로 그 본성을 이치에 맞게 사용하면 자신만의 특징이 될 수 있을 것입니다. 그런데 이치에 맞게 사용하지 않으므로 애당초 작은 본성이 좋지 않은 쪽으로 더 크게 변하는 것이 보통 사람들이 가진 본성이라 할 것입니다. 그로 인해 업을 부풀려 가는 것이라 할 것이고, 그 본성을 이치에 맞게 사용하면 좋은 의미로 자신만의 무기가 될 수 있으므로 이 말의 의미를 이해했으면 합니다.

Q 문60 '악의 끝, 선의 끝을 알면 어디까지가 선이며 악인가를 알게 되어 양극단의 이치를 알므로 법이라는 것을 말할 수 있다'는 말씀에서 끝이라는 것의 의미는 무엇입니까? 끝이라는 것이 있을까 궁금합니다.

A 답 악(惡)의 끝과 선(善)의 끝을 모르면 법이라는 것을 말할 수 없을 것이고, 선과 악이라는 것은 극(極)과 극(極) 양극단이 되므로 중도(中道)라는 것을 압니다. 그런데 질문에 만약, 이 두 극단의 끝이라는 것이 없다면 중도라고 하는 이 말 자체가 모순됩니다. 먼저 이 개념을 이해하는 것이 중요하고 끝의 개념에서 '진리'라는 이 자체는 끝이 없는 여여자연한 것이므로 '진리가 끝이 있는가?' 라는 것은 '없다'입니다. 내가 말한 "악의 끝 선의 끝을 알면 어디까지가 선이며 악인가를 알게 되어 양극단의 이치를 알므로 법이라는 것을 말할 수 있다"는 이야기는 인간이 태어나기 전(윤회가 아닌 태초의 개념)에는 선악의 개념이 없으므로 '0-제로' 상태가 되고 윤회하면서 악(이치에 맞지 않는 행위)에 따라 업이 생겨나고 그 흔적으로 윤회합니다.

그러니 왜 윤회를 하게 되는가의 본질을 아는 것이 극(極)이 되는 것이고, 100으로 이치에 맞는 마음이 되면(이것은 선의 개념임) 해탈을 하게 되기 때문에 이것은 선(善)이라는 극(極)이 된다 할 것입니다. 따라서 끝이라는 개념은 진리가 존재하는 이 지구는 여여자연하게 존재하므로 끝이 없지만, '나'라는 존재는 시작과 끝이 있으므로 극과 극을 안다고 한 것입니다. 이 개념이 하나의 생명체에 대한 존재이유를 알므로 극과 극의 개념이라고 해야 맞는 것인데, 이를테면 어린아이가 태어나면 음식을 먹고 죽으면 음식을 먹지 않습니다.

이것도 끝은 있다의 개념이고, 만남과 헤어짐도 극과 극의 개념이 되며 끝은 있다의 개념입니다. 끝은 시작과 종료의 개념이므로 이런 논리로 무수하게 대입해 볼 수 있는 문제입니다. 다시 말하면 인간이라는 생명체는 0으로 시작해서 결국 '0'으로 끝(해탈)이 나야 하므로 끝은 있으며, 이것이 진리 이치라고 하면 물질 이치에서 태어나고 죽고의 과정도 극과 극의 개념으로 끝은 있다는 것이 됩니다.

부부가 맨 처음 만났을 때는 시작의 개념이고, 죽든 이혼을 하든 헤어지는 자체가 물질 개념에서의 끝이 되고, 진리적으로 만나는 시점과 헤어지는 시점도 업의 이치에서 끝이 있으므로 그렇게 나타나는 것이므로 이 경우도 시작과 끝은 존재합니다. 그러므로 질문에 "악의 끝 선의 끝을 알면 어디까지가 선이며 악인가를 알게 되어 양극단의 이치를 알므로 법이라는 것을 말할 수 있다"고 내가 말한 것에는 이같이 시작과 종료의 개념으로 끝이라는 것에 대한 말을 한 것입니다. 진리 자체는 무시무종이므로 시작과 끝은 없지만, 그 속에 생명체 개별에 대한 시작과 끝은 존재하므로 이 두 가지의 개념을 이해하면 됩니다.

Q 문61 법문에 "죽음의 이치는 전생과 같다"고 하셨는데 이전 전생에서는 그 앞의 전생과 같을 것이고 이렇게 생각하면 결국 최초에 태어났을 때 어떻게 죽었느냐가 결국 죽음의 이치가 되는 것 같은데 어떻게 정립해야 하는지 알고 싶습니다.

A 답 윤회가 아닌 태초의 생명체로 와서 어떻게 죽었는가에 따라 그 죽음의 본질은 바뀌지 않지만, 죽음의 이치는 바뀔 수 있습니다. 예를 들어 윤회가 아닌 순수한 개념으로 태초에 인간으로 왔고, 삶을 살다가 물에 빠져 죽었다고 하면 이 사람은 물과 연관된 죽음으로 죽게 되는데, 이같이 물과 연관된 죽음의 본질은 변하지 않는다는 뜻입니다. 그러므로 윤회 속에 도는 인생의 죽음은 태초(윤회가 아닌 것)에 어떤 죽음을 맞이했는가에 따라 죽음의 본질은 바뀌지 않지만, 그러나 이치가 바뀔 수 있는 부분은 태초에 강물에 빠져 죽었다고 하면 세수하다 죽을 수 있고, 손에 물이 묻은 상태로 죽을 수 있고, 비 오는 날 죽을 수 있고, 물을 마시다 죽을 수 있으며, 양치질하다, 물수건을 만지다가 죽는 등, 물과 연관된 것은 피해갈 수는 없다는 것입니다. 다만 어떤 물과 연관된 죽음을 맞이하는가에 대한 이치는 다 다르다는 것을 말한 것입니다. 예를 들어 법이고 뭐고를 모르는 사람이 윤회한다고 가정하면, 태초에 강에 빠져 죽었다고 한다면 자신이 윤회하는 과정에 태초와 비슷한 죽음을 맞이하면서 이 이치에 따라 죽음의 이치는 변하지 않고 그것에 따라 죽음은 이루어집니다. 그러니 이치를 바꾼다는 것은 곧 마음을 바꾼다는 것이 되므로 마음공부를 해서 진급이 되면 죽음의 이치는 앞서 말한 대로 바뀌게 됩니다.

Q 문62 법사님 법문 말씀(412)에서 아버지가 지은 빙의가(업장–죽어서 윤회에 들지 못하고 떠도는 하나의 기운 개념) 실제 그 아버지의 자식

으로 온 예도 있기 때문이라 하셨는데 여기서 윤회에 들지 못한 기운이 어떻게 인간의 몸을 받아 올 수 있는지 이해가 되지 않아 질문 드립니다.

A 답 쉽게 말해 윤회에 들지 못한 빙의도 몸을 받아 인간으로 태어날 수도 있고, 인간의 참나에 작용하는 예도 있으므로 이것은 참나라는 진리적 기운 작용만 바뀌는 것이므로 기운이 바뀌었다고 해서 몸의 모습도 전혀 다른 모습으로 바뀌는 것은 아닙니다. 따라서 물질 개념으로 '어떻게 올 수 있는가'라는 말은 맞지 않고, 참나라는 기운의 작용이 그렇게 될 수도 있다는 것을 의미합니다. 이 말은 생명체라는 것은 진리의 기운 속에 개별적으로 존재하는 하나의 기운 개념인 참나의 작용으로 각자의 모습이 존재하는데, 내가 말한 것은 태어나기 전 업연에 따라 빙의(윤회에 들지 못하는 기운)가 참나로 작용하여 부부의 몸을 빌려 태어나는 일도 있고, 업연이 없는 경우도 인간의 몸을 받아 태어나는 때도 있습니다. 어린아이가 일찍 죽어야 할 이유(여기서 일찍이라는 것은 그 아이의 운명이지만)가 있으면, 빙의가 그 아이의 참나로 작용하여 생명을 이어가는 경우 등도 있으므로 내가 말한 것은 이 개념을 이해하도록 설명한 것입니다.

따라서 내 자식이라고 해도 진리적으로는 이같이 참나의 이치에 따라 작용하므로 자식이라는 형상은 내가 낳았으므로 내 자식이라고 하는 것이지만, 진리적으로는 실제 내 자식이라는 개념은 없고,

오로지 참나의 이치에 따라 이같이 기운 작용만 존재하므로 "너는 내가 낳았으므로 내 자식"이라는 것은 인간적인 정(情)일 뿐이고, 진리적으로는 업연의 고리에 따라 참나의 작용(진리의 기운)만 있을 뿐입니다. 윤회에 들어 있는 참나는 진리적으로 또 다른 기운으로 다른 생명체에게 영향을 주지 않고 윤회에 들지 못한 무수한 무의식의 기운이 참나로 작용하여 그 상황, 이치에 맞게 작용하므로 인간이 '나'라고 인식하는 나는 실제 자신의 참나만의 영향을 받고 있다고 할 수 없습니다.

이 기운은 수시로 바뀌므로 "어떻게 몸을 받아"라는 말은 참나의 기운만 바뀌는 것일 뿐 참나가 바뀌었다고 그 자신의 몸의 형체가 따로 바뀌는 것은 아닙니다. 마음(참나의 이치에 따라)의 변화에 따라 그 행동만 바뀐다는 것을 이야기한 것이고, 실제 이 같은 것은 마음의 변화로 나타나기도 하지만 개개인의 이치가 다 다르므로 단답형으로 정형화할 수만은 없습니다.

Q 문63 우리는 서로 마음의 흔적에 따라 자업자득, 인과응보의 이치로 살아가는, 세상에서 만나서 헤어지는 인연들이라는 생각이 듭니다. 그리고 현실적으로 일어나는 일들은 우연이 없으니 마음의 흔적, 진리 이치를 아시는 분께 의지하여 정리해 가야 한다고 알고 있습니다. 이때 정리한다는 말씀의 의미가 일반의 중생과 깨달으신 분의 의미가 다를 것 같은데 어떻습니까?

A 답 세상에 태어나고 살아간다는 것은 간단하게 업(業)이 있어 존재하고, 그 업을 정리하기 위해 살아가는 것이 전부입니다. 이것은 보통 인간의 삶이나 진리 이치를 아는 자나 똑같은데, 문제는 이 이치를 스스로 알고 정리해 가는가, 아니면 모르니 막연하게 우연이라고 생각하고 사는가의 차이만이 존재합니다. 다른 하나는 법을 말하는 입장에서는 법과의 인연(법연)을 정리하는 것으로, 일반 사람의 인연 정리는 개인적인 관계에서의 정리를 의미하는데, 일반 사람의 인연 정리가 사적(私的)인 것이라면, 법과의 정리는 공적(公的)인 개념이므로 이 차이가 납니다.

이 개념으로 언젠가 법회 때 '나는 죽었다'는 말을 했는데, 이 말의 의미는 진리 이치를 알기 전까지가 나의 개인적인 업 정리의 시간이었다면, 이치를 알고 난 이후는 공적인 업 정리를 하고 있다는 개념으로 이야기한 것입니다. 그러니 이 개념으로 보면 생명체가 존재하는 것도 업을 정리하기 위한 시간을 갖는 것이고, 또 우리가 서로 만나고 헤어지는 것도 마음의 흔적에 따라 자업자득, 인과응보의 이치에 따른 업 정리를 하기 위해 살아가는 것입니다. 세상에서 만나고 헤어지는 것도 인연이라는 말을 하지만, 사실은 그와 업을 정리하기 위한 만남이니, 인생을 살면서 현실적으로 일어나는 일들은 우연이라는 것은 없습니다. 이같이 각자의 마음의 흔적에 따라 이루어집니다.

그러므로 개인적인 업과 진리 이치를 아는 자의 업은 업(業)이라는 말은 같지만, 그 이치는 다르다고 해야 맞습니다. 법을 의지한다는 것은 결국 혼자서 자신의 문제를 알 수 없으므로 기준이 되는 말(이것을 법의 개념으로 이해하면 됩니다)이 있어야 하고, 이것은 우리가 현실적으로 태양의 빛을 기준으로 갖가지 색상을 보는 것과 같은 개념이라 할 것입니다. 그래서 보이는 현실의 세계에서 진리 이치를 아는 자의 말을 기준으로 자신이 가진 관념을 대조하여 옳고 그름을 정리해가야 합니다. 따라서 정리해간다는 것은 같으나 이 이치를 알고 정리하는지 모르고 정리하는지의 차이만 존재하고, 사(私)적인 것과 공(功)적인 부분인가만 다릅니다.

Q 문64 인간이 누군가에게 원한을 가지고 죽게 되면 빙의로 상대를 괴롭히거나 그 자식이나 가족으로 와서 지신이 받은 만큼 상대에게 괴로움을 줄 수가 있다고 알고 있습니다. 그런데 본능으로만 살아가는 짐승이나 다른 생명체에게 못할 짓을 하고 괴로움을 준다면 짐승도 원한이라는 것을 가지고 빙의될 수도 있는지 궁금합니다.

A 답 결론은 '줄 수 있다'입니다. 동물은 인간과 같이 상(相)의 마음이라는 것은 가지고 있지 않습니다. 따라서 빙의 작용이 될 수도 있지만, 꼭 인간에게 영향을 주는 일반적인 빙의 작용으로 영향을 주기도 하겠지만, 이것이 아닌 해를 준 사람의 삶에 지대한 영향을 주기도 합니다. 그러니 단편적으로 빙의가 되어 괴롭힘을 준 사람에게 영향을 준다고 정의할 수는 없으나 그 업의 경중에 따

라 어떻게든 영향을 준다는 것이 진리적 입장입니다. 예를 들어 빙의 작용이라는 것은 업을 어떻게 지었는가에 따라서 다 다른데, 정신병으로 나타나는 경우도 있고, 사업이 잘되지 않게, 또는 하는 일마다 꼬이게 나타나는 경우, 또 결혼이라는 것을 하지 못하게 하는 등 그 작용은 무수하게 있으므로 단답형으로 정의할 수는 없고, 어떤 식으로든 영향을 준다는 것이 진리적 입장입니다.

그런데 여기서 문제가 동물들을 잡아 그것으로 생계를 유지하는 경우가 있는데, 이것도 마찬가지입니다. 그 당사자의 참나의 이치에서 개인적인 업연의 관계를 봐야 하므로 단편적으로 동물을 잡아 죽여 생계를 유지하는 것이 업이다, 아니다라고 말할 수는 없습니다. 왜냐하면 꼭 그 동물을 잡아서 팔아야만 생계를 유지하는가, 어쩔 수 없는 상황인가의 본질을 봐야 하므로 그렇습니다. 가까운 예로 주말이면 낚시를 가는 사람이 있는데, 이것도 한두 번 경험하여 '낚시라는 것이 이런 것이구나'라고 정립하고 하지 않으면 될 것인데, 그것을 취미로 삼아 자주 하는 것도 업이 되는 것은 맞습니다.

이같이 말하면 인간이 여가로 할 수 있는 것이 아무것도 없지 않은가 하고 반문할 수 있지만, 이러한 말들은 나 자신을 합리화하여 정당화하는 행위에 불과하고 그러한 행위를 하지 않아도 자신의 본질을 위해 나 자신의 삶에 도움이 되는 행위나 업을 짓지 않고 할 수 있는 일이 얼마든지 있습니다. 사람들은 꼭 다른 생명체와 연관된 행위를 하는 사람도 있지만 자기 자신의 개발을 위해 할 수 있는 것이 무수하게 있으므로 어떤 대상에게 해를 주는 것은 될 수 있으면 하지 않는 것이 좋다 할 것입니다.

Q 문65 법사님께서 하신 말씀 중에 '인간의 본성을 바꿀 수 없다'고 하셨는데 그렇기에 순간마다 깨어있어 누르도록 노력해야 한다는 생각이 듭니다. 예를 들어 극단적인 본성을 가지고 있는 성향의 사람이라면 한순간에 무너질 수도 있어서 개개인의 성향에 따라 본성을 잠재우는데 차이가 있는지, 또 마음공부를 하고 상을 누를수록 비례하여 자신의 본성을 알아가기 쉬운 것인지 궁금합니다.

A 답 인간이 가지고 있는 본성(本性)이라는 것은 절대 바꿀 수 없고, 다만 '변화시킬 수 있다'고 해야 맞는 말이 됩니다. 질문에 '개개인의 성향에 따라 본성을 잠재우는데 차이가 있는지'에 대한 부분은 '차이가 있다'이며, 또, '마음공부를 하고 상(相)을 누를수록 비례하여 자신의 본성을 알아가기 쉬운 것인지'에 대한 답은 상을 누른다고 무조건 본성을 알 수 있는 것이 아니라, 평소 자신이 가지고 있던 관념과 그것이 잘못되었다는 차이를 알아가는 것이 본성을 알아가는 방법입니다. 다시 말하면 무조건 마음에서 일어나는 상을 누른다고 해서 본성을 자동으로 알아가고 알 수 있는 것이 아니라, 이 법을 알기 이전에 스스로 생각하는 '나'라는 것과 이 법을 알고 나서 자신의 상을 내리게 되면 그 차이가 있는데, 그 차이만큼 자신의 본성을 알 수 있다는 뜻입니다.

그런데 문제는 이 마음공부라는 것이 뭔가를 먼저 정립해야 하는데, 이것을 비유해서 말하면, 학교 공부를 할 때 가방만 들고 학교를 왔다 갔다 하는 사람도 있고, 노트를 펴고 적어가는 사람도 있으며, 행동을 적극적으로 하는 사람도 있을 것입니다. 같은 공부를 하는 학생이라고 하지만 이처럼 제각각의 사람들은 나름대로 무수한 행동을 할 것이므로 단순하게 글만 본다고 해서, 머리로 이해를 조금 한다 해서 '나는 마음공부 하네, 했다'라고 말할 수는 없을 것입니다. 시대가 좋아져서 방 안에서나 어디서나 손가락 하나로 다 보고, 알 수 있는 세상이라 장단점은 다 있겠지만, 마음공부의 정석은 '생각하고-정립하고-행동'으로 나타내지 않으면, 그것은 마음공부를 한다고 할 수 없다는 이야기입니다.

그러니 생각에서 행동까지의 과정은 쉬울 것 같지만 어려운 것이고, 대부분은 생각하는 단계에서 멈추어 버리게 됩니다. 그러므로 하나의 마음이 일어나면 그것의 옳고 그름을 정립하기도 어렵고, 일어난 그 생각이 지나면 다른 생각이 떠오르니 결국 정립하고 행동하기 전 생각에서 다 끝나버리기 때문에 각자의 이치가 바뀌지 않는다 할 것이므로 각자가 마음공부를 어떻게 하고 있는가를 생각해보면 자신의 본성의 상태를 스스로 알 수 있을 것입니다. 다시 말하면 이 법당을 알기 전과 알고 난 후 자신의 마음을 비교해보면 변화가 있을 것이고, 그 차이만큼 자신의 본성이 어떤 것인가를 알 수 있을 것입니다. 하지만 그것도 개인마다 다 다를 것이고, 또 이 법을 대하는 자신의 입장을 들여다보면 일어나는 그 마음에 따라 자신의 본성을 알 수도 있을 것입니다. 깊은 말은 생략합니다.

Q 문66 '여리다'와 '순수하다'의 의미가 궁금합니다.

A 답 보통 우리가 여리다고 하면 '의지나 감정 따위가 모질지 못하고 약간 무르다'라고 말합니다. 하지만 이 '여리다'의 개념은 두 가지로 봐야 하는데, 이를테면 강아지가 죽어가는 모습을 보고 '불쌍하다'는 감정을 갖고 보는 사람과 이러한 감정을 갖지 않고 보는 사람이 있다고 할 때 누가 여린 마음인가를 보면, 우리는 보통 '불쌍하다'고 말하는 사람의 마음이 '여리다'고 할 것입니다. 이것이 보이는 물질 이치에서 당연한데, 그렇다면 이같이 말하지 않는 사람은 여리지 않은 것인가 할 것입니다. 그러나 이 경우도 두 가지로 보면, 강아지가 죽는 것을 보고도 일어나는 감정이 없어 아무 말하지 않는 것과 불쌍하고 안타깝다는 생각을 기본으로 하고 그다음 그 강아지의 마음을 이해하고 보는 마음이 있는데, 그것이 여린 마음이 됩니다.

따라서 일반적으로 사전에서 말하는 '여리다'의 의미를 '의지나 감정 따위가 모질지 못하고 약간 무르다'고 하는 것은, 쉽게 말해 약간 모자란 사람이라는 의미가 있지만, 내가 말하는 것은 그 본질을 알기 때문에 '나'라는 것을 하나도 내세우지 않는 마음이 진리적으로 '여리다'의 정의라 할 것입니다. 이 개념으로 '순수하다'는 것도,

강아지의 죽어가는 모습을 보고 생명체의 본질로만 온전하게 보는 것이 순수의 정의라 할 것이나 보통 사람들은 한가지로 보는 것이 아닌 각자의 본성에 따라 여러 가지 마음을 기반으로 동시에 볼 것이므로 순수하다고 할 수는 없을 것입니다.

이와 같이 '여리다'와 '순수하다'는 동전의 양면성이 있는데, 이것은 바보와 천재의 차이, 부처와 중생의 차이와 같은 것이라 할 것입니다. 어떤 사람이 어떤 시각으로 보는가에 따라 극과 극으로 전혀 다른 의미로 해석할 수 있는 말이라 할 것입니다. 따라서 진리적으로 상(相)이라는 것이 100으로 없는 사람이 '여리다, 순수하다'는 것이고, 반대로 상이라는 것이 있어도 여리고 순수하게 행동할 수는 있다는 이야기인데, 이것은 가식적인 것이므로 극과 극의 개념에서 순수하고 여린 것은 존재할 수 있다는 점입니다.

나라는 것이 전혀 개입되지 않는 마음으로 행동하는 것이 진리적으로 '여리다'와 '순수하다'의 정의이며, 같은 행이라도 나라는 것이 개입되면 그것은 여리고 순수하게 한 것이 아니라는 뜻입니다. 따라서 일반적으로 '여린 마음에 상처를 받다.'라는 것은 아직 세상 물정을 모르는 아이에게 모질게 말하는 것도 이같이 여린 마음에 상처를 준다고 하겠지만 진리적으로 내가 말한 의미는 다릅니다. 다시 말하면 아이라고 하더라도 그 아이가 잘못했으면 그것에 맞게 뭐라고 하는 것이 맞기 때문에 아이라고 하더라도 무조건 순수하고 여리다고만은 할 수 없을 것입니다.

그러므로 순수하고 여린 아이이기 때문에 뭐라고 나무라는 것은 맞지 않는다는 논리는 잘못된 것이며, 온전하게 이치를 알고 행하는 자의 마음이 진리적으로 '여리다, 순수하다'고 할 수 있습니다. 이 밖의 말을 하는 것은 상(相)을 가진 인간의 관점에서 이 말로 서로를 합리화하고 정당화시키기 위하여 표현하는 말에 불과하다 할 것인데 이것은 양 극단의 이치를 모르고 사용하는 말이기 때문에 그렇습니다.

Q 문67 윤회와 관련하여 현생에 가족이라 하여도 죽어서 다른 몸을 받으면 그만의 길을 가는 것으로 알고 있습니다. 선현이(강아지 이름)가 자신의 전생에 막내아들인 사람을 안쓰럽게 보았다는 것은 무엇일까 하는 궁금함이 들었습니다. 풀어야 할 업이 있어 '끌림'이 보이는 모습으로 나타난 것일까 하는 생각이 드는데 궁금합니다.

A 답 선현(강아지 이름)이도 이생에 인간이었고, 막내도 이생에 인간의 몸을 갖고 삽니다. 이 둘 사이에는 업연의 관계가 남아 있을 것이나, 그러한 마음(기운)을 갖고 앞으로 다가올 미래에 대한 것을 미리 생각하고 안쓰럽다, 안타깝다 등의 마음을 이야기한 것은 아닙니다. 당시 선현이와 막내의 입장은 기운과 기운의 차이에서 선현이가 그렇게 느끼는 것을 나는 말로 여러분에게 그 상황을 전한 것뿐입니다. 이러한 것은 여러분 개개인의 조상과도 관련이 있는데, 이를테면 누구 아버지가 죽었는데, 윤회에 들지 못한 기

운으로 남아 있다고 하면 이 사람의 기운(참나의 개념)은 다른 사람의 몸을 빌려 얼마든지 나 자신을 볼 수 있고, 그만의 말을 할 수도 있으므로 개념은 똑같습니다.

문제는 보통 사람들은 마음으로 존재하는 기운의 이치를 모르기 때문에 기운으로 존재하는 무수한 생명체가 가지고 있는 자신들만의 마음을 전할 수 있지만, 인간이 그것을 알아듣지 못할 뿐입니다. 수차 한 말이지만, 기운의 세계에서는 어떤 기운이든 서로 하나의 개념으로 통하기 때문에 인간처럼 육신으로 하는 언어만 없을 뿐이고, 기운은 얼마든지 소통을 할 수 있습니다. 따라서 안쓰럽다, 안타깝다 등의 표현도 굳이 필요하지 않지만, 여러분이 이 진리의 세계를 이해하기 위해서는 이같이 작용하는 기운을 말로 나타낼 수밖에는 없을 것이고, 말이 없는 기운의 세계라고 하여 말이 필요 없다고만 이해하면 안 됩니다.

죽어 있는 사람도 기운으로 존재하고, 살아 있는 사람도 기운으로 우리가 사는 이 현실에 다 작용하고 있으므로 나는 삼생(三生)의 이치가 이 순간에 다 있다고 말했으므로 각자의 형태만 다를 뿐입니다. 기운의 세계는 얼마든지 현실에서 소통할 수 있지만, 그것을 인간이 느끼는 것과는 다른 차원이라는 뜻입니다. 질문에 끌림이라는 표현을 했는데, 앞서 말한 대로 끌림이라는 것은 업연을 이야기하는 것이므로 생명체의 세계에서도 이 끌림은 있습니다. 살아 있는 인간의 마음이 끌리는 것과 같은 개념인데, 그러나 문제는 인간은 상이라는 마음이 끌림이지만, 기타의 생명체는 상의 끌림이라는 것이 없고 항상 여여자연하게 존재하는 '자연의 기운'을 있는 그대로 순수하게 느낀다 할 것입니다.

그러므로 생명체가 어떤 몸을 가졌든, 아직 몸을 갖지 않았든 이 끌림으로 그에 맞게 몸을 받는다는 개념은 똑같다는 것입니다. 다만 인간이 가지는 마음의 끌림은 말로 하여 서로 소통이 되지만 동물과 인간은 현실적인 소통은 할 수 없지만, 이 이면의 기운의 작용은 다 똑같은 개념으로 작용하고 있다는 뜻입니다. 따라서 이 개념으로 마음 법당에서 빙의 치료나 아니면 죽은 사람의 참나의 이치로 그 존재를 알 수 있는 것입니다. 이처럼 이 마음이라는 기운을 알면 여러분의 본질, 생명체의 본질과 근본을 기본적으로 알 수 있다고 나는 이야기한 것입니다. 쉽게 개개인의 생명체가 왜 그렇게 존재하는가의 본질을 알게 된다는 것이고, 그래서 '나'라는 상의 마음이 없으면 참나라고 하는 진리의 실체를 알 수 있다 한 것입니다.

ⓠ 문68 요즈음 세상 뉴스를 보면 상상도 못 할 잔혹한 범죄가 잦습니다. 생명체는 업이 있기에 태어남을 반복하며 살아간다고 알고 있습니다. 인간으로 태어남은 업을 닦고 진리 이치를 알아가며 배워갈 기회라는 생각을 했었는데, 요즈음 세상은 인간으로 오면 안 되는 참나도 인간으로 온다는 말씀을 보았습니다. 자업자득 인과응보처럼 스스로 지은 대로 그것에 맞게 생명체로 태어난다 생각했는데, 그것도

순서가 있는 것인지요? 또 인간으로 오기까지 그 과정이 필요한 것인지가 궁금합니다.

Ⓐ 답 이생에 인간으로 왔다고 해서 다음 생에 인간으로 올 수 있는 확률은 극히 어려운데, 여기서 구체적으로 이야기할 수는 없습니다. 나는 진리 이치와 물질 이치의 균형을 이야기하는데, 어차피 상(相)이 있는 인간이 이 지구 위에 존재하는 한 균형은 언제인가는 깨질 수밖에는 없고, 다만 그 균형이 깨지는 시간이 짧은가 긴가의 차이만 있습니다. 요즘은 그 균형이 급속하게 깨어지고 있고, 이것은 마치 시소가 한쪽으로 급격하게 기우는 것과 같다 할 것입니다. 왜 이 말을 하는가면 인간으로 태어나기 위해 윤회의 과정(진리적으로 지은 업에 따른 윤회를 마쳐야 하는 시간이 제각각에 정해져 있음을 의미함)을 순리대로 겪은 후 시기가 되면 인간으로 태어나는 것이 순리입니다.

앞서 말했지만, 인간이 급속하게 늘어나므로 순리대로 윤회 과정을 다 마치기도 전에 미리 인간이 되어 버리게 되면 마치 성숙하지 않는 반죽으로 빵을 만드는 것과 같은 이치가 되므로 이것은 진리적으로 맞지 않다고 할 것입니다. 따라서 갈수록 어린 나이에 어른과 같이 급속하게 성숙해져 버리는 아이들을 보면 그것을 알 수 있습니다. 다시 예를 들면 어둠에서 아침은 서서히 찾아와야 그것에 맞게 모든 것이 자연스럽게 변하게 되는데 갑자기 어둠에서 아침이 와버리면 그것에 맞게 모든 것은 정신없게 바뀌어야 할 것입니다.

따라서 이러한 것에서 순리와 역리를 생각해보면 지금 우리 사회는 얼마나 역리(인위적으로 급속하게 변하는 것-물질 이치에 치우침을 말함)로 치닫고 있는가를 알 수 있을 것입니다.

질문에 '순서'라는 말을 했는데, '물질 이치-진리 이치'가 균형을 이룰 때는 순서가 있다고 한다면 이제는 그 순서가 없다 할 것인데, 이것은 마치 로또 기계 속에 있는 공이 서로 나오려고 서로를 밀치는 것과 같다 할 것입니다. 이 개념으로 과거에는 그래도 균형이 어느 정도 있었을 때는 순서대로 태어나므로 자연스러움이 있었지만, 지금은 앞서 말한 대로 모든 것이 균형이 깨졌으므로 부자연스러운 현상이 곳곳에서 나타나고 있습니다. 그 대표적인 것이 인간으로 인해 일어나는 사회적 혼란을 보면 알 수 있습니다. 윤리, 도덕, 양심이라는 것이 사라져 가고 있는 것이라 할 수 있을 것이고, 국제화 세계화라는 말 속에 모든 나라의 인간이 하나로 섞여 '지구촌은 한 가족'이라고 하는 것도 그 예가 된다 할 것입니다. 참고로 나는 국제화가 되어 한가족이라고 하는 것은 진리 이치에 맞지 않는 말이라고 했습니다.

Q 문69 인간으로 올 수 없는 참나가 지금의 현실에서는 왔고, 오고 있다는 것을 말씀해 주셨는데요. 그 중간 과정이 어떻게 되는지 궁금합니다.

A 답 우리가 보는 해는 밝다는 것으로만 인식하지만, 이 밝음 속에는 무수한 색(色)이 섞여 있고, 이것을 나는 프리즘의 원리로 말했습니다. 물론 이것은 진리의 세계를 이해하기 위해 물질의 이치로 말할 수밖에는 없는데, 그 이유는 진리는 온전하게 비물질의 세계이기 때문에 그렇습니다. 따라서 이 마음의 개념을 이해하기 위해 예를 들어 기분이 좋다고 하면 백색의 기운이, 기분이 좋지 않다고 하면 검은색의 기운이 영향을 준다고 하면 이해가 될 것입니다. 이것은 마음이 바뀜에 따라 기운도 바뀌고, 기운이 바뀜에 따라 마음이 바뀌므로 기운과 마음의 바뀜은 동시에 나타나게 됩니다. 그러므로 이것은 내 마음, 저것은 다른 마음(기운)이라는 것은 여러분이 알 수 없고, 각자가 인식하는 마음에 변화로만 알 수 있습니다.

이 개념으로 지구라는 것에는 진리의 기운이 있고, 이 기운 속에 각자의 기운이 영향을 주어 결국 나는 존재하는 것이므로 이치에 맞지 않는 기운은 항상 나에게 영향을 줄 수 있는데, 이것은 물질 개념으로 태양의 빛이 나에게 영향을 주는 것과 같습니다. 문제는 어떤 기운이 나에게 영향을 주는가만 각각의 업, 본성, 의식에 따라 여러 가지 기운, 혹은 특정한 기운이 나에게 영향을 줄 수 있는데, 이를테면 마음이 순간순간 잘 변하는 사람은 이러한 기운이 자주 바뀌게 됨을 의미하는 것이고, 그나마 마음이 잘 변하지 않는 사람은 변하는 사람보다는 업이 다르다는 것을 의미합니다. 따라서 중간 과정이라는 것은 있을 수 없고, 나의 의식, 마음이 어떤 것인가에 따라 진리의 기운 속에 사는 인간은 항상 기운의 바뀜은 있을 수 있다는 것을 명심해야 합니다.

문제는 여러분이 이 같은 기운의 바뀜을 스스로 모르기 때문에 아는 방법은 각자가 하는 일에 대하여 의식으로 무엇이 옳은가, 그른가로 분별할 수밖에 없으므로 진리고 뭐고를 따지지 말고 나 자신의 '생각–마음–행동'으로 이어지는 행위가 옳고, 이치에 맞는가 아닌가만을 신경 쓰라고 이야기했습니다. 이같이 하지 않고 현실은 이치에 맞지 않게 하고, 혼자만의 우물에 빠져 이것은 옳은 것이고, 저것은 옳지 않은 것이고, 이것은 다른 참나의 기운이고, 이것은 내 참나일 거야 하는 식으로 혼자서 북 치고 장구 치고 하는 것은 매우 잘못된 것이고, 이미 딴 길을 가고 있음을 의미합니다. 따라서 질문에서 말한 중간 과정이라는 것은 없습니다. 인간으로 올 수 없다는 것은 아직 덜 익은 과일이 시간에 쫓기어 앞당겨 인간으로 태어나는 것을 의미하는데, 이 과정이라는 것은 없습니다.

Q 문70 감정을 가지고 개미나 강아지를 죽였을 때, 인간과 가까이에 있는 생명체를 죽이는 경우와 인간과 멀어져 있는 생명체를 죽이는 경우 마음 상태에 따라서 인간과 멀어져 있는 생명체를 죽이는 경우가 업이 더 클 수 있는지요?

A 답 결론부터 말하면 어떤 생명체를 죽이든 나 자신이

어떤 감정을 갖고 죽였는가가 중요하며, 인간과 가깝고 멀고의 차이는 없습니다. 그 이유는 생명체의 개념에서의 본질은 똑같으므로 그렇습니다. 더 깊게 말하면 불교에서 말하는 육도(六道)의 세상이라는 것은 현실을 떠나 존재하지 않는데, 나는 이것을 피라미드 개념으로 이야기했습니다. 인간이 먹이사슬에서 맨 꼭지에 존재한다고 하면 피라미드의 맨 아래는 인간과 가장 멀리 있는 것입니다. 이 개념으로 맨 아래의 생명체, 즉 인간과 멀수록 지옥의 개념으로 보면 되고, 인간과 가까운 것도 지옥의 개념은 맞지만, 그 정도의 차이가 있다는 것을 나는 말했습니다.

이같이 보면 생명체의 본질은 같으므로 질문처럼 인간과 가까운 것을 죽이면 업이 크고 멀리 있는 것을 죽이면 업이 작다는 것은 있을 수 없으므로 어떤 것을 죽이든 간에 내가 어떠한 감정을 갖고 죽였는가에 따라 업의 경중이 정해집니다. 오히려 업이 되지 않는 살생도 있는 것이 진리 이치이므로 종교적으로 무조건 살생은 하지 말라고 하는 말은 이치에 맞지 않는 말이 됩니다. 내가 말하는 〈화현의 부처님 법〉은 먹이 사슬의 정점에 있는 인간이므로 이치에 맞는 살생은 업이 되지 않는다고 말하고 있으므로 이 개념을 정립하면 막연하게 살생을 하지 않아야 한다는 말이 왜 잘못된 말인가를 알 수 있을 것입니다. 깊은 말은 생략합니다.

Q 문71 생명체는 윤회하다가 인간으로 올 수도 있지만 지금

사회는 인간으로 오기에는 덜 성숙한 생명체들이 인간으로 태어나고 있다고 들었습니다. 상이 살아있는 생명체이고 순수함이 많이 없는 생명체라고 이해를 했는데 인간으로 오기 전 업이 있는 생명체는 지은 업에 따라 무엇으로든 태어날 수 있다는 것까지는 말씀 들어서 알겠지만, 그 윤회 과정에서 타고난 본성이 바뀌는 것이 아니고, 그저 지은 업의 유통 기한 동안 돌고 돈다고 알았는데, 스스로 지은 업으로 태어나고 죽고의 반복 속에서도 상이 줄어들 수 있는 것인지가 궁금했습니다. 어차피 타고난 본성은 그대로인데 인간으로 오기 전 다른 생명체로 돌고 돌며 상이 줄고 순수함이 더해질 수도 있는 것인지요? 그리고 인간으로 오기가 정말 힘들다는 말씀도 들었는데 인간으로 태어난다는 것이 왜 어려운 것인지 궁금합니다.

Ⓐ 답 우선 자연이라는 것을 보면 그야말로 알 수 없고, 인간이 만든 숫자의 개념으로 헤아릴 수 없는 무수한 생명체가 존재합니다. 이것은 인간과 다른 생명체라는 비율로도 환산할 수 없습니다. 따라서 지구 위에 존재하는 인간은 60억 명이라고 하면 사실 몇억만 분의 1이라고 할 수 있으므로 이 중에 인간으로 온다는 것은 그야말로 대단한 기회를 얻은 것이라 할 수 있습니다. 인간으로 태어난다는 것은 대단한 일임에는 분명하고 그래서 윤회라는 말이 참 쉽게 들릴 수 있는 말이지만 생명체를 보면 자연 그대로의 이치를 따르므로 어쩌다 인연이 되어 인간으로 태어났다고 해도 결국 알 수 없는 세월 다른 생명체로 윤회해야 할지, 아니면 인간으로 다시 태어날지 모를 일입니다만, 이것을 모른다면 법이라는 것을 말

할 수 없습니다.

따라서 현재 이 시점에서 다음 생에 무엇으로 태어나는가는 알 수 있지만, 이치는 수시로 바뀌기 때문에 현재의 상태만 안다고 하면 의미 없습니다. 문제는 이같이 윤회를 하는 도중에 누군가가 다른 생명체로 윤회한다고 합시다. 그러면 이 과정에 그 자신의 참나의 이치로 무의식의 기운이 변하느냐는 질문인데, 답은 변하지 않는다입니다. 그 이유는 다른 동물은 인간처럼 옳고 그름을 분별할 수 있는 의식이라는 것을 가지고 있지 않고 오로지 그 자신의 본성에 따른 행위와 그 동물에 맞는 본능만 갖고 있으므로 윤회 속에 이치가 변한다는 것은 존재하지 않습니다. 그렇게 이런저런 생명체로 윤회하다가 다시 자신의 업연의 때가 되면, 인간이었을 때 지은 업의 유통 기한에 따라 인간으로 올 수는 있습니다.

그렇다면 이같이 윤회를 하면서 그들은 인간과 같이 세월을 세는 것도 아니고, 숫자를 알 수 있는 것도 아니므로 그야말로 돌고 도는 그 세월을 보내지만 중요한 것은 인간과 같은 의식을 가진 동물이 없으므로 윤회를 하면서 참회한다, 잘못했다, 이것은 맞고 저것은 틀리고라는 것은 존재하지 않습니다. 다만 몸을 받지 않는 빙의는 인간의 마음에 작용하므로 인간과 똑같이 행동할 수 있는데 몸을 받아 윤회를 해버리면 그야말로 진리의 이치에 따르는 윤회를 할 뿐이므로 윤회 과정에서 업이 줄어든다든가 아니면 길어진다는 논리는 없습니다.

오로지 자연의 이치(진리 이치)에 따라 돌고 도는 것이 전부이며 이 같은 것은 실제 지금 죽은 사람이 하루살이로 왔다가 다음에 뱀이나 기타의 생명체로 도는 것으로 쉽게 알 수 있습니다. 그러니 인간으로 온 이 시간 일분일초라도 함부로 할 수 없는 이유가 여기에 있습니다. 이 개념으로 누구는 전생에 지은 물질의 공덕으로 조금 풍요롭다고 하여 시간이 여유가 있어 이런저런 것 취미 생활을 한다는 말을 사람들이 하지만, 그것은 진리 입장에서 보면 안타까움의 사치일 뿐이고, 그 업이 다하면 어떤 이치가 그를 기다릴지 모르기 때문에 이치를 아는 처지에서 보면 안타까움만 남습니다. 정작 그 자신은 이러한 이치를 모르기 때문에 그것이 영원할 것으로 생각하는데, 그래서 나는 있을 때, 어릴 때 이러한 이치를 알아야 한다고 말한 것입니다.

죽어서의 시간 개념은 없다는 것이고 오로지 지은 업의 이치에 따른 윤회만이 존재한다는 것이 진리적 입장이므로 귀하게 인간으로 태어났으면 한순간, 한순간이 다시 올 수 없는 시간이므로 한시도 게으름 피울 여지가 없고 최선을 다해 자신의 의식을 깨어나게 하는 것이 최선의 삶이라 할 것입니다. 내 마음에 어떤 흔적을 인간의 몸으로 왔을 때 남기는가, 남겨야 하는가만이 중요하고 그 흔적에 따라 다음 생을 기약할 수 있으니, 이 얼마나 고단한 윤회의 길입니까. 문제는 이 생이 지나면 우리는 이생에 어떻게 했는가의 흔적으로 그 이치에 맞게 만난다는 점입니다.

Q 문72 현실을 살면서 진리 이치를 모르는 중생들은 윤리, 도덕적으로 먼저 옳고 그름을 분별한 후 행을 해야 한다, 양심을 따라야 한다고 알고 있습니다. 그런데 만약 먹이 활동할 때에 '을'의 입장일 때 '갑'의 입장의 사람이 윤리, 도덕적으로 벗어난 행을 시킨다면 '을'은 어떻게 해야 하는지요? 어떤 것이 진리적으로 중도의 행인지요? 예를 들어 옛날 신분 제도가 있을 때 하인에게 누군가를 죽이라고 명령했다면 그에 따르는 하인의 행동은 옳은 것일까요? 그른 것일까요?

A 답 이 세상에 존재하는 인간은 업(業)이 있어 존재하고 그 업의 이치만 다 다르다고 나는 말했습니다. 이 말은 주인이 하인에게 누구를 죽이라고 하면, 그 주인의 말을 하인 자신의 신분(처지)에서 감당할 수 있으면 하고 감당하지 못하면 그 집을 나오든 그 주인의 말을 따르지 않든 하면 됩니다. 이것이 현실적으로 간단한 답이 될 것입니다. 회사 생활도 마찬가지인데, 그 회사에 들어갔으면 그 회사의 지침이 자신의 관념으로 감당할 수 있으면 하고, 하지 못하면 다른 회사를 들어가면 될 것인데, 왜 이 같은 말을 하는가 하면 이 사회는 업(業)이 있고, 업이 있다면 상(相)이라는 것이 있으므로 나 자신만의 윤리, 도덕, 양심이라는 것만의 기준으로 살아갈 수 없게 되어 있으므로 그렇습니다.

그러므로 질문에 '이치'라는 말을 했는데 사실 이 이치라는 말은 함부로 하면 안 되고 질문처럼 그 상황에서 각자의 입장이 다 달라서 윤리, 도덕, 양심이라는 것도 깊게 파고 들어가면 개개인이 보는 관념이 다 다르므로 우선은 현실에서 이 윤리, 도덕, 양심에 따른 행을 기준 삼을 수밖에는 없을 것입니다. 어떤 자리에서든 나 자신이 을의 처지이고 갑의 명령에 따를 수 없는 마음이 든다면 그 일 하지 않고 다른 곳을 찾는 것이 맞고, 만약 그 갑이 시킨 것인데, 본인이 생각하기에 이것은 도저히 아니라고 하면 집에서 놀더라도 그 것을 따르지 않는 것이 맞습니다.

그래서 이 세상은 끼리끼리 모인다고 한 것이고, 각자가 가지고 있는 업에 따르는 것이므로 단순하게 먹이 활동을 해야 하기 때문에 내 마음에 내키지 않는 직장생활은 하지 않는 것이 좋습니다. 물론 이것도 단편적으로 말할 수 없는데 그 이유는 우선 내 마음이 어느 정도 바르게 된 후에 자신이 판단하는 것과 자신의 마음이 검증되지 않는 상태에서 이같이 내가 보기에 아닌 것 같다고 성급하게 판단해버리면 그 결과는 다르게 나타나기 때문에 그렇습니다. 따라서 질문에 주인이 하인에게 이치에 벗어난 행위를 시켰다고 하더라도 주인의 입장에서 그 행위가 맞을 수도 있으므로 단편적으로 죽이라고 한 것만 가지고 따라야 하는가 말아야 하는가를 단답형으로 말할 수는 없습니다. 그래서 무수하게 일어나는 현실 속 그 상황, 상황에 맞는 답을 찾아간다는 것은 이치를 깨닫기 전에는 불가능하다 말한 것입니다. 그러므로 내가 말한 파리가 열차에 붙어가는 개념은 혼자서 할 수 없으므로 법(기차)을 의지하고 각자에게 해주는 말을 의지 삼아(붙어가는 개념) 행동을 하는 것이 파리가 열차에 붙어가는 개념이라 할 것입니다. 긴 이야기는 생략합니다.

Q 문73 직장 생활 시 상사가 비리와 연루된 일을 시켰거나 허위 사실들을 자행하거나 보고해야 하는 상황에서는 어떠한 행이 중도(中道)의 행이 될지 궁금합니다.

A 답 이 문제는 단답형으로 말할 수는 없습니다. 그 이유는 그 비리라는 것이 무엇인가, 내가 그 직장에서 어떤 위치에 있는가, 그 회사를 운영하는 주인의 자세, 내가 그 직장을 다니는 목적, 비리의 종류 등 전반적인 것을 종합하여 내가 어떻게 할 것인가에 대해 행동을 하면 되기 때문에 그렇습니다. 예를 들어 내가 보기에 비리라고 생각하는 것도 전반적인 사항을 볼 때 비리가 아닐 수 있으며 전반적인 상황 속에 처신해야 하는 상황이 다 다르므로 그렇습니다. 다시 말하면 내가 그 회사에서 직책이 '준법 감시자'의 직책이라면 그 회사가 정한 규정에 따르면 됩니다.

하지만 일반 평사원의 경우 자신의 자리가 있으므로 단답형으로 저것은 비리다, 아니라는 식으로 정의할 수는 없습니다. 수차 한 말이지만 이 세상은 어차피 상의 논리로 굴러가는 세상이므로 나 자신이 그러한 상황을 보고 다니고 싶으면 다니고 아니면 다른 데를 다니면 됩니다. 문제는 내 마음이 바뀌면 바뀐 대로 직장, 직책, 직업의 종류라는 것이 바뀌게 되므로 지금 각자가 처한 환경을 이해하는 것이 진리적으로 중요하고, 따라서 무조건 내가 그 회사의 질서를 잡을 수는 없습니다. 그 이유는 무수하게 한 말이지만 나의 마음에 따라 각자의 환경은 만들어지고 있으므로 이 개념을 확대, 축소해 보면 무슨 말인가 이해될 것입니다.

그러므로 질문처럼 단답형으로 하나의 상황으로 중도가 무엇인지 단편적으로 말할 수는 없다 할 것입니다. 지금 각자가 처한 환경은 각자의 마음이라는 기운에 맞게 전개되는 것이고, 직업적으로 근무하는 환경에서 중도를 행한다는 것은 상의 논리이기 때문에 매우 어렵습니다. 직장을 떠나 나 자신의 문제도 마찬가지로 어떤 목적이 있습니다. 이권이 개입된 것인가 아니면 지극히 개인적인 것인가에 따라 그 답은 다 다를 수밖에 없기 때문에 위 질문에 대한 것은 단답형으로 말할 수는 없습니다.

Q 문74 법사님 잠언 말씀 중 '흔적을 남기지 말라'에서 '흔적'은 무엇인지요? 사소한 것들에서도 흔적은 어떻게 생기는 것인지 여쭙고 싶습니다.

A 답 '마음에 여운(미련)을 남기지 않는 것'을 말합니다. 지금 우리가 존재하는 것은 과거(어제까지)에 내 마음에 남긴 것에 대한 흔적으로 존재하기 때문에 이것을 확대 축소해보면 개념이 이해될 것인데, 이를테면 이성적으로 어떤 것에 마음이 간다고 할 때 그것이 나와 여러 가지 현실적으로 맞지 않는다고 하면, 당장 그것에 대하여 마음을 두지 않으므로 흔적은 생기지 않습니다. 또 지금 어떤 음식을 보고 그것을 먹어야 한다고 마음이 일어났는데, 당장은

내가 그것을 먹을 수 없다고 하면 나중에 기회가 되면 먹어야 한다고 정리를 하므로 흔적은 남지 않습니다. 그런데 시간이 가면서 그 음식을 먹지 못한 것을 마음에 두면 그것은 흔적으로 남게 될 것입니다.

또 이 개념으로 부모에게 뭔가의 애착이 남아 있다면 전생에 그 흔적이 남아 있으므로 그런 마음이 듭니다. 이 같은 모든 상황에 대하여 대입해 보면 자신의 마음이 어떤 것에 흔적이 남아 있는가를 알 수 있습니다. 다시 말하면 결혼을 하지 못한 사람이 이성을 그리워하면서 자위행위를 반복적으로 한다면 그것도 자신의 본성과 연관이 있다 할 것인데, 문제는 이 경우 자위행위 그 자체가 나쁜 것이 아니라, 지속해서 그 행위를 즐긴다면 그것은 흔적으로 남을 것입니다. 자위행위가 이런 것이구나 이해하면 그뿐인데, 그것에 집착하는 그 마음이 흔적으로 남는다는 것입니다. 이처럼 나라는 존재가 하는 행위에 대한 것을 정리하지 못하면 어떤 것이든 흔적으로 남는다는 이야기입니다.

그러니 어떤 상황에서든 그것(애착, 미련)을 마음으로 정리하는 것이 중요한데, 정리하지 않고 대충 넘어가면 그것에 대한 마음에 흔적은 지워지지 않습니다. 어떤 것이든 사람이므로 생각하고 호기심이 있을 수 있지만, 그것에 대하여 탐, 진, 치심의 마음을 내지 않고 정립하므로 흔적은 생기지 않습니다. 각자의 본성에 따라 행동하는 것이 이치에 맞지 않는다면 이생에 그것을 마음에서 정립하므로 업은 소멸하고 정리한 만큼의 이치는 바뀌게 됩니다. 그런데 그것을 지적해주면 반복적으로 무의식 속에 행동하는 것은 어리석음이 되는데, 그래서 항상 깨어있어야 한다는 것이고, 깨어 있지 못하면 결국 자기 마음의 흔적에 따른 행동을 무의식이든 의식이든 하게 되어 있습니다.

오로지 이 순간 자신의 마음에 일어난 그것이 현실적으로 이치에 맞지 않는다고 하면 그것을 마음에 두지 않는 것이 중요하고, 또 시간이 지나 그러한 마음이 일어나면 그것도 마음에 두지 않으므로 이것은 마치 잡초가 자라나지 못하도록 하는 것과 같습니다. 이같이 하지 않으면 결국 자신의 본성대로 살게 되어 있으며 이치는 바뀌지 않습니다. 결국, 자신에게 일어나는 마음의 모든 것에 대하여 옳고 그름을 분별하는 것이 마음 법당의 공부법이고, 이같이 분별하여 이치에 맞는 것은 흔적으로 남기고, 이치에 맞지 않는 것은 미련을 두지 않는 것이 핵심입니다. 이것을 스스로 해봐야 고작해서 자신의 관점에서 윤리, 도덕, 양심이라는 것에 기준으로 삼을 것이고 이러한 기준이 현실적으로 최선이겠지만, 이마저도 스스로 다시 자신의 마음을 되짚어 봐야 할 부분이고, 이 바탕 위에 이치라는 것을 이해할 수 있습니다. 그러니 최종적으로 이치에 맞는 마음을 얼마만큼 자신이 만들었는가에 따라 내일, 모레, 다음 생에 나 자신의 이치는 바뀌게 되어 있다는 이 사실만이 존재합니다.

Q 문75 법사님, 인간들이 마음을 발견하기 전까지는 육신의 상이라는 것이 없었기에 순리대로 살았다고 보는 것이 맞는 것인지요?

A 답 상(相)이라는 것은 인간이 이 지구상에 존재하기 시작할 때부터 있었고 이 지구의 기운 속에는 상이라는 기운은 무시무종으로 존재합니다. 따라서 인간이 지구상에 존재하면서 상이라는 것이 뭔지를 몰랐는데, 문제는 이 마음이라는 것을 발견하고 난 이후에 상(相)이라는 것도 알았고, 선악(善惡)이라는 것도 알았다고 해야 맞는 말이 됩니다. 그런데 문제는 마음을 발견하고 나서 상이라는 것을 알았지만, 마음을 알기 전까지는 단순하게 '저 사람은 저렇다, 이 사람은 이렇다'고 이해를 했으므로 오히려 마음을 알기 전까지는 그나마 순수했다고 할 수 있고, 마음을 알고 난 이후에는 '네 마음이 맞다, 아니다. 내 마음이 맞다'라고 분쟁과 대립이 생겨나기 시작했다고 해야 맞는 말이 됩니다.

그러니 마음을 몰랐을 때는 일종의 동물 개념으로 존재했다 할 것이고, 마음을 알고 나서부터 동물과 다르게 분별할 수 있는 분별심도 생기고, 탐, 진, 치라는 것이 뭔가를 알게 되는 등 무수한 사상이 만들어지기 시작한 것이 진리적 입장입니다. 따라서 질문과 같이 '인간들이 마음을 발견하기 전까지는 육신의 상이라는 것이 없었기에 순리대로 살았다고 보는 것이 맞는 것인가'는 지구의 윤회 중에 돌고 도는 이치에서 상이라는 것은 인간이라는 종자가 존재하는 순간부터 있었지만, 마음이 뭔가를 알지 못할 때는 '왜 저 사람은 저렇게 행동하지'라고 따지지 않았습니다. 하지만 마음이라는 것을 알고 난 이후에는 네 것이 틀리고 내 것이 맞는다는 무수한 사상의 대립이 싹트기 시작했다고 해야 맞는 말이 됩니다.

따라서 '인간들이 마음을 발견하기 전까지는 육신의 상이라는 것이 없었기에 순리대로 살았다'는 부분은 지구의 윤회의 개념이 아니라, 하나의 지구에서 진화 과정의 논리라 할 수 있고, 화현의 부처님 법에서는 돌연변이 과정으로 인간이 존재하므로 지구 윤회의 돌연변이 과정에서는 질문은 맞지 않습니다. 이것을 이해하기 위해서는 지구의 윤회 5번의 과정을 이해하면 내가 말하고 있는 개념이 맞는다 할 것입니다. 진리라는 것은 지구가 몇 번을 윤회해도 그 종자(참나의 이치)는 항상 무시무종으로 존재하기 때문에 인간이 지구상에 존재하는 순간 이전에도 이 같은 기운은 있었으므로 순리대로 살았다고 할 수는 없습니다. 다만 그같이 작용하는 마음이라는 것을 몰랐기 때문이라고 해야 맞으며 마음을 발견하고는 상이라는 것이 뭔가를 알았다고 해야 맞는 말이 됩니다.

Q 문76 〈안락사와 암(癌)의 관계〉 암이라는 병을 앓고 있는 사람 중 병원에서 치료를 받으면서도 고통을 호소하며 죽을 날만 기다리며 살아가는 사람들이 많은 것 같습니다. 치료해도 낫지 않은 병이라면 안락사를 시키는 것도 한 가지 방법이 될 수 있는 것인지요?

A 답 이 문제는 단답형으로 말할 수 없는 것이 뭔가 하면 두 가지 측면으로 봐야 하므로 그렇습니다. 진리적인 측면은 일단 업이 있어 존재하는 인간의 관점에서 병이라는 것도 어차피 자업자득 인과응보의 이치에 따라 자신이 받아야 하는 인과응보의 개념이므로 사실 그 병으로 죽음을 맞이하는 것이 진리의 흐름을 따르는 것이 됩니다. 그런데 만약 그 사람을 육신의 고통에서 벗어나게 하려면 안락사를 생각은 해볼 수 있지만, 그것을 시키는 사람이 업을 짓게 됩니다. 그 이유는 그 환자 자신이 받아야 할 업에 제삼자의 입장이 개입되기 때문인데, 그래서 진리적으로는 안타깝지만 그대로 두고 그 자신의 이치에 따르게 하는 것이 맞다 할 것입니다.

또 다른 측면은 인간적인 부분으로, 병에 걸린 사람이 누군가에 따라 가족들마다 제각각 입장이 다 다를 것입니다. 그렇게 하자는 사람이 있고, 반대하는 사람도 있을 것입니다. 제각각 처지가 달라 소란스러울 수밖에는 없을 것이기 때문에 진리적인 측면, 현실적인 측면에서 보더라도 그대로 그 이치에 따르는 것은 맞는데, 문제는 또 만약 가정 형편이 어려운 사람이 살아날 가망성이 없음에도 이 병원비를 부담해야 하는 일도 있을 것이므로 안락사에 대한 말은 단답형으로 말할 수는 없다 할 것입니다. 그렇지만 현실적으로 그 사람이 도저히 회생할 가능성이 없는 식물인간이다, 의식이 전혀 없는 상태라고 하면 의사나 가족이 모두 안락사에 대한 동의를 한 상태, 이해한 상태라면 진리 이치를 아는 자의 도움을 받아 그 업장을 정리해주고 이치에 맞게 보낼 수는 있습니다.

이같이 하면 굳이 인위적으로 안락사라는 방법을 택하지 않아도 됩니다. 나는 죽음의 이치에서 '참나–육신의 마음–빙의(업장)' 순서로 그 사람의 몸에 기운이 떠난다고 했으므로 이 말을 참고하면 무슨 말인가 이해가 될 것입니다. 그러니 진리적인 부분, 현실적인 부분, 그 자신의 업의 이치 등을 참고하여 제일 나은 방법을 찾아야 하므로 안락사를 해야 한다, 말아야 한다고 단답형으로만 이야기할 수는 없습니다. 깊은 말은 생략합니다.

Q 문77 인간이면 인간답게 살아야 한다는 생각이 들었습니다. '인간답다'는 것이 어떤 의미인지 여쭙고 싶습니다.

A 답 이 세상에는 유정(有情), 무정(無情)의 생명체 이 두 가지만 존재합니다. 이 개념으로 인간과 같이 움직이는 생명체는 유정이고, 스스로 움직일 수 없는 것이 무정인데, 문제는 유정이라는 생명체 중에 인간만 이성(理性)이라는 것을 가지고 있고, 여타의 생명체는 이성이라는 것을 갖고 있지 않습니다. 그런데 이 이성이라는 것에는 반드시 옳고 그름이라는 것을 아는 능력을 기준으로 삼아야 할 것이므로 거꾸로 말하면 이성을 잃어버리면 옳고 그름을 분별하지 못하게 됩니다. 그러니 남이 나에게 도움을 주었다고 하면 반드시 그에 맞는 마음가짐으로 그에게 답을 하는 것이 이성 있는 인간의 도리가 됩니다. 그런데 나에게 도움을 주었음에도 그것을 모른다면, 알아차리지 못한다면 이성에 문제가 있다고 하면 맞

습니다. 따라서 포괄적으로 인간도 생태학적으로 동물이지만 동물과 다르게 이성적 사고를 할 수 있다는 점이 다릅니다.

그러므로 사회적 혼란을 막기 위해 스스로 통제하고 제어하는 이성이 있는 인간만이 가진 기능이라고 해야 맞는 말이 되는데, 문제는 이성(理性)에는 반드시 윤리, 도덕, 양심이라는 것이 동반되고 이것을 바탕으로 이성적인 행동을 할 수 있다 할 것입니다. '인간답지 못하다'는 것은 앞의 개념으로 보면 이성(理性)적인 것에 문제가 있음을 의미합니다. 이 이성(理性)을 잃어버리면 인간다움의 행을 할 수 없는 것은 당연한 것이 되기 때문에 자신이 어떤 것에 깊게 마음이 쏠려 있는 경우도 쏠려 있는 그 마음이 크기 때문에 이성(理性)적인 행동, 인간적인 행을 자연스럽게 할 수 없다 할 것입니다. 그러니 이성(理性)의 기준은 옳고 그름을 분별할 수 있는 의식이 뚜렷해야 하고, 의식이 어떤 것에 치우침이 없어야 인간적인 것, 인간다움의 행을 할 수 있다고 해야 맞는 말이 됩니다.

거꾸로 말하면 우리가 인간적인 행을 한다고 하면 그 행 속에는 자신만의 본성을 기반으로 인간적인 행(行)을 한다고 생각하는 것이고, 이러한 인간적인 행 속에는 각자가 가진 이면의 본성에 따라 행동하는 것이 되므로 인간적이라고 하는 것에는 반드시 무의식 속에 목적하고 바라는 그 무엇이 내재하여 있다 할 것입니다. 따라서 진리적으로 인간적인 행이란 이 같은 본성을 떠나 그 상황에 맞는 합당한 도리를 하는 것이 진정한 인간적인 행이 된다 할 것입니다. 결국, 우리가 생각하는 인간적인 것은 인간으로서의 기본 도리를 말하지만, 진리적으로는 이마저도 각자의 본성에 따른 인간적인 것을 하는 것이 대부분이고, 진리적으로 인간적인 것이란, 각자의 본성을 떠나 인간으로서 순수하게 가진 그 자체의 기본 행을 하는 것이 '인간적인 행이다'라고 해야 맞는 말이 됩니다.

Q 문78 법문 말씀(601) 중에 '실제 어린아이라고 해도 그 아이의 마음은 여러분의 마음과 똑같고, 다만 육신이 성숙하지 않아서 그 몸짓을 그렇게 하는 것뿐이지만 아이의 참나의 작용은 다 자란 어른과 하나도 다르지 않다. 예를 들어 아이가 웃을 때 순수하다고 하는 것은 아직 그 아이의 업이 시작되기 전이기 때문에 그렇고, 몸이 자라 성숙하면서 '나'라는 의식이 깨어나기 시작하면서 그 자신의 본성이 서서히 업의 이치에 맞게 드러난다'는 말씀 중에 '나'라는 의식이 깨어난다는 것은 나를 나라고 여기는 것을 말씀하신 것인지 궁금합니다. 또 업이 시작되기 전이라는 말씀이 잘 이해가 되지 않는데 업이 시작된다는 것은 몸이 자라는 시간만큼 겪을 것을 겪으면서 잠잠했던 본성이 드러나는 것인지, 아니면 외부 요인과는 상관없이 단순히 몸이 자라고 때가 되면 참나의 작용으로 본성을 나타낸다는 말씀이신지 이해가 되지 않아 여쭈어 봅니다.

A 답 우리가 하는 말 중에 '몸은 늙어도 마음은 청춘이다'라는 말이 있는데, 이 말은 마음이라는 것은 물질 개념이 아니므로

마음이 늙었다, 젊다고 말할 수는 없는 것처럼, 어린아이든 나이가 들었든 그 마음 자체는 같지만, 다만 몸이 어리기 때문에 아이는 그 자신의 마음을 성인처럼 드러내놓지 못할 뿐입니다. 그러므로 그 자신의 마음에 있는 본성의 행동도 몸이 어린 만큼 그에 맞는 행동을 할 수밖에 없고, 몸이 성숙하면서 비로소 그 업이 발산되는 것도 같이 이루어지므로 이것은 외부 요인과 아무런 관련은 없습니다. 예를 들어 한 송이의 꽃이 피기 전에는 나비나 벌들이 모여들지 않지만, 그 꽃이 만개할수록 갖가지 것들이 모여들게 되고 이후 시간이 지나 꽃이 시들해지면 어떤 것도 찾아오지 않는 것과 같이 각자의 업이라는 것도 이와 같은 개념으로 전개된다고 이해하면 될 것입니다.

따라서 본성이라는 것도 이와 마찬가지로 전개되는 것이나 문제는 그렇다고 해서 나이가 들어 업이 없어진다는 말은 아닙니다. 업의 유통 기한에 따라 다음 생(生)까지 가지고 가야 할 업도 있으므로 단답형으로 말할 수는 없는 부분이나 대략 이 개념으로 이해하면 됩니다. 그러므로 육신이 성숙하면서 '나'라는 인식이 생기면서 그 자신의 마음에 있는 본성의 행도 그것에 맞게 하게 되어 있다 할 것입니다. 업은 외부 요인과 관련 없이 스스로 행동으로 나타나게 되어 있고, 이 업이 성숙하면서 그 업에 따라 외부 요인이 작용하는 것입니다.

Ⓠ 문79 본성과 본마음의 차이점을 알고 싶습니다.

Ⓐ 답 본성(本性)을 사전에서 보면 '사람이 본디부터 가진 성질, 사물이나 현상에 본디부터 있는 고유한 특성'이라고 되어 있는데, 이 말은 포괄적으로는 맞는 말입니다. 그러나 문제는 어디까지를 '본래부터 가지고 있었던 것인가?'에 대한 부분인데, 나는 윤회가 아닌 생명체로서 순수하게 태어난 시점을 본래의 개념으로 이야기하는 것이고, 불교는 이 세상에 태어나는 시점을 태초로 보기 때문에 이 부분이 정립되지 않으면 내가 말하는 본성(本性)의 개념을 이해하기 어려울 것이므로 근본적으로 이 '태초'라는 것을 먼저 정립하면 본성(本性)은 자연스럽게 이해됩니다.

본마음이라는 것은 '나'라는 상의 마음이 포함되지 않는 마음, 말 그대로 어떤 상황에서든 있는 그대로의 마음이 본마음이 됩니다만, 문제는 그 상황에 따라 '나'라는 상의 마음이 개입되어 본마음을 숨기게 되므로 본마음을 그대로 말한다는 것은 매우 어렵습니다. 이 같이 말하면 자신의 마음에 일어난 마음을 그대로 다 이야기해야 하는가의 문제가 남는데, 일어난 마음 그대로 말한다는 것은 윤리, 도덕, 양심이라는 것을 기반으로 하여 아무리 본마음이라 하더라도 하지 말아야 할 말이 있고, 해야 할 말이 있으므로 이것을 분별해야 합니다. 다만 내 마음에 일어난 그 마음을 스스로 보고 얼마만큼 윤리, 도덕, 양심에 어긋나 있는가를 아는 것이 '나를 알자'입니다. 따라서 진리적으로 개개인의 참나의 이치를 보면 각자의 본성을 알게 되고 물질 개념으로 마음을 바탕으로 몸이 형성되어 있으므로 사람의 일거수일투족을 보면 얼마나 상이 큰가, 얼마나 '나라는 가식'이 개입된 말인가를 쉽게 알 수 있습니다.

그래서 진리 이치를 알면(마음이라는 기운) 보이는 생명체의 모든 것을 알 수 있다고 나는 말한 것입니다. 따라서 본성, 본마음에 대한 개념은 스스로 이해해야만 알 수 있고, 아무리 주입식으로 말한다 해도 마음이 수용하지 못하면 말해도 의미 없고, 다만 각자의 인간은 자신만의 본성의 행동, 본마음의 행동을 하지만 그것을 스스로 인지하지 못하고 있다 할 것이므로 이것을 스스로 아는 것이 '나를 알자'의 개념입니다. 긴 이야기는 생략합니다.

Q 문80 생각과 의식에 대하여 여쭙고 싶습니다. 생각을 마음으로 굳히고 행동으로 옮기는 과정에서 일어난 생각에 대해 옳고 그름을 분별하는 것은 의식이 깨어있어야 가능하다고 알고 있습니다. 옳고 그름을 분별한 후 마음으로 굳히면 '업'이 결정된다는 말씀을 들은 것 같습니다. 어떤 생각에 대해 분별한 후 A가 맞지 않는 결정임을 알고 B로 바꾸었을 경우 (B가 이치에 맞는다고 할 경우) 애초 A로 하겠다고 굳힌 것은 '업'이 되는지요? 아니면 A에서 B로 바꾸었으므로 업이 아닌 것인지요? A는 A대로 B는 B대로 별개로 봐야 하는 것인지요?

A 답 어떤 것에 대하여 생각으로 A라고 굳힌 후, 그것이

아니라 B가 맞는다고 바꾸었다면 실행을 하기 전 생각 단계에서는 업이 되지 않습니다. 하지만 생각 단계에서도 업이 되는 경우가 있는데, 그것은 물질로 나타내어야 하는 결론인가, 아니면 상대가 없는 상황에서 나 혼자 생각으로 일어나는 것인가, 또는 상대가 있는 말의 결론인가 등 무수한 상황이 있을 것이므로 '생각–마음–행동'으로 나타나는 이 일련의 과정 중에 앞에 말한 것처럼 어떤 상황의 문제인가에 따라 생각 단계에서부터 업이 결정되기도 하고, 아니면 행동으로 나타낸 후에 업이 결정되는 경우도 있습니다. 그러므로 단답형으로 업이다, 아니다를 말할 수 있는 것이 아니라 업은 그 당시의 상황에 따라 앞에 말한 대로 결정이 되는 것입니다.

질문에 대한 답만을 말하면 처음 생각에 대하여 후에 B가 이치에 맞았다고 해서 B의 행동을 해서 결론이 났다면 처음 A의 생각은 업이 되지 않습니다. 하지만 문제는 앞에 말한 것처럼 그 행위에 대한 것이 어떤 것인가에 따라 처음 A의 생각대로 하지 않았다고 하더라도 업은 될 수 있으므로 그 상황에 맞는 '이치'를 알아가는 것이 중요합니다.

Ⓠ 문81 현실 자체를 인정하지 못하는 것 같습니다. 예를 들어 A란 사람이 저에게 어떤 말을 했거나 평상시 행동하는 것들이 제가 보기엔 불만이고 감정이 알게 모르게 조금씩 쌓이면 시간이 조금 흘러 상상으로 현실에서 행할 수 없는 것을 생각하는데, 가령 입장이 제가

더 우월한 생각이라든지 온갖 것으로 그 상대를 누르는 생각을 하면서 해소는 안되겠지만 그런 생각들로 잠깐씩 화를 누를 때가 있습니다. 그런데 오늘 생각해보니 이처럼 하면 현재 상황을 있는 그대로 볼 수 없다는 생각이 들었습니다.
어떠한 상황에서든 현실에서의 다양한 입장이 있는 제가 취해야 하고 당연히 인지 지각하고 있어야 하지만 지금 생각해보니 그건 법을 말씀하시는 분 아니고선 그렇게 현실에서 있는 상황을 인지할 수 없단 생각이 들었습니다. 예전에 통화로 선율님께서 이상한 나라의 앨리스 같다고 주신 말씀도 그런 의미인지 여쭙고 싶습니다.

Ⓐ 답 사람은 누구나 각자가 가진 본성(本性)이 있고, 그 본성을 기준으로 하여 상대의 말을 분별하게 됩니다. 다시 말하면 내가 인식하고 있는 내 눈높이 이하의 말을 하면 자신의 말이 맞는 것으로 생각하고, 나의 의식에 비하여 높은 말을 하면 그 말에 격분하게 되는 것이 인간입니다. 바꾸어 말하면 나라는 존재가 인지하는 그 기준에 어떤 말로 나에게 다가오는가에 따라 나는 그에 대응하는 감정이 그만큼 올라오게 되어 있다는 이야기입니다. 따라서 업을 가진 인간의 관점에서 나를 떠나 그 문제의 본질만을 본다는 것은 매우 어렵습니다. 이 말은 개개인의 업이 다르므로 다양한 말이 있을 수밖에는 없으므로 그 말이 나에게 어떻게 다가오는가는 각자가 가진 마음에 따라 다 다릅니다.

따라서 질문에 “법을 말씀하시는 분 아니고선 그렇게 현실에서 있는 상황을 인지할 수 없다"는 생각이 들었다는 것은 맞지만, 이것을 마음에 두지 말고 각자의 의식에 따라 윤리, 도덕, 양심을 기반으로 그 차이는 있지만, 상황에 먼저 대입하여 기준으로 삼아가면 됩니다. 그러니 어떤 사안에 대하여 감정이 먼저 올라온다고 해서 그 감정을 표출하는 것보다 그 말을 듣고 윤리, 도덕에 대입하여 분별하고 그에 맞는 자신의 행동이나 말을 하면 됩니다. 지금처럼 무조건 나 자신의 입장만 앞세워 말하고 고집한다면 그것은 이상한 나라의 앨리스가 되는 것이라는 의미로 선율의 말을 이해하면 됩니다. 혼자의 사상에 빠진 독불장군식의 말은 이상한 나라의 앨리스가 되므로 나를 낮춘다 하는 방법은 나를 먼저 어떤 것에 대입하여 비교하면 안 되고, 모든 문제에서 나를 빼고 객관적으로 그 문제만을 보려는 노력이 마음 법당에서의 마음 공부법입니다. 그러니 제각각 가진 자신의 마음이 최고라고 하면 이상한 나라의 앨리스가 됩니다. 자아도취에 빠져 있으면서 스스로 빠져 있는 줄 모르는 사람이 세상에 천지입니다.

Q 문82 〈죽음의 과정, 죽음의 이치〉 예전에 회사에서 키우던 고양이가 병에 걸려 죽어가고 있었는데 회사 부장님께서 안타깝다고 하시며 안락사를 시키라고 저에게 지시하셔서 동물병원에 가서 안락사를 시킨 적이 있었습니다. 죽음의 이치는 변하지 않는다고 법사님께서 말씀하셨었는데 시름시름 앓다가 죽어야 할 고양이가 제가 원한 바는 아니지만, 저로 인해서 안락사를 당했다면 고양이의 죽음의 이치는

다음 생에 변할 수 있는 것인지요?

A 답 결론은 '변하지 않는다'입니다. 만약 이같이 해서 죽음의 이치가 바뀐다고 하면, 이생에 식물인간의 경우 안락사를 하여 편안한 죽음(이것은 이해를 돕기 위해 표현하는 말임)을 맞이했다고 한다면, 이생에 편안하게 죽었으니 이치가 바뀌어 이 사람은 다음 생에 이같이 편안하게 죽게 된다는 논리가 되므로 맞지 않습니다. 따라서 안락사라는 것은 인간의 상에 의해 물리적인 고통을 줄여주는 것이 전부이며 죽는 이치는 바뀌지 않습니다. 참고로 죽음의 이치는 진리적으로 바뀌지 않는다고 한 부분을 다시 이야기하면 과거 자신이 절벽에서 떨어져 죽었다고 하면, 이생에 계단에서 미끄러져 죽을 수도 있고, 차에서 내리다가 죽을 수도 있을 것이나, 문제는 단순하게 절벽에서 떨어져 죽은 결과지만 누가 밀었는가, 머리부터 땅에 떨어졌는가, 다리부터 떨어졌는가 등 무수한 상황이 있을 것입니다.

따라서 이생에도 그 이치에 맞는 죽음을 맞이하지만, 시대와 환경이 바뀌었으므로 그 당시와 똑같은 것이 아니라 그 이치는 같습니다. 다만, 과거 절벽이지만 이생에서는 앞에 말한 대로 여러 가지 상황이 있을 수 있으므로 죽음의 이치는 변할 수 있다고 해야 맞습니다. 그러므로 내가 말한 '죽음의 이치는 바뀌지 않는다'는 말은 절벽에서 떨어진다는 큰 틀을 의미하는 것이고 이생에서는 그 범주에서는 벗어나지 않지만, 이치는 변할 수 있다는 것을 그같이 말한 것입니다. 거꾸로 말하면 절벽에서 떨어졌으므로 이생에 똑같은 절벽에서 떨어져 죽는다는 뜻은 아니라 할 것이며, 앞에 말한 대로 그 범주에서는 벗어나지 않는다는 이야기입니다.

Q 문83 드라마나 영화 등을 볼 때면 여기에는 이것을 만드는 사람들의 생각이 녹아 있을 것 같다는 생각이 듭니다. 이러한 것들을 여과 없이 본다는 것은 그들의 생각, 즉 다른 사상에 빠지는 것으로 이해가 되는데 맞는 것인지요?

A 답 나는 전봇대에 신(神)이라는 것이 있다고 자신이 믿으면 실제 자신은 그 전봇대에 신이 있다는 관념을 갖게 된다고 말했습니다. 따라서 이 개념으로 드라마나 영화 같은 것을 몰입해서 보면 그 드라마나 영화의 관념이 은연중에 자신에게 각인됩니다. 그래서 어떤 것에도 나라는 의식을 놓아 버릴 정도의 무의식으로 몰입해버리면 심각한 문제가 됩니다. 질문처럼 드라마나 영화 등과 같은 것도 각본을 쓴 사람의 관념이 개입된 것은 맞기 때문에 이것을 몰입해서 보는 것은 맞지 않습니다.

비단 이 드라마나 영화 등과 같은 것도 마찬가지지만 나라는 주관자적 의식 없이 빠지는 것은 나를 잃어버리게 할 것이므로 객관적으로 보는 것이 중요하고, 특히 드라마나 영화는 가상의 환경이므로 그것에 현실을 어떤 식으로든 대입하면 자신의 몰락을 초래하게 됨을 알아야 할 것입니다. 인간이 일상을 살면서 다양한 환경을 접할 수밖에 없지만, 또 나라는 주관, 의식을 어떤 경우도 잃지 않아야 한다는 것을 알아야 합니다. 그러나 현실을 보면 어떤가요? 어떤 것에 몰입하여 밥상을 차리다 말고 그것에 빠진 것을 자주 보는데 대단히 잘못된 것임을 알아야 합니다. 비단 드라마, 영화뿐만 아니라 일상의 어떤 것도 깊게 몰입을 하게 되면 자가당착에 빠지게 되는데, 문제는 스스로 이같이 자가당착에 빠진 것을 모른다는 것이 문제입니다. 깊은 이야기는 생략합니다.

Q 문84 어긋난 마음의 흔적으로 업습(業習)을 반복하여 길고 긴 윤회의 굴레를 돌고 있고, 만나고 헤어지는 모든 인연이 다 어긋난 마음의 흔적들이 업연으로 펼쳐있어 바른 말씀에 의지하여 어긋난 본성을 알아가며 마음의 흔적들을 지워가고 업연들은 정리해가면서 살아가야 한다고 알고 있습니다. 어긋난 본성을 알아가며 눌러가면서 살다 보니 다시는 그러한 마음이 일어나지 않는다면 그것이 흔적이 지워진 것이라고 할 수 있을는지요. 일방적 마음이 아닌 사람과 사람 사이에 일어나는 마음이라면 한 사람의 마음이 정리되어도 다른 한 사람이 상대에 대한 집착이나 마음의 끈을 놓지 못한다면 그 인연은 정리되지 않는 것인지요?

A 답 업을 지우는 방법은 두 가지의 상황을 생각해 볼 수 있는데, 하나는 상대가 있는 경우, 하나는 상대가 없이 내 마음에서

만 일어나는 경우입니다. 상대성인가 아니면 내 마음에서만 일어난 것인가에 따라 지우는 방법이 다릅니다. 따라서 상대성이라면 그 상대와 물질적인 관계가 지속하는 것이라면 우선 물질의 관계가 정리되어야 하고, 그다음 그 관계가 이치에 맞지 않는다고 하면 그 상대를 마음에서 단념, 체념해버리는 것이 중요한데, 물론 이같이 해도 그 상대가 생각은 날 수 있지만, 생각이 난다고 해서 계속 그 미련을 두게 되면 업은 끊어진 것이 아닙니다. 사람이기 때문에 지난날이 생각나기는 하겠지만, 그것에 끄달리는 마음을 갖지 않는 것이 중요합니다.

다음은 상대가 없이 나 혼자의 마음에서 일어난 것은 일단 상대가 없으므로 정리하기가 쉬운데, 일상을 살면서 이런저런 상상이나 어떤 사안에 대하여 가상으로 여러 가지 그림을 그려보겠지만 중요한 것은 이 같은 생각이 나더라도 그것에 대한 분별을 한 다음 정립하고 그다음 더는 그 생각에 빠지지 않는 것입니다. 그런데 계속 그 속에 빠지게 되면 무의식의 상태가 되므로 좋지 않습니다. 이를테면 자위행위가 대표적인 것이라 할 것인데, 우리가 밤에 잠을 자지 못하는 이유 중에 하나가 이같이 초가집, 기와집을 그려보고 그 상상에 빠지게 되면 뒤척이다 잠을 설치게 되는 것과 마찬가지입니다.

따라서 질문에 "어긋난 본성 알아가며 눌러가면서 살다 보니 다시는 그러한 마음이 일어나지 않는다면 그것이 흔적이 지워진 것이라고 할 수 있는가"라는 질문은 무조건 지운다고 해서 지워지는 것이 아니라, 그 마음이 왜 일어난 것인가의 본질을 이해하므로 지울 수 있는 것입니다. 예를 들어 '2×2는 답이 뭐지?'라고 의구심을 내면 지워지지 않고 마음에 남는데 하지만 '2×2=4'라고 문제의 답을 알면 그 답은 지워지지 않지만, 답을 몰랐을 때와 같은 의구심은 일어나지 않으므로 이때를 '지워진다'고 해야 맞습니다. 이 차이를 모든 것에 대입해보면 마음에서 지우는 방법을 이해하게 될 것입니다.

또 질문에 "일방적 마음이 아닌 사람과 사람 사이에 일어나는 마음이라면 한 사람의 마음이 정리되어도 다른 한 사람이 상대에 대한 집착이나 마음의 끈을 놓지 못한다면 그 인연은 정리가 되지 않는 것인가"에 대한 부분도, 본인의 마음에 앞서 말한 대로 지웠다고 하면 그 상대를 생각하고 배려해야 할 이유는 없습니다. 예를 들어 연애하다가 그것이 맞지 않는다고 해서 헤어졌다면 다시는 그 상대를 생각하지 않는 것이 좋습니다. 그런데 '지금 어디에 있는가, 잘 살아 있는가' 등과 같은 마음을 계속해서 가지고 있다면 흔적을 지우는 것이 아니라 더 애착을 갖는 것이 됩니다. 이런 경우는 '알아서 살겠지, 너는 너의 인생, 나는 나의 인생이다'라고 마음에서 어떤 감정의 마음도 내지 않는 것이 중요합니다. 생각은 나지만 끌림을 두지 않는 것은 매우 중요한데, 사람이므로 나와 연관된 것이 생각은 나겠지만, 그것에 집착하지 않는 마음을 가져야 하므로 이것은 개념만 이해하면 쉽게 할 수 있는데 처음 개념을 정립하기가 어렵습니다.

Q 문85 처해있는 상황이나 현실을 떠나 동떨어진 생각이나 관념으로 살아간다면 그것도 무의식과 4차원에서 사는 삶이 아닐까 하는 생각이 들었습니다. 생활하다 보면 상황 파악이 느리거나(눈치) 기억력이 나쁘고 금방 잊어버릴 때가 많은데 이러한 것도 의식이 흐려있는 것과 연관이 있는 것은 아닌가 하는 생각이 들어 여쭈어봅니다.

A 답 마음이 있는 사람이므로 얼마든지 처해있는 상황이나 현실을 떠나 동떨어진 생각 등을 할 수는 있습니다만, 문제는 이것이 지나쳐서 자신의 관념으로 자리를 잡아 버리면 안 됩니다. 이같이 되면 질문처럼 그것도 무의식과 4차원에서 사는 삶이 되어 버리기 때문입니다. 나는 인간뿐 아니라 모든 생명체는 각자의 본성과 깊게 관련이 있다고 했으므로 각자가 무엇을 어떻게 생각하는가 그 자체도 본성에 따라 다 다르게 나타납니다. 각자의 몸에 나타나는 병(病)도 마찬가지입니다. 따라서 의식이라는 것도 각자의 본성을 기반으로 형성된 것이기 때문에 이것은 지구상 60억의 인간이 그 정도 차이만 다를 뿐이고, 그 이치는 똑같으므로 처해있는 현실을 떠난 생각과 관념을 교정하는 것도 결국 마음공부라 할 것입니다. 성품, 성향 등과 같이 나 자신에게 나타나는 일체의 것은 각자의 업, 본성과 깊은 연관이 있으며 예를 들어 치매, 정신병 등과 같은 것도 각자 업, 본성에 따라 나타납니다.

Q 문86 법문 글에 나오는 '상'이라는 것으로 좋아하는 것과 본

성의 마음의 끌림으로 좋아하는 것이라는 문구가 나오는데 이 두 가지는 서로 어떻게 다른지 궁금합니다.

Ⓐ 답 상이라는 것은 진리적인 상(象)이 있고, 인간이므로 가지고 있는 상(相)이 있는데, 육신이 없는 상태에서 참나만 존재하는 입장이면 참나 속에 자신만의 상(象)이 있습니다. 이것은 본성 속에 같이 있는 나의 특성이라고 이해하면 됩니다. 그런데 이 본성을 바탕으로 이생에는 아상(我相)이라고 하는 것이 생겨나게 되는데, 문제는 진리적으로 상(象)이라는 것이 없으면 생명체로 존재하지 않으며, 이 상(象)을 기반으로 나는 존재하므로 우리는 육신의 상(相)을 가지고 있습니다. 이같이 보면 어떤 것에 대하여 나의 바탕에서 나오는 기본적인 상(象)의 행동을 하는 것도 있고, 또 하나는 이 기본을 바탕으로 현실적인 몸을 갖고 있으므로 남의 눈을 의식하여 행동하는 상(相)이 있는데, 보통 대부분 사람은 참나를 기반으로 형성된 것, 즉 육신의 상(相)으로 살아가게 됩니다.

따라서 진리적인 상(象)과 육신이 있으므로 있는 상(相)의 개념을 먼저 정립해보면 무슨 말인가 이해하게 됩니다. 따라서 어떤 것에 끌림이 있다면 나 자신의 본성(업과 연관이 있음)을 바탕으로 육신의 상으로 나타나게 되는데, 예를 들어 무인도에 혼자 있을 때도 상이 있고, 대중 속에 살 경우에도 상이 있는데 무인도에 있을 때는 본성의 행을 한다면(참나 속에 있는 기본적인 행동이라고 하면), 대중 속에 있을 때도 상의 행동을 합니다. (이것은 본성을 바탕으로 행동하는 상) 이 두 가지 상의 의미는 다르다는 것을 먼저 이해해야 합니다.

따라서 아무리 마음에 끌림이 있다고 해도 그것이 이치에 맞지 않으면 행하지 않아야 하므로 이치라는 것이 상의 상위법이기 때문에 이것을 기준으로 자신의 마음(상)이 이치에 기준하여 얼마나 벗어났는가로 각자의 상의 크기를 가늠해볼 수는 있습니다. 업의 크기는 상에 비례한다는 것을 정립해보면 이해가 됩니다.

Q 문87 법문 중에 "사람이라는 것은 죽을 때 마지막에 어떤 마음을 갖고 죽었는가는 매우 중요한 의미가 있다"고 하셨는데 왜 그런지 궁금합니다.

A 답 중요한 의미가 있습니다. 그 이유는 평소에 어떤 마음가짐이었는가에 따라 그 마음의 흔적이 강하게 자리하는데, 단순하게 나는 이러한 마음으로 죽어야 한다고 해서 그 마음으로 죽지 않기 때문에 그렇습니다. 다시 말하면 평소 이치에 벗어난 마음을 갖고 사는 사람이 죽을 때 "나는 이치에 맞는 마음으로 죽어야지" 해서 그같이 되지 않는다는 뜻입니다. 그런데 문제는 불교에서도 '최후의 일념'이라고 해서 마지막 마음가짐을 어떻게 하고 죽는가에 대해 이야기를 하지만, 내가 말하는 것과는 차이가 있습니다.

따라서 다시 예를 들면 어릴 때 분재 나무의 틀을 잡아주면 그 틀

대로 굳어진 형태와 같이 자랄 것이고, 그 형태대로 죽게 될 것입니다. 또 소를 길들이는 것도 어떻게 길들이는가에 따라 길든 그 마음을 갖고 죽을 것인데, 사람의 마음도 마찬가지입니다. 자신의 마음은 실제 이치에 맞지 않게 가지고 있으면서 죽을 때 마음만 잘 가지고 죽으면 된다고 생각한다고 해서 죽음의 순간 그 생각대로의 마음은 만들어지지 않는다는 점입니다.

이 개념으로 내가 말한 "사람이라는 것은 죽을 때 마지막에 어떤 마음을 갖고 죽었는가는 매우 중요한 의미가 있다"는 말은 그 순간의 마음만을 어떻게 갖고 죽으라는 불교의 말을 따르는 것이 아니라 평소에 이치에 맞는 말을 많이 듣고 그 마음을 키워가게 되면, 죽을 때 그 마음의 힘과 크기에 따라 자연스럽게 그 마음을 갖고 죽을 수 있다는 것을 이야기하는 것입니다. 이것은 자신의 노력 없이 되지 않습니다. 우리가 업이라는 것을 이야기할 때 여러분은 업이라는 것이 한순간에 뚝딱 하고 만들어지는 것으로 생각하겠지만 업은 자신도 인지하지 못하는 사이에 암적인 존재와 같이 자라나게 됩니다.

죽음의 이치도 이같이 내가 평소에 어떤 마음을 만들었는가에 따라 자신도 모르게 그 마음이 만들어지는 것이므로 평소에 자신의 마음을 어떻게 만들었는가에 따라 죽을 때의 그 마음은 자연스럽게 만들어지는 것이고, 인위적으로 자신이 "나는 이런 마음으로 죽을 거야"라고 해서 그같이 순간 만들어지는 법은 없으므로 불교의 말과는 비슷할지 모르겠지만 다릅니다. 만약 불교의 말이 이치에 맞지 않는 말이라고 한다면 만들어진 그 마음으로 죽을 것이기 때문에 이것은 평소 자신의 의식으로 어떠한 것이 옳고 그름인가를 분별하고 옳은 것을 마음에 두는 것, 이것을 나는 마음 법당의 수행이라고 한 것입니다.

Q 문88 태초에 인간으로 왔을 때 살아가면서 했던 행동 중에 어느 부분이 자신의 본성으로 형성이 되는지 궁금합니다.

A 답 이 질문에 대한 답은 간단한데 '이치에 맞지 않는 행'이 악업의 본성으로 자리 잡고 형성됩니다. 왜 이같이 말할 수밖에는 없는가? 그것은 단편적으로 A=A라고 정형화해서 말할 수 없으므로 그렇습니다. 이것을 이해하기 위해서 태초(윤회가 아닌 경우)의 인간으로 태어나면 그 본성은 아무것도 없는 투명한 것이라고 한다면 그 투명한 본성은 그 환경에 적응하면서 나라는 의식으로 형성이 되는데, 문제는 이같이 태어난 아이가 100의 순수한 마음을 가진 집안에 태어나지 않기 때문에 그렇습니다. 사실 진리를 모른다면 100의 순수함은 없습니다. 세상에 존재한다는 것은 그만큼 뭔가의 하자(업)가 있어서 존재하는 처지이므로 그 정도 차이만 있지 업은 다 있으므로 어느 곳에 태어난다고 해도 그 상황에 맞는 본성(本性)이라는 것은 그것에 맞게 형성되게 되어 있습니다. 그러니 질문에 '어느 부분'이라고 단답형으로 이야기할 수 없습니다.

이 부분은 수없이 한 말이기도 한데 하늘에서 무작위로 내리는 비(윤회가 아닌 태초의 인간을 이야기함)가 어디, 어떤 환경에 떨어져 태어났는가에 따라 그 빗방울은 그것에 맞는 물(본성)이 되는 이치와 똑같다 할 것입니다. 그리고 서서히 그것을 나라고 인지하며 본성은 형성되고 성숙하여지므로 이것은 인위적으로 해주는 것은 아니며, 자연의 이치가 그렇게 되어 있다는 점입니다. 그래서 '나를 알자'는 것은 스스로 이러한 자신의 본성을 아는 것이며 이같이 본성을 알면 왜 나라는 존재가 지금과 같이 존재하는가를 알게 되므로 결국 이치에 벗어난 행위를 스스로 하지 않게 됩니다. 자신의 본성을 스스로 쉽게 알 수 없으므로 이치를 아는 자가 개개인에게 이렇게 저렇게 하라고 해주지만, 여러분은 그 말을 신경 쓰지 않고 따르지 않습니다. 그 이유는 앞서 말한 대로 그것이 '나'라고 하는 관념이 자리하고 있으므로 그렇습니다. 그래서 이 나라는 상(相)의 마음을 버린다는 것이 어렵다고 한 것입니다.

Q 문89 의식이라는 것이 각자 사람마다 다르다는 생각이 들었습니다. 사람마다 이해할 수 있는 한계라는 것이 있는 것인지요?

A 답 답은 "있다"입니다. 그러나 문제는 하나를 알더라도 확실하게 바르게 알아야지 확실치 않은 것을 많이 안다고 해서 의식이 많다고 할 수는 없습니다. 사람마다 의식의 차이가 있다는 의미는 많이 알고 조금 알고의 차이가 아님을 다시 한 번 이야기합니

다. 의식이 없는 사람은 가령 자신이 열 개를 알므로 의식이 있다고 할 것이나 의식이 바른 사람은 하나를 알아도 바르게 알고 있는 것이 의식 있는 사람이라 할 수 있다는 뜻입니다. 대학을 다녀 지식이 많다 하여 의식이 바르다고 할 수 없고, 학교를 나오지 않았더라도 그 사람이 가진 의식이 이치에 맞는다고 하면 후자의 경우가 진리적으로나 현실적으로 의식이 있는 사람이 되는 것이므로 이러한 차이는 각자의 본성의 업과 깊게 관련이 있으므로 사람마다 이해하는 한계는 있다고 해야 맞는 말이 됩니다.

이같이 말하면 내 본성이 그러니 어쩔 수 없다고 회의감에 빠지게 될 것이나 그것은 어리석은 생각입니다. 내 본성이 그렇다고 해도 인간이므로 의식을 세우고 한 가지라도 바르게 이해하는 것이 중요하므로 타고난 본성의 뿌리는 바꾸지 못하지만, 그 이치는 얼마든지 바꿀 수 있는 것입니다. 책 열 권을 읽는 것보다 그 어떤 하나의 개념을 온전하고 바르게 이해하는 것이 의식 있는 사람이라고 해야 맞습니다. 따라서 물질적으로 이해하는 한계도 사람마다 다르고, 진리적인 개념을 이해하는 것도 사람마다 본성이 다 다르므로 한계는 존재한다고 해야 맞습니다. '의식'은 하나를 알더라도 온전하게 아는 사람이 의식이 있다 할 것이고, '의지'는 이같이 안 것을 실천하는 사람이 의지가 있다 할 것이므로 내가 말하는 것을 대략 순간 읽는 것만으로 의식, 의지가 있다고 할 수는 없다 할 것입니다. 긴 이야기는 생략합니다.

Q 문90 법사님 질문과 답란에 진리 이치를 알고 해탈하면 최상 중의 최상이라 할 수 있다고 답변해주신 것을 보았습니다. 법을 몰라도 인간답게 살아감으로써 해탈한 사람과 진리 이치를 알고 해탈한 사람은 어떠한 차이점이 있으며 각자의 역할이 있는 것인지 궁금합니다.

A 답 우리가 서울을 갈 때 걸어서 가는 방법도 있고, 차를 이용하여 가는 방법, 비행기를 타고 가는 방법이 있을 것인데, 결국 서울(해탈)을 다 똑같이 가는 것은 맞지만 어떤 방법으로 가는가만 다른 것과 같이 궁극적으로는 해탈(서울)을 해야 맞습니다. 문제는 진리 이치를 알고 해탈을 하는 것인가, 아니면 진리를 모른다고 해도 해탈을 할 수 있는가인데, 보편적으로 보면 후자 쪽이 더 쉽습니다. 이 말은 인간이면 인간다운 윤리, 도덕의 행만 잘하더라도 해탈은 할 수 있는데, 이에 반해 이치를 알아간다는 것은 사실 매우 어려우므로 그렇습니다. 그러므로 이치를 100을 알아야만 해탈을 하는 것도 아니고, 이치를 모른다고 해서 해탈을 하지 못하는 법도 없습니다.

그렇다면 왜 법이라는 것이 필요한 것인가의 문제가 남습니다. 그 이유는 해탈의 기준이 되는 것이 있어야만 그것으로 기준 삼아 마음에 중심을 잡아갈 수 있으므로 이 법이라는 것은 그래서 필요한 것입니다. 질문에 역할이라는 것을 물었는데, 역할은 진리 이치를 알고 해탈한 자도 진리적으로 그 역할이 있고, 이치를 모르고 해탈을 한 자도 그에 맞게 역할은 있습니다. 이것은 진리 이치를 깨달은 자의 움직임에 따라 그에 맞는 역할이 있음을 의미하며, 또한 우리가 자연 속에서 알 수 있습니다. 만약 이 세상에 소나무만 있다면 그것은 자연, 자연스러움이라고 할 수 없고, 알 수 없는 생명체가 제각각의 모양을 하고 있을 때를 자연스럽다고 하는 것과 같이 모든 것은 각각의 이치에 맞게 어우러져 있을 때를 자연이라고 하므로 인간 사회도 마찬가지라 할 것입니다.

따라서 내가 법이라는 것을 말할 때도 해탈한 자들도 그에 맞는 역할을 하고 있으므로 이 경우 어떤 역할이 좋다, 좋지 않다는 것도 없으며, 모두가 그에 맞는 각자의 처지에서 최선을 다하고 있는데 이것이 차이라면 차이가 됩니다. 하지만 궁극적으로 이 같은 말들은 다 의미 없으며 자연스러운 흐름에 각자의 할 일을 한다고 해야 맞는 말이 됩니다. 그러므로 해탈의 자리에는 성역의 벽도 없고 오로지 각자의 자리에서 그 이치에 맞게 최선을 다하기 때문에 진정한 '평등'의 개념은 이것을 두고 하는 말이라고 해야 맞는 말이 됩니다. 서울 가는 방법은 다르지만, 도착하게 되면 누구나 다 평등하다, 자연스럽다고 해야 맞는 말이 됩니다.

Q 문91 마음의 흔적을 지우면 같은 상황이 닥쳤을 때 예전과 다르게 이치에 맞게 행할 수 있는 것으로 이해하고 있습니다. 그런데 한번은 그렇게 넘어가고 또다시 그 상황이 왔을 때 무의식으로 예전의 행동으로 돌아갈 수 있는 건지, 그렇다면 이것은 완벽하게 흔적을 못

지워서 그런 것인지 알고 싶습니다. 그리고 어떤 것에 대한 마음의 흔적이라는 것이 조금씩 지워지는 것인지 한순간에 지워지는 것인지고 궁금합니다.

A 답 질문에 "마음의 흔적을 지우면 같은 상황이 닥쳤을 때 예전과 다르게 이치에 맞게 행할 수 있는 것으로 이해하고 있다. 그런데 한번은 그렇게 넘어가고 또다시 그 상황이 왔을 때 무의식으로 예전의 행동으로 돌아갈 수 있는 건지 그렇다면 이것은 완벽하게 흔적을 못 지워서 그런 것인지"에 대한 질문에 답은 스스로 그 흔적을 지우지 않아서 그렇습니다. 그 이유는 어떠한 도움으로 흔적을 지우는 것과 본인이 스스로 개념을 이해함으로써 지워지는 결과는 다릅니다. 비바람을 맞고 겨울을 지내는 식물은 다음에 그 겨울이 오면 어떻게 지내야 하는가를 알지만, 남의 도움으로 온실에 있다가 나온 것으로 스스로 겨울을 이겨냈다고 할 수 없는 것과 같습니다.

먼저 이 개념을 정립해야 할 것이고 이치에 맞게 흔적을 지웠다 해도 그것에 대한 생각은 인간이므로 날 것이나 이후에는 그것에 대한 끌림의 마음이 일어나지 않게 됩니다. 그러므로 단박에 무엇을 지운다는 것도 존재할 수 없고, 나 자신이 온전하게 그 개념을 이해하고 정립해서 지우는 것이 맞는데, 이같이 지워야만 비로소 그 흔적은 지워집니다. 그러나 지우개로 닦아내듯이 깨끗하다가 아니라 생각은 나지만 그것이 끌리지는 않는다고 해야 맞는 말이 됩니다. 문제는 스스로 2×2에 대한 답을 찾으면 그다음 나머지는 쉽게 정립하는 것과 같으므로 자력의 힘으로 개념을 이해하는 것이 중요하고 이것이 아닌 법당의 도움으로 그 개념을 조금 이해했다고 해서 그것으로 흔적을 지웠다고는 할 수 없는데, 자력으로 확실하게 그 문제에 대하여 정립하지 못한 상태라면 흔적을 지웠다고 할 수 없으므로 이 개념을 정립하면 됩니다.

Q 문92 나를 빼고 객관적으로 보려는 노력을 해야 하는 것이 마음공부라 말씀 주셨는데 가령 어떤 상황에서 어떠한 문제에 대하여 나란 사람은 가상의 존재로 두고 3자의 눈으로 그 문제를 놓고 본다면 좀 더 객관적으로 생각하고 볼 수가 있지 않을까 하는 생각이 들었는데, 이러한 발상이 잘못된 것인지 여쭙고 싶습니다. 왜냐하면 저라는 사람은 속에서 일어나는 모난 감정이 다른 이들보다 크다는 생각에 객관적으로 본다는 것 자체가 어렵게 느껴집니다. 저를 저라 바라보지 않고 다른 곳에서 주시하는 3자의 입장에서 저와 상대를 보는 처지를 둔다면 괜찮지 않을까 하는 생각이 들었습니다.

A 답 어떤 문제든 나를 빼고 객관적으로 보려는 것은 중요합니다. 하지만 단순하게 그렇게만 본다고 해서 나를 객관적으로 보았다고는 말할 수 없는 것이, 예를 들어 A와 B는 서로 다른 것이라고만 보았다고 해서 그것이 객관적인 것이 되지는 않습니다. 물론 그렇게 보려는 것이 기본이기는 하지만, 문제는 왜 A와 B가 다

른가의 본질을 이해하고 무엇이 옳고 그름인가를 보는 것이 중요합니다. 다시 말하면 단순히 남자와 여자가 다르다고 보는 것과 다른데, 왜 남녀가 다른가를 봐야 한다는 것입니다. 다시 말하면 사람들의 행동은 다 다른데, 그 차이가 뭔가를 보고 어떤 것이 옳고 그름인가를 봐야 하는데, 사실 아무리 객관적으로 봐도 옳고 그름이라고 단답형으로 스스로는 그 정의를 내릴 수 없습니다. '누구의 말과 행이 최선인가'를 본다고 해야 맞으며, 옳고 그르다고 스스로는 정의를 내릴 수 없습니다. 그 이유는 사람은 제각각의 업이 다르고 관념이 다 다르므로 단답형으로 옳고 그름을 볼 수 없으므로 그렇습니다. 하지만 모든 것에 대하여 3자의 입장에서 객관적으로 보려는 노력은 기본이 된다 할 것입니다. 이하 생략합니다.

Q 문93 업연을 정리한다는 말씀 중 정리한다는 의미가 무엇인지 여쭙고 싶습니다.

A 답 답은 간단합니다. 질문자가 이생에 왜 인간으로 태어나 한 가정의 일원이 되었는가를 정립하면 최종적으로 도달하는 것이 바로 "업연에 의해서 존재하는 것이고, 그 업을 정리하기 위해 존재한다"는 것에 도달하게 되어 있으므로 이것 이외의 어떤 것으로도 존재 이유를 말할 수 없습니다. 따라서 이것이 아닌 자신이 잘나서, 혹은 자신이 위대해서, 또는 뭔가를 이루기 위하고 어떤 것을 남기기 위해 등등의 말들은 결국 나라는 상의 마음일 뿐인데 만약

내가 말한 것을 긍정하지 못하고 후자의 말을 마음에 둔다면, 또는 두고 있다면 그 마음으로 마음공부 할 수 없습니다.

따라서 예를 들어 한 가정의 자식으로 태어나 이생에 산다면 앞에 말대로 업을 정리하는 시간이므로 그 업이 이생에서 정리되지 않으면 다음 생에 어떤 식으로든 그 업을 정리해야만 하는 것이므로 이것이 업연을 정리한다는 개념입니다. 이처럼 제각각의 업에는 반드시 업의 유통 기한이 있습니다. 그러니 개인적인 업도 마찬가지고, 이 법과 관련된 업도 이 같은 틀에서 벗어나지 않습니다. 문제는 어떻게 정리하는가이고 그에 따라 내일, 모레 아니면 다음 생에 이치가 그것에 맞게 바뀌는 것이 전부입니다. 인간(생명체)으로 존재한다는 것은 이같이 업(業)이 있어 존재하는 것이 전부이며 이것을 이해하지 못하면 각자 하고자 하는 대로 하고 살면 되고, 이것을 부정하는 처지라면 그 어떤 것도 이해하지 못하게 되어 있습니다.

법당에서 개개인에게 해주는 말을 듣고 그 말을 왜 하는가의 본질을 스스로 파고들지 않고, 자신의 관념에 맞지 않는다고 따지듯이 말하는 것은 법을 떠나 먼저 윤리, 도덕이 뭔가부터 정립해야 할 것입니다. 마음공부는 '이해-정립-확정-행동'의 순서로 해야 하는데, 이해하지도 못하면서 정립을 한다는 말은 맞지 않고, 정립하지 못하므로 확정을 하지 못하기 때문에 결국 이치에 벗어난 행이 자신이 의도하든 의도하지 않든 나오게 됩니다. 이하 생략합니다.

Q 문94 〈인간의 출현, 그리고 본성과의 관계〉 최초의 인간은 돌연변이에 의해 출현한 것으로 알고 있습니다. 곳곳에서 출현한 최초의 인간은 어느 생명체로부터 태어나는 것인지요? 아시아, 아프리카 생명체로부터 돌연변이로 태어난 것인지요? 돌연변이에 의해 처음 인간으로 태어난 어느 인간이 태초(윤회가 아닌)로 태어나면 그의 본성은 자신을 낳아준 특정 생명체의 영향(환경)을 받아 형성되는 것인지요? 마음을 발견하지 못했다고는 할지라도 마음이라는 것은 이미 있으므로 본성이 형성될 것 같은데 궁금합니다.

A 답 지구의 윤회 중 지금이 5번째의 지구라고 했는데, 이 말은 현재와 같이 오대양 육대주라는 것이 존재하고 그 밭에(지구라는 것)는 그 환경에 맞는 생명체가 존재해 왔고, 마지막에 인간이라는 동물이 태어납니다. 질문처럼 어디에 어떤 생명체로부터 인간이 돌연변이로 태어났는가는 시기적으로 알 수는 없습니다. 그것은 자연이 존재하는 이 지구에 그 환경에 맞게 무수한 지역에서 돌연변이로 인간은 태어났다는 것이고, 인간은 어떤 동물을 통해 돌연변이로 태어났는가는 알 수 없습니다. 그 이유는 돌연변이로 인간이 태어난 이후에 마음을 발견하기까지는 참나라는 것을 특정할 수가 없으므로 그렇습니다.

다시 말하면 마음을 발견하기 전과 후의 문제인데, 마음을 발견한 후에는 '나'라는 것이 존재하므로 구체적인 구분을 할 수 있지만, 마음을 발견하기 전에는 이같이 구체적인 특정을 하지 못하기 때문에 그렇습니다. 이 부분에 대한 개념을 잘 이해해야 하는데, 인간이 돌연변이로 태어났다고 해도 이미 개개인에게는 마음이라는 것이 있습니다. 이때는 '나'라는 것을 몰랐을 때이고, 나라는 것을 몰랐다는 것은 '아상(我相)'이라는 것이 형성되기 전이기 때문입니다.

따라서 이것은 식(識)의 개념과 깊게 연관이 있습니다. 나를 발견하기 전까지는 선악의 개념을 몰랐을 때이므로 이치에 맞게 살았다 할 수 있고, 마음을 발견한 이후에 그 행동의 모든 것은 식(識)의 개념으로 진리적으로 흔적이 남습니다. 그래서 마음이 발견되기 전과 후의 상황을 정립하면 이해가 될 것인데, 질문처럼 마음을 발견하지 못한 시절에는 이치에 맞게 살았으며, 이것은 지금 동물의 삶을 보면 이해가 될 것입니다. 마음이 발견된 이후에는 나라는 상(相)이 형성되고 이때는 식의 개념으로 그 행위가 흔적으로 남고 본성으로 그것이 자리를 잡게 됩니다. 이 개념을 깊게 정립하면 무슨 말인가 이해하게 됩니다. 깊은 이야기는 생략합니다.

Q 문95 빙의의 정의에 대하여 "누구든지 의식이 흐린 상태에서는 언제든 무의식의 다른 기운작용을 받을 수 있다"는 말씀을 들었습니다. 다시 한 번 이 부분에 대한 말씀을 듣고 싶습니다.

A 답 인간(생명체)은 각자가 지은 업(業)이 있어 그 이치에 따라 존재한다고 했습니다. 이것은 포괄적인 개념으로, 존재한다는

그 자체가 업이 있으므로 존재한다는 논리입니다. 이 속에는 내가 직접 상대와 지은 업이 있고, 상대가 없이 혼자 지은 업이 있을 것입니다. 상대가 있고 없고에 따라 업의 이치는 다른데, 상대와 어떠한 업을 지으면 그 상대와의 지은 업으로 인해 인과응보로 나에게 해를 주는 것이 빙의의 개념이므로 “누구든지 의식이 흐린 상태에서는 언제든 무의식의 다른 기운 작용을 받을 수 있으므로 나에게 빙의가 있다, 없다를 따질 이유가 없다”는 것은 그 상대와 나 사이에 직접 지은 업을 인정하지 않는 것이므로 질문과 같이 생각하고 있는 것은 업과 빙의의 개념을 잘못 이해한 것입니다.

다시 말하면 전생에 내가 특정한 누구에게 업을 지었다 하면 그것은 나에게 직접 관련이 있으므로 이것이 빙의로 작용하는 것입니다. 또 하나는 그에게 업을 지을 수 있는 성향이 있었으므로 자신 혼자서 행동하는 것에도 상대는 없지만 업을 지을 수 있으므로 두 가지 개념으로 업을 이해하는 것이 중요합니다. 이것이 아니라 “누구든지 의식이 흐린 상태에서는 언제든 무의식의 다른 기운 작용을 받을 수 있으므로 나에게 빙의가 있다, 없다를 따질 이유가 없다”고만 생각하는 것은 이 같은 업의 개념을 인정하지 않는 것이고 이해하지 못한 것이므로 이치에 맞지 않습니다.

직설적으로 이야기하면 지구 위에 있는 인간의 의식은 각자의 업에 따라 다 흐려 있다 할 것이고, 다만 얼마나 흐려 있는가만 차이가 있습니다. 만약 의식이 100으로 살아 있다고 한다면 생명체로 태어나지 않습니다. 거꾸로 이야기하면 업이 있어 존재한다면 그에 상응하는 만큼의 의식이 흐려 있다는 이야기가 됩니다. 따라서 각자가 생각하기에 나는 의식이 깨끗하게 살아있다, 내 의식에 문제가 없다고 한다면 업이 없다는 이야기가 되므로 이치에 맞지 않습니다. 그러므로 각자가 누구에게 어떤 업을 지었는가에 따라 그 상대와 나는 업의 당사자가 되므로 이것이 빙의 등으로 특정하게 나에게 영향을 주는 것이고, 그러한 성향을 지녔다고 하면 이같이 특정한 사람이 아니라 일상에서도 잔잔하게 업을 지었을 수 있다고 두 가지로 정립해야 합니다.

또 하나는 이같이 내가 지은 업과 상관없이 진리의 기운 속에 사는 인간이므로 나의 의식에 따라 다른 기운이 얼마든지 나에게 영향을 줄 수도 있다고 두 가지로 정립해야 합니다. 이 말은 앞서 말한 대로 내가 어떤 사람과 직접적인 업을 짓지 않았으므로 관계는 없다고 해도 항상 다른 기운이 나의 의식에 따라 영향을 줄 수도 있기 때문입니다. 그러니 내가 직접 지은 업에 따라 작용하는 것과 직접 지은 업이 아니라도 진리 기운 속에 사는 처지에 언제라도 다른 기운이 나에게 영향을 줄 수 있다 할 것입니다. 내가 전생에 특정한 사람에게 어떤 업을 지었는가에 따라 그것이 나에게 직접 영향을 주는 것은 그 업에 유통 기한에 따라 이생, 혹은 다음 생까지라도 영향을 주게 되는데, 이것이 빙의 개념이 됩니다.

그러므로 위와 같이 "누구든지 의식이 흐린 상태에서는 언제든 무의식의 다른 기운 작용을 받을 수 있으므로 나에게 빙의가 있다가 없다를 따질 이유가 없다"고 하는 것은 단편적인 생각이고 나 자신을 합리화하는 말이 되므로 이치에 맞지 않으며, 업과 빙의의 개념을 먼저 정립해야 합니다. 있다, 없다를 알고 따지고 이해하는 것이 마음공부의 기본이라 할 것인데, 위와 같이 포괄적으로 생각하는 것은 맞지 않습니다.

실제 사람(생명체)을 보면 그 자신이 특정한 상대에게 지은 과보로 빙의를 달고 사는 사람이 상당한데, 이것은 참나의 이치로 알 수 있다고 오래전에 〈빛과 색의 개념〉으로 이야기한 부분입니다. 그런데 사람들은 무조건 '내 마음'에 일어난 마음이므로 내 것이라고 생각하고 사는 것이 대부분입니다. 여기서 더 구체적으로 이야기할 수 없는 부분이 있으므로 생략하지만 내 마음에 다른 사람의 마음이 작용하고 그 사람(빙의)의 마음이 작용하여 내 몸을 그 다른 사람의 마음이 움직인다는 것이 빙의 개념이므로 이 부분을 정립해야 합니다. 이에 대한 긴 이야기는 생략합니다.

Q 문96 법문에 "훗날 자신이 죽어 무의식의 마음만 남아 세상을 볼 때 지금 내가 하는 말이 생각날 것이나 그때는 이미 윤회 속에 들어 언제 다시 이러한 말을 들을 수 있는 기약을 할 수 없다는 것을 알아야 한다"고 말씀하셨습니다. 무의식으로 있을 때 법사님이 주신 말씀이 생각난다는 것과 체득이라고 하는 부분과는 다른지요?

Ⓐ 답 사람이 죽기 전에 한 모든 것은 식(識)의 개념으로 남게 되고, 죽으면 무의식의 기운만 남습니다. 이것은 스스로 움직일 수 없고 다른 생명체의 몸을 빌려서 세상을 보게 되는데, 이때는 나라는 육신의 마음이 없어진 상태이므로 오로지 이치에 맞고, 맞지 않고의 이분법적인 작용만 합니다. 따라서 몸이 없는 상태에서는 상(相)이라는 것이 없으므로 내가 하는 말이 생각나게 됩니다. 거꾸로 말하면 몸이 있는 상태에서는 상이라는 것이 있어 그것에 가려져 내 말이 깊게 와 닿지 않는다는 뜻입니다. 죽어 있는 사람은 생각이라는 것이 없다는 말이고, 체득이라는 것은 다른 사람의 몸을 빌려 죽은 사람이 살아보면 내가 한 말이 무슨 말인가를 쉽게 이해한다는 의미입니다.

살아 있는 사람은 나라는 상이 있으므로 그 상의 두께에 따라 내 말을 받아들이는 것이 다르지만, 몸이 없이 죽어 있는 사람은 몸이라는 것이 없으므로 생각이라는 것은 스스로 할 수 없지만, 다른 사람의 몸을 빌려 체득은 할 수 있습니다. 그래서 이같이 체득을 할 때 내 말을 듣고 옳고 그름을 쉽게 이해한다 할 것이고, 죽어서 기운으로 존재하는 '마음'은 이분법적으로 옳고 그름만으로 이루어지기 때문에 이치에 맞는 마음을 가진 자의 마음을 쉽게 이해하므로 이 개념으로 마음 법당은 천도를 하는 것이지만, 몸이 있는 사람은 상이 있어 이같이 쉽게 옳고 그름을 분별하지 못하므로 살아있는가, 죽어있는가에 따라 이같이 다릅니다.

그래서 나는 상이 없이 존재하는 죽어 있는 사람을 제도하기가 더 쉽다고 말한 것입니다. 따라서 질문에 '생각이 난다'는 것은 죽어 있는 사람이 할 수 없고, 이미 식(識)에 각인되어 버린 그 업식만 남게 되지만, 그 마음이 다른 사람의 몸을 빌려 세상을 보면 체득이라는 것을 할 수 있습니다. 실제 이같이 죽어 있는 사람의 마음이 다른 사람의 몸을 빌려 세상을 살고 있기도 하므로 이때 체득을 한다고 해야 맞는 말이 되므로 생각난다는 것과 체득이라는 개념을 정립해야 할 것입니다.

Q 문97 인간으로 태어나지 않는 것이 좋다는 말씀이 왜 그런 것인지 궁금했습니다. 인간으로 태어나면 업을 짓기에 그런 것인가 하는 생각이 들었습니다.

A 답 인간은 이 세상에 태어나고자 하는 것이 아니라, 진리 이치에 따라 나타나는 자연스러운 현상입니다. 결국 이같이 나타나는 자연스러운 현상에서 벗어나는 길이 '해탈'이라는 방법밖에는 없고, 해탈이라는 것을 해야만 생명체로 태어나지 않게 됩니다. 따라서 태어나지 않는 것이 좋다고 말하는 이유는 '태어남'이라는 것 자체가 고통이기 때문에 그렇습니다. 그러므로 우리가 좋다, 행복하다, 만족한다, 살만하다고 하는 말은 다 가식된 마음입니다. 생각이라는 것이 다 각자의 상황에 따라 하는 말이지만 그 속을 보면 그것은 다 부질없는 신기루와 같은 것이므로 이것은 결국 영원하지

않습니다.

그래서 과거 화현의 부처님의 부인이 집을 나갈 때도 이 물질을 따라서 집을 나갔는데, 이 말은 결국 물질이 많고 적음에 따라 인간들은 앞서 말한 각자가 무수한 말을 하겠지만, 결국은 태어나지 않는 것이 최선이기 때문에 어떤 환경, 어떤 물질이 있더라도 질문처럼 업을 질 수밖에 없으므로 업을 짓지 않기 위해서는 원천적으로 태어나지 않는 것이 맞기 때문에 그렇습니다. 그러므로 태어났다고 해도 될 수 있는 대로 빨리 해탈하는 것이 좋을 것이고, 그러기 위해서 이 같은 이치를 아는 것은 매우 중요하다 할 것입니다.

Q 문98 　　법사님께서 주신 말씀 중에 운명은 반드시 존재한다고 했고, 존재하지만 얼마든지 바꿀 수 있다는 말씀을 주셨습니다. 운명이라는 것은 나라는 관념을 하고 있기에 정해진 운명이 있다는 것이고, 정해진 운명이라는 것은 예를 들어 어떤 상황에 나서지 말아야 할 상황에 내가 맞는다고 행동하므로 그에 따른 결과가 나오는 것이 정해진 운명이라고 이해가 됩니다. 또한 같은 상황이라도 의식을 가져서 그러지 말아야겠다 하고 참고 지나간다면 그것이 운명을 변화시킨다는 개념으로 이해하였는데 어떤 관념을 가지고 있는 것이 중요하다는 의미로써 하신 말씀이신지 여쭙고 싶습니다.

A 답 　　A와 B의 상황 중에 어떤 것이 맞는가에 대한 개념

을 이해하는 것이 중요합니다. 이 상황을 이해하지 못하고 단순하게 자신의 처지에서 나서야 할 경우와 아닌 것을 자신의 기준으로 판단하고 행하는 것은 맞지 않습니다. 따라서 질문에 "나서지 말아야 할 상황에 내가 맞는다고 행동하므로 그에 따른 결과가 나오는 것이 정해진 운명"이라고 하는 것도, 자신이 옳다고 생각하는 것도 결국 옳지 않을 수 있기 때문이고, 반대로 자신의 처지에서 옳지 않다고 생각하는 것도 진리적으로는 옳을 수가 있습니다. 그러므로 A와 B의 상황에 대한 개념을 이해하지 못하고 자신이 생각하기에 맞는 행을 해도, 맞지 않는 행을 해도 결국 스스로 정해진 운명을 살게 되므로 스스로 A와 B에 대한 개념 정립을 하지 못하면, 어떠한 행을 해도 자신의 운명대로 갈 수밖에 없으므로 이것이 고정된 운명입니다. 이치를 바꾼다는 것은 A와 B를 객관적으로 보고 난 후, 자신은 A가 마음에 들었고 그 행을 하고 싶다고 해도 B가 맞는다면 그 A를 포기할 줄 아는 마음을 가져야 이치는 바뀝니다.

그러니 이치를 이해하지 못하고 스스로 어떤 행을 해도 그것은 자신의 운명대로 갈 수밖에는 없고, 상황에 대한 이해를 충분하게 하고 난 후, 맞는 행을 하므로 고정된 운명을 바꿀 수 있습니다. 그러니 혼자서 이러지 말아야겠다, 저렇게 해야 하겠다 등의 생각을 하는 것만으로 운명을 변화시킬 수는 없습니다. 그것은 고작해야 윤리, 도덕, 양심을 기준으로 하는 가장 기본적 사항이고 진리적으로는 나서지 말아야 할 때도 나서야 할 때도 이치를 모르고 행하는 것은 결국 자신의 고정된 운명대로 흘러가게 되어 있으며, 개념 정립이 되지 않으면 이치가 바뀌어도 스스로 바뀌는지를 모르기 때문에 먼저 이 개념을 이해해야 할 것입니다. 긴 이야기는 생략합니다.

Q 문99 상대방에게 마음의 상처를 주거나 상대방이 화가 났는데도 그 당사자인 자신은 왜 그런지 이유를 모를 때는 어떻게 해야 하는지요?

A 답 결론은 자신이 그 개념을 이해할 때까지 그 문제를 파고들어야 합니다. 예를 들어 내가 똥은 밟았는가, 돌을 밟았는가는 오로지 자신 스스로 의식으로 정립할 수밖에는 없는데, 문제는 자신이 상대방에게 한 그 말이 이치에 맞는 말일 수도 있고, 아닐 수도 있으므로 막연하게 질문처럼 "상대방에게 마음의 상처를 주거나 상대방이 화가 났는데"라고 하는 것은 맞지 않습니다. 그러니 어떤 사안마다 다 그 내용이 다를 수밖에 없으므로 질문과 같은 내용은 어떻게 하라고 단답형으로 할 수는 없다는 이야기입니다. 문제는 일상을 살 때 어떤 문제가 생기기 전에 자신이 하고자 하는 말이 맞는가를 먼저 생각하고 생활하는 것이 맞습니다.

그러나 이미 그 말, 행동을 해버리고 그 상대가 마음에 상처가 되었다면 그 원인을 스스로 찾아가고 그 답을 찾으려 하는 노력이 자신의 의식을 깨어나게 하는 제일 나은 방법입니다. 이것이 아니라 이 경우는 이렇다, 저렇다고 단답형 형식으로 말을 주면 의식이 깨어날 여지가 없고, 자신은 로봇이 되어 버립니다. 따라서 질문에 "당사자인 자신은 왜 그런지 이유를 모를 때는 어떻게 해야 하는가"라는 답은 자신의 업, 의식, 본성 등과 관련은 있으므로 그 문제에 대한 단답형을 찾으려 하지 말고 스스로 그 문제를 파고들어 그 원인을 알아가므로 자신의 의식은 그것에 맞게 깨어나게 됩니다.

사실 업이 있으므로 존재하는 인간은 각자가 하는 말, 행동이 맞는다고 인식하고 살기 때문에 내가 잘했다고 하는 것도 상대의 처지에서 보면 틀렸다고 말할 수 있으므로 이 경우 너, 나를 따지지 말고 나 자신이 한 행동을 객관적으로 보고 그 문제가 무엇이 잘못되었는가를 파고들어 그 상황에서의 개념을 이해하는 것이 중요합니다. 이 말은 구구단처럼 암기해서 기억하는 것이 아니라 '개념의 이해'가 중요하다는 뜻입니다.

Q 문100 인간관계에서 대화하려고 할 때 가장 기본이 되는 게 무엇인지 여쭙고 싶습니다.

A 답 답은 "상황, 상황에 맞는 말을 해라."이며 이 상위법(上位法)은 "이치에 맞는 말을 해라."입니다. 앞에 말한 '상황'이라는 것은 인간들은 다 상(相)의 논리로 살기 때문에 그 상황에 맞는 말을 하며 사는 것이 현시대에서 최선이 되기 때문에 그렇습니다. 만약 현실을 사는 인간이 상황에서 벗어난 말, 예를 들어 진리를 배운다

는 처지에서 상대는 상의 논리로 말하는데, 나 자신은 고고하게 진리가 어떻고 마음이 어떻고를 이야기해봐야 바보 취급, 병신 취급 당하기 딱 좋은 시대이기 때문에 그 상황에 맞는 말을 적절하게 하는 것이 최선이라 할 것입니다. 그다음 어떤 상황에서든 그 상황에서 이치에 맞는 말을 해야 하는 것은 맞습니다.

그런데 상황에 맞는 말을 빼버리고 이치에 맞는 말을 한다는 것을 앞세우면 상의 논리에서 세상살이 피곤해질 수밖에 없습니다. 그러니 현실적으로는 '그 상황에 맞는 말'을 하는 것이 최선이고 여기에는 진리적 개념을 떠나서 일반적인 대화법이라 할 수 있고, 마음공부를 하는 처지라면 이치에 맞는 말을 하는 것이 맞지만, 이것은 진리적인 말이기 때문에 자신이 이치를 모르면 사용할 수 없는 말, 사용해서는 안 되는 말이 되기 때문에 우선은 '그 상황, 상황에 맞는 말을 해라'가 정답입니다.

사실 이치(理致)에 맞는 말이라는 것은 진리 이치를 온전하게 아는 자만이 사용할 수 있는 말임을 알아야 하고, 따라서 이 말을 사용할 때는 매우 주의해서 사용해야 하는 말임을 알아야 합니다. 예를 들어 어떤 사람이 누구와 대화를 하면서 "이것이 이치에 맞는 거야"라고 했다면 그 말이 반드시 진리적으로 부합되고 맞는 말, 번복될 수 없는 말이어야 하는데, 그렇지 않고 자신의 상에 관련된 말이기 때문에 아무리 자신의 견해에서 이치에 맞는다고 해도 상이 있는 처지에서는 그 말이 답이 될 수가 없으므로 그렇습니다. 긴 이야기는 생략합니다.

Q 문101 돌연변이에 의해 태초로 태어난 인간들의 경우 마음을 발견하지 못했다는 것이 전혀 모른다(0의 의미), 몰랐다의 의미인지요? 인간마다 1만큼이든 2만큼이든 각자 다르게 조금이라도 '나'라는 것을 인지하지 않았을까 하는 의문이 들었고, 만약 그렇다면 또는 그만큼 본성이 형성되고 그것을 바탕으로 그에 맞은 행동을 하며 살다가 그 결과로 누구는 태초에 바로 해탈을 하고 누구는 윤회하게 되지 않았을까 하는 생각을 해 보았습니다. 만약 '나'라는 것을 전혀 모르는 0의 상태라면 본성이라는 것이 형성될 여지가 없지 않은가 하는 생각을 하다 보니 돌연변이로 태어난 인간이 어떻게 윤회에 들게 되는지 궁금합니다.

A 답 지구라는 것은 지각 변동으로 인해 모든 생명체가 다 사라진다고 해도 이 기운이라는 것은 그대로 존재하고 있으므로 다음 생에(지구 지각 변동으로 인해 새로운 지구의 모습이 된다고 해도) 그 이치에 맞게 생명체는 돌연변이로 태어납니다. 이 개념을 이해하기 위해서 '무시무종(無始無終)'이라는 것을 먼저 이해하면 이 개념이 쉽게 이해될 것입니다. 이 말은 지구 지각 변동을 했다고 해서 진리적으로 제로 상태(0의 상태)는 아니라 진리의 기운은 생명체가 멸하기 직전에 그 기운을 그대로 간직하고 있고, 다시 그 기운 이치대로 돌연변이로 태어남을 의미합니다.

따라서 돌연변이로 태어났다고 해도 이미 그 자신은 전생(이전 지구의 이치에 따라)에 그 흔적이 있으므로 그 이치에 맞게 윤회를 하게 되므로 지각 변동을 했다고 해서 완전하게 진리적으로 제로(0의 상태)의 상태에서 새롭게 시작되는 것이 아니라, 그 이전의 지구의 삶과 같은 개념에서 이어간다고 하면 맞는 말이 됩니다. 따라서 지각 변동 후의 본성은 이전 지구에서 남았던 진리적 기운의 흔적에 따라 이미 형성되어 있다 할 것입니다. 그러므로 진리적으로 기운은 무시무종으로 있고, 보이는 생명체는 그 기운에 따라 몸만 있고 없고의 차이만 다르게 됩니다. 이 부분은 법회 때 이야기한 것이고 또 여기서 긴말을 할 수 없으므로 이 정도에서 생략합니다.

Q 문102 마음공부를 하여 자신의 이치를 바꾼다는 것은 매우 어려우므로, 차라리 될 대로 되라는 식으로 사는 것이 마음공부를 한다고 진리적인 업을 키워가는 것보다 업을 덜 지을 수 있으므로 안타깝다고 하신 말씀은 무슨 의미인지요?

A 답 나는 사람이 사는 방법에는 두 가지가 있다는 말을 했습니다. 하나는 법이고 뭐고를 알 필요 없이 자신의 마음 내키는 대로 사는 방법과 다른 하나는 진리를 알고 사는 방법입니다. 어떤 사람은 마음공부를 한다고 하면서 진리라는 것을 자신의 입맛에 끌어다 맞추려고 하는 사람이 있는데, 이것은 사실 진리를 모르고 사는 것보다 업(業)이 더 크다 할 것입니다. 그 이유는 진리를 모르고

살 때는 여러분에게 내가 말하는 것이 진리의 말인가를 모르기 때문에 같은 행위를 하더라도 업이 덜할 수 있지만, 법이라는 것을 알고 그 말을 가져다 자신의 견해에다 대입하고 자신이 생각하는 것을 합리화한다면 업은 더 크다는 의미입니다.

예를 들면 자신의 행동이 도둑질이라는 것을 모르고 훔친 사람과 알고 훔친 사람의 죄는 어디가 더 큰가인데, 이 경우 알고 훔친 행위가 더 죄가 크다 할 것입니다. 이 개념으로 나는 어떤 면에서는 "될 대로 되라고 하여 사는 것이 마음공부를 한다고 진리적인 업을 키워가는 것보다 업을 덜 지을 수 있다"고 이야기한 것입니다.

다시 말하지만, 마음공부는 개념을 정립하고 그것을 이해하고 마음으로 받아들여 가면 결국 행동으로 나타난다고 했는데, 아무리 맞는 말을 해도 그것을 이해하지 못하고 받아들이지 못하면서 자신의 관념대로 해버리면 결국 앞에 말한 대로 차라리 법(이치에 맞는 말)을 모르고 자신의 관념대로 사는 것이 더 좋을 수 있다는 것을 이야기한 것입니다.

자꾸 자신의 관념에 끌어다 맞추려고 하는 것은 결과적으로 자신은 가만히 있고 법을 마음대로 한 것이므로 업이 더 클 수도 있다는 뜻으로 한 말이므로 이 개념을 이해하면 무슨 말인가를 알게 됩니다. 인간은 진리 이치에 맞게 자신을 맞추어가는 것인데, 가만히 있는 진리를 자신에게 맞추려 함은 오만함이 되기 때문에 업이 클 수밖에는 없다 할 것입니다.

Q 문103 질문과 답을 통해서 맞는 것을 평소에 가지고 있어야 이생에 최후의 일념이 유지가 된다고 배웠습니다. 확대하면 이생에 최후의 일념까지 유지되어야 알 수 없는 다음 생 인간으로 왔을 때 다음 생까지 이어지게 되는 게 아닐까 하는 생각과 축소해보면 이 순간의 마음이 유지되어야 최후까지 가지고 갈 수 있다는 생각을 해보았는데요, 올바른 생각인지 궁금합니다.

A 답 다른 종교에서도 이와 비슷한 말을 하지만, 문제는 어떤 마음을 만들 것인가의 문제는 다릅니다. 다른 종교는 그 사상(思想)에서 제시하는 것을 마음이 두는 것이고, 내가 말하는 것은 스스로 옳고 그름을 분별하고 그중에 옳은 그 관념을 마음에 두는 것입니다. 또 마음에 둔다고 해도 행(行)이 따라주지 않으면 아무리 마음에 두어도 온전하게 마음에 담을 수 없다고 했습니다. 이 말은 실천하지 않는 것은 자신의 몸에 스며들지 않음과 같고, 또 아무리 자신이 옳다 생각하는 것을 머릿속으로 계산만 하고 있다 해서 그것이 마음에 자리를 잡지 않는 것과 같습니다. 우리가 학교를 다닐 때 생각하고 정리하고 결국 연필로 실제 몇 번씩 써봐야 그것이 비로소 내 것이 되는 것과 같은 것이라 할 것입니다. 그래서 나는 '생각하고-분별하고-마음으로 굳히고-행동으로 나타내라'는 말을 많이 하는데 이같이 하지 않으면 어떤 것도 자신의 것이 되지 않기 때문에 그렇습니다. '생각-분별-정립-행동' 이러한 과정과 실천을 마음으로 정립해야 한다는 의미입니다.

Q 문104 업의 한계점에 대하여 법문 679편에 보면 '업의 한계점'이라는 표현이 있는데 어떤 의미인지 궁금합니다.

A 답 업(業)의 한계점이라는 것은 예를 들어 전생에 자신이 지은 물질의 업이 50이라고 하면, 이생에 그 50을 초과해서 받지 않는 개념을 이야기한 것입니다. 따라서 전생에 여자를 만나야 할 업의 이치를 만들지 못했다면 이생에 여자를 진리적으로는 만날 수 없는데, 이생에 여자를 만나려고 해도 진리적으로 만나지 못하고 만나봐야 어떤 목적에 의한, 자신의 상(相)에 의해 만나게 되니 이같이 만난 것은 진리적으로 오래가지 못합니다.

그 이유는 진리적으로는 여자가 없는데, 만나려고 하는 것은 업의 한계를 초과한 것이므로 이루어질 수 없고, 만나봐야 상(相)의 논리에 의해 만나는데, 이 같은 개념이 업의 한계점입니다. 사람들은 이러한 진리 이치를 모르니 자신의 운명에 없는 것을 찾으면서 이루어지지 않음에도 남들이 다 하므로, 혹은 태어났으니 결혼은 해야 하지 않겠는가 하고 발버둥을 치는데, 이러한 경우 업의 한계가 작용하기 때문에 그렇습니다.

그러므로 내가 짓지 않았던 것을 초과해서 받으려 하면 자신의 업의 한계를 초월한 것이므로 받아들여지지 않는 개념을 나는 업의 한계점이라고 한 것입니다. 따라서 자신의 업에 없는 그 무엇을 하려고 하는 것은 업의 한계를 초과하는 것이므로 아무리 자신이 어떻게 해보려고 해도 되지 않기 때문에 업의 한계를 초과하는 행위는 그 결과가 좋지 않게 나타나게 됩니다. 그러니 아무리 북 치고 장구 치고 해본들 없는 것, 지어 놓은 것이 없음에도 짓지 않은 것을 받으려 하는 것이 되므로 이치에 맞지 않습니다.

Q 문105 업이 드러날 데로 다 드러났다는 말씀이 궁금했습니다. 그리고 태어나 어느 기간까지 업이 다 드러나고 그 이후의 삶은 또 무엇인지가 궁금했습니다.

A 답 쉽게 말하면 우리가 음식을 사면(업을 지으면) 오늘 먹어야 할 음식(업)이 있고, 내일 먹어야 할 것, 혹은 한두 달 이후에 먹어야 할 것 등이 있을 것입니다. 이 개념으로 이생에서 드러나는 업이 다 드러났을 때를 나는 '업(業)이 드러날 대로 드러났다'고 이야기한 것입니다. 다시 이 개념을 이야기하면 긴 호스 속(개인적인 윤회의 길)에 구슬을 순서대로 넣었다고 하면(이것은 받아야 할 업의 순서를 이야기함), 이생에서 받아야 할 것이 10개라고 할 때, 이 열 개가 다 왔음을 의미하며, 다음 생에는 이생에 열 개가 나온 후 11개째의 업부터 받게 됩니다.

따라서 이생에 받아야 할 10개(업)가 다 드러났을 때를 이야기한 것인데, 문제는 자신이 이생에 어떤 마음으로 만들어 가는가에 따라서 그 업의 이치가 그 마음의 정도에 따라서 바뀐다는 점입니다.

물론 이것은 죽어서 받아야 할 것만을 말하는 것이 아니라, 이생에서도 자신의 업(業)의 이치는 바뀐다는 것인데, 사실 이러한 부분은 여러분의 처지에서는 알 수 없습니다. 그 이유는 내가 보는 처지에서 이치가 바뀌었지만, 본인들의 처지에서는 바뀌기 전과 후의 상황을 모르기 때문에 그렇습니다. 스스로 이러한 이치를 안다면 깨달은 자가 되기 때문인데, 기운의 변화, 마음의 변화를 알면 이같이 전과 후를 알게 되므로 이생에서 받아야 할 것과 다음 생에 받아야 할 것에 대한 이치를 '참나'의 개념으로 알 수 있습니다.

이치가 어떠한 개념으로 바뀌는가 예를 들면, 자신이 강을 건널 때 좀 더 수월하게 강을 건널 수 있도록 징검다리가 놓이는 것과 같은데, 어차피 강을 건널 수밖에 없는 입장이라면 자신은 모르지만 강을 건너는 것을 피할 수 없다 해도, 좀 더 수월하게 건너는 것과 같습니다. 이러한 바뀜을 자신의 처지에서는 그 이치를 모르지만 진리적으로는 이같이 변하게 됩니다. 이 과정에 여러분은 뭔가의 마음 편함으로 느낄 수 있습니다. 그래서 이 법을 알았으므로 뭔가 마음이 편해졌다고 한다면 여러분의 이치는 그 마음에 맞게 변하게 되어 있는데, 나는 이 개념을 "마음이 변함에 따라 진리의 기운은 그것에 맞게 반응한다"고 말했던 부분이기도 합니다. 그런데 어리석은 사람은 뭔가 급격한 변화만을 생각하기 때문에 이러한 것을 느끼지 못하는 것이고, 반대로 각자의 마음에 변화를 느낀다면 이 법을 알기 전과 후의 상황을 생각해보면 이해가 될 것입니다.

Q 문106 의식을 놓치면 무의식의 영향을 받을 수도 있다고 이해를 했는데 무의식 속에는 빙의도 있고, 빙의가 아닌 윤회에 들어가지 못한 참나도 있고, 일반적인 생명체가 죽어서 아직 중음에 있는 참나도 있을 것인데, 이 모든 참나들이 살아있는 생명체에 영향을 줄 수 있는지요? 영향을 준다면 빙의는 원한이 있다지만 다른 참나들은 왜 영향을 주는지 아직 이해가 잘 안 됩니다.

A 답 질문에 대한 말은 이미 오래전에 한 말인데, 다시 간단하게 정리하면 다음과 같습니다. 내가 어떤 것을 사기 위해 시장을 간다고 합시다. 그러면 가는 도중에 아는 사람도 만나고(이것이 내가 지은 업에 의한 빙의 작용이라고 한다면), 혹은 내가 알지 못해도 어떤 사람이 나에게 아는 체도 할 수 있을 것입니다. 이것은 내 업(業)이 아니라도 다른 사람이 나에게 영향을 줄 수 있다는 개념인데, 나의 업으로 영향을 받는 것이 빙의의 정석이지만, 그렇지 않을 수도 있다는 것을 이해해야 합니다. 문제는 일단 몸을 받아 어떠한 생명체로 윤회한다면 그 참나는 다른 사람에게 영향을 주지 않는다는 점이고, 이에 반해 윤회에 들지 못한 기운(마음)은 언제라도 어떤 사람에게라도 영향을 줄 수 있다 할 것입니다.

정리하면 ① 윤회에 든 기운(참나-마음)은 다른 사람에게 영향을 주지 않는다. ② 윤회에 들지 못하고 있는 기운만 영향을 준다입니다. 문제는 자업자득(自業自得)으로 인한 빙의를 하고 있다면 그 빙의와의 업의 유통 기한에 따라 그 시간이 정해지며, 그 끝이 이생 혹은 다음 생 그 언제가 될지 모르기 때문에 개인적인 사사로운 업과 빙의로 만들어진 업의 개념은 그 차원이 다르다 할 것입니다.

Q 문107 법사님 법문을 보면서 부정적에서 긍정적으로 얻어지는 것은 무궁무진하다고 생각됩니다. 하나하나 각각의 인격이 존재함을 이해하게 되고 자신의 신체에 미안함을 전함으로 끝이 아닌 것 같다는 생각이 듭니다. 이에 말씀을 여쭙고자 합니다.

A 답 세상에 어떤 것이든 부정, 긍정의 마음을 앞세우면 안 되고 모든 것을 객관적으로 보려는 자세가 필요합니다. 그런데 단순하게 긍정, 부정을 먼저 생각하면 그 상(相)에 가려져 그 문제에 대한 본질을 보지 못하기 때문에 그렇습니다. 이러한 이유로 모든 것에 대하여 나를 떠나 객관적으로 보는 것이 기본입니다. 문제는 객관적으로 보고 이해하는 것만으로 끝이 아니라, 그것에 따른 행동을 하는 것이 중요한데, 보통 사람들은 생각에서 멈추고 그에 맞는 행을 하지 못하기 때문에 이치가 바뀌지 않는다는 것이고, 따라서 신체에 미안함을 전한다는 것은 끄달림이 되고, 나 자신이 이치에 맞는 행을 하면 몸은 그것에 맞게 만들어지는 것이므로 행(行)을 하지 못하면서 신체에 대한 미안함만을 생각하는 논리는 잘못된 것입니다.

다시 말하면 '나'라는 주관자적 본질을 먼저 이해하는 것이 아니라 그에 딸린 부속물을 생각하는 것이고, 이것은 어떤 제품을 살 때 사고자 하는 그 목적은 흐려 있고, 덤으로 주는 것에 빠져 그 물건을 사들이는 것과 같으므로 이 개념을 먼저 정립하면 무슨 말인가 이해하게 될 것입니다.

Q 문108 자신의 주변 사람들에게 작든 크든 무언가를 자꾸 사주는 것을 좋아하는 사람이 있다면, 이 사람에게 무언가를 계속 받는 사람들도 의식 없이 받는다면 서로 업연의 관계만 계속해서 이어지는 것인지요?

A 답 이 경우 두 사람 모두에게 문제가 있다 할 것입니다. 사주는 처지에서 그것에 대한 뭔가의 목적이 있어야 할 것이고, 반대로 받는 사람 관점에서 왜 내가 받아야 하는가의 선(기준)이 있어야 하므로 그렇습니다. 문제는 그 이전에 이치에 맞게 주고받아야 하는 것이 중요한데, 내가 누구에게 무엇을 사주고자 할 경우, 그 이유가 반드시 이치에 맞아야 하고, 받는 사람으로서도 받는 것이 이치에 벗어나면 받지 않아야 합니다. 따라서 질문처럼 개념 없이 주고받는 것은 업연(業緣)의 고리만 키워가게 됩니다. 그러나 보통 사람의 경우 받는 것을 좋아하지 주는 것을 좋아하는 사람은 없으므로 인간적인 서운함이 들더라도 주어야 할 때와 받아야 할 때를 알아야 하고, 그다음 왜 주고받는가의 정확한 개념이 정리되어야 업연의 고리가 정리되게 됩니다. 긴 이야기는 생략합니다.

Q 문109 음식을 적당히 먹는다는 것이 사람마다 다를 수도 있겠다는 생각이 들었습니다. 적당히 먹는다는 게 어느 정도를 말하는 것인지 잘 모르겠습니다. '적당히'라는 말의 기준이 무엇인지요?

A 답 예를 들면 뷔페 집에 가면 일정 금액을 내고 자신이 먹고 싶은 대로 양껏 먹는 것이 보통일 것입니다. 이 말은 돈을 냈으므로 그 이상을 먹고 채워야 본전을 뽑는다는 관념이 있기 때문인데, 그렇다면 여기서 이 같은 마음을 빼버리면 앞서 말한 대로 마구잡이로 먹지는 않을 것입니다. 결국, 적당하다는 것은 무엇을 의미하는가인데, 음식을 먹을 때 약간 더 먹고 싶다는 마음이 들 때 그만두는 것이라 할 것입니다. 이 개념을 모든 것에 대입해보면 어떤 것이든 적당할 때 그만두는 개념을 이해할 수 있습니다.

따라서 이 '적당히'라는 것은 개개인의 의식, 관념에 따라 다 다를 수밖에 없으므로 단편적으로 정형화하여 말할 수도 없고, 물질 이치에서 적당히 한다는 것은 결국 자신의 의식으로 터득하는 수밖에는 없다 할 것입니다. 부모가 자식에게 뭐라고 나무랄 때 어디까지 야단을 칠 것인가도 마찬가지 개념이고, 돈 욕심을 어디까지 낼 것인가, 자식에게 어디까지 의지할 것인가, 인생을 살면서 어디까지가 적당한 삶인가, 옷을 구매할 경우 어떤 옷과 금액이 적당할 것인가, 차를 사들일 경우도 어떤 차가 나에게 적당한 것인가 등등 무수하게 많습니다.

다시 말해 '이치'를 알면 적당한 것이 뭔가를 쉽게 이해하고 이 적당함의 정의를 알게 되지만, 이치를 모르면 적당함이라는 것에 대한 개념을 모릅니다. 마음공부는 이치를 알아가는 것이고, 이치를 알면 어떤 것에 대한 적당함을 알고 행하게 되고 중도(中道)의 개념을 알게 되는데, 현실적으로 이것이 어려우므로 보통 사람이 생각하는 적당함이란 자신의 처지에서 과하지 않는 행동을 하는 것이 적당함의 기준이 될 것입니다.

예를 들어, 살림살이하는 데도 수입과 지출을 생각하고 그에 맞는 삶을 사는 것이 현실적인 적당함이라 할 것이므로 이 하나의 문제를 생각하고 적당함의 개념을 이해하는 것이 중요합니다. 반대로 진리 이치를 알면 적당함의 기준은 쉽게 알 수 있는데, 이것은 진리라는 것을 먼저 이해하여야 하므로 어렵습니다. 그러므로 보통은 각자의 일상에서 '적당함'의 개념을 이해하는 것이 좋고, 이것을 이해하면 진리를 이해하기 쉽다 할 것입니다.

Q 문110 인간이 살면서 업이 다 드러났다는 것은 이생에 받을 업이 다 드러났다는 말씀으로 이해했습니다. 업이 있어 태어나 그 업 따라가는 인생에 업이 다 드러났다면 더는 드러날 것이 없으니 다음은 죽는 것인지 아니면 다 드러난 업으로 살아가는 것인지 궁금합니다.

A 답 업(業)의 개념에서 각자가 받아야 할 업은 분명하게

받아야 할 순서가 있고, 이 순서는 급하게 받아야 할 업과 나중에 받아야 할 업이 있는데, 이 말은 이 법(法)과의 업은 이생에 이 법이 있을 때 이 법과의 업연을 정리하는 것이고, 이때는 개인적인 업은 잠시 그 순서를 멈추게 됩니다. 그리고 이 법과 업에 대한 순서가 끝이 나면 이생에 그 자신은 진리적으로 존재해야 할 이유가 없으므로 죽게 되는데, 이것을 나는 '이생에 업이 다 드러났다'는 개념으로 말했습니다. 물론 이것은 이 법과의 관계에 대한 개념을 말하는 것이고, 이 법을 모른다고 해도 개개인의 인생에 대한 업도 같은 개념으로 이생에 각자가 정리해야 할 업이 그 순서에 맞게 정리가 되면, 마찬가지로 이제는 이생에 존재해야 할 이유가 없으므로 죽게 됩니다.

이것이 무수한 업 중에 이생에서 정리해야 할 '업의 순서'라고 이해하면 되고, 그 업의 순서는 어떤 업인가에 따라 업의 유통 기한에 따라 진행이 됩니다. 그러므로 질문에서 "업이 있어 태어나 그 업 따라가는 인생 업이 다 드러났다면 더는 드러날 것이 없으니 다음은 죽는 것인지 아니면 다 드러난 업으로 살아가는 것인지"에 대한 답은 '죽는다'입니다. 그 이유는 앞서 말한 대로 업의 이치에서 만약 100개의 업이 있다면 이생에서 10개의 업의 이치가 다 드러났다고 하면 11개부터는 다음 생에 갚아야 하는 업으로 남기 때문입니다.

이같이 개인적인 업의 이치로 윤회를 하다가 이 법(法)이 세상에 존재하면 개인 업은 잠시 그 순서의 진행을 멈추고 이 법과의 업을 정리하는 시간을 가지게 되고, 이 법을 알았으므로 자신이 어떠한 의식으로 행동하는가에 따라 후에 받아야 하는 업의 이치가 바뀌게 됩니다. 이것이 화현의 부처님 법에서의 '자비(慈悲)'의 개념입니다. 만일 주어진 이 시간에 자신의 의식이 깨어나지 못하면 결국 이생에 주어진 시간을 허비하게 되고, 결국 개인 업의 이치로 다음 생을 이어가게 된다는 뜻입니다. 그래서 나는 어떤 업을 지었는가가 중요한 것이 아니라 어떤 의식으로 살아가는가를 먼저 생각해야 한다고 말한 것입니다.

개인적인 업대로 살다가 이 법(法)이 세상에 존재하면 개인적인 업은 멈추고 먼저 이 법과의 업의 시간을 보내게 되고, 이같이 주어진 시간 동안 각자가 어떠한 마음으로 만들어 가는가에 따라서 내일, 모레, 다음 생의 이치는 바뀌게 된다 할 것입니다. 업이 다 드러났다는 개념은 이 세상에 업의 순서에 따르는 각자의 업의 숫자가 모두 드러났다는 의미입니다. 이것은 이 법을 떠나 개개인의 삶에서도 업의 순서에 따른 삶을 살게 되고, 그 업의 순서가 모두 드러나면 그 사람은 이제 죽음만 남았다 할 것인데, 그 이유는 업이 있어 그 업대로 존재하는 생명체이므로 더 존재해야 할 이유가 없어져 버리기 때문에 그렇습니다. 이 개념으로 개인적인 만남과 헤어짐(이별)이라는 것도 이치는 똑같고 다만 죽는가, 그 상대와 이별을 하는가의 차이만 다릅니다.

그래서 모든 생명체는 이같이 업의 유통 기한에 따라 주어진 삶을 사는 것이 전부이고, 죽음의 시간은 이같이 알 수 있고, 어떻게 죽는가는 전생(前生)에 각자의 죽음을 보면 그 이치대로 죽게 됩니다. 이하 생략합니다.

Q 문111 법사님 법문 말씀 중에 "내 몸을 구성하는 세포는 '나'라는 주관적인 의식으로 이 주관자가 지은 업에 의해 개별적인 세포도 그것에 맞게 형성된다"고 말씀 주셨습니다. 힘을 키우는 운동을 하더라도 어떤 마음을 가지고 하는가에 따라서 업이 결정되고 그에 맞는 세포도 형성되는 것인지요?

A 답 각자의 몸은 '나'라는 주관자적인 의식이 어떤 것인가에 따라서 그것에 맞게 각자의 몸이 형성된 것은 맞습니다. 이것은 마치 자석을 대면 무수한 쇳가루가 그 이치에 맞게 자석에 딸려붙는 것과 같은 개념입니다. 그런데 중심이 되는 마음을 먼저 이치에 맞게 만드는 것이 중요한데, 근본은 건드리지 않고 단순하게 내 몸이 약하니 운동해서 세포만 그것에 맞게 만들면 된다고 한다면 이것은 거꾸로 된 것이므로 맞지 않습니다. 이 개념으로 우리가 보통 뚱뚱한 사람이 살을 먼저 빼려고 하는 것과 같으므로 모두 거꾸로 행동하므로 살이 빠지지 않게 됩니다.

그러니 '나'라고 하는 주관자적인 마음가짐을 이치에 맞게 만들어 가지 않고 이같이 얼굴이 어떠하니 화장으로 가리고, 몸이 어떠하니 운동으로 어떻게 하고 등등의 말은 인간 상(相)의 마음이라 할 것이므로 본질을 그대로 두고 몸을 어떻게 한다고 해서 몸이 자신이 원하는 대로 만들어지지 않습니다. 사실 진리를 떠나 현실적으로 몸을 갖고 사는 처지에서 어느 정도의 운동은 필요하겠지만, 그 운동을 얼마큼 해야 하는가가 중요하다 할 것인데, 이 경우 '적당히'라는 말이 필요합니다. 문제는 또 '적당하다'는 것이 어디까지인가의 문제가 남을 것입니다.

그래서 바로 '이치'라는 것을 알아야 하는 이유가 여기에 있습니다. 바꾸어 말해 이치를 모르면 이 적당하게 하는 것도 모르게 됩니다. 그러니 질문처럼 어느 정도의 운동은 필요하지만, 그 정도를 자신이 현실적으로 생각하여 그 기준을 찾아가는 것이 중요하다 할 것이고, 근본적으로는 먼저 '나'라는 주관자적인 마음을 만들어가는 것이 순서가 됩니다. 그러므로 내 몸에 병(病)이라는 것은 나 자신의 업(業)과 깊게 연관이 있고, 내 몸이라는 것도 나 자신의 업과 깊게 연관이 있으므로 근본을 건드리지 않고 몸만을 생각하는 것은 수박의 껍질만을 만지는 것이 되므로 궁극적으로는 의미 없습니다. 그러나 현실적으로 몸에 어떤 문제가 생기면 적당하게 자신의 몸을 관리하는 것도 중요하겠지만, 그것은 일시적 행위에 불과하다 할 것입니다.

따라서 질문에 "어떤 마음을 가지고 하는가에 따라서 업이 결정되고 그에 맞는 세포도 형성되는 것인가"에 대한 부분도 보편적으로 보면 맞지만, 이보다 '나'라고 하는 주관적인 마음을 먼저 만들어

가는 것이 중요하고 이같이 만들지 않고 몸을 만든다는 것은 업을 만들어가는 것이 보편적인 것이므로 근본을 고쳐가지 않으면서 몸의 세포만을 생각하는 어떤 마음가짐인가는 중요하지 않습니다.

Q 문112 대부분 가식적 마음이나 어떤 생각이 들면 그것으로 행동하는 경우가 많은데 그런 생각(머리)이 없이 행으로 나타나는 것, 나(육신)의 반응이 나오는 경우는 왜인지요? 갑자기 눈물이 난다든가 생각이 나지 않았는데도 육신의 반응이 일어나는 경우들이 종종 있는데요, 이유가 궁금합니다.

A 답 나는 사람이나 동물이 하는 행동에는 다 이유가 있고, 그 행동은 각자의 본성과도 깊게 관련이 있다고 말했습니다. 따라서 생명체가 하는 행동 그 자체는 본인이 인지하고 행동을 하든 인지하지 못하고 행동을 하든 각자의 업과 깊게 연관이 있다는 것이 기본적인 입장입니다. 그런데 의식하고 하는 행동은 의식이 먼저 일어났으므로 행동을 하기 전 한 번이라도 그 행동에 대한 것을 생각해볼 수 있겠지만, 문제는 나 자신도 모르게 먼저 행동을 해버리고 "왜 내가 이같이 행동했지?"라고 뒤늦게 생각이 일어나는 것이 더 심각한 문제라 할 것입니다.

예를 들면 어떠한 상황에 대하여 어떤 생각을 하지 않았는데 눈물이 흐른다든가 순간적으로 어떤 반응이 자신도 모르게 일어나는 것은 여기서 일일이 다 거론할 수는 없지만, 분명하게 자신의 업(業)과 깊게 관련이 있으므로 스스로 그 상황에서의 마음 작용을 이해하게 되면 그 이유를 알 수 있습니다. 그러나 어떤 상황 하나만을 단답형으로 말할 수는 없습니다. 나를 알자는 것은 그 어떤 상황에서의 나 자신의 행동 결과를 들여다보면 나 자신의 마음이 뭔가를 이해하게 됩니다. 이것을 파고들어 답을 찾아야만 자신의 행동에서 무엇이 잘못되고 맞는 것인가를 분별할 수 있는 의식이 생기게 됩니다. 내가 왜 이러한 행동을 하는가는 분명하게 그 원인이 있으므로 행동을 하는 것이고 그 행동의 원인을 알아가는 것이 '나를 알자'의 개념이라 할 것입니다. 자신이 이해하지 못하고 여기서 내가 그 답을 다 말해주면 의미가 없고, 그것은 마음공부와는 다르기 때문에 꾸준하게 자신에게 일어난 그 마음의 근본을 찾아가려고 하는 노력이 수행이라 할 것입니다.

Ⓠ 문113 자식들은 간섭하지 않고 그냥 두면 자기 업습대로 살다가 가는지요?

Ⓐ 답 자식뿐 아니라 부모라도 마찬가지로 원칙은 각자의 업습(業習)대로 살다 가는 것이 맞습니다. 질문에 '간섭'이라는 말을 했는데, 내가 낳은 자식에게 간섭하는 기준은 고작해야 윤리, 도덕, 양심을 바탕으로 이야기하는 것이 고작일 것이고, 근본적인 문제는 이치에 맞는 말로 간섭을 해야 하는데, 이것은 부모가 이치를 모르

면 부모의 관념에 따라 자식에 대해 간섭을 할 수밖에는 없지만, 어떤 기준에서 간섭할 것인가를 부모 자신이 먼저 정립을 해야 할 것입니다. 예를 들어 자식이 부모에게 자동차를 사달라고 할 경우 단순하게 '안 돼'라고 하겠지만, 내가 말하는 것은 왜 너의 부탁을 들어줄 수 없는가에 대한 현실적인 부분을 객관적으로 말하고 자식이 충분하게 이해하도록 하는 것이 중요한데, 자식의 입장에서 과연 이같이 논리적으로 부모의 말을 듣고 수긍하는 사람이 얼마나 있겠습니까?

따라서 비록 부모가 자식을 낳았다 해도 업(業)의 이치가 어떤 것인가에 따라 설득하는 방법도 달라져야 할 것이기 때문에 단답형으로 질문처럼 "자식들은 간섭하지 않고 그냥 두면 자기 업습대로 살다가 가는가?"에 대한 답은 정형화하여 말할 수는 없습니다. 부모인 내가 어떤 간섭을 해야 하는가에 대한 부분을 먼저 정립해야 할 것이고, 이같이 정립된 다음에 어떤 방법으로 말해야 하는가 등의 요령은 현실적으로 필요하다 할 것입니다. 그러므로 자식을 떠나 부모(어른)라고 해도 자신이 진리 이치를 이해하지 못하면 결국 각자가 가지고 있는 그 업습(業習)대로 한세상 살다가 죽게 되므로 이 개념은 부모, 자식이라고 해도 다 마찬가지입니다.

그러므로 질문에서 자식들을 간섭하는 기준은 현실적인 부분을 먼저 대입하여 풀어가는 것이 좋고 이 경우 진리를 앞세워 너와 나의 업이 어떻고 등을 이야기하는 것은 매우 어리석은 행위가 됩니다. 따라서 '똥 묻은 개가 겨 묻은 개 나무란다'는 말이 있는데 이 말에 앞서 내가 말한 개념으로 생각해보면 무슨 말인가를 이해하게 될 것이고, 현실적으로 나무랄 수밖에 없겠지만 그 내용이나 방법은 깊게 생각해봐야 할 것입니다.

Q 문114 사람들 수명이 과거보다 많이 길어졌는데 예전엔 40대 50대만 되어도 큰 어른으로 생각되고 죽는 사람도 많았던 것 같은데 요즘은 그런 느낌이 70대, 80대 정도는 되어야 느낄 정도로 사람들 수명이 길어졌습니다. 업이 있어 태어나 업이 다 드러나면 죽는다는 말씀을 들었는데 지금 세상은 그만큼 업이 많기에 긴 삶을 사는 것일까 하는 생각도 들고, 긴 시간 정법 말씀 모르고 산다면 업만 더 부풀리는 삶이 되지 않을까 하는 생각이 드는데 맞는지 궁금해 질문 드립니다.

A 답 진리적으로는 업이 그만큼 많아 수명이 길어졌다가 정답입니다. 그러나 사람들은 잘 먹고 잘살기 때문에 수명이 길어졌다고 말하고 있는데, 이것은 진리적으로 맞지 않으며 진리와 상관없는 인간들의 상(相)의 논리에 지나지 않습니다. 언제인가 한 말이지만, 직설적으로 말하면 인간의 수명은 대략 60 전후가 되면 죽는 것이 진리적으로는 맞습니다. 또 내가 한 말 중에 인간은 먹이 활동이 끝이 나면 죽는 것이 좋다고 말했는데 이같이 말하면 누구는 "자식 낳고 그 자식이 벌어다 주는 것으로 이제 먹고 살면서 인생을 즐겨야 하지 않는가?"라고 말할 수 있을 것이나 1년 더 산들,

10년, 20년을 더 산들 몸에 기름기 빠진 상태에서 이같이 더 살아봐야 그 몸만 더 거추장스럽게 남아 자신을 더 힘들게 할 것입니다.

60 전후까지 살면서 몸에 힘이 있을 때 의식도 힘이 강하게 되고 이때 자신의 업 정리, 마음의 흔적을 지우지 못하면 사실 100년을 살아봐야 의미 없습니다. 그래서 나는 인생 40이 되기 전에 자기 인생의 정점에 이르고 이후부터는 죽음을 대비하라는 말을 많이 했습니다. 바꾸어 말하면 이 같은 시간이 넘어가면 이미 또 다른 나의 흔적이 고목으로 내 마음에 뿌리를 내리는 시간이라고 이해하면 됩니다. 내가 법회 때 '나이가 어린 사람이 마음공부를 하기 쉽다'고 말한 이유가 여기에 있는데, 이 말은 초장에 나 자신을 바로 잡지 않으면 나이가 들어갈수록 그것은 또 다른 흔적이 되고 고목처럼 굳어지게 되기 때문에 그렇습니다.

그러나 인간의 상(相)으로는 자신이 오래 살수록 좋은 것으로 생각하겠지만, 진리적으로는 업(業)과 깊게 연관이 있으므로 세세한 이야기는 여기서는 생략합니다. 사람이 존재하는 것은 자신이 풀어야 할 업이 있어 존재하므로 수명이 길다는 것은 그만큼 풀어야 할 업연의 고리가 많음을 의미합니다. 그래서 나는 선율에게 직설적으로 "인간은 먹이 활동이 끝이 나면 죽는 것이 가장 합리적이다."라는 말을 많이 합니다. 업이 있어 존재하는 입장에서 오래 살아봐야 남는 것은 결국 무수한 흔적이고, 흔적이 많다는 것은 그만큼 고단한 인생길이 있음을 의미합니다. 따라서 마음에 흔적이 없어지면 결국 괴로운 윤회의 길에서 생명체로 태어나지 않게 됩니다. 이 말에 누구는 반발할 수 있을 것이나 죽어보면 내 말이 무슨 말인지 즉시 실감하게 될 것입니다. 그러니 오래 살고 싶은 마음이 있으면 몸에 좋다는 것 다 먹고 오래 살면 될 뿐이고, 내 말이 맞는다면 이치에 맞게 오늘 하루 그에 벗어나지 않게 살면 내일모레 나의 이치는 그것에 맞게 바뀌게 되어 있는 것이 진리적인 입장입니다. 긴 이야기는 생략합니다.

Ⓠ 문115 마음이 있으면 물질은 자연히 따른다는 말씀의 의미를 여쭙고 싶습니다.

Ⓐ 답 답은 마음이 이치에 맞게 변하면 물질은 그것에 맞게 따라오게 되어 있다고 해야 맞는 말이 됩니다. 그러면 '그것에 맞게'라는 것이 문제인데, 이 말은 전생(前生)에 물질의 선(善)한 일을 쌓은 만큼(이것을 물질의 공덕이라고 하면 됨) 이생에 그 이치에 따라서 받을 수 있는데, 만약 전생에 자신이 지은 것이 없다면 이생에 받을 것도 없음은 당연합니다. 이같이 보면 사실 이생에 발버둥을 치겠지만, 자신이 받아야 할 것이 없으므로 받지 못하게 됩니다. 하지만 전생에 지어놓은 것이 없어서 전생의 것은 받지 못하겠지만, 자신의 마음을 이치에 맞게 만들면 진리는 그것에 맞게 물질을 준다고 이해하면 됩니다.

이것은 자신이 지어서 받는 것이 아니라 법(法)을 의지하고 따라 오면 그것에 맞게 진리는 반응하는 것이므로 나 자신이 어떠한 마음으로 법을 의지하는가는 매우 중요합니다. 예를 들어 특별한 직장이 없는 사람이 이 법을 알고 난 이후 법의 말을 따라 자신이 법의 말을 듣고 그 마음을 의지하면 그것에 맞게 자신의 취직 문제가 해결되었다고 한다면 이것도 법(法)에서 물질을 준 개념이 됩니다. 그런데 이 경우 사람들은 이 같은 것은 깊게 신경을 쓰지 않습니다. 다들 자신이 잘나서 그리된 것쯤으로 생각하고 오만한 행동을 하는데, 그리되면 결국 자신이 비록 직장을 다니겠지만 힘들고 어려운 직장 생활을 하게 되거나 아니면 그 직장에서 나오게 됩니다.

질문처럼 물질은 당연히 따른다고 하니 뭔가 일확천금을 얻는 것으로만 생각하는 것은 잘못된 것인데, 물론 자신의 마음에 따라 얼마든지 그 이치는 바뀌게 되므로 중요한 것은 나 자신이 이 법의 말을 얼마나 듣고, 마음을 주고, 이 법을 의지하는가에 따라 실제 체득하고 있는 회원이 있습니다. 그래서 나는 전생에 지은 바가 없다면 이 법을 의지하므로 만들어가야 한다고 말한 것인데, 대부분 사람은 의욕만 앞세워 무엇을 하면 다 될 것처럼 행동하는 것을 보면 안타까울 뿐이고, 그래서 법(正法)을 알고 사는가, 모르고 사는가에 따라 다르고, 얼마나 어떤 마음으로 의지하는가는 매우 중요합니다. 긴 이야기는 생략합니다.

Q 문116 지구가 윤회하면서 종말이 오면 모든 생명체가 죽게 됩니다. 그러면 각각의 생명체는 전생에 자신이 죽음을 맞이했던 이치대로 죽게 되지 않는데 이것은 어떻게 이해해야 하는지 궁금합니다.

A 답 나는 인간의 죽음은 전생의 이치와 크게 벗어나지 않고 전생 이치에 따른다고 말했습니다. 이것은 순리의 개념이고, 내가 말한 지구가 윤회하면서 지구의 종말이 오면서 일괄적으로 죽는 것은 역리입니다. 다시 말하면 순리에 따라 그 죽음의 이치로 전생에 죽음 이치와 같이 죽게 되는 것은 자연스러운 것이나, 문제는 인간의 상(相)이 극에 달해 지구의 지각 변동이 일어날 때는 '역리'이기 때문에 이같이 지각 변동이 생기는 것이므로 이 경우 전생에 죽음 이치대로 죽지 않고 일괄적으로 뒤집어 버리게 됩니다. 따라서 지구의 지각 변동으로 모든 생명체가 죽음을 맞게 되고, 다음 지구(지각 변동 후)에서 다시 인간으로 태어난다면 이때 죽음의 이치는 지각 변동으로 인해 멸한 것을 따르는 것이 아니라 다시 자기 전생의 이치에 따라 적용됩니다.

이 말은 지구의 지각 변동에 의한 것은 내 업으로 죽는 것이 아니라 진리라는 거대한 이치가 작용하여 그렇게 만들어 버리기 때문에 그렇습니다. 그래서 어찌 보면 자연스럽게 순리를 따르는 죽음이 되어야 최선이라고 할 수 있을 것이나 진리 자체에서 이같이 스스로 지각 변동으로 생명체를 멸하게 해 버리는 것은 매우 안타까운 일이라 할 것입니다. 이것은 인간의 힘으로 어찌할 수는 없습니다. 따라서 진리 자체의 문제로 인해 모든 생명체가 죽게 되는 경우(지각 변동)는 전생의 이치대로 죽게 되지 않으며 일괄적인 죽음이 됩니다.

Q 문117 인간을 제외한 다른 생명체들 특히 인간의 눈에 띄지 않는 생명체일수록 그 개체 수가 셀 수 없을 정도로 많다는 생각이 들었습니다. 법사님께서 말씀해주신 것처럼 인간으로 살았을 적에 이치에 맞게 살지 않아서 알 수 없는 생명체로 태어나겠지만, 인간이 다른 생명체들보다 개체 수가 적은 이유가 있는지요?

A 답 개체 숫자로만 말하면 모든 생명체 중에 인간이 대략 중간 정도의 숫자라고 하면 될 것 같은데, 이 지구 위에 대략적으로 약 60억의 인간이 존재한다고 하면 이 숫자만으로 보면 생명체 중에 중간 정도의 숫자라 할 수 있을 것입니다. 나는 인간이 먹이 사슬의 맨 정점에 있다고 했으므로 사실 인간의 숫자가 제일 적어야만 피라미드의 구조에서 맨 정점에 있게 되어 맞을 것입니다. 따라서 과거 2600년 전에는 지금과 같이 많은 인간이 존재하지 않았으므로 이때가 피라미드 구조에서 맨 위 정점에 인간이 있게 됩니다. 따라서 이 시기의 인간의 숫자는 생명체 중에 제일 적었을 것이고, 그래서 나는 이 지구는 이 개념으로 보면 2600년 전에 이미 지각 변동으로 멸(滅)했어야 맞는다고 한 이유가 여기에 있습니다.

그러나 오늘날에는 어떤가요? 인간의 숫자가 기하급수적으로 늘어나 버렸고, 이로 인해 무수한 사회적 문제, 자연의 문제가 발생하고 있습니다. 이것은 인간의 숫자가 이미 불필요하게 많아졌기 때문에 나타나는 현상입니다. 진리적으로는 인간의 상(相)이라는 것은 인간의 숫자가 늘어날수록 비례하여 커졌음을 의미합니다. 질문에 "인간이 다른 생명체들보다 개체 수가 적은 이유가 있는지요?"라는 것은 보이지 않는 미생물에 비하여 적다는 것을 대입하여 말한 것이기 때문에 맞지 않고, 앞서 말한 먹이 사슬에서 보면 인간의 숫자가 많다, 넘쳐난다고 해야 맞는 말이 됩니다.

피라미드의 삼각형을 생각해보면, 또 2600년 전의 인간의 숫자를 생각해보면 내 말을 이해하게 될 것입니다. 다시 말하면 2600년 전의 시대가 물질 이치로나 진리 이치로나 최적의 균형을 이루고 있었음을 이해하게 됩니다. 아마 그 당시에는 인간의 숫자가 제일 적었을 것이고, 피라미드 구조에서 맨 상위에 속해 있다고 하면 결국 인간의 상(相)으로 무수하게 다른 동물들이 멸종해 버렸으므로 지금은 희귀 동물이라고 해서 몇 마리 남지 않는 동물들이 수두룩합니다.

그러므로 인간의 숫자가 제일 적고 다른 동물이 인간의 숫자보다 많았을 때가 먹이 사슬에서의 피라미드 구조라 할 것인데, 이 구조가 인간의 상(相)으로 인해 깨졌다는 것은 곧 진리의 균형이 무너졌음을 의미합니다. 최적의 상태는 2600년 전이었다고 이해하면 될 것입니다. 이 개념으로 현실을 보면 어떤가요? 인간을 더 생산해야 한다고 야단법석을 떠는데 상으로 물질을 대입하여 인간의 숫자를 자연스러움이 아니라 인공적으로 늘려가는 것이 바로 진리를 역행하는 것이 되므로 이제는 이치에 맞게 되돌린다는 것은 때가 늦었다고 나는 말한 것입니다. 긴 이야기는 생략합니다.

Q 문118 법사님, 떠도는 기운, 윤회에 들지 못한 기운들이 산 사람들, 즉 전생에 자신에게 해를 끼친 상대나 의식이 흐린 사람들에게 영향력을 행사함으로써 환상을 보게 할 수도 있다는 것은 알겠습니다. 육신의 몸이 없는 떠도는 기운들은 누구라도 다 산 사람들의 마음에 영향을 주어 환상을 보게 하는 능력을 갖추고 있는 것인지요?

A 답 윤회에 들지 못한 기운들은 모두 다 환상을 보게 할 수 있는 능력은 갖추고 있지만, 이것은 무조건 사람에게 환상을 보이게 하는 것이 아니라 그 업이 어떤 것인가에 따라 환상을 보게 하는 경우도 있고, 또는 몸에 갖가지 병(病)으로 나타나는 경우도 있으므로 일괄적으로 말할 수는 없습니다. 그 업이 어떤 업인가에 따라 나타나는 현상이나 그 작용이 다 다르므로 떠도는 기운은 보이지 않는 사람의 마음에 작용할 수 있습니다. 그러므로 중요한 것은 나의 의식이 어떤 것인가에 따라 나타나는 작용도 변할 수 있고 다 다르게 나타나므로 정형화하여 말할 수는 없습니다. 나의 의식이 흐려지면 기운은 그것에 맞게 작용을 하게 되는데 예를 들어 전봇대가 부처라고 자신의 의식이 끄달리면 기운은 실제 그 전봇대가 부처로 보이게 작용을 하여 이와 관련된 환상을 보게 할 수도 있습니다.

따라서 질문에 "육신의 몸이 없는 떠도는 기운들은 누구라도 다 산 사람들의 마음에 영향을 주어 환상을 보게 하는 능력을 갖추고 있는 것인가"에 대한 답은 '그럴 수 있다'이며, 다만 개개인의 업(業)과 의식에 따라 다 다르게 나타나는 것이라고 해야 맞는 말이 됩니다. 그래서 사람들이 '무엇을 보았다, 존재한다'고 하는 것은 대부분 빙의 작용이라 할 수 있고, 이같이 무엇이 보인다, 느낀다고 하면 이미 상당히 진행된 상태가 됩니다. 그래서 나는 업이고 뭐고가 중요한 것이 아니라 이 순간 내가 어떠한 의식을 하고 있는가가 매우 중요하다고 이야기한 것입니다.

Ⓠ 문119 직장 동료와 대화 중 자기 자신이 불평불만을 많이 하는 편이라는 것을 스스로 인정하며 얘기하는 것을 보았습니다. 저도 같이 일하며 지내다 보니 평소 내가 그 직원을 그렇게 생각하고 있는 부분이 있어서 그런지 그 사람의 얼굴을 보다가 입이 앞으로 나와 있는 것 같아 불평불만을 많이 해서 그런 것인가 하는 생각이 들기도 하였습니다. 이런 생각도 상대방은 그런 사람이구나 하고 단정 짓는 행위가 될 수 있는지 궁금합니다.

Ⓐ 답 세상을 살면서 불평불만 없이 사는 사람 이 세상에 하나도 없을 것이고, 자기만족을 온전하게 느끼고 사는 사람 하나도 없습니다. 다만 이 같은 마음이 많고 적음의 차이, 또 그것을 입 밖으로 말하는가 하지 않는가의 차이만 있을 것인데, 문제는 아무

리 불평불만이 있다고 해도 그것을 표출해야 하는 때와 장소가 있고, 또 어떤 상대인가에 따라 표출하는 방법이 달라야 할 것입니다. 서로 업이 존재하는 처지에서 각자가 표출할 수밖에 없는 것을 본인의 처지에서 어떻게 판단하는가는 지극히 개인적인 문제이므로 위 질문에 대한 것은 단답형으로 말할 수 없습니다.

개인적 상황에서 소소하게 일어나는 상황은 각자의 본성과 관련이 있으므로 현실적으로 내가 어떻게 해야 하는가를 정립해가는 것이 중요한데, 상대의 행위를 보고 스스로 '저 사람은 그런 사람이구나'라고 단정을 해버리는 것은 옳지 않습니다. 그 이유는 단정을 짓는다는 것은 나 자신의 견해에 따른 기준으로 보기 때문에 그렇습니다. 서로 업이 있어 존재하는 처지에 자신이 누구를 보고 '이 사람은 이런 사람이다'라고 단정을 지어 버리는 것은 잘못된 것이고, '저런 사람도 있고, 이런 사람도 있다'고 분별만 하면 되는데, 자신의 관념으로 누구를 단정 짓는다는 것은 매우 잘못된 것임을 알아야 할 것입니다. 단정을 짓는다는 것은 자신이 그것을 확정해버린다는 것이므로 옳은 것은 아니라는 뜻입니다.

Q 문120 어떤 표현이나 행동을 해야 할 때 꼭 그렇게 해야 하나 하면서 안 할 때가 많은데 쑥스럽고 어색하고 주위를 의식하고 창피당할까 봐, 아니면 욕 얻어먹을까 봐서 피하는 저의 이러한 행동들은 어떻게 이해해야 하는지 여쭙고 싶습니다.

A 답 나는 '물질 이치-진리 이치' 이 두 가지를 이야기하는데, 현실적으로 보면 '사회생활을 하므로 이것은 이렇게 하는 것이 맞다', 혹은 '맞는 거 같다'고 생각은 하게 될 것인데, 막상 그 상황이 되면 주저하며 하지 못하는 것은 자신의 본성(本性)과 깊게 관련이 있습니다.

여기서 질문자의 그 본성(本性)을 다 이야기할 수는 없고, 앞에 말한 '진리 이치' 측면에서 보면 태초(윤회가 아닌 것)에 형성된(만들어진) 그 환경에 자연스럽게 굳어진 그 본성이 형성되어 있으므로 그렇습니다.

문제는 이같이 형성된 자신의 본성을 알고 그것을 개선해가야 하는데, 이것이 매우 어렵다는 게 문제입니다. 진리 이치에서 이 같은 마음이 있다고 해도 '물질 이치'에서 그 마음을 바탕으로 몸을 가지고 있고, 그 몸에는 의식이 있으므로 이 의식으로 맞다고 생각하는 행동을 과감하게 해야 하는데, 실천이 쉽지 않고 '진리 이치-물질 이치' 이 두 가지가 복합적으로 작용하면 의식 또한 단단하게 그 본성에 따라 작용하게 되므로 의식이 쉽게 깨어나지 못하게 됩니다.

다시 말하면 '물질 이치-진리 이치' 이 두 가지 중에 하나만 관련이 있다면 쉽겠지만 두 가지가 다 혼합된 상태라면 하나만 관련 있는 사람보다 더 정신을 차리고 각오 또한 남보다 강해야 한다는 이야기입니다. 따라서 이 같은 자신의 처지를 알고 나서 자신이 어떤 표현이나 행동을 해야 할 때 그에 맞는 표현, 행동이 뭔가를 의식으로 정립을 해나가야 하고 그다음 정립을 했다고 해도 바로 그 표현을 해야 할 것인가, 아니면 하지 않아도 될 것인가를 분별하고 그것에 맞게 하는 노력이 필요합니다.

그런데 질문처럼 "꼭 그렇게 해야 하나 하면서 안 할 때가 많은데 쑥스럽고 어색하고 주위를 의식하고 창피당할까 봐 아니면 욕 얻어먹을까 봐 피하는" 등의 마음이 앞서는 것은 바로 자신의 본성(本性)의 업(業)과 깊게 연관이 있다는 것입니다. 그러니 이것을 극복한다는 것은 '물질 이치-진리 이치'가 같이 동시에 작용하는 것이므로 남보다 더 의식을 세우고 그것을 실천하려는 노력이 매우 중요합니다. 작고 소소한 것에서부터 하나씩 정리하고 그것을 실천하지 않으면 다른 방법은 없다 할 것입니다.

Q 문121 사회생활을 하며 지내다 보면 어떤 상황에 상대의 행동이 뭔가 불편한 느낌이 들 때도 있고 또 상대의 행동이 많이 잘못됐다는 생각이 들 때가 있습니다. 실제로 그런 행동들을 대놓고 지적하며 따졌던 경우도 많았습니다. 그런데 어느 순간 생각하니 저 또한 얼마나 바르게 행동하며 살았나 돌아보게 되었습니다. 또 사람은 말을 하지 않아도 그 상대들에 대한 감정이 있다 생각하니, 누군가 마음에 들지 않았을 때 말 한마디 행동 하나라도 표현을 안 해도 상대는 불편함을 느낄 수 있는데 무조건 단편적으로 잘잘못을 판단하여 말하는 것 또한 모순이 아닌가 하는 생각이 들었습니다. 그러기에 살면서 제 기

준에서 상대의 모습이 틀렸다고 생각되더라도 굳이 그것을 두고 이렇다저렇다 말하는 것이 오히려 잘못된 행동이라는 생각이 들었습니다.

무엇이든 현실에서 뭐가 맞고 틀린지 스스로 정답을 내릴 수는 없겠지만, 윤리, 도덕, 서로의 배려라는 측면에서 스스로의 기준에서 벗어난다고 생각되는 상대의 단편적인 행동을 보고 지적하는 말보다 저의 편견이나 마음가짐을 먼저 돌아보고 상대의 행동이 왜 그렇게 나오는지 먼저 생각해본다면, 제가 평소 상대방을 대하는 행동은 잘못된 것이 아닐까 생각이 듭니다. 이런 생각들이 맞는 것인지 상대의 행동이 벗어났다는 생각이 들 때 어떻게 처신하며 그 상황을 대하는 마음가짐은 어때야 하는지 궁금해 질문 드립니다.

Ⓐ 답 업(業)이 있어 존재하는 인간의 입장이고 보니 말 한 마디 한 마디는 다들 자신들의 관념에서 나오는 말과 행동을 하게 되어 있습니다. 따라서 상대의 어떤 행동을 보고 열이면 열 사람이 다 다르게 말을 할 수밖에 없는데, 그렇다면 어떻게 기준을 잡아가야 하는가에 대한 문제가 남습니다. 그래서 상대와 내가 어떤 거래에 의한 대화인가, 거래가 아닌 일상적인 대화인가, 또는 그 입장과 내가 동등한 입장인가, 상대가 나보다 나이가 많은 사람인가 적은 사람인가, 직장에서의 문제인가 등 무수한 상황이 있을 것입니다.

사실 이같이 어떤 상황이라는 것은 정형화할 수 없으므로 그 상황에 맞는 말을 하고 처신을 한다는 것은 매우 어렵습니다. 하지만 인간이므로 사회생활을 하다 보면 어떤 상황이 생기고, 반드시 상대의 행동을 보게 될 수밖에는 없는데, 이같이 보다 보면 뭔가 불편할 때도 있고 또 상대의 행동이 많이 잘못됐다는 생각이 들 때도 있을 것입니다. 그러나 이 상황에서 먼저 말을 하기 전에 상대와 나와의 관계를 정립한 다음 윤리 도덕에 맞는 말을 해야 하고, 그다음 이치에 벗어난 것을 이야기해야 합니다. 하지만 앞서 말한 대로 어떤 관계에서 어떤 문제로 말을 해야 하는가는 매우 어렵습니다. 내 생각에 잘못된 것 같은 그런 행동들을 대놓고 지적하면 그 상대가 어떤 사람인가에 따라 내가 옳은 말을 했지만 받아들이는 것이 다 다릅니다. 잘못하면 나만 이상한 사람이 되는 일도 있는데 그래서 인간이 인간을 상대하면서 산다는 것은 고난도의 기술이 필요하다 할 것이고, 이런 개념을 이해해가는 것이 마음 법당의 법(法)이라고 할 것입니다.

"어떠한 상황에서 어떤 말을 해야 하는가?" 참 어려운 문제입니다만, 이치를 알면 쉽지만 이치를 모르면 결국 나의 관념으로 그 문제에 접근하게 되고, 그 관념으로 상대와 대화를 해야 하고, 또 상대가 있으니 내 생각에 아무리 옳은 말이라고 해도 상대가 듣기에는 아닐 수 있으니 이래저래 인간관계 맺는 것은 매우 어렵습니다. 그래서 맨 먼저 해야 할 것은 그 상대와 나와의 인간적인 정(情)이라는 것이 먼저 오고 가야 합니다. 인간적인 정이 바탕이 되면 진리고 뭐고를 떠나 서로를 인간적으로 이해하게 됩니다. 이렇게 될 때 내가 그 상대에게 무슨 말을 해도 상대 역시 인간적인 정이 나와 있으므로 감정을 실어서 말하지 않게 되고, 부드럽게 말하고 어느 정도 대화는 이루어집니다.

이러한 것은 법을 떠나 일상에서도 여러분이 쉽게 이해하는 부분인데, 사회적으로도 인간적인 정이 없으면 그 사람이 어떤 말을 해도 관심을 두지 않게 될 것이므로 맨 먼저 인간적인 정을 쌓아야 한다는 점이고, 이 바탕 위에 앞서 말한 대로 어떤 문제로 어떤 처지에서 어떤 말을 해야 하는가를 정립해가는 것이 중요합니다.

같은 개념으로 이 법당을 떠나 개인적 관계라면 사실 그 사람이 싫으면 안 보면 되지만, 법당에서는 법(法)이라는 것을 중심으로 모였으니 싫어도 봐야 하는 일도 있을 것입니다. 이런 경우라도 인간적인 관계가 먼저 잘 형성되면 얼마든지 서로를 이해하게 되지만 인간적인 정이 없으면 아무리 법 안에서 만난다고 해도 부담스러울 수밖에는 없을 것입니다. 그래서 공과 사를 분별하고 이 법당 내에서는 공적인 대화를 하는 것이 최선이고 인간적인 정이 있는 사람과는 더 깊은 말을 할 수 있을 것입니다. 각자의 마음이 다르므로 같은 것을 보더라도 생각하는 것은 다 다를 수밖에 없으므로 결국 앞서 말한 대로 어떤 상황에서 어떤 말을 해야 하는가를 분별하고 그에 맞는 행을 하는 것이 최선이라 할 것입니다.

사회생활을 하면서도 마찬가지라 할 것입니다. 나와 이권이 관련된 것이라면 그것에 맞게 말하면 되고, 나와 어떤 거래가 없다면 가볍게 이야기하는 것입니다. 이것은 스스로 정립해가는 수밖에는 별도리 없다 할 것입니다. 따라서 마음공부라는 것은 이같이 상대와 나와의 관계가 무엇인가, 어떤 주제이며 목적은 무엇인가에 따라 말하는 것이 다 다르기 때문에 그 차이를 알아가는 것이 마음공부의 핵심이라 할 것이고, 이것을 알아야 업을 짓는 행위를 하지 않게 될 것입니다. 긴 이야기는 생략합니다.

Q 문122 가족을 이루는 것은 업연으로 인하여 구성이 되는 경우와 업연의 고리 없이 태어나는 인연(태초), 혹은 적당한 인연이 없이 몸만 빌려 태어나는 인연이 있다고 말씀을 들었습니다. 지난 법회에서 업이 같거나 반대일 때 부모와 자식 간의 대화에 일어나는 마음에서(반대 혹은 동조) 대충의 (업연)관계를 짐작해 볼 수 있다 하셨는데, 업연이 없이 가족으로 맺어진 인연은 어떻게 알 수 있으며 그렇게 맺어진 인연은 그로 인해 또 다른 인연의 고리가 생기는 건 아닌지 궁금합니다.

A 답 예를 들어 부부가 5명의 아이를 두었다고 합시다. 그러면 이 5명 중에는 부부 중에 엄마와의 업연에 의해서 혹은 아버지와의 업연의 고리, 또는 부부가 지은 업에 의한 관계로 태어날 수 있고, 또는 부부의 업과 관련이 없이 몸만 빌려 태어나는 예도 있습니다. 아니면 자식들끼리의 업연의 관계로 인해 태어날 수도 있으므로 이것을 일반 사람이 안다는 것은 매우 어렵습니다. 하지만 간단하게 아는 방법은 내가 부모 중에 누구와 인간적인 관계가 더 깊게 있는가, 또는 형제들 중에 누구와 대화가 잘되는가를 객관적으로 보면 대략 여러분도 짐작은 할 수 있습니다.

그런데 문제는 현실적으로 형제끼리 잘 지내다가도 두 사람의 업이 뭔가에 따라 나중에 처음과 달리 좋지 않은 결과가 나타날 수도 있으므로 당장 사이가 좋다고 해서 좋게 끝이 나는 것도 있지만, 그 반대일 수도 있습니다. 그래서 이 업연(業緣)이라는 것은 어느 하나만 갖고 단편적으로 A=A가 다라고 할 수는 없다고 이야기한 것입니다. 따라서 나는 가족을 이루는 것은 업연으로 인하여 구성이 되는 예도 있지만 앞서 말한 대로 직접적인 업연의 고리 없이 처음으로 태어나는 인연(태초)도 있고, 또 태초가 아니라고 해도 가족과 적당한 인연이 없이 몸만 빌려 태어나는 인연이 있다고 말한 이유가 업의 이치는 서로 다르므로 그렇습니다.

업이 같거나 반대일 때 부모와 자식 간의 대화에 일어나는 마음에서(반대 혹은 동조) 대충의 관계를 짐작해 볼 수 있지만, 가족 간 문제에 대하여 이렇게 저렇게 하라고 틀을 잡아 주는 이유는 여러분이 업의 이치를 모르기 때문입니다. 따라서 태초에 아무런 인연이 없이 가족으로 태어나 그 가족의 일원이 되면서 때가 묻지 않는 그 참나는 그 환경에 맞게 본성이라는 것이 생기고 업연의 고리를 만들어가게 되고, 이것이 계기가 되어 그 마음의 결과로 윤회라는 것을 하게 되므로 업연이 없이 가족으로 맺어진 인연은 이 같은 이치로 또 다른 인연의 고리가 생기는 것입니다.

Q 문123 TV 시사프로그램을 보면 '논리'라는 말을 많이 쓰는 것

같은데 흔히 말하는 논리라는 말의 의미에 대해 궁금합니다. 또 그것을 보고 나서 사람들끼리 얘기하며 누구누구의 논리가 맞다 아니다를 가르는 경우를 많이 보게 되는데, '이치'와 '논리'는 어떤 차이가 있는지요?

A 답 논리(論理)는 사람마다 가지고 있는 각자의 성향을 나타내는 것이라면, 이치(理致)라는 것은 '반드시 맞는 것, 사필귀정'의 의미이므로 '논리'와 '이치'는 다릅니다. 따라서 텔레비전에서 사람들이 말하는 것은 이치에 맞는 말이라 할 수 없고, 그 사람만의 입장이라 할 것입니다. 또 다른 논리의 개념은 물질 이치에서 사람들이 정한 말을 기준으로 하고 그 말을 잣대 삼아 기준을 이야기하는 것이므로 보통 사람들이 말하는 논리라는 것은 이치의 하위법(下位法)이 됩니다.

예를 들어 전봇대 하나를 두고 열 사람이 이 전봇대에 대한 말을 하면 다 다릅니다. 그리고 그 열 사람은 제각각의 관념으로 누구의 말이 맞는 것 같다고 의견을 이야기할 수 있는데, 이 경우에도 그 사람들이 정리한 그 논리가 이치에 맞는가는 별개가 되므로 논리의 상위법(上位法)은 이치라고 이해하면 됩니다. 따라서 보통 사람들이 세상을 사는 것은 진리 이치에 맞는 말이 아니라, 일반적으로 생각하는 통념을 기준으로 하는 말이고, 이치는 반드시 변함없는 도리, 취지를 이야기하므로 두 가지는 전혀 다른 의미가 있다 할 것입니다.

다시 말하면 '논리'는 물질 개념이라고 한다면 '이치'는 물질, 진리

이 두 가지를 다 포함한 것이라고 해야 맞습니다. 학교 공부를 할 때 논리라는 것은 인간으로서 보편적으로 생각할 수 있는 것을 기준으로 그 논리가 맞다 틀리다고 이야기하는 것이라면, 이치는 진리의 본질 작용을 이야기하는 것입니다. 논리가 물질 개념으로 보이는 것이라면 이치는 보이지 않는 그 취지, 본질을 이야기하는 것이므로 다릅니다.

따라서 어떤 사람들이 한 말을 가지고 누구의 논리가 맞는다고 한다면 이 경우 일반적으로 통용되는 관념을 기준으로 맞다 아니다를 이야기하는 것이고, 또 각자의 관념이 다르므로 그 말을 어떤 기준으로 받아들이는가에 따라 다 다릅니다. 결국, 이치의 하위법이 논리가 되는데, 어떤 상황에서 이치에 맞는 것을 찾아가는 것이 마음공부의 핵심이고, 이 이치를 알기 위해 현실적으로 논리를 아는 것이 기본이 되므로, 논리가 인간적인 것이라면 이치는 진리적인 것이 됩니다. 그래서 먼저 인간성이 있어야 이것을 기반으로 하여 그 다음 이치가 뭔가를 이해하게 됩니다. 논리를 아는 사람은 이치를 알기 어렵지만, 이치를 알면 논리는 쉽게 알 수 있습니다. 긴 이야기는 생략합니다.

Q 문124 지금은 인간으로 태어났지만 업이 있어 태어난 처지이고, 그러다 보니 업도 지으며 살아간다는 것을 생각해보았습니다. 업을 짓지 않기 위해 자신을 알아가야 하며 꾸준한 마음공부를 해야 한

다고 알고는 있지만, 이생이 지나고 또 알 수 없는 인간 아닌 다른 생명체로 태어나면 어떤 벌레나 짐승으로 태어나도 업을 지으며 살아갈 수 있겠다는 생각이 들었습니다. 본능으로 살아가는 인간 아닌 다른 생명체로 태어나더라도 업의 성향을 가지고 있으니 본능만으로 살아간다 하더라도 그 속에서 또 업을 짓고 살아갈 수 있는지 궁금합니다.

A 답 윤회를 하는 입장에서 인간으로 태어나지 않고 다른 동물로 태어난다고 해도 인간과 같은 상(相)의 마음은 없습니다. 다만 그 동물이 가진 본능으로 살아가지만, 그 본능 속에는 그 만의 본성이라는 것이 있으므로 그 본성으로 업을 지을 수도 있습니다. 예를 들어 강아지라고 해도 그 종류가 많고 그 많음 속에 제각각의 본성은 갖고 있습니다. 다시 말해 갈매기 같은 경우 모양은 비슷하지만, 그 개개인의 갈매기는 그만의 본성을 갖고 있으므로 그 무리 속에는 각자의 본성의 행을 하므로 업을 더 지으며 살아갈 수 있다는 이야기가 됩니다.

한 무리의 개미를 보아도, 겉으로 보기에는 다 같은 개미로 보이지만 세부적으로 보면 제각각의 행동이 다르고 이같이 다른 것도 개미마다 본성이 다르므로 그렇습니다. 문제는 인간으로 태어나지 않으면 인간과 같은 의식이라는 것이 없으므로 옳고 그름을 분별하지 못한다는 것이고, 그래서 인간으로 태어나 의식을 바르게 가지고 옳고 그름의 이치를 알아간다는 것은 말 그대로 하늘에서 별 따기만큼 어렵다고 이야기한 것입니다.

인간으로 태어나지 않는 한 윤회 속 알 수 없는 세월, 수많은 생명체 속에 '무의식(의식은 인간만이 가지고 있으므로)'으로 살아야 할 것이기 때문에 이 얼마나 냉혹한 자연의 이치입니까? 그래서 인간으로 태어나기 어렵고 태어난다고 해도 바른 법(정법, 正法)을 만나기도 어렵습니다. 설령 법을 안다고 해도 깨어난다는 것은 더욱더 어려운 것입니다. 결국, 인간을 포함한 생명체는 이같이 변화무쌍한 자연의 이치 속에 지금은 인간으로 태어났지만, 각자의 업이 있어 태어나기 어려운 인간으로 태어난 처지이기 때문에 업을 짓지 않기 위해 스스로 의식은 매우 중요합니다.

꾸준한 마음공부라는 것은 이치에 맞는가 아닌가를 꾸준하게 분별하는 것이라 할 것이고, 이같이 하지 않으면 이생이 지나면 또 알 수 없는 인간 아닌 다른 생명체로 또 태어나게 될 것입니다. 이때는 의식이라는 것이 없어 사람 같은 의식을 가진다는 것이 어려우므로 벌레나 짐승으로 태어나도 업을 지으며 살아갈 수 있다는 것입니다. 따라서 본능으로 살아가는 인간 아닌 다른 생명체로 태어나도 각자의 본성(本性)의 업(業)의 성향을 가지고 있으니 본능만으로 살아간다 하더라도 그 속에서 또 업을 짓고 살아갈 수 있다고 해야 맞는 말이 됩니다.

그래서 인간으로 태어난 자체가 의식을 가지고 진급할 기회를 얻은 것이므로 이 경우를 말 그대로 행운이라고 해야 맞습니다. 인간으로 태어났지만, 이 '화현의 부처님 법'을 만나 자신이 깨어날 기회를 가졌다는 그 자체는 더 없는 인연이고 행운이 되며, 극락의 시간을 보내고 있다 할 것이므로 이것이 진정한 극락의 정의가 아니겠습니까?

그 이유는 이 법(法)을 떠나면 각자가 윤회 속에서 알 수 없는 삶을 살아야 하기 때문에 그렇습니다. 오늘이 가면 어느 세월, 언제 다시 이 법을 만날 수 있을지 기약할 수 없으니 이 얼마나 안타까운 시간이라 하겠습니까. 이 법 안에 있는 시간이 극락의 시간이고 복된 시간이며, 지상낙원의 시간이 아닐까요? 이 법을 떠나면 결국 각자 본성의 업의 이치에 따른 고달픈 윤회만이 기다릴 뿐이니 언제 다시 깨어날지 기약할 수 없는 시간을 보낼 수밖에 없기 때문에 그렇습니다.

Q 문125 사람이 살아가면서 누군가와 소통을 하려면 표현을 해야 하고 말을 해야 하는데 혼자만의 우물 속에 닫힌 듯한 저 자신의 모습을 조금 보게 되었습니다. 가끔은 벽에 부딪힌 것같이 아무리 속에 있는 것을 꺼내 표현하려 해도 잘 나오지 않는 답답함을 느낄 때가 있습니다. 이러한 것을 어떻게 해야 하는지요?

A 답 인생을 살다 보면 누군가와 접촉을 해야 하고 말을 해야 하는 것이 인간이라 할 것입니다. 그러므로 사실 무인도에 혼자 살라고 해도 결국 살 수 없는 것은 인간이 사회적 동물이기 때문에 그렇습니다. 또 이같이 말하면 누구는 “나는 무인도에 살 수 있

다"고 어깃장을 놓을 수 있을 것이나 얼마간은 살 수 있지만 장기적으로는 의식주가 해결된다고 해도 살 수 없는 것이 진리적 입장입니다.

따라서 사회적 동물이기 때문에 사람이 살아가면서 누군가와 소통을 하려면 말로 자신의 마음을 표현해야 하는데, 문제는 어떤 상황에 대하여 말을 잘하지 못한다는 것은 자신의 업(본성)과 깊게 관련이 있어서 그렇습니다. 다시 말하면 자신의 관념과 맞는 것은 비교적 말할 수 있지만, 자신의 관념이 맞지 않으면 상대에게 자신의 말을 하기 어렵습니다. 예를 들면 전생에 지어놓은 자신의 업의 이치로 말을 잘 표현하지 못하는 본성을 가지고 있는데, 이생을 살면서 어쩔 수 없이 사회적으로 표현하고 살아야 하니 표현한다는 그것이 고역일 수밖에는 없을 것입니다.

거꾸로 전생에 표현을 잘하는 삶을 살았다면 이생에 그 이치대로 표현을 잘할 수 있을 것이므로 이 이치는 전생(前生) 그대로의 본성(本性)대로 이생에 나타나게 됩니다. 그래서 이생에 어쩔 수 없이 사람과의 관계를 맺고 살아야 하는 입장에서 자신을 스스로 생각하면 혼자만의 우물 속에 닫힌듯한 자신의 모습을 보게 될 것인데, 그 이유는 이같이 각자의 본성에 따라 그대로 나타나기 때문입니다.

그러므로 이 같은 본성을 가지고 있다고 해도 이생에서는 현실적으로 그 상황에 맞는 말을 하는 연습이 필요합니다. 힘들겠지만 현실적으로 상황에 맞는 말을 하는 노력을 하는 것이 마음 법당에서의 수행이 되는데, 현실적으로 부딪히기 싫어서 피하게 되면 결국 마음이 펴지는 것이 아니라 자꾸 쪼그라들게 되어 있으므로 이것이 굳어지면 결국 사회적 기피 현상이 생기고 인생을 사는데 회의감이 들며 자신을 자학하게 되므로 부단한 노력이 필요합니다. 그런데 문제는 자신의 본성대로 나에게 맞는 어떠한 주제나 사람을 만나면 있는 말 없는 말을 쉽게 하기도 합니다. 이 말을 깊게 생각하고 자신의 마음을 보면 어떤 것에는 피하고자 하는 마음이 들고 어떤 것은 적극적으로 말하는 자신의 이중성을 알게 됩니다.

바로 그 차이가 자신의 다른 면모가 되므로 그 차이를 알면 자신의 본성이 뭔가를 이해하게 됩니다. 따라서 내 마음에 맞는 것을 골라서 살아갈 수 없으므로 사회 활동을 하면서 그 상황에 맞는 말을 하는 것을 연습해야 합니다. 이 질문은 법회 때 한 말이므로 긴 이야기는 생략합니다.

Q 문126 남녀가 결혼했을 때 남편과 아내 두 사람 중에 한 사람의 참나가 떠났다 하더라도 육신의 기운이 남아있다면 부부관계를 통해 자식을 낳을 수 있는 것인지요?

A 답 결론부터 말하면 '있다'입니다. 예를 들어 부부 두 사람 중에 두 사람의 참나가 다 떠나도, 혹은 남자, 여자 둘 중에 어느 한 사람이 떠나도 몸은 남아 있으므로 아이를 낳을 수는 있지만,

문제는 어떤 아이가 태어나는가는 또 다른 문제가 됩니다. 다시 말하면 부부 두 사람의 참나가 떠나도 부부는 몸을 가지고 있고, 이때 참나가 빙의로 바뀌는가 아니면 이치에 맞게 그 몸을 빌리는가에 따라 결국 빙의가 그 업(業)의 자식을 낳을 수도 있다는 이야기입니다.

매우 중요한 이야기인데, 아마 이 같은 말은 이 세상에서 이 법당에서만 들을 수 있는 말이라 할 것입니다. 사실 이 세상에 살아가는 사람들을 보면 부부 두 사람의 참나가 떠나고 다른 사람(빙의)의 참나가 작용하여 그 자신의 아이(그 자신의 업연에 따라)를 낳고 살지만, 이생에서 보통 사람들이 보면 다 같은 인간의 모습이므로 두 사람 사이에서 낳은 자식이라 생각하겠지만, 진리적으로는 빙의가 판치는 가정이 되어 버리게 된다 할 것입니다.

그러나 이 같은 것은 극히 드문 현상입니다. 이 법(法)을 알기 전후에 참나가 바뀌는 경우도 있지만 이 경우는 이 법과의 인연 때문에 참나의 바뀜이 일어나는 것이고 이치를 아는 자의 참나라고 해야 맞고, 일반적으로 참나의 바뀜은 개인적인 업연에 따라 바뀌는 것이므로 두 가지의 경우는 그 결과가 다릅니다. 기운의 작용은 똑같지만 어떤 기운으로 바뀌는가(이치에 맞게 바뀌는가, 아니면 개인적인 업 때문에 바뀌는가는 다르다는 의미)에 따라 결과도 달라집니다.

따라서 질문에 "남녀가 결혼했을 때 남편과 아내 두 사람 중의 한 사람의 참나가 떠났다 하더라도 육신의 기운이 남아있다면 부부관계를 통해 자식을 낳을 수 있는 것인지요"에 대한 답은 '그렇다'인데 문제는 인생을 한참 살아온 후에 바뀌는 경우도 있고, 아니면 아이를 낳았을 때 바뀌는 경우도 있으므로 이것도 개개인의 업에 따라 다 다르므로 정형화하여 단답형으로 말할 수는 없습니다.

실제 이 같은 현상은 앞으로도 상당히 빠르게 변화될 것인데, 그 이유는 이 지구의 종말이라는 것이 얼마 남지 않았기 때문에 그렇습니다. 그렇기에 화현의 부처님 법(法)과 관련이 있는 참나(이치를 아는 자)가 다른 사람의 몸을 빌려 얼마든지 이 법당에 올 수도 있고, 또 아직 이 법과의 만남의 때가 되지 않아 밖에서 그 시기를 기다리는 참나도 상당하게 있다는 점입니다. 그러니 이같이 참나의 바뀜이라는 것은 얼마든지 있을 수 있지만 보통 사람들은 이같이 바뀌는 것을 모른다는 것이고, 참나의 바뀜은 마음이라는 진리적인 기운의 작용, 이치를 아는 자만이 알 수 있습니다. 긴 이야기는 생략합니다.

Q 문127 태어나서 최초의 생을 살면서 본성이라는 것이 만들어지고 이 본성에 따라서 업을 짓고 사는 것으로 이해하고 있습니다. 현실에서 어떤 일을 할 때 본성과 맞지 않는 일을 하면 잘 안 된다고 들은 것 같은데 현실에서 기존의 본성이 있는 상태에서 본성과 다른 일을 노력으로 한다고 하더라도 최초에 만들어진 본성 때문에 결국 본성에 따른 삶을 살아야 하는 것인지, 현실적으로 스스로 노력하여 본인이 원하는 일을 한다는 것 자체가 인간의 상이 되는 것인지 알고 싶습니다.

Ⓐ 답 결론은 '상(相)이 된다'입니다. 그 이유는 애당초 본성으로 형성된 자신의 본성에 대한 이치가 바뀌지 않는 한 다른 일을 한다고 해도 되지 않습니다. 그것은 본성에 대한 것을 스스로가 정립하지 못한 상태에서, 마무리하지 않은 상태에서 다른 일을 의식으로 찾아서 한다고 해도 마음 근본 바탕을 정리하지 못하면 이치(理致)는 바뀌지 않으므로 이것을 그대로 두고 무엇을 한다는 것은 진리 이치에 맞지 않습니다. 다시 말하면 현재 각자의 본성은 태어나서 최초의 생을 살면서 본성이라는 것이 만들어졌고 그것으로 인해 업이라는 것을 지어온 삶이기 때문에 이 본성 자체를 그대로 두고 다른 것을 찾는다는 것은 마치 그림을 그리고 난 그 도화지 위에 또 그림을 그린 것과 같은 것입니다.

내가 말하는 것은 나 스스로 어떤 도화지인가를 알고 그 그림을 이해하고 난 후, 비로소 다른 새로운 도화지에 그림을 그릴 수 있으므로, 이것이 바로 이치가 바뀌는 것입니다. 이것이 아니라 현실 도피주의 사고방식으로 다른 일을 한다고 해도 그 일이 잘되지는 않습니다. 그러므로 노력한다고 해서 될 문제가 아니라 현실적으로 노력해야 할 부분은 내가 왜 존재하는가에 대한 자신의 마음을 파는 것이 진리적으로 이치에 맞는 노력이라는 점 명심해야 합니다. 어떤 사람이 현실적으로 자신의 처지가 갑갑하니 이 현실을 바꾸어 보려고 다른 것을 생각한다는 것은 현실도피 주의의 발상에 불과합니다.

내가 존재하는 이유는 분명하게 태초(윤회가 아닌 것)에 지었던 것이 씨앗이 되어 내가 지금 존재하는데, 이 본질을 이해하지 못하고 내가 다른 것을 한다고 해서 될 부분이 아니고, 먼저 이 부분에 대한 이치가 바뀌어야만 다른 일을 해도 해야 한다는 점 명심해야 합니다.

Q 문128 내일의 일을 생각지 말고 오늘을 살라는 말씀을 들었는데, 5년, 10년 후의 공상이나 막연한 꿈, 희망, 상상에 빠져 살지 말고 현실을 충실히 살아야겠다는 생각을 하였습니다. 그러나 한편으로는 살면서 계획을 세우는 것을 해서는 안 될까, 예를 들어 학업이나 성취하고자 하는 목표가 없이 사는 게 미래의 막연한 꿈을 그리며 사는 것과는 또 다르다는 생각이 드는데, 하루하루를 살지만, 막연히 꿈속을 헤매지 않으면서도 또 생각 없이 살지 않는 것이 무엇인지 잘 모르겠습니다.

A 답 인간과 동물의 차이를 생각해보면 이해가 쉬울 것인데, 동물은 5년 후, 10년 후라는 것을 생각하지 않고 현실적으로 이 순간만 최선을 다해 삽니다. 하지만 인간은 이 '마음'이라는 것을 가지고 있으므로 동물과 다르게 내일모레를 생각하는 것은 당연합니다. 그러므로 인간이기에 미래를 생각할 수밖에는 없고 상(相)의 논리에서 10년 후를 생각하고 각자의 상황에 맞는 계획이라는 것을 세우고 학업을 성취한다는 것을 뭐라고 하는 것은 아닙니다.

그러나 인간이기에 학업이나 자신의 인생 계획을 세워 갈 수는 있지만, 내가 말하는 것은 이러한 것에 치우침의 마음을 갖지 말라는 것입니다. 각자의 상황에 맞게 자신이 계획을 세웠다고 해도 오늘을 이치에 맞게 살아가라는 의미로 말한 것입니다. 하지만 우리는 어떤가를 생각해보면 현실도 이치에 맞지 않게 살면서 이러한 이상(꿈)만 갖고 이루어지기 바라며 사는 사람들을 수없이 보는데 이것을 지적하고자 나는 “내일의 일을 생각지 말고 오늘을 이치에 맞게 살라”는 말을 한 것입니다.

아이들을 보면 뭔가 거창하게 자신의 미래를 말하고 그같이 이루어지기만을 바라면서 살아가지만, 정작 이 아이가 하는 행동을 보면 인간 이하의 행동을 하는 것을 봅니다. 바로 이것이 치우침이 극에 달했음을 보여주는 것이고, 그래서 나는 지식을 먼저 가르치는 것보다 윤리, 도덕과 같이 인간이면 인간의 도리가 뭔가를 알게 해주는 것이 우선이라고 한 것이고, 이 바탕 위에 자신의 본성에 맞는 길을 찾아가는 것이 중요하다고 말했습니다.

그러므로 내가 말한 것은 당장 내 행위가 이치에서 벗어나 있음에도 그것을 모르고 5년, 10년 후를 꿈꾸는 것은 어리석음이라고 말한 것입니다. 따라서 내일의 일을 생각지 말고 오늘을 살라는 말은 인간이기에 생각은 해볼 수 있지만, 그 생각에 지나치게 끄달려 살지 말라는 의미입니다. 그렇다고 계획을 세우지 말라는 논리를 말한 것은 아닙니다. 물질 이치에서 학업이나 성취하고자 하는 목표를 갖고 사는 것도 인간으로서 당연하지만 내가 하는 말은 나 자신의 본질을 이해하면서 계획을 세워도 세우는 것이 좋다는 것이고, 이것이 현실적으로 중도(中道)의 개념이라 할 수 있음을 말한 것입니다.

그러나 우리는 있는 돈 없는 돈 다 들여가며 자식을 가르치고 있는데, 그 결과로 지식을 얻었다고 해서 그 사람이 인간다운 인간이 되었다고는 할 수 없습니다.

이 개념으로 사회를 보면 다들 배웠다는 사람들이 사실 인간답지 않게 사는 사람 무수하게 있고, 반대로 배우지는 못했다 해도 인간다운 마음을 갖고 사는 사람이 많습니다. 이 두 가지를 생각해보면 내가 무엇을 말하는 것인가 이해하게 될 것입니다.

그러므로 인간이기에 미래의 꿈을 그리며 사는 것을 뭐라고 하는 것이 아니라, 막연히 꿈속에서 헤매지 않고, 온전하게 살려면 진리적으로 나 자신의 본질을 알아가면서 그것에 맞게 꿈을 가지고 사는 것이 최선이라는 점을 말한 것입니다. 이치에 맞지 않는 꿈은 설령 이루어졌다 해도 결국 그 꿈으로 인해 반드시 패가망신하게 되어 있음을 알아야 합니다.

따라서 무작정 배워야 한다는 것이 아니라 나의 그릇을 알고 그것에 맞게 배워가고 순응하는 것이 진리 이치-물질 이치에 따른 중도의 행이 됨을 이야기하는 것이고, 무조건 배워야 한다는 것에 치우쳐 업의 이치에 맞지 않게 무리한 행위를 해봐야 그것으로 더 큰 것을 잃을 수 있다는 것입니다.

Q 문129 지구가 멸하는 때와 관련하여 보름달에 비유하여 말씀하신 내용 중 "달을 예로 들면 초승달에서 보름달로 그다음 달이 보이지 않다가 때가 되면 다시 달이 보이는 개념으로 보름달이 되었을 때(이때가 시소가 균형을 이루었을 때라고 하면)를 2600년 전으로 보면 되고(가장 균형이 맞아서 자연스럽게 멸할 때), 지금은 보름달이 지나 보이지 않을 만큼의 눈썹과 같은 초승달이 되어 저물어 가는 시기(인간의 상이 극에 다다랐으므로 상에 의해 멸하는 때)라고 이해하면 된다"는 말씀을 보았습니다. 보이지 않던 달이 보이고 보름달이 되었다가 초승달로 되어 안 보이게 되는 것이 자연스러움이 아닌가 하는 생각이 듭니다. 보름달(진리 이치, 물질 이치가 균형을 이룬 때)에서 멸하는 것이 왜 자연스러운 것인가 궁금합니다.

A 답 아래 그림과 같이 진리의 흐름을 이해하게 하도록 '달도 차면 기운다'는 말을 했는데, 질문은 물질적인 것만 이야기한 것인데 달도 차면 기운다는 것도 현실적으로 초승달에서 보름달로 그다음 달이 보이지 않다가 때가 되면 다시 달이 보이는 개념으로 이해하면 됩니다.

하지만 내가 말하는 것은 아래 그림과 같이 약 2600년 전이 그림 ②와 같이 물질 이치와 진리 이치가 진리적으로 최적의 균형을 이루었고, 그때 지구는 멸해야 했다는 것이 진리적 입장이고, 이것이 진리적으로 자연스러움, 진리 그 자체의 이치라고 이해하면 됩니다. 그런데 "왜 이것이 자연스러움인가?"라는 것을 따진다면 나는

"진리 이치가 그렇게 되어 있다"고 말할 수밖에는 없습니다.

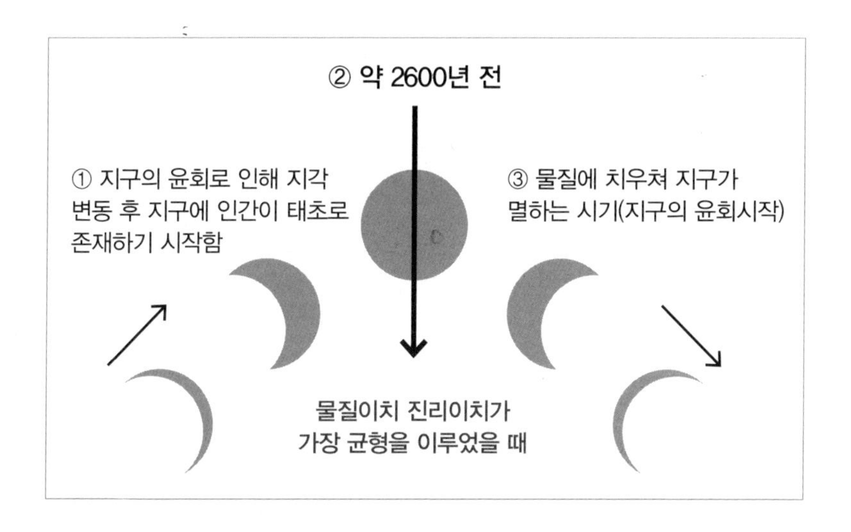

따라서 위의 그림은 보름달이 되었을 때(이때를 시소가 균형을 이루었을 때라고 하면)를 2600년 전으로 보면 되고(가장 균형이 맞아서 자연스럽게 멸하는 때), 지금은 보름달이 지나 보이지 않을 만큼의 눈썹과 같은 초승달이 되어 저물어 가는 시기(인간의 상, 숫자가 극에 다다랐으므로 상에 의해서 멸하는 때)라고 이해하면 됩니다. 이러한 변화는 진리적으로 자연스러움 그 자체이므로 이것을 부정하는 것은 맞지 않습니다. 그래서 인간이 지구 위에 존재한 이후의 흐름을 보면 이같이 달도 차면 기우는 것을 어느 정도는 이해할 수 있고, 이것을 업(業)에 대입하면 아이 때부터 업이 점차 성숙하여지고 성인이 되면 업이 극에 달하고 이후 점차 그 업은 그것에 맞게 소멸하여 가는 것과 같은 이치이므로 이 개념으로 이해하면 됩니다. 질문과 같이 이것이 자연스럽지 않다고 하면 결국 이 세상은 영원히 지금과 같이 존재할 것이라고, 즉 지구는 멸하지 않는다는 것을 믿는 것이므로 이것은 이치에 맞지 않으므로 깊게 정립해야 합니다.

따라서 위 그림으로 인간의 생로병사를 대입해보면 되고 하나의 나무가 자라나서 죽어가는 이치, 또 인간(생명체)이 태어나서 죽어가는 이치도 다 '달도 차면 기운다'의 범주에 포함이 된다는 점입니다. 긴 이야기는 생략합니다.

Q 문130 꿈을 꾸다 보면 비슷한 배경이 자주 나오고 또 비슷한 상황의 꿈을 꾸는 경우가 있는데 이것을 어떻게 이해해야 하는지 여쭙고 싶습니다.

A 답 나는 꿈에 대하여 '차창밖에 스쳐 지나가는 그림과 같다'는 말을 했습니다. 이 말은 내가 차를 타지 않으면 차창밖에 스쳐 가는 것을 볼 수 없으므로 다시 말하면 꿈은 나와 연관이 있다는 것이고, 어떤 꿈을 꾸더라도 자신의 업, 본성과 깊게 관련이 있다 할 것입니다. 문제는 막연하게 어떤 꿈을 꾸었는가의 구체적인 내용 없이 단편적으로 '비슷한 상황'이라는 말만 가지고 이야기할 수는 없고, 일단 꿈이라는 것은 자신의 본성, 업과 밀접한 관계가 있다는 점입니다. 그리고 이같이 꾸는 꿈은 자신의 업(業)의 유통 기한에 따라 지금의 꿈은 또 다른 꿈으로 바뀌게 되기도 하므로 단편적으로 정형화해서 말할 수도 없습니다.

각자가 꾸는 그 꿈속에는 자신만의 흐름을 내포하고 있는 것도 있고, 또는 허구적인 것도 있을 수 있으며, 무의식으로 존재하는 다른 사람의 마음이 작용하여 꿈으로 보이는 경우도 있으므로 구체적인 꿈의 내용이 뭔가를 알아야 그 꿈이 무엇을 의미하는지 알 수 있습니다. 다만 사람들이 말하는 일반적인 내용으로 돼지꿈을 꾸었으니 좋은 일이 있을 것이라는 식의 해몽은 진리 이치와 아무런 관련이 없다 할 것이고, 기운의 변화를 이같이 정형화해서 말한다는 것 자체가 이치에 맞지 않습니다. 긴 이야기는 생략합니다.

Q 문131 누구에게 원망이나 안 좋은 감정을 품다가 시간이 지나 생각해보니 내가 그 상대에게 원망을 가질 이유가 없다는 것을 알고 원망하지 않게 된다면 이렇게 변한 생각들로도 마음의 흔적이 없어질 수 있는 것인지 궁금했습니다. 반대로 매듭을 짓지(만들지) 않고 누군가를 원망하는 마음만을 가진다면 그것이 고리가 되어 다음 생에 만날 수도 있을까 생각도 해보았습니다. 내 마음이 예전 생각과 다르게 바뀐다면 이러한 변화만으로 인연의 고리도 변화가 될 수 있는 것인지 궁금합니다.

A 답 인생을 살다 보면 누구에게는 좋은 감정이 들고 누구에게는 좋지 않은 감정이 들 수도 있습니다. 이것은 인간이기에 가지는 특별한 기능이라고 할 수 있는데, 문제는 이같이 일어나는 마음도 상대성이므로 상대와 내가 어떤 업연의 관계인가에 따라 나

타나는 정도의 차이가 다 다릅니다. 그런데 질문처럼 "누구에게 원망이나 안 좋은 감정을 품다가 시간이 지나 생각해보니 내가 그 상대에게 원망을 가질 이유가 없다"는 것을 알고 원망하지 않게 된다고 해서 끝나는 것이 아니며, 그 흔적이 지워지는 것이 아니라 상대의 행위를 보고 그 행위를 왜 했는가의 결과를 알고 이해하는 것이 중요합니다. 이같이 하지 않고 단순하게 내 마음에서 상대를 지워야 한다고 해서 그 인연의 고리가 끊어지는 것은 아닙니다.

이 개념은 불교에서 뭐가 잘못된 것인지 아닌지를 모르고 무조건 "나는 참회(懺悔)합니다"라고 하는 것과 같습니다. 다시 말하면 자신의 마음에서 일어난 근본을 알고 정립하여 스스로 무엇이 잘못되었는지를 이해하고 정립하지 않고, 귀찮으므로 신경 쓰기 싫어서 포기하는 개념으로 당장 생각하지 않는다고 해서 업연이 정리되는 것은 아닙니다. 그래서 불교는 무엇이 잘못된 것인지 아닌지도 분별하지 않고 무조건 내가 괴로워서 잘못했다고 참회하는 것이 잘못되었고, 이같이 해서 참회가 되지 않는다고 말한 것입니다.

내 마음에서 뭔가의 마음이 일어나면 그것에 대하여 반드시 원인이 있고, 그것을 자신이 온전하게 이해하지 않는 것은 참회가 되지 않으며 업연의 고리가 끊어지지 않습니다. 따라서 질문에 "상대에게 원망을 가질 이유가 없다는 것을 알고 원망하지 않게 된다"는 말은 "너나 나나 다 똑같은 입장이다"라고 하는 포괄적인 말이므로 이같이 생각한다면 진리적으로 업이 변화되는 것이 아니라 '업(業)의 현상 유지'에 불과하다 할 것입니다. 그러므로 진정으로 인연의 고리가 정리되고, 업의 변화가 되는 것은 아닙니다. 반드시 그 원인을 알고 그것을 자신의 의식으로 무엇이 옳고 그름인가를 이해해야만 이치는 바뀝니다.

Q 문132 살다 보면 쉽게 하는 말들이 있습니다. 식당에서 밥을 먹고 계산하면서 습관적으로 "또 올게요"라는 말을 합니다. 흔히 인사치레로 하는 말일 수도 있는데, 또 온다는 말을 하고 앞으로 그곳에 갈 일이 없어서 못 간다면 이런 말들도 흔적이 되어 상대와 나중에 만나게 되는 고리가 되는지 궁금해 질문 드립니다.

A 답 인사치레와 업의 관계인데, 결론은 업이 될 수도 있고 되지 않을 수도 있습니다. 그 이유는 자신의 상(相)과 관련이 있으므로 그런데, 예를 들어 먹었던 그 음식이 자신의 입맛에 맞아서 또 오고 싶은 마음이 진실인가 아닌가에 따라 지금 한 그 말이 업이 되기도 하고 업이 되지 않는 경우도 있습니다. 맛이 있든 없든 그 음식점을 나오면서 간단한 인사치레로 말하고 마음에 여운을 두지 않고 버리는 것이 최선이고, 이보다 더 좋은 말은 간단하게 '수고하세요'라고 해버리면 그뿐입니다.

그런데 '또 올게요'라는 말은 내가 그 사람과 만나자는 약속을 한 것이므로 업(業)이 됩니다. 다시 예를 들면 돈을 주지 않고 음식을 먹은 것이라면 내가 나중에 그 사람에게 '또 올게요'라고 했다면 이것은 현실에서 인간적으로 내가 갚아야 할 부분이 있으므로 '또 온다'는 말을 해도 무난합니다. 하지만 내가 먹은 음식에 돈을 지급한 것은 서로의 관계에서 입장을 정리한 것이 되는데 '또 온다'는 말은 거래를 초과한 말이기 때문에 업이 될 수도 있습니다. '또 온다'는 말이 어떤 끌림이 없는 마음에서 인사치레로 끝나버리는 말이라면 업은 되지 않습니다.

여기서 '또 온다'는 말의 세 가지의 경우를 생각하면 ① 음식을 공짜로 얻어먹은 경우에 갚아야 하는 의미에서 또 온다는 말을 하면 되지만, ② 돈을 지급하고 그 대가로 먹은 음식은 거래의 개념이므로 여기서 또 온다는 말은 끌림의 말이 되므로 업이 될 수 있고, ③ 또 온다는 그 말을 할 때 자신의 마음에 아무런 끌림이나 감정이 없는 마음으로 한 것은 업이 되지 않는다고 정립하면 됩니다. 물론 세 가지의 경우는 단순하게 질문처럼 어떤 하나의 상황에서의 문제지만, 인생을 살아가는 처지에서 그 상황 상황에 맞게 말하지 않으면 업은 각자의 본성에 따라 순간 만들어진다고 이해하면 됩니다. 그래서 나는 상황에 따라 이치에 맞게 행동하라는 말을 한 것이고, 이것은 의식을 갖고 꾸준하게 해나가야 하는 부분이기도 하지만, 쉽지 않은 것이 사람은 어떤 상황이 되면 무의식적으로 본성(本性)에 따른 행동을 그냥 해버리기 때문에 결국, 그 본성에 따라 업이 되는 행동을 하거나 업이 되지 않는 행동을 하게 됩니다.

Q 문133 돈을 밝히고 중요하다고 생각하는 것도 업이 됩니까?

A 답 무조건 돈을 밝힌다고 해서 업이 되는 것은 아닙니다. 인간은 사회적 동물이고 어차피 물질과 관련된 생활을 할 수밖에 없는 처지이므로 돈이라는 물질이 필요한 것은 맞습니다. 하지만 반드시 이치에 맞게 돈을 밝히고 생각해야 하는데, 이 선을 넘어가는 것은 업이 된다고 해야 맞는 말이 되고, 순리와 역리를 생각해보면 됩니다. 예를 들어 자신이 어떤 일을 하면서 그에 대한 대가를 밝히고 생각하는 것은 업이 되지 않습니다. 하지만 자신의 능력 밖의 범주를 생각하는 것은 업이 됩니다. 이 말은 어떤 것을 생각할 수는 있지만, 그것에 집착을 두지 않아야 한다는 이야기입니다. 예를 들면 우리가 복권이라는 것을 한다면 그것에 대한 모든 집착을 버리고 사야 하고, 또 그 결과에 대한 아무런 마음을 내지 않으면 업이 되지 않지만, 이같이 하지 않고 그 복권에 대하여 어떤 마음을 낸다면 그것은 업이 된다 할 것입니다. 내가 아무런 일도 하지 않는 처지에서 돈에 대한 집착을 가지는 것은 업이 되고, 내가 뭐라도 하면서 그에 대한 대가를 바라는 것은 업이 되지 않습니다.

현 상황에 맞게 뭔가를 생각하고 그것에 최선을 다한 후, 그에 상응하는 결과에 따르는 것이 최선이라는 뜻입니다. 그런데 현실을 외면하고 그 무엇만 상상하고 집착하는 것은 이치에 맞지 않는다고 할 것입니다. 또 내가 단순 종업원인 입장에서 부장과 같은 직책을 가진 사람이 받는 돈을 생각하고 나도 그같이 받았으면 좋겠다고 생각하는 것도 업이 된다 할 것입니다. 그러므로 업은 질문처럼 '돈을 밝히고 중요하다고 생각하는 것도 업이 되는가'라고 단답형으로 말할 수는 없으므로 앞에 말한 개념을 이해하면 무슨 뜻인가를 알게 되고, 순리와 역리를 생각해보면 무슨 말인가 이해하게 됩니다.

Q 문134 사람과 사람이 처음 대면할 때 목소리가 좋다, 호감이라는 표현을 하는 것을 종종 보았는데, 인간의 본성과도 혹시 연관이 있는 것인지 궁금합니다.

A 답 상대의 어떤 부분이나 행동을 보고 호감이 간다면 또 자신의 마음이 움직였다면 이것은 본인의 업과 본성에 따른 영향이 있어서 그렇다고 해야 맞지만, 또는 현실적으로 상(相)에 의해서 가식으로 마음이 간다, 호감이 간다고 말할 수 있을 것입니다. 내가 어떤 목적이 있으므로 상대의 행동을 보고 호감이 간다는 말을 할 수 있으므로 그렇고, 또는 자신의 업연, 관념에 따라 상대의 행동을 보고 호감, 비호감 등으로 생각이 들 수 있습니다. 자신의 관념과 업의 본성을 기준으로 이미 '나'라는 존재의 기준이 있고, 그 기준 안에 들어오면 이같이 호감으로 나타나고 그 관념에서 벗어나면 비호감이라는 것으로 나타나기도 합니다.

이것이 보통 사람들이 상대를 보고 작용하는 마음이라면, 이치를 아는 자는 상대의 행동을 보고 이치에서 벗어난 것인가 아닌가로만 보기 때문에 일반인이 상대를 보는 것과는 다른 개념으로 본다는 점입니다. 따라서 인생을 살면서 무수한 사람과 관계를 이어 가지만, 사람과 사람이 처음 대면할 때 목소리가 좋다, 호감이라는 말 등으로 상대에 대하여 자신이 평가하는 것은 각자의 본성에 따라, 관념에 따라, 상(相)에 따라 말을 표현하는 것이 보통이고, 이것은 각자의 본성과도 연관이 있다 할 것입니다. 이치를 아는 자는 이러한 것을 떠나 오로지 상대의 행(말과 행동)이 이치에 맞는가 아닌가만을 본다고 정리하면 됩니다.

Q 문135 빙의 천도를 할 때 육신의 상이 없으므로 육신이 있는 인간보다는 법사님 말씀을 알아듣고 긍정한다는 법문 말씀을 보았습니다. 윤회를 하는 처지이든 빙의로 육신을 갖지 못하는 처지이므로 그만큼 어긋난 마음이 있기에 윤회 속에 있다는 것으로 알고 있습니다. 그런데 빙의가 이치에 맞는 정법(正法) 말씀을 알아듣고 분별할 수 있는지가 궁금했습니다. 육신이 있어 말씀을 듣고 긍정하면서도 주시는 말씀 잘 따르지 못하는 경우가 많이 있다고 생각하니 빙의라도 말씀 긍정 못 하고 알아듣지 못하는 참나도 있지 않을까 궁금해 질문 드립니다.

A 답 사람이 죽으면 '나'라고 하는 아상(我相)된 마음은 사라지고 참나라고 하는 진리적인 기운만 남게 된다고 나는 말했습니다. 따라서 마음 법당에서 빙의 천도를 할 때 일반적으로 하는 상차림의 의식이나 종교적 행위와 같은 것을 하지 않고 오로지 마음만

으로 죽어서 무의식으로 존재하는 참나에게 상(相)이 없는 마음으로 마음을 전하게 되고, 죽어 있는 사람은 상이라는 것이 없는 존재이므로 이들과 마음이 쉽게 통하게 됩니다. 따라서 이생에 존재하는 인간은 상이 있어 내 말을 그 상의 크기에 따라서 긍정하는 것이 다르지만 죽어 있는 사람은 이 상이 없으므로 옳은가, 그른가의 판단을 하는 데는 매우 간단하고 쉽습니다. 따라서 이들은 육신의 상이 없으므로 육신이 있는 인간보다는 상이 없는 내 말을 알아듣고 긍정하기가 쉽습니다.

따라서 상이 있어 생명체로 윤회하는 인간의 처지에서는 이 상이라는 것이 문제지만 죽어 있는 기운(마음)은 사실 제도하기가 매우 쉽습니다. 이 개념을 잘 이해하면 이 상이라는 것이 왜 문제인가를 알게 됩니다. 그러므로 질문에 죽은 자가 빙의로 육신을 갖지 못하는 처지라면 그만큼 어긋난 마음이 있기에 윤회 속에 있다는 것은 맞지만, 이 상이 있고 없고는 매우 큰 차이라 할 것입니다. 질문에 '빙의가 이치에 맞는 정법(正法) 말씀을 알아듣고 분별할 수 있는지가 궁금하다'는 것은 비물질의 기운으로 존재하는 처지이므로 내가 하는 육신의 말을 알아듣는 것이 아니라 내 마음으로 전하는 말을 알아듣는다고 해야 맞는 말이 됩니다.

하지만 살아 있는 인간은 이 상이라는 것으로 가려져 있으므로 육신이 있어 말을 듣고 긍정하면서도 그 말을 받아들이지 못하는 것이고, 빙의는 상이 없으므로 내가 전하는 말(마음)은 쉽게 이해하지만, 문제는 그가 가진 업에 따라 알아듣는 정도가 다 다릅니다. 이 같은 업의 차이에 따라 쉽게 긍정하는가, 어렵게 긍정하는가의 차이만 다르지 궁극적으로는 다 천도할 수 있다 할 것입니다. 따라서 질문에 "주시는 말씀 긍정 못 하고 알아듣지 못하는 참나도 있지 않을까"라는 것은 살아 있어 상이 있는 인간의 입장이며, 죽어 있는 무의식의 참나는 쉽게 알아듣는가 어렵게 알아듣는가의 차이만 있는 것이고, 궁극적으로는 정도의 차이는 있지만 다 알아듣습니다.

이 개념은 이 세상에 태양이 있지만 누가 이것을 태양이라고 말하지 않더라고 당연하게 태양이라는 것을 알아보는 것과 같이, 상이 없는 자의 마음은 무의식의 세계에서는 응당 태양과 같이 알아보기 때문에 그렇습니다. 따라서 살아 있는 자와 죽어 있는 자의 차이가 뭔가를 이해하면 상(相)의 개념을 이해하게 됩니다.

Q 문136 법사님, 꿈속에서 꿈이라는 것을 알게 되는 때가 있습니다. 꿈속에서 꿈이라는 것을 자각하여 꿈을 마음대로 조정하는 사람들도 있다고 하지만 정상이 아니라는 생각이 들었습니다. 무의식 속에 존재하는 기운들이 산 사람의 마음에 작용하여 꿈속에 있다고 자각하게끔 하는 경우도 있는 것인지요?

A 답 우선 질문 중에 '꿈속에서 꿈이라는 것을 자각하여 꿈을 마음대로 조정하는 사람들도 있다'는 말을 보면, '마음대로 꿈

을 조정한다'는 것은 이치에 맞지 않으며, 그들만의 심각한 빙의 현상이므로 논할 가치는 없는 말입니다. 그렇게 꿈을 조정한다는 개념은 있을 수 없습니다. 문제는 꿈을 꾸는 도중에 꿈이라는 것을 스스로 안다는 것은 생각을 단순하게 하고 사는 사람에게 간혹 나타나는 현상이기도 한데, 바꾸어 이야기하면 복잡한 생각을 하고 사는 사람은 그것을 인지하지 못하고 단순하게 꿈이라고만 인지하게 됩니다. 마음이 복잡한 사람은 무수한 마음에 변화가 있지만, 그것도 단편적으로 내 마음이라고만 생각하는 것과 같습니다.

따라서 질문에 '무의식 속에 존재하는 기운들이 산 사람의 마음에 작용하여 꿈속에 있다고 자각하게끔 하는 경우도 있는 것인가'에 대한 부분은 '그렇다'입니다. 이러한 것은 무속인에게 흔히 나타나는 경우인데, 여기서 이와 관련된 이야기를 해봐야 의미 없고, 꿈은 꿈일 뿐이라고 생각하고 마음에서 그 꿈에 대한 신경을 쓰지 않는 것이 중요합니다. 만약 이 같은 꿈에 자신의 마음을 빼앗겨 버리게 되면, 꾸었던 꿈과 같은 것을 반복적으로 꾸게 하여 나 자신의 의식을 그것에 빼앗겨 버리기 때문입니다. 그렇다고 물론 자신이 꾸는 꿈이 자신과 전혀 연관이 없다고 할 수만도 없는데 내가 말한 대로 꿈은 꿈으로 잊어버리라고 하는 것은 보통 사람은 자신이 꾼 꿈에 대해 해석을 스스로 하지 못하기 때문이고, 결국 꿈에 끄달려 버리기 때문입니다.

수차 한 말이지만 돼지 꿈을 꾸었다고 해서 좋은 일이 있다고 할 수 없는 것이 진리 이치이기 때문에 그렇습니다. 그래서 정형화한 꿈 해석이라는 것은 있을 수 없다고도 말했으므로 어떤 꿈을 꾸든 빨리 잊어버리는 것이 좋고, 그다음 자신이 꾼 꿈의 의미는 있으므로 이것을 사실대로 말하는 것은 자신의 흐름을 이해하는데 좋은 자료가 되기 때문에 법당에 그 꿈을 말하는 것이 좋습니다. 그러므로 질문처럼 '꿈속에서 꿈이라는 것을 자각하여 꿈을 마음대로 조정하는 사람들도 있다'는 말과 같은 것은 다 빙의 현상이므로 이치에 맞지 않고, 꿈은 자신과 관련이 있지만, 빙의가 작용하는 예도 있으므로 포괄적으로 빨리 잊어버리는 것이 좋고, 정히 궁금하면 법당에 물어보는 것이 최선입니다. 스스로 마음대로 혼자 그 꿈을 자신이 해석하면 자신의 마음이 그것에 끄달리게 되므로 이같이 해서는 안 됩니다.

Q 문137 지구가 윤회할 때 진리 이치와 물질 이치가 ① 균형을 이룰 때 멸하는 경우 ② 균형을 채 이루기 전에 멸하는 경우 ③ 균형을 이룬 때를 지난 어느 시점에 멸하는 경우가 있지 않은가 하는 생각이 들었습니다. 만약 그렇다면 균형을 이룬 때 멸하지 않고 ②또는 ③과 같이 멸하는 것은 왜 그런 것인지요?

A 답 세상에 존재하는 모든 것은 반드시 '때'라는 것이 있고, 이때가 되면 반드시 멸하게 되어 있습니다. 다른 사람들도 여기까지는 일반적으로 말하는 부분이기도 합니다. 사람도 존재해야 할

때(시기)가 있어 존재하며, 또 사라져야 할 때가 되면 사라지는 것이 자연의 섭리이므로, 만남과 헤어짐이라는 것도 이 개념과 똑같지만 다만 보통 사람들은 이 이치를 모르고 모든 것은 우연이라고 이야기합니다. 하지만 어리석게도 각자가 느끼는 관념에 따라 하나에 대해 어떻게 느끼는가에 따라 그 '때'에 여러 가지 의미를 스스로 부여하고 인위적으로 자신의 견해에 따라 여러 가지 해석을 하고, 자신의 처지를 합리화하는 동기를 부여합니다.

이것은 인간 사회에서 개인적인 현상이라면 물질–비물질의 이치가 공존하는 이 지구도 그때가 되면 반드시 변화가 일어나게 되므로 사실 '영원'이라는 것은 물질 이치에서 이 세상에 존재하지 않지만, 비물질 이치에서 진리의 기운만 영구 불멸한다고 해야 맞습니다. 그래서 결국 진리의 기운에 따라 지구라는 물질은 그것에 맞게 변하는 것인데, 이 개념으로 지구가 윤회할 때(지구의 윤회) 진리 이치와 물질 이치가 균형을 이룰 때 멸하는 것이 시소의 균형을 잡는 것과 같은 것입니다.

질문처럼 세 가지의 경우 중에 진리적으로 ① 균형을 이룰 때 멸하는 것만 존재하는 것이며 ② 균형을 채 이루기 전에 멸하는 경우 ③ 균형을 이룬 때를 지난 어느 시점에 멸하는 경우라는 것은 존재할 수 없습니다. 어떻게든 진리는 시소처럼 '물질 이치–진리 이치' 이 두 가지가 균형을 이룰 때 멸한다고 해야 맞고, 만약 지금의 이 세상이 인간의 상(相)이 적고 진리적으로 이치에 맞게 돌아가는 세상이라고 하면 멸해야 할 이유는 없지만 이 같은 세상은 존재하지 않는 세상이므로 이러한 꿈은 갖지 않는 것이 좋습니다.

결국, 인간의 상이 극에 달해 진리와의 균형이 깨지면 반드시 진리는 균형을 맞추려 하고 이것이 수평으로 맞았을 때 멸(滅)하게 됩니다. 그래서 나는 이때가 약 2600년 전이라고 했고, 질문처럼 ② 균형을 채 이루기 전에 멸하는 경우 ③ 균형을 이룬 때를 지난 어느 시점에 멸하는 경우는 진리적으로 없습니다. 나는 지금 이 세상은 인간의 상으로 인해 반드시 멸한다고 말했는데, 이 경우는 상이라는 것이 가득한 상태에서 멸하면 치우침이 되기 때문에 진리는 균형을 잡으려 하고 균형이 맞으면 멸하게 됩니다. 이것은 마치 양팔 저울과 같은 개념입니다.

따라서 ② 균형을 채 이루기 전에 멸하는 경우 ③ 균형을 이룬 때를 지난 어느 시점에 멸하는 것은 진리의 입장에서 이치에 맞지 않습니다. 지금이 상(相)의 치우침이라고 하면 한쪽으로 치우침이 되며, 이 치우침을 바로 잡기 위해 보내는 시간이고 이 시간의 끝에 지구는 멸하게 되는데 이때가 균형이 어느 정도 맞았을 '때'라고 이해하면 됩니다. 그러나 이 개념을 개인에게 대입하면 개인적으로도 원만한 업연을 정리하고 균형을 이루고 죽는가, 자신의 업연을 정리하기도 전에 죽는가, 업을 정리하지 못하고 더 키워서 죽는가와 대입해보면 그 이치는 똑같음을 알 수 있을 것입니다. •

그런데 중요한 것은 진리는 상(相)이 없으나 인간은 이 상의 마음이라는 것이 있으므로 인간은 ② 균형을 이루기 전에 죽기도 하고, ③ 업만 더 부풀려 죽기도 한다는 것이므로 인간은 ①과 같이 균형을 이루고 죽는 사람은 거의 없다 할 것입니다. 다만, 자연이 있는 이 지구는 ① 스스로 균형을 어느 정도 이루고 멸한다고 정립하면 됩니다. 이 질문은 법회 때 말했던 부분이므로 이 정도로 하겠습니다.

Q 문138 법사님 이성에 대한 욕심에 대해 계속해서 답을 주셔서 감사합니다. 해야 할 것과 하지 말아야 할 것들에 대해 생각해보다 오래전 법회에서 돼지고기 요리를 비유해서 해주신 말씀이 생각이 났습니다. 얼마 전 법회에서도 지나가는 아가씨들 얼굴 보려 하지 말라고도 말씀을 주셨는데 법사님께서 주신 말씀이 하지 말아야 할 것 중에서도 제가 가진 문제점의 핵심을 짚어주시는 말씀이 아닐까 하는 생각에 이르렀는데 바르게 생각한 것인지 궁금합니다.

A 답 이성(異姓)에 대한 반응은 동물이나 인간이나 다 똑같이 일어납니다. 하지만 인간과 동물의 차이는 동물은 쾌락을 즐기지 않고 본능에 의한 행위를 하지만, 인간은 '쾌락'이라는 것을 따라갑니다. 동물은 종족 번식을 위한 행위만 한다면, 인간은 몸이 느끼는 찌릿함을 생각하기 때문에 자식이라는 종족을 번식하기 위한 행위를 넘어 시도 때도 없이 성행위를 하는 것이고, 동물은 번식을 하

려는 그때가 아니면 대부분은 성행위를 하지 않으므로 마음을 가진 인간과 동물의 차이를 생각해보면 이해가 될 것입니다.

문제는 이런 차이가 있음을 알고 나에게 성적 욕구가 일어나면 자위행위를 하든지 참든지 해서 스스로 해소하면 업을 덜 지을 수 있겠지만, 나의 욕구를 채우기 위해 이성을 생각하고 상대를 만들어버리고, 그 상대를 성적인 욕구를 충족하기 위해 이용한다면 이것은 대단히 큰 업을 짓게 됩니다. 나는 "지나가는 여성의 얼굴을 일부러 쳐다보지 말라"는 말을 했는데, 이 말의 의미는 사람이므로 쳐다보는 것 자체를 뭐라고 한 것이 아니라, 쳐다보는 그 마음속에 성적(性的)인 상상을 하지 말라는 의미입니다.

예를 들어 강아지가 인간을 쳐다볼 때 성적인 대상으로 쳐다보지 않지만, 인간은 다른 이성을 보면 어떤가요? 표현은 하지 않지만, 그 이성을 보고 성적인 것을 마음에 두고 바라보는 사람 무수하게 있습니다. 이같이 하나의 상황을 보고 다 다른 마음이 일어나는 것은 각자의 업에 따라 다 다릅니다. 비단 이것은 이성적인 문제만 해당하는 것이 아니라 일상의 모든 것도 이런 마음이 작용하므로 모든 것에 대입해보면 내 말이 무슨 말인가 이해하게 됩니다.

그러므로 인간이기에 가진 윤리, 도덕, 양심이라는 것을 우선 대입해서 나 자신의 행동을 해야 하고, 그것을 초과해서 성적인 마음이 일어나면 여기에 다른 사람을 끌어들이지 말고 스스로 조용히 알아서 성적인 욕구를 풀어가는 것이 최선입니다. 문제는 이같이 하라고 해도 업이 되지 않는다고 단편적으로 생각하는 것도 잘못된 것인데, 중요한 것은 참는 것, 참고 넘기는 것이 최선이라 할 것입니다. 참다가 안 되면 그다음 자위행위를 하는 선에서 멈추어야 하고, 그 이상을 생각하지 않아야 하는데, 이 과정에 그 욕구를 넘기지 못하고 이성적인 상대를 찾는 것은 매우 큰 업이 됩니다. 이같이 참는 과정에 육신의 괴로움이 있고 참는 과정이 고통이 되겠지만 그 과정이 수행이라 할 것입니다.

Q 문139 지난 시간 마음 파기를 하면서 세상에서 내가 제일 잘났다는 관념을 하고 있다는 걸 조금 알게 되었는데, 인지할 때도 있지만 거의 무심코 행동하는 게 대부분이고, 행동하고 지나고 나서야 말씀을 주셔서 행동을 돌아볼 때에야 "아, 내가 또 그랬구나." 하고 조금이나마 알아차리게 되는 것 같습니다. 지나면서 이러한 관념이 차츰 없어질 줄 알았는데 잘 인지하지 못할 뿐이지 계속 일어나고 있는 것 같다는 생각이 들었습니다. 이러한 관념은 고치고 싶은데 어떻게 해야 하는지요?

A 답 그동안 어떤 상황마다 꾸준하게 말을 해주었는데, 반복적으로 계속 일어난다는 것은 어떤 하나의 개념에 대하여 온전하게 이해를 하지 못해서 그렇고, 또 이해했다고 하더라고 그것을 마음에 항상 간직하고 있다가 그 개념을 대입해서 자신의 행동 하

나하나를 고쳐가야만 하는데, 문제는 깊게 마음에 새기지 못했다는 것을 의미합니다. 예를 들어 구구단을 배울 때, 2×2=4라고 했으므로 이것을 마음에 두면 이런 논리가 필요할 때 사용하는 것과 같습니다. 그래서 나는 단박에 한꺼번에 뚝딱 하고 고쳐가는 것은 없다고 했는데, 계속 반복적으로 마음에서 뭔가가 일어난다면 하나의 개념을 이해하고 그것을 점진적으로 확대해가지 못했으므로 똑같은 상황이 반복되어 일어나게 됩니다.

이런 똑같은 상황의 반복도 어찌 되었든 각자의 본성에 따라 다 다르므로 단번에 "이것을 하면 고쳐진다"는 것은 존재하지 않습니다. 나는 이 개념을 나무 분재 모양을 잡아가는 것과 같다고 했는데, 꾸준한 의지, 의식 없이는 고쳐지지 않습니다. 따라서 질문처럼 지난 시간 마음 파기를 했다고는 하지만, 그 개념을 하나씩 마음에 새기지 않아서 마음에 남는 것이 없으므로 반복적인 습성이 튀어나오는 것이기 때문에 이제라도 하나씩 개념을 정립해가는 것이 중요합니다. 이같이 개념을 정립하여 마음에 뿌리를 내리지 못하면 결국 앞으로도 자신의 행동에서 자신도 인지하지 못하는 사이에 자신의 본성은 나오게 되어 있습니다. 그러니 뭐라고 할 때만 '알았다'고 하고 돌아서면 잊어버리는 것도 업으로 형성된 본성과 깊게 관련이 있지만, 중요한 것은 현재 나 자신의 의식으로 정립하는 수밖에 별도리 없다 할 것입니다.

다시 말하지만 한번 개념을 정립하면 정립한 그것을 마음속에서 지워버리지 않게 항상 간직하고 있어야만 합니다. 이같이 하지 않으면 본인이 잘 인지하지 못할 뿐이지 똑같은 상황은 계속 일어나게 되어 있으므로 이것을 고쳐가는 방법은 하나씩 정립하고 정립한 그것을 마음에 늘 생각하고 살면 되는데, 문제는 마음속에 간직하고 실천하는 것이 쉽지 않다는 것입니다. 어찌 되었든 방법은 이것 말고는 없으며 사람의 마음이라는 것을 하루아침에 뚝딱 하고 고쳐가는 법은 이 세상천지에 없으므로 의식으로 꾸준하게 자신의 마음을 고쳐가는 것이 최선의 방법입니다.

Ⓠ 문140 〈먹이 사슬과 윤회〉 인간과 먹이 사슬의 구조에서 가까이 있는 짐승이 인간으로 올 확률이 많은 것으로 알고 있습니다. 개와 늑대의 경우 같은 종(種)이지만 개는 인간으로 올 확률이 높지만 늑대는 개에 비해 인간으로 올 확률이 낮다는 생각이 들었습니다.
개와 늑대를 같은 종이라 구분한 것은 인간이 그렇게 정한 것일 뿐 윤회 측면에서 개와 늑대가 동일하게 인간으로 올 가능성이 있다고 생각하는 것은 잘못된 것 아닌가 하는 생각이 듭니다. 인간과 생활을 같이하는 짐승(개든 닭이든 새든)이 인간으로 올 확률이 더 있는 것 아닌지 궁금하여 여쭙니다.

Ⓐ 답 포괄적으로 정리한 것은 맞습니다. 하지만 질문처럼 '인간과 먹이 사슬의 구조에서 가까이 있는 짐승이 인간으로 올 확률이 많은 것'은 맞지만, 문제는 상대성이 있으므로 모두가 그렇

게 인간으로 온다고는 단정을 지을 수 없습니다. 그 이유는 일단 업연의 관계가 있으므로 강아지가 한집안에서 같이 산다는 것이 업연의 관계인데, 문제는 이때 강아지 자체로는 별문제가 되지 않지만, 인간의 입장이 어떻게 변하는가에 따라 그 강아지의 이치는 바뀌게 됩니다.

이 말은 인간이 가진 상(相)의 마음이라는 것은 수시로 변하기 때문에 인간으로 태어날 확률이 있는 강아지로 한집에 와 있다고 해도, 현실적으로 돌봐야 하는 인간의 마음이 어떻게 변하는가에 따라 그 영향이 강아지에게 갈 수 있으므로 인간이 어떤 마음으로 강아지를 돌보는가에 따라 다음 생 그 강아지가 인간으로 올 수 있고, 오지 않을 수도 있습니다. 하지만 인간을 중심으로 가깝게 있는 것일수록 인간으로 올 기회가 많다고 해야 맞습니다. 가장 가까운 것이 강아지이고, 가장 먼 것이 인간의 눈으로 확인할 수 없는 바이러스나 깊고 깜깜한 물속에 있는 생명체라고 포괄적으로 이해하면 됩니다.

이 개념으로 어떤 짐승이든 인간과 가깝게 생활하는 것일수록 인간으로 올 확률이 높다 할 것이므로 강아지가 우선이다 아니다로 말할 수 없고, 강아지로 예를 든 것은 이런 윤회 과정을 이해하게 하려고 예를 든 것인데, 사실은 강아지가 인간과 가장 가깝게 있으므로 인간으로 올 확률은 높다 할 것입니다. 이런 것은 실제 인간과 가깝게 지내는 무수한 동물의 '참나'의 이치로 쉽게 확인할 수 있습니다. 예를 들어 얼마 전 죽은 부모, 자식이 있다고 하면 시간이 지나 어느 날 문뜩 어떤 동물이 마음에 들어 키우고 싶다는 마음으로 동물을 기르는 경우가 있는데, 대부분은 이러한 윤회의 과정에 있어서 동물을 기르고 싶다는 마음이 들기도 합니다.

물론 이것도 다 개개인의 업, 업연이 다르므로 정형화해서 말할 수는 없지만, 기운의 작용, 마음의 작용을 이해하기 위해 앞서 말한 개념은 반드시 정립하는 것이 중요합니다. 따라서 어떤 업인가, 업연의 관계인가에 따라 기운은 이같이 작용하므로 단답형으로 정형화할 수 없다고 말한 것입니다.

Q 문141 '흔적을 줄여가는 법'이라는 말을 생각하다가 인생을 살면서 흔적 따라 주변 인연들이 있다는 생각을 하니 어떠한 만남도 유통 기한이 있다는 말씀이 생각났습니다. 만나야 할 유통 기한이 끝이 나도 그 끝은 알 수 없는데 그런 줄도 모르고 미련을 두고 살아간다면 이로 인해 오히려 다음 생 다시 만나는 흔적이 될 수 있지 않을까 생각이 들었습니다. 만남과 헤어짐의 끝마무리를 모르고 살아가는 입장에서 일상을 살면서 주변인들을 대할 때 어떤 마음가짐으로 살아야 그나마 흔적을 줄여나가는 것입니까?

A 답 우리 모두의 만남과 헤어짐이라는 것은 반드시 존재합니다. 하지만 이 인연이라는 것은 일반적인 인과 관계이기 때문에

끝이 있지만, 이 법(正法)과의 인연이라는 것에는 끝이 없습니다. 그 이유는 언제인가 결국은 이 법으로 인해 해탈이라는 것을 해야 하므로 그렇습니다. 그렇다고 이 법을 안다고 해서 안심할 수만도 없는 것이 '나'라는 것이 어떤 마음으로 살아가는가에 따라 이 법과 헤어짐도 있지만, 그렇다고 그 헤어짐이라는 것이 영원한 것도 아닙니다. 그 이유는 앞서 말했지만 결국 생명체라는 것은 이 '화현의 부처님 법'을 의지해야만 해탈이라는 것을 할 수 있으므로 그렇습니다.

그러므로 흔적을 줄여가는 방법은 이 법을 알았다고 해서 자동으로 지워지는 것이 아니라, 어떤 것에도 탐, 진, 치심의 마음을 내지 않으므로 흔적이 지워지는데, 이것은 내가 당면한 어떤 문제에 있어서 그 사안을 이해하므로 지워지게 됩니다. 그러니 나 자신의 마음에 대하여 이해를 하지 못하면 결국 흔적을 지우지 못하게 됩니다. 인생을 살면서 흔적 따라 주변 인연들이 있고, 그 흔적(인연)을 지우지 못한다면 그 마음의 흔적으로 윤회를 하게 됩니다.

그래서 업에 의한 어떠한 만남도 유통 기한이 있지만, 그 기한 내에 어떻게 흔적을 지우는가에 따라 그 유통 기한은 연장이 될 수도 있습니다. 그러니 이 유통 기한 내에서 반드시 마음에 흔적을 지워야 하고 지우는 방법은 어떠한 사안에 대해 이해를 하고 그 결과에 대하여 긍정을 하므로 흔적은 지워집니다. 흔적을 지우는 방법은 '이해'를 해버리면 마음에서 흔적이 남지 않고, 이해하지 못하면 그것은 마음에 앙금으로 남아 언제인가는 그것이 괴로움으로 나에게 다가오게 되어 있습니다. 그러므로 이해를 모르고 미련을 두고 살아간다면 오히려 이생, 다음 생 다시 만나는 흔적이 된다 할 것입니다. 인생을 사는 것은 결국 만남과 헤어짐의 연속이므로 하나에 대해 이해를 하므로 그 건에 대한 끝마무리가 지어지게 됩니다.

Q 문142 법사님의 말씀 중에 "윤회가 아닌 순수하게 태초에 몸을 받아서 오는 사람의 몸 구성은 어떻게 되는지는 '진리적인 표준의 몸을 받으므로 그 세포 또한 순수한 세포로 구성이 된다'입니다"라고 하셨는데 태초에 몸을 받아서 오는 사람이 표준의 몸을 받는다면 태초에 살아가는 생은 중도의 행을 더 쉽게 하게 되는 것인지 궁금합니다. 또 연관되어 법회 때 법사님의 몸이 "아기 피부같이 연하다"고 말씀 주셨는데 태초에 몸을 받아서 오는 사람의 몸과 비슷한 것이 아닌가 하는 생각이 드는데 왜 아기 피부와 같이 연하신 것인지, 또 태초에 몸을 받아서 오는 사람의 몸과는 어떤 차이가 있는 것인지 여쭙고 싶습니다.

A 답 나는 사람의 몸은 마음에 따라 그 이치에 맞게 만들어진다고 말했습니다. 따라서 이생에 제각각의 몸을 가진 것은 윤회 속을 지나면서 각자의 마음에 뭔가 문제가 있으므로 그 마음에 맞게 몸도 만들어진다고 이해하면 됩니다. 이 개념으로 이런 이치를 알고 이생에 마음을 만들어가면 몸도 그것에 맞게 만들어지므로 이 개념은 똑같습니다. 따라서 나는 윤회가 아닌 순수하게 태초에 몸을 받아서 오는 사람의 몸 구성은 진리적으로 표준의 몸을 받

고, 그 세포 또한 순수한 세포로 구성되어 태어나지만, 문제는 이같이 태어난다고 해도 그 아이는 점차 성장하면서 '나'라는 것이 부모와 주변의 영향으로 형성되면서 처음에 가지고 있는 그 순수함이라는 것이 바뀌게 됩니다.

그러므로 태초에 몸을 받아서 오는 사람은 일단 윤회를 많이 하지 않아서 마음공부를 쉽게 하고, 어긋난 마음을 바로잡기 쉽지만, 윤회를 많이 한 사람은 그 마음이 단단히 더 굳어져서 그 마음을 바로잡기란 매우 어렵습니다. 나는 이것을 '나무 분재 길들이는 것과 같다'고 했으므로 이 말을 참고하면 이해가 될 것입니다. 따라서 질문대로 표준의 몸을 받는다면 태초에(윤회가 아닌 처음) 살아가는 생(삶)은 중도(中道)의 행을 더 쉽게 하게 되는데 그 이유는 마음이 덜 굳어져 있으므로 쉽습니다. 또 질문에 "법사님의 몸이 아기 피부같이 연하다"는 말은 태초에 몸을 받아서 오는 사람의 몸과 비슷하다고 해야 맞는 말이 됩니다.

다시 말하지만, 인간이 가지고 있는 제각각의 몸은 그 마음에 기초하여 형성되었으므로 마음을 바꾸면 이 몸이라는 것도 그것에 맞게 만들어진다는 개념을 정립해야 합니다. 이 개념으로 인간에게 나타나는 제각각의 병도 마음을 기반으로 한 것이고, 정신병 치료를 하면 그것에 맞게 몸은 움직이게 되어 있습니다. 그러니 몸에 이상이 있다고 하면 그에 맞는 마음을 어떻게 만들어야 하는가를 먼저 정립하면 각자의 몸은 그것에 맞게 만들어지는 것이므로 이 말을 이해하고 정립하고 행동하는 것이 중요하다 할 것입니다. 긴 이야기는 생략합니다.

Q 문143 법사님 법문 말씀 중에 '파리가 열차에 붙어가는 형식'으로, 예를 들어 하지 말라는 것은 하지 말고 노력하면 어떤 경우든 해탈을 할 수 있다고 말씀 주셨는데, 본성을 몰라도 법당에서 시키는 것만 잘해도 해탈을 할 수 있다는 말씀인지 궁금하여 질문 드립니다.

A 답 결론은 '해탈을 할 수 있다'는 것입니다. 하지만 이 경우 무조건 시키는 것을 한다는 것도 중요하지만, 더 중요한 것은 "내가 하는 일이 맞는가 그른 것인가"를 스스로 이해하고 하는 것이 중요합니다. 이해하지 못하면 말 그대로 시키는 것만 하는 사람이 되어 버리기 때문에 그렇습니다. 따라서 시키는 것이라고 해도 스스로 이해하고 하는 것이 중요하고, 이것이 바로 '파리가 열차에 붙어가는 것'이 됩니다. 다시 말하면 파리가 열차에 붙고자 하면 '저것이 열차구나'라는 것을 알고 붙는 것을 의미하는데, 잘못하면 열차인지 뭔지도 모르고 붙어 버리면 이것은 의식 없는 것이 되지 않겠습니까?

따라서 해탈하는 경우는 두 가지인데, 하나는 앞서 말한 대로 파리가 열차에 붙어가는 방법으로 하는 것, 또 하나는 어떤 말을 해주었을 때 그 이치를 알고 스스로 의식으로 하나씩 정립해가는 것, 이 두 가지밖에는 없습니다. 질문에 "본성을 몰라도 해탈을 할 수 있는가"라는 것은 법당에서 한 번 해보라는 것을 의식으로 옳은 것인가 아닌가를 분별하고 행하다 보면 본성이라는 것은 시간이 지나면서 서서히 스스로 알게 됩니다. 그러니 본성을 먼저 알고 따라오는 것과 따라오면서 본성을 아는 것, 이 두 가지가 있는데, 이 말은 스스로 의식으로 본성을 알아가는 방법과 의식으로 분별하고 시키는 것을 하면서 따라오면 본성은 자연스럽게 알아가는 것, 이 두 가지의 방법이 있습니다.

중요한 것은 어떤 것을 하든 이 의식이라는 것은 매우 중요하다 할 것이고, 의식이 바르지 않으면 무엇이 옳고 그름인가, 또 어떤 것이 열차인가 아닌가를 분별하지 못하기 때문에 항상 깨어 있는 의식을 가지고 있는 것이 기본적으로 중요하다 할 것입니다.

Ⓠ 문144 지난번에 꿈에 대해서 질문을 드렸는데 구체적인 부분들을 말씀드리지 않아서 비슷한 형태로 여러 번 꾼 꿈에 대해서 여쭈어보려고 합니다. 어찌 된 일인지는 모르겠지만 제가 나체로 있고, 제 옷을 찾으러 동네를 숨어서 돌아다니는데 사람들에게 들킬까 봐 조마조마해 하면서 돌아다니는 꿈이었습니다. 상의는 입었는데 하의는 입지 않고 찾으러 다니는 꿈도 있었고, 속옷만 입은 채로 사람들의 눈을 피해 겉옷을 찾으러 돌아다니는 꿈도 꾸었습니다. 동네를 돌아다닐 때도 있고, 백화점 같은 큰 건물 안에서 돌아다니는 꿈도 꾸었습니다. 굉장히 부끄럽고 긴장이 되는 꿈이었는데 왜 이런 꿈을 꿀까요?

Ⓐ 답 나는 개개인이 꾸는 꿈은 분명하게 자신의 업, 본성과 연관이 있다고 이야기했는데, 위 꿈은 지금 현재의 본인의 마음의 상태를 복합적으로 나타낸 것이 아니냐는 생각을 합니다. 다시 말하면 '꿈은 열차를 타고 갈 때, 차창 밖으로 보이는 그림과 같은 것'이라고도 말했는데, 이 말은 꿈에 무조건 마음을 끄달려서도 안 되지만, 반대로 그 꿈을 무시해서도 안 됩니다. 위 질문 내용대로라면 본인이 어떤 선택의 갈림길에 있다는 점이고, 또 하나는 안절부절못하는 심리 상태를 나타낸 것이라 할 수 있는데, 예를 들어 심리 상태가 안정되면 이 꿈, 저 꿈 왔다 갔다 하면서 극과 극의 상황과 같은 꿈을 덜 꾸게 되고, 마음이 안정될수록 예지몽(豫智夢)이 될 수 있으므로 단편적으로 위 질문 내용은 아직 본인의 주변이 어수선함을 의미합니다.

이성적인 문제, 금전적인 문제, 직장의 문제 등이 선택의 갈림길에 있다는 의미로 해석될 수 있고, 꿈에서 답을 찾으려 하지 말고 현실에서 답을 찾아야 합니다. 더 깊은 이야기는 개인적인 문제이므로 여기서는 생략합니다.

Ⓠ 문145 법사님 법문 말씀 중에 육신이 있어 나라는 상이 있다고 하셨는데 인간이 살면서 느끼는 육신의 감정은 모두 상인가 하는 생각이 들기도 하는데, 상과 육신의 감정이라는 말은 어떤 차이가 있는 것인지 궁금합니다.

Ⓐ **답** 　　'감정'은 두 가지가 있습니다. 하나는 인간이라는 본능 자체로 일어나는 감정이 있고, 이것을 인간적인 감정이라고 하면, 또 하나는 각자의 업에 따른 본성을 기반으로 일어나는 감정이 있는데, 사실 이것을 보통 사람이 구분하기는 어렵고, 결론부터 말하면 살아 있는 인간의 감정은 모두 상(相)이라고 이해하면 됩니다. 그 이유는 인간적인 감정이든 본성에 의한 감정이든 그 이면에는 '나'라고 하는 상의 뿌리가 자리하고 있으므로 그렇습니다. 그래서 어떤 사람이 "나는 아무런 감정 없이 하는 말이다"라고 하는 말도 사실은 그 이면에는 자신만의 감정이 숨어 있으므로 순수하다는 말은 사실 인간이 사용하면 안 되는 말입니다. 그 이유는 상이 없는 순수함이라는 것은 이치를 깨달은 자가 아니면 일반적으로 "나는 순수하다"고 말하면 안 되므로 이 말을 깊게 정립해야 합니다.

따라서 질문에 '육신이 있어 나라는 상이 있다'는 말은 일단 업이 있으므로 태어나는 처지에서 상(相)이라는 것은 자동으로 각자의 업에 따라 만들어져 있으므로 인간이 살면서 느끼는 육신의 감정은 모두 상을 내포하고 있는 것이므로 상이 없는 사람은 존재하지 않습니다. 그러므로 '나'라고 하는 상과 육신의 감정이라는 말은 앞서 말한 대로 인간적인 감정에도 상이 있고, 진리적으로도 상이 있는 행동을 하므로 큰 의미에서 차이가 없습니다. 여기서 이 정도만 말하고, 진리적으로는 차이가 있으므로 진리적인 부분은 긴 이야기가 되므로 생략합니다.

Q 문146 인간의 상이 극에 달해 진리와 균형이 깨지면 반드시 진리는 균형을 맞추려 하고, 이것이 수평으로 맞았을 때 멸하게 된다는 말씀을 듣고 균형을 맞추려 하고 치우침을 바로 잡는(진리 이치와 물질 이치) 시간이라는 것이 아닐까 이해하고 있는데요. '수평으로 맞았을 때'라는 것이 현재 지구의 상황에서 가능한 것인가 하는 생각이 들고 수평으로 맞아지는 때가 이미 지났다고 한다면 잘못 이해하고 있는 것인가 하는 생각이 듭니다. 수평으로 맞았을 때의 의미가 궁금합니다.

A 답 나는 2600년 전에 지구가 멸했어야 했다는 말을 했는데, 이때는 '물질 이치-진리 이치'라는 것이 균형이 어느 정도 맞았기 때문이라는 말을 했습니다. 그렇다면 지금은 물질 이치가(여기에 인간의 상이 포함됨) 진리 이치를 누르고 있는 세상이 되므로 이것은 마치 시소가 균형을 잃은 것과 같은 것이 됩니다. 그래서 진리는 물질에 치우쳐 있는 인간의 상(相)을 다시 눌러야만 시소는 균형을 이루게 되므로 지금이 그 시기라고 해야 맞는 말이 되는데, 인간의 상을 누르려면 무엇이 있어야 하는가? 그것은 바로 '이치에 맞는 말'이라고 해야 맞고, 이 말을 기준으로 세상 사람들이 "이런 법(法)도 있구나"라고 이해하는 것이 상을 누르는 개념이 됩니다.

따라서 어찌 보면 2600년 동안 법(法)이라 할 것도 없는 법멸(法滅)의 시대가 되었고 말법(末法) 시대에 이르렀다고 해야 맞는 말이 됩니다. 그렇다면 2600년 전 이후부터 바로 이 같은 법을 말하면 되지 않는가 하고 생각할 수 있지만, 이때는 법 아닌 법이 세상에 급속하게 퍼져갈 때이므로 그 당시 다시 화현의 부처님 법을 이야기할 수는 없었고, 진리적으로 다 '때-시기'가 있다는 사실입니다. 불이 활활 타오를 때 아무리 물을 부어도(이치에 맞는 말=법) 그 불은 쉽게 꺼지지 않는 것과 같습니다. 하지만 법이라 할 것도 없는 시대가 되면 그 불은 시들해질 것이고, 이때 새로운 말(법)이 등장하면 사람들은 이 법(화현의 부처님 법)이 맞다고 할 것이고, 이 같은 시기가 얼마간 진행되다가 지구는 멸하게 되므로 이때가 '물질 이치-진리 이치'의 균형이 맞았다고 해야 맞는 말이 됩니다.

그러므로 인간의 상이 극에 달해 진리와 균형이 깨진다는 것은 법이라는 것이 없어질 때이고 그때 진리는 반드시 균형을 맞추려 할 것입니다. 따라서 질문에 "수평으로 맞아지는 때가 이미 지났다"고 이해하고 있겠지만, 2600년이 지난 지금 이 상황에 맞는 이치로 균형을 다시 잡는다고 해야 맞는 말이 됩니다. 물론 보통 사람들이 이 세상 돌아가는 것을 보고 말세라는 말을 하지만, 이것은 반쪽짜리의 말이 되고, 진리 이치를 알면 진리의 기운 작용을 보고 진리적으로 어떤 상황인가를 알 수 있습니다. 또 현실적으로 사람들의 마음 흐름을 보면 어느 때가 '물질 이치-진리 이치' 이 두 가지가 수평을 이룰 때인가를 쉽게 알 수 있습니다. 긴 이야기는 생략합니다.

Q 문147 법사님 말씀 중에 '나'라는 것을 빼고 객관적으로 보고 그에 맞는 행을 하라고 말씀하셨는데 객관적으로 본다는 것과 중도라

는 말의 차이가 혹시 관련이 있는 것인지요? 흔히 사람들끼리 대화할 때 객관적으로 봤을 때라고 말하는 것을 듣게 되는 경우는 있지만, 그에 비해 중도라는 말은 비슷한 뜻인 것 같으면서도 더 어려운 말인 것 같아 여쭙고 싶습니다.

A 답 객관적인 것의 정점이 중도(中道)라고 이해하면 되는데, 따라서 먼저 객관적으로 모든 것을 보는 것이 중요하고 이 바탕 위에 중도라는 것을 할 수 있습니다. 객관적인 것은 인간적 관념이 바탕이 되고, 중도라는 것은 진리적 바탕이 근본이 된다는 뜻입니다. 따라서 내가 한 말 중에 "'나'라는 것을 빼고 객관적으로 보고 그에 맞는 행을 하라"는 말의 의미는 먼저 인간이지만 인간적인 치우침이 없는 것을 의미하고, 그다음 진리적인 것은 인간적인 것이 하나도 섞이지 않는 것을 말하는 것입니다.

예를 들어 부모와 자식 간에 어떤 문제가 있다면 인간적인 관점에서 바라보게 되고 인간적인 것을 기반으로 결정을 대부분 합니다. 하지만 진리적인 것에 인간적인 것이 섞여 있다면 바르게 문제를 해결할 수 없으므로 이것은 순수하게 '이치에 맞는 것'이라 할 수 없다는 의미가 됩니다. 따라서 객관적인 것은 인간적인 것이 기본으로 깔린 마음이라면 중도는 이마저도 버린 무아(無我)의 상태에서 문제를 바라보는 것이므로 객관적인 것의 상위법이 중도가 됩니다.

그러므로 일반적으로 흔히 사람들끼리 대화할 때 객관적으로 봤을 때라는 것에는 그 마음을 파보면 다들 인간적인 것이 기본적으로 깔렸고, 또는 개개인의 업으로 형성된 본성을 기반으로 한 객관적인 것을 의미하는 것이고, 중도(中道)는 '나'라는 것을 떠난 순수한 것이기 때문에 중도와 객관적이라는 말은 비슷한 뜻인 것 같지만 다릅니다.

Q 문148 법사님 말씀 중에 인간은 '나'라는 상의 마음이 개입되지 않고 본성과 연관이 있다고 말씀하셨는데, 예를 들어 인간미가 부족한 사람이 있다면 본성을 알아갈수록 인간미가 드러나는데 영향을 줄 수 있는지 궁금합니다.

A 답 본성을 알아갈수록 인간미가 드러나는데 영향을 줄 수 있는 것은 아닙니다. 물론 스스로 본성을 알면 자신의 행(말과 행동)이 무엇이 어긋난 것인지 알 수 있어서 스스로 본성을 알면 되겠지만, 문제는 스스로 본성을 알기는 매우 어려워서 그렇습니다. 그렇다면 자신의 인간성에 대한 것은 어떻게 알 수 있는가인데, 여기서 다 말할 수는 없고 학교에서 배우는 도덕이나 윤리 같은 것으로 기본적인 인간성을 대입해볼 수는 있을 것입니다.

원래는 본성을 알수록 인간성을 안다는 것이 맞는 방법이나 이치를 아는 자는 상대의 본성을 알지만, 이치를 모르는 사람은 자신의 본성을 스스로 알 수 없습니다. 문제는 또 이치를 아는 자가 "당신 본성이 이런 것이다"라고 직설적으로 이야기하면 여러분은 그 말을 수긍하지 못합니다. 그 이유는 각자의 본성을 마음으로 받아들일 만큼의 그릇을 만들지 않으면(아상이 클수록) 진리적인 실체의 말을 해봐야 "설마 내가 그랬을 리가?"라고 반발을 하게 되기 때문에 그렇습니다.

그래서 본성을 먼저 아는 것이 순서가 아니라 인간의 양심에 비추어 모든 것을 보면 내 마음이 얼마나 인간미가 부족한가를 알게 되고, 이것이 아닌 다른 방법으로 이 법(法)을 온전하게 믿었을 때 이치를 아는 자가 자신의 본성을 이야기해주면 그 말과 자신의 행동을 비교해 보면서 자신의 인간성이 뭔가를 이해하게 됩니다. 그러니 반드시 이치에 맞는 말이 기준이 되고 이것을 잣대 삼아 비슷한 상황에서 자신의 행동을 보면 본성이 뭔가를 이해하게 되고, 또 자신의 인간성이 어떤 것인가를 알 수 있다고 해야 맞는 말이 됩니다.

따라서 보통 사람들이 '나는 인간미가 있다'고 생각하겠지만 온전한 인간미를 가진 사람은 없다고 해야 맞습니다. 그 이유는 '나'라는 상이 들어간 인간적임이기 때문에 인간으로서의 온전한 인간미를 가진 사람은 없습니다. '이치를 아는 자'만이 상(相)이 없는 온전한 인간미의 행을 할 수 있다고 해야 맞습니다. 이 말은 보통 사람들이 하는 인간미라는 것은 '아상(我相)'이 들어간 인간미의 행(말과 행동)이기 때문에 그렇습니다. 깊은 이야기는 생략합니다.

Q 문149 아이들에게 읽어줄 책을 보면 동화책들은 현실보다는 상상 속 이야기들이 많은데 어릴 때부터 현실보다 상상 속의 환상을 심어주는 것 아닐까 하는 생각이 들었습니다. 어릴 적 동화책을 보면 좋다는 말을 들었는데, 지금에 와서 생각해보니 좋은 것보다 오히려 나쁠 수도 있다는 생각이 듭니다. 이런 저의 생각이 맞는지 궁금합니다.

A 답 결론부터 말하면 '나쁘다'입니다. 사실 동화라는 것은 인간의 상상과 생각으로 꾸며내어 설정한 것이고, 이것은 속된 말로 현실이 아닌 허황한 것이기 때문에 직설적으로 이야기하면 허파에 바람만 들어가게 하는 것이라 할 것이므로 이 같은 것을 보는 것보다 현실적으로 인간이 어떠한 행을 하고 살아야 하고, 삶이 무엇인가의 본질을 이해시키고 인간의 가치관이 무엇인가를 자연스럽게 이야기해주는 것이 좋다 할 것입니다. 사실 어릴 때 할머니 품에서 과거 무수한 이야기를 들으면서 나는 할머니에게 "에이 그런 것이 어디 있어요?"라고 말했던 기억이 있는데, 사실 어릴 때 동화책의 내용은 마음에 두지 않았습니다.

왜 우리는 현실을 살면서 사람들의 상상으로 꾸며진 그 내용을 보고 심취하여 "누구는 좋고, 누구는 그래서 나쁜 사람이다"라는 논리를 주입하거나 또는 "나도 크면 그런 사람이 되어야지"라고 꿈을 꾸게 하는 것은 옳지 않습니다. 물론 현실적으로 말을 배우는 처지에서 동화책을 읽으며 한글을 알아가고 이해하는 측면도 있지만, 내가 말하는 것은 그 내용이 허상, 허구적인 것이 많다는 것을 이야기하는 것이고, 앞서 말한 대로 윤리, 도덕, 양심이라는 것이 뭔가를 책으로 구성하여 그 내용을 이해시키는 것이 더 효과적이고, 이같이 하면 업이 성숙하기 전에 의식을 먼저 깨어나게 할 수 있습니다.

그러니 업이 성숙해가는 아이에게 현실과 동떨어진 내용을 각인시키는 것은 옳지 않다고 할 것이나, 더 큰 문제는 종교적 사상을 은연중에 주입하는 것은 그 아이의 의식을 흐리게 하는 것이 되니 참으로 안타까운 일이라 할 것입니다. 이 시대에 와서 이 같은 것을 바로 잡기란 이미 때가 늦었다는 사실입니다. 따라서 진리적으로는 업이 성숙하기 전 어린아이 때 '나'라는 주관자적 의식을 깨어나게 해주는 말 한마디가 의미 없는 동화책 수십 권을 보는 것보다 그 아이의 인생에 도움이 될 것입니다.

과거를 되돌아보면 무슨 동화 전집이라고 해서 집안 한쪽에 장식해놓고 살아온 사람들이 있는데, 이같이 하면 마치 그 자식이 좋은 사람, 훌륭한 사람이 될 것이라 생각하던 시절이 있었습니다. 지금도 이같이 하는 사람들이 있을 것이나 그렇게 한다고 해서 자식은 생각처럼 좋고, 훌륭한 사람은 되지 않습니다. 이것은 불에 기름을 뿌리는 것과 같은 것이라 할 것인데, 허상, 허구의 말에 끄달리게 한다는 것은 그 아이의 의식만 더 흐려지게 만들 뿐입니다. 그러므로 질문의 내용대로 '나쁘다'고 한 정리는 맞습니다.

Q 문150 법사님의 말씀 중에 "마음공부의 정석은 이치에 맞는 말을 반복적으로 듣고 그 말을 이해하려는 자세가 중요하다"고 하셨는데 이해한다는 말의 정확한 의미가 무엇인지요? 분별하다는 말과 비슷한 것 같으면서도 차이가 있는 것 같지만 잘 모르겠습니다.

A 답 분별은 옳고 그름을 가르는 것이라고 하면, 이해는 개념 정립이라고 해야 맞는 말이 됩니다. 다시 말하면 구구단을 배울 때, 2×2=4라고 하는 것은 이것이 맞다고 사람들이 만들어 놓은 것이므로 옳다고 분별하는 것이므로 만약 2×2=5라고 생각한다면 분별을 잘하지 못한 것이 됩니다. 그런데 2×2=4라는 답이 나왔을 때 왜 2×2=4라는 답이 성립되었는가를 아는 것이 이해라는 이야기입니다. 따라서 여러분은 인생을 살면서 무엇이 옳은 것인가 그른 것인가를 먼저 분별하고 그다음 분별한 그것에 대해 개념 이해를 하는 것이 중요합니다.

이같이 분별을 했으면 그것을 실행하는 것이 중요한데, 머릿속으로 분별하고 이해했다고 해서 다 되는 것이 아니라, 그것을 행동으로 나타내므로 하나의 문제가 정리됩니다. 앉아서 생각만으로 분별하고, 이해하고 하는 것은 기초적인 문제이므로 생각만 했다고 해서 그것을 행동으로 나타내지 못하면 아무런 의미 없습니다. 그래서 마음공부는 순서가 있는데, '분별하고–이해하고–실행하는 것'으로 마무리해야만 비로소 업(마음에 흔적)이 지워지게 됩니다. 그러니 실천은 하지 못하면서 머릿속으로만 생각하는 것은 자신의 의식에 문제가 있는 것이고, 이것은 사람마다 업이 다르므로 각자가 알아서 생각해야 할 부분입니다.

참새가 먹이를 먹을 때 맨 먼저 분별을 하고, 그다음 이것이 먹이라는 것을 이해하고 그다음 그 먹이를 입에 넣는 행동을 하므로 하나의 먹이를 먹는 것이 완성되므로 이 개념을 인간의 모든 것에 대입해보면 무슨 말인가를 알게 될 것입니다.

Q 문151 지난번에 참나와 본마음에 대해서 질문을 드렸는데 아직도 이해가 잘 안 되는 부분이 있어서 질문을 드립니다. "'참나'라는 것은 각자의 업에 따라 형성된 흠결 있는 마음이라고 해야 맞고, 이 흠결이라는 마음을 그대로 100으로 다 표현하는 것이 본마음이라고 해야 맞으며, 이때 진리 이치를 다 알 수 있다고 해야 맞습니다."라고 말씀하셨는데 흠결 있는 참나의 마음을 그대로 표현하면 윤리, 도덕에 맞지 않는 정말 거친 표현이 나올 것 같다는 생각이 들었습니다. 이 부분은 어떻게 이해를 해야 하는지 여쭙고 싶습니다.

A 답 태초(윤회가 아닌 것)에 내가 어떤 환경에서 태어났는가에 따라 맨 처음 만들어진 것이 '본래의 나(참나)'입니다. 그래서 그만큼의 흠결이 있는 마음이 되는 것이고, 이것을 기반으로 지금의 나(육신이 있으므로 형성된 지금의 나)라는 것이 그대로 만들어져 있습니다.

이것을 상(相)의 마음이라고 해야 맞는데, 몸이 있으므로 의식이 있습니다. 그런데 상이라는 것이 없어지면 참나의 행을 그대로 하겠지만 상이 없으므로 윤리, 도덕의 행은 기본으로 하게 되어 있습니다.

따라서 질문에 "흠결 있는 참나의 마음을 그대로 표현하면 윤리, 도덕에 맞지 않는 정말 거친 표현이 나올 것 같다는 생각이 들었습니다."라고 하는 것은 아직 참나의 개념을 모르기 때문에, 또 아상(我相)이라는 것이 강하기 때문에 이같이 말하는 것이고, 또 하나는 자신의 본성을 의식적으로 숨기고 있으므로 질문처럼 '흠결 있는 참나의 마음을 그대로 표현하면 윤리, 도덕에 맞지 않는 정말 거친 표현이 나올 것 같다'고 생각하는 것입니다. 다시 말하면 사회적으로 자신의 본성을 숨기고 있으므로 그 마음을 있는 그대로 표현하면 거칠게 마음이 나올 것 같다는 말을 하는 것이고, 실제 참나라는 것을 알면 거칠게 표현하는 마음이 생기지 않고, 나오지도 않습니다.

여기서 질문은 '참나'라는 것과 자신의 본성을 숨기고 있는 것, 이 두 가지를 착각하고 있는 것 같습니다. 현실적으로 나 자신이 참는다는 것은 나의 본성을 숨기는 것이고, 이것이 드러나면 거칠게 행동을 할 것 같다는 것입니다. 실제 진리적으로 자신이 참나를 알아가면 윤리, 도덕에 어긋나는 그 행을 하지 않습니다. 그 이유는 참나를 알아가면 하심(下心)의 마음이 생기고, '나'라는 존재가 이런 것밖에 되지 않는다는 것을 알게 되기 때문에 그렇습니다. 따라서 참나를 아는 것과 참나를 기반으로 형성된 본성과 또 이것을 포장하고 있는 가식된 상의 마음 이 세 가지의 개념을 먼저 이해했으면 합니다. 긴 이야기는 생략합니다.

Q 문152 법사님께서 지구와 같은 생명체가 존재하는 곳은 우주 그 어디에도 존재하지 않는다고 말씀을 주셨는데 진리와 하나가 된 사람은 우주의 끝도 알 수 있게 되는 것인지 궁금합니다.

A 답 물리적으로 '우주의 끝은 없다'이므로 이 우주의 끝을 이야기하는 것은 대단한 어리석음이고 미미한 생명체인 인간의 오만함이라 할 것입니다. 물론 인간이기에 상상으로 이같이 끝은 어디인가를 알고자 하는 것은 어쩌면 당연하다 할 것이나 문제는 이것에 너무 집착한다는 것이고, 물질이 발전하니 이것으로 모든 것을 다 뒤적이고 있는데, 아무리 과학이 발전한다고 해도 알 수 없다는 것이 결론입니다. 또 알 수 없는 곳에 지구와 같은 것이 있다고 해도 인간은 지구를 떠나 그곳으로 가서 살 수 없습니다.

이것은 마치 태양 속으로 인간이 들어가려고 하는 것과 같기 때문입니다. 따라서 아무리 진리 이치를 안다고 해도 우주의 끝이 어디까지인가를 물리적으로 알 수 없고, 이치를 아는 자는 이 자연의 작용에 대한 이치를 아는 것이 전부이며, 자연의 이치를 알면 그 속에 작용하는 진리의 기운 작용을 알게 되고, 이 기운(마음)을 다스리는 힘이 있을 뿐입니다. 그러므로 인간과 같은 마음을 갖지 않는 기타의 생명체는 인간처럼 우주가 어떻고를 생각하지 않고 주어진 하루에 충실하게 살뿐이므로 내 앞가림도 못 하고, 내가 왜 존재하는가의 본질도 모르면서 우주를 들먹이는 것은 옳지 않다고 할 것입니다.

Q 문153 세포 분열은 진리의 기운이 작용하기 때문이라는 법문 말씀을 보았습니다. 기운 작용으로 몸에 열이 나고 세포 분열이 끝나면 열이 식는다고 보았습니다. 인간을 정점으로 맨 하위에 있는 미생물로 갈수록 몸에 열이 나지 않는데 그 이유는 변할 수 있는 여지가 없으므로 그렇다는 말씀을 보았습니다. 열이 나지 않는다는 것도 업에 의한 세포 분열이 없다는 말씀으로 생각되었는데, 그렇다면 살아야 하는 업의 유통 기한이 길게 변할 수 없는 것인지 궁금합니다.

A 답 나는 '세포 분열은 진리의 기운이 작용하기 때문이다'라고 말했고, 또 '몸에서 열이 나는 것도 기운이 반응하고 있기 때문이다'라고도 말했습니다. 따라서 죽음이라는 것은 기운 작용이 나에게 영향을 주지 않으면 열도 나지 않고, 당연히 세포 분열이라는 것도 하지 않게 될 것입니다. 이것은 인간과 가장 가깝게 있는 동물부터 열이 있고, 또 인간이 인지하지 못하지만, 인간과 멀리 있는 동물에 이르면 '냉혈 생명체'가 됩니다. 물론 내가 과학자가 아니므로 일일이 무슨 동물이 그렇다고 할 수는 없지만, 포괄적으로 인

간과 멀어져 사는 것일수록 그렇다 정도만 이해하면 될 것입니다.

그래서 아이 때는 몸에서 때가 많이 나오지만, 나이가 들수록 몸에서 때가 덜 나오게 됩니다. 물론 이것도 포괄적으로 하는 말이므로 대략의 개념만 이해하면 될 것인데, 문제는 기운 작용이 있다고 해도 내 업이 뭔가에 따라 열이 덜 날 수 있고, 더 날 수도 있습니다. 그러니 진리의 작용은 이같이 작용하고 있다는 것을 이해하는 정도로 정립하면 되는데, 질문처럼 인간을 제외한 생명체는 인간과 같이 이치가 바뀐다고 해도 그 자신은 바뀌었는지를 전혀 모릅니다.

다른 생명체는 인간과 같이 '나'라는 것을 인지하는 기능이 없기 때문에 이치가 바뀌어도 고정된 그 업에 따라 나고 죽고를 반복할 뿐이고, 다만 인간은 수명이 다른 생명체와 달리 길어서 도중에 참나가 바뀌면 '나'라는 것이 있어 자신의 변화를 스스로 알 수 있고 말할 수 있지만, 인간이 아닌 생명체는 참나의 변화가 있어도 그 자체를 인지하지 못하므로 참나가 바뀌든 바뀌지 않든 큰 의미는 없다 할 것입니다. 그러므로 질문에 '살아야 하는 업의 유통 기한이 길게 변할 수 없는 것인가'에 대한 것에 답은 인간을 제외한 동물은 '그렇게 할 수 없다. 이치가 바뀌어도 그 자체는 의미가 없다'입니다.

하지만 인간은 이치가 바뀌면 살아야 하는 시간이 변하게 됩니다. 그런데 이것도 인간 스스로 나의 생명이 연장되었는지를 보통은 모를 것인데, 살아있으므로 당연하게 자신의 수명은 그렇게 되어 있는 것으로 인식하기 때문에 그렇습니다. 예를 들어 어떤 사람이 50살에 죽어야 할 업의 유통 기한을 가지고 있는데 진리적으로 80으로 생명이 연장되었다고 하면 이 사람은 현실로 80까지 살 것입니다. 이 경우 이 사람은 자신은 당연히 80까지 사는 사람이라고만 생각한다는 이야기입니다. 하지만 진리적으로 50에 죽어야 하지만 80으로 연장이 된 것이므로 이것은 진리를 얼마나 이해하는가에 따라 달려 있고, 이것은 특별한 경우지만 보통 사람의 죽음은 자신의 업연의 고리에 따라 각자의 업에 따라 주어진 시간을 살다 그 시간에 죽게 됩니다.

하지만 수명 연장은 특별한 경우가 아니고는 될 수 없다 할 것이고, 보통 사람의 처지에서는 그렇게 되었는가 아닌가를 이해하지 못합니다. 또 세포 분열을 죽을 때까지 한다고 해서 수명까지 연장되는 것은 아닙니다. 어린이 때는 그 업에 맞는 세포 분열을 하고 나이가 들어가면서 세포 분열을 한다는 것은 그만큼 그 자신의 업에 굴곡이 심하다는 것을 의미하기도 합니다. 그러니 몸에 때가 덜 나오는 사람과 많이 나오는 사람의 차이는 어느 것이 좋은가? 당연히 때가 덜 나오는 사람의 업(業)이 비교적 단순한 업을 가지고 있다 할 것이나, 이것도 정형화해서 말할 수 없는 것이 그 업이 어떤 것인가에 따라 다 다르게 나타나기 때문입니다.

결국, 모든 생명체는 살아야 하는 업의 유통 기한에 따라 살뿐이고 그것을 인위적으로 늘릴 수는 없습니다. 다만 진리 이치를 얼마나 아는가에 따라 자신의 이치가 바뀌는 것을 이해하고 긍정하고 받아들일 수 있지만, 보통의 생명체는 주어진 업의 유통 기한에 따라서 그 이치에 따라 살고 있을 뿐이라고 해야 이치에 맞는 말이 됩니다.

Q 문154 인생을 살면서 겪는 매사의 일들마다 그 당시에는 최선이라 생각하고 선택한 일들이 생각과 다르게 나타난 경우가 많은 것 같습니다. 어느 경우는 확신했으나 확신과 다르게 나타나기도 하고, 어느 경우는 소극적 결정으로 후회하는 경우도 있고 사안마다 다 달랐는데 지금은 그럴만한 이유가 내게 있다(본성에 따른 결정을 하게 되는 것)는 것을 긍정하게 되는데, 그러다 보니 "내게 벌어진 상황을 받아들이자"는 생각을 하게 됩니다. 이런 생각도 어느 면에선 수동적인 것 아닌가 하는 생각을 합니다. 잘못 생각하는 것인지요?

A 답 결론은 '잘못 생각한 것'입니다. 그 이유는 이 세상을 사는 무수한 사람마다 각자의 인생을 살면서 자신들이 겪는 모든 사안이 그 당시에는 최선이라 생각하고 선택하고 삽니다. 그런데 여기서 자신들이 최선이라고 생각하는 그것은 자신의 관념을 기준으로 하여 '최선이다'라는 것입니다. 나 자신이 생각해봐야 결국 나의 본성에 따른 관념이거나 사회적 통념이거나 윤리, 도덕 등을 기준으로 '최선이다'라는 말을 하는 것입니다.

그러니 어떤 일이든 그 당시에 생각하고 최선이라 했지만, 결국 대부분의 일은 자신의 이 같은 생각과 다르게 나타난 경우가 대부분입니다. 그 이유는 바로 자신의 관념을 기준으로 삼았기 때문에 그렇고, 그 관념은 자신의 업에 의한 본성을 바탕으로 생겨난 것이므로 아무리 자신이 선택한 것이 최선이라 해도 자신의 마음대로 되지 않는데, 이 세상 모든 사람이 다들 자신의 관념에서 최선이라고 생각하는 행을 하지만, 그 마음에 차도록 그 결과는 만족하지 않게 나옵니다. 스스로 하는 일이 마음먹은 대로 다 된다면, 만족하게 된다면 인생살이 무슨 걱정을 하겠습니까.

그러므로 질문에 '어느 경우는 확신했으나 확신과 다르게 나타나기도 하고 어느 경우는 소극적 결정으로 후회하는 경우도 있고 사안마다 다 달랐다'는 것은 본인의 관념을 주관적으로 대입해서 그것을 기준으로 얻어지는 결과일 뿐입니다. 어떠한 것이 자신의 기준에 차지 않으면 막연하게 '그럴만한 이유가 내게 있다(본성에 따른 결정을 하게 되는 것)는 것을 긍정하게 되는데 질문처럼 '내게 벌어진 상황을 받아들이자'는 생각을 하게 되는데'라는 생각은 왜 자신의 마음대로 되지 않느냐는 근본을 파고들어 그 원인을 고쳐야 합니다.

그렇지 않고 막연하게 뭔가 되지 않으면 내 운명이고, 내 본성이 그렇고, 내 업이라는 식으로 넘어가면 자신의 이치는 바뀌지 않습니다. 인생을 살면서 대충 자책하는 마음으로 어물쩍 넘어가면 반복적인 생활을 할 수밖에는 없습니다. 따라서 어떤 사안이든 자신의 관념을 기준으로 자의적으로 생각하고, 모든 것에 대하여 자의

적으로 스스로 위안을 삼는 것은 바람직한 것은 아닙니다. 수차 한 말이지만 어떤 사안에 대하여 자신의 이치에 맞지 않으면 그것을 과감하게 포기할 줄도 알아야 하고, 이치에 맞는 것이라면 다부지게 그것을 밀고 가려는 의지가 있어야 합니다.

이러한 이치를 스스로 모르기 때문에 자신의 관념대로 그 기준을 임의대로 정하고 그것에 차지 않으면 회의적인 생각을 하는 것은 옳지 않습니다. 자신이 이치에 맞는 것을 실천적인 행동으로 하지 않고 막연하게 질문처럼 "이런 생각도 어느 면에선 수동적인 것 아닌가 하는 생각을 하게 된다"고 하는 것은 스스로 우물에 빠지는 것입니다. 하지만 이치에 맞는 것을 행하므로 얻어지는 결과를 스스로 볼 수 있게 되면 어떤 때 수동으로 움직여야 하고, 또 어떤 것을 능동적으로 움직여야 하는가를 이해하게 됩니다. 따라서 나 자신의 마음을 꺼내지 않고 스스로 관념으로 정리하고 판단하는 것은 바람직한 것은 아닙니다.

다들 인생을 사는 입장에 자신들은 최선이라고 생각하고 삽니다. 하지만 최선의 결과대로 나타나지 않는 것은 내 관념에 의한 기준을 정했고, 그 기준에 차지 않으면 여러 가지 생각을 하는 것이 보통 사람들이 하는 생각인데, 이같이 '나'라는 우물에 빠져 스스로 그 관념에 맞추려고 무엇을 하려는 것은 매우 어리석은 생각입니다. 이치에 맞는 행을 하고 얻어지는 결과가 비록 자신의 처지에서 생각하면 적다고 할지라도 그로 인해 얻어지는 마음의 편안함과 이치에 맞지 않는 행으로 얻어지는 것이 크다고 해서 얻어지는 결과는 하늘과 땅의 차이입니다. 긴 이야기는 생략합니다.

Q 문155 가족이라는 울타리 속에 살면서 항상 가족을 대할 때 금전적으로 조금이라도 보탬을 주던 때가 있었는데, 예전에는 저 자신이 금전적으로 넉넉하지 못해도 그것이 당연하다 생각되어 그렇게 했는데 지금에 와서 생각해보면 그때의 행동이 잘한 것만은 아니지 않았나 하는 생각이 들어 질문 드립니다.

A 답 인간의 몸을 가지고 사는 입장에서 혈연이라는 것은 반드시 존재합니다. 현실을 사는 입장에 어디까지를 해주어야 하고 하지 않아야 하는가에 대한 정의를 내리기란 여간 어려운 것이 아닙니다. 따라서 가족이라고 해서 언제까지 도와주어야 하는가에 대한 정의는 다음과 같습니다. 부모가 나를 낳았고, 나는 어립니다. 현실적으로 어리기 때문에 부모가 양육하고 또 어느 정도의 학교를 마치게 해주면 여기까지 부모의 노력이 현실적으로 있을 것이므로 이것을 기반으로 사회에 나와 돈을 벌면 사실 이때까지 자신에게 어느 정도 홀로 서게 하였으므로 일정 기간 부모에게 물질적으로 도움을 주는 것은 진리를 떠나 인지상정된 인간의 도리라 할 것입니다.

그런데 이 선을 넘어 “무조건 도와주어야 한다”는 논리는 이치에 맞지 않고, 또 도와주는 돈의 기준이 얼마인가의 문제도 남습니다. 어떤 사람의 나이가 40이 넘어가는데, 직장생활을 하면서 그 돈을 전부 부모에게 주고, 부모는 막연하게 자식이 벌어다 주기 때문에 그것을 믿고 이치에 맞지 않는 행동을 하고 살면서 그 돈을 탕진한다면, 막연하게 돈을 보태준다는 것도 이치에 맞지 않을 것입니다. 물론 다 이런 것은 아니지만, 부모가 부모의 능력으로 먹고사는 데 별 지장이 없음에도 의무적으로 자식에게 돈을 강요하고 그 돈을 자신들의 이름으로 부를 축적한다면 이 경우도 이치에 맞지 않을 것입니다. 문제는 우리 인간이 가족이라는 울타리 속에 살면서 항상 가족을 대할 때 금전적으로 조금이라도 보탬을 주려고 하는 것은 맞지만, 내가 말하는 것은 앞서 말한 대로 '어떠한 상황에서 어디까지를 해야 하는가'는 각각의 처지가 다르기 때문에 그에 맞는 행을 찾는 것이 중요합니다.

가족이라도 서로의 본분 된 처지를 생각하지 않고, 일방적인 행위로 부모의 말을 따른다면 결국 부모의 관념에 맞추는 삶이 되므로 나의 주관적 의식은 흐려질 수밖에는 없을 것입니다. 그러니 '무조건 도와주어야 한다'도 아니고, 무조건 '도와주지 말라'가 아니라, 각각의 환경과 처지에 맞게 도와주는 것이 현실적인 중도의 행이라 할 것입니다. 이것을 찾아가는 것이 마음공부 중의 하나입니다. 참고로 내가 아는 어떤 부부는 나이가 상당한데 허름한 아파트에 살면서 가진 것이 없다고 엄살을 부리며 살지만, 실제 이 사람들은 수억의 현금을 갖고 사는 것을 보았는데, 이 사람들은 지금도 그 자식들에게 전화하면서 이런저런 명목으로 돈을 요구합니다.

이 말을 듣지 않으면 그 자식은 졸지에 불효자가 되어 버리는 것도 있으므로 한 가정의 인간관계는 단답형으로 이렇게 해야 한다는 규정된 논리는 존재하지 않습니다. 그러니 질문을 보면 "예전에는 저 자신이 금전적으로 넉넉하지 못해도 그것이 당연하다 생각되어 그렇게 했는데"라는 것은 그때까지가 부모에게 앞서 말한 대로 낳아 주었고 길러 주었으니 자신이 해야 할 도리를 한 것이고 "지금에 와서 생각해보면 그러한 행이 잘한 것만은 아니지 않았나 하는 생각이 들었다"는 것은 자신의 업의 이치가 바뀌어서 그렇다고 이해를 해버리면 그것으로 충분하다 할 수 있을 것입니다.

어차피 현실적으로는 부모 자식의 입장이지만 진리적으로는 업연의 이치가 다르므로 이 마음도 그것에 맞게 변한 것이라고 이해하면 됩니다. 그러나 만약 부모가 너무 빈천하게 산다면 또 그것에 맞게 기본 생활을 할 수 있게 도와주는 것은 맞지만, 이 경우도 어디까지인가의 기준은 있다 할 것이므로 사안마다 한마디로 '어디까지를 어떻게 해라'는 것을 정형화해서 말할 수는 없습니다.

Q 문156 겉으로는 편안한 모습으로 생활하지만, 가끔 마음속에서 제 기준에 맞지 않는 사람들에 대해서 화가 나고 굉장히 폭력적인 생각이 올라와서 그 사람들을 망가뜨리는 상상을 할 때가 있습니다.

이렇게 툭툭 올라오는 생각들이 제 마음 밑에 깔린 본성과 어떤 관련이 있지 않나 하는 생각이 들고, 겉으로 부드럽게 보이려고 하는 것은 그러한 것들을 가리려고 하는 상의 마음이 아닌가 하는 생각이 들었습니다. 제가 생각하는 것이 맞는지 그렇다면 어떻게 고쳐야 하는지 여쭙고 싶습니다.

A 답 이 세상의 모든 사람 대부분은 겉으로 보기에는 편안한 모습으로 생활합니다. 예를 들어 경제적 여유가 없는 사람이 휴가철에 여행이라는 것을 갈 경우 무리해서 빚을 내서라도 여행을 가지만, 다른 사람들 앞에서는 여유가 있는 척할 것입니다. 이처럼 어떤 상황에서든 나 자신을 포장하는 것은 각자의 상이 얼마나 큰가에 따라 그 차이는 다 있습니다. 따라서 업이 있으므로 존재하는 입장에서 이처럼 표현은 드러내놓고 하지 않겠지만, 자신의 속마음을 보면 어떤 업에 따라 '나'라는 아상에 따라서 어떤 문제가 되었든 다 있고, 나타나는 이치만 다릅니다. 왜 이런 말을 하는가 하면 사람이 인생을 살면 남과 관련된 부분과 남과 관련이 없는 부분으로 나눌 수 있는데, 인간은 사회적 동물이기 때문에 남과 관련된 생활을 하다가 만들어진 그 문제가 홀로 있을 때까지 이어지게 됩니다.

결국, 인생을 살면서 무수한 경계에 접하고 살지만, 어떤 문제든 자신의 관념으로 형성된 기준에 맞지 않는 사람들을 보면 화가 나고 오만가지 생각이 다 올라오기도 합니다. 이것은 분명하게 자신의 본성과 업과 깊게 관련이 있는데, 문제는 이러한 속마음을 속이고 표면적으로는 아무렇지 않은 척할 것입니다. 이 경우와 앞에 말한 여행을 가는 경우 이 두 가지는 그 상황만 다르지 이치는 똑같습니다. 어떤 업인가에 따라 자신의 본성이 드러나는 상황과 그 정도의 차이만 다릅니다. 그렇다면 이것을 어떻게 고쳐가야 하는가의 문제인데, 무조건 참는다는 것도 옳지 않으며, 또 무조건 내 마음에 들지 않는다고 그것을 매사에 따진다는 것도 옳지 않습니다.

그래서 이 경우 어떤 하나의 행동에 대하여 객관적으로 보려는 노력이 필요하고 그 하나의 문제에 대해 옳고 그름의 개념을 정립하면 하나의 답이 나올 것입니다. 이 답에다가 자신이 마음에서 일어난 것을 대입하면 그 차이가 보이는데, 그것이 각자의 본성이 됩니다. 그러니 매사에 자신의 기준에 맞지 않으므로 화가 난다고 생각하는 것은 나의 아집 된 상(相)이 그만큼 크다는 것을 의미합니다. 그래서 나는 구구단 2단을 처음으로 배우는 것과 같이 어떤 문제에 대하여 자신의 마음에 뭔가가 올라오면 무조건 성질을 내는 것이 아니라, '나'라는 것을 뺀 그 문제만을 객관적으로 보려는 노력이 필요합니다.

이것은 마치 어떤 두 사람이 길에서 싸우게 되면 나와 관련이 없는 것이므로 양쪽의 말을 들어보면 누구의 말이 맞는가에 대해 그나마 객관적으로 보게 되는 것처럼 나 자신의 문제도 이같이 객관적으로 보려는 노력이 필요합니다. 그리고 그 문제에 대하여 옳고 그름이 정리되면 그것과 내 마음과 비교하여 내가 잘못된 생각을 했다면 과감하게 마음에서 일어난 그 감정을 지워버려야 합니다. 하지만 앞에 여행을 가는 경우와 이것이 아닌 직장이나 일상에서 어떤 상황에 접하게 되면 일단 '나'라는 주관적 의식이 순간 개입되고, 거기에 어떤 것이 맞지 않으면 바로 나를 합리화하려고 포장하거나 나에게 유리하게 만들기 위해서 나라는 것은 순간 개입되어 버리게 됩니다.

그래서 항상 의식이라는 것이 깨어 있어야 하는 이유가 여기에 있습니다. 이 본성을 알고 고쳐간다는 것은 어지간한 노력 없이 할 수 없고, 모든 것은 나의 주관적 의식을 떠나 객관적인 노력을 하는 것이 마음공부의 핵심이라고 말할 수 있을 것입니다. 따라서 세 살 먹은 아이에게도 배울 것이 있다는 말은 나이가 많고 적음을 떠나 누가 '이치에 맞는 말을 하는가에 따라' '나'라는 아상을 버리고 그 말을 따르므로 이치에 맞는 말과 자신의 마음에서 일어나는 생각을 비교해보면 스스로 본성을 어느 정도는 이해할 수 있을 것입니다. 그런데 이같이 하지 않고 세 살 먹은 사람이 말하니, 그것을 자신의 본성에 따라 무시해버리면 그 정신으로는 마음공부가 힘들고 자신의 본성을 고쳐가기 어렵습니다.

Q 문157 법사님께서 생명체는 업이 있어서 존재한다고 늘 말씀 주셨습니다. 만약에 윤회 속 돌고 돌아 곤충으로 태어나 살아야 할 업이 있어서 곤충으로 태어난 경우 곤충으로 5개월을 살아야 할 업이 있

는데 그 기한을 다 채우지 못하고 사람들의 손이나 발에 밟혀 죽는 경우 다시 곤충으로 태어나 남은 기한을 다 채워야만 곤충으로서의 삶이 끝이 나는 것인지요?

Ⓐ 답 이 세상에는 무수한 생명체가 있는데, 이들이 태어나고 죽고 하는 것은 자연의 이치가 그렇게 되어 있어서 그 이치에 따를 뿐입니다. 따라서 질문에 "윤회 속 돌고 돌아 곤충으로 태어나 살아야 할 업이 있어서 곤충으로 태어난 경우 곤충으로 5개월을 살아야 할 업이 있는데 그 기한을 다 채우지 못하고 사람들의 손이나 발에 밟혀 죽거나 하는 경우 다시 곤충으로 태어나 남은 기한은 다 채워야 곤충으로서의 삶이 끝이 나는 것인지요?"라는 것은 단편적으로 정의할 수 없습니다. 그 이유를 예를 들어 말하면 어떤 곤충이 인간에게 해를 주었다고 한다면, 그것은 그 사람과 곤충의 업연의 관계일 수도 있고, 업연이 아닐 수도 있습니다.

사실 인간을 포함한 모든 생명체는 말 그대로 아비규환 속에 살고 있으므로 이 자체가 지옥이므로 어떤 곤충이 인간에 의해서 밟혀 죽거나 해도 그것은 지옥의 생활이므로 그 이치가 그렇게 되어 있다 할 것입니다. 문제는 질문과 같이 5개월 업의 유통 기한을 가진 곤충이 도중에 인간에 의해서 죽었다고 하면 남아 있는 업을 다시 이어갈 수 있고, 아니면 그 자신의 업의 이치가 바뀌는 경우도 있으므로 남아 있는 업을 다 채워야 한다는 것도 의미 없는데, 이유는 이러한 현상은 자연 속에 무시무종으로 일어나는 현상이기 때문입니다.

직설적으로 말하면 어떤 곤충이 인간에게 해를 주었고 밟혀 죽기를 5개월 동안 했다면 이 곤충의 입장에서는 아주 괴로울 것이고, 또 같은 상황에서 한 번만 밟혀 죽었다고 하면 이것은 앞서 매일 밟히는 것보다는 나을 것입니다. 바로 이것이 지옥의 개념이므로 이같이 반복된 죽임을 당하더라도 5개월의 시간은 보내야 합니다. 그런데 5개월의 업을 가진 곤충이 한번 누구에게 밟혀 죽었다면 이 경우 밟혀 죽음으로 그 곤충의 이치는 바뀌어 다른 것으로 태어날 수 있으므로 질문에 대한 답을 정형화해서 말할 수는 없습니다. 그러한 것은 자연의 이치에 따라 진행이 된다고 이해하는 정도만 생각하면 됩니다.

앞에 한 말을 인간에게 대입해보면, 부부가 살아가는 도중에 어느 한쪽이 다른 사람에 의해 죽었다고 합시다. 그러면 이 사람은 부부의 인연을 다 하지 못한 상태에서 죽었으므로 나머지 부부의 업연을 또 이어가는 가인데, 이 경우 다음 생 남은 자투리 시간을 부부로 만나 이어갈 수도 있습니다. 이것은 앞서 말한 대로 생명체가 존재하는 이 세상이 아비규환의 세상이기 때문에 그렇습니다. 따라서 먹고 먹히는 관계에서 죽고 죽이는 관계는 피할 수 없고, 다만, 마음이 청정한 정도에 따라 이러한 지옥의 환경에 태어나더라도 먹고 먹히는 관계가 심하냐, 심하지 않으냐의 차이만 다를 뿐이고, 그 죽음이 반복적으로 심하다고 하면 이것이 지옥의 개념이고 심하지 않으면 이것을 극락의 개념으로 이해하면 됩니다.

따라서 마음이 늘 괴로운 사람은 지옥의 삶이고, 마음이 편해질수록 이것은 극락의 개념이라고 이해하면 됩니다. 그리고 질문과 같이 죽음으로써 이치가 바뀔 수 있고, 반복적 죽임을 당하므로 지옥의 고통 속을 겪고 있을 수 있으며, 이러한 차이는 개개인의 업의 이치에 따른다고 해야 맞습니다.

Q 문158 사람은 전생에 어떤 업을 지었느냐에 따라서 태어나면서부터 빙의가 작용할 수도 있고 인생을 살아가면서 빙의 작용이 있을 수 있지만, 이치에 맞는 법을 의지하고 살아감으로써 빙의의 영향에서 벗어날 수 있다고 법문 말씀을 주셨는데, 그 말씀은 법을 의지함으로써 의식이 바르게 서면 그 빙의와의 업연의 관계도 끊어지게 된다는 말씀이신지요?

A 답 이 부분은 지난 법회 때 한 말인데, 다시 정리하면 스스로 의식에 따라 자신을 제도(濟度)할 수 있다고 말했습니다. 이 말은 나의 의식이 어떤 상태인가, 얼마만큼의 의식을 하고 있는가에 따라 내 마음은 청정해지고 청정해지는 만큼 다른 기운의 영향을 덜 받게 됩니다. 다시 말하면 아무리 자신에게 빙의가 있다고 해도 자신이 이 법(이치에 맞는 말)을 얼마나 긍정하는가에 따라 긍정한 만큼 자신에게 영향을 주고 있는 빙의, 혹은 빙의가 아니라고 해도 그 기운에게도 영향을 받게 되므로 결국 나의 의식에 따라 빨리, 혹은 더디게 자신의 업연을 정리할 수 있습니다.

문제는 이생에 다 정리할 것인가 아니면 다음 생까지 가서 정리할 것인가 아니면 몇 번의 윤회를 거치는 과정까지 가야 하는가는 자신의 업과 의식과 관련되어 있습니다. 따라서 빙의가 없다고 해도 근본적인 나의 의식에 따라 이치가 쉽게 바뀔 수 있지만, 의식이 깨어나지 못하면 빙의가 없다고 해도 이치는 바뀌지 않습니다. 이같이 보면 빙의가 없다고 해서 우선 내가 무엇이 급격하게 어떻게 좋아진다는 것도 없지만, 그러나 현실적으로 일단 빙의가 없는 것이 최선이고, 그다음 의식을 바르게 세워간다면 현재보다는 나은 자신의 환경이 만들어질 것입니다.

그러므로 사람은 전생에 어떤 업을 지었느냐에 따라서 태어나면서부터 반드시 빙의가 작용할 수도 있지만, 빙의가 없이 태어나는 사람도 있고, 또 없다고 해도 인생을 살아가면서도 진리의 기운 속에 사는 생명체이므로 빙의 작용은 나의 의식에 따라 다를 수 있다고 해야 맞습니다. 타고난 빙의는 스스로 없앨 수 없으므로 빙의가 있는 것이 문제가 되면 빙의 치료를 하는 것이 우선이고, 그다음 이치에 맞는 법(正法)을 의지하고 살아감으로써 빙의의 영향에서 벗어날 수 있다고 해야 맞는 말이 됩니다. 이같이 해서 자신의 의식이 바르게 서면 마음이 단단해지게 되므로 그 빙의와의 업연의 관계도 끊어지게 될뿐더러 어떤 기운의 장애도 받지 않게 된다 할 것입니다.

Q 문159 어떤 일을 해야겠다고 생각하고 시작하면 조금 있다가

다른 일이 생각나서 뭘 먼저 해야 하나 고민할 때가 많습니다. 예를 들면 법문을 읽다가 갑자기 청소해야 한다는 생각이 올라오던지 청소를 하고 있는데 컴퓨터에서 뭘 봐야 한다는 생각이 올라옵니다. 이럴 때는 어떻게 해야 하는지 여쭙고 싶습니다.

Ⓐ 답 사람이 어떤 환경에 있든 그 환경에 따라 처리해야 할 일의 순서가 있는데, 이것은 단편적으로 무엇을 먼저 해야 한다는 기준은 없습니다. 예를 들어 집에 와서 청소를 먼저 해야 한다는 것도 없고, 밥부터 먹어야 한다는 것도 없으므로 그 상황에 우선순위가 뭔가를 생각하고 그것에 맞게 처리하는 것이 중요합니다. 문제는 이같이 일의 순서가 정리되지 않고, 이것 하다 저것 하다 하는 것도 근본적으로는 자신의 본성, 업과 관련이 있습니다. 그러므로 업(業)을 먼저 생각하지 말고 집이나 회사에서 일의 완급에 따져 일의 우선순위를 정하고 그 순서에 맞게 처리하는 것이 최선입니다. 문제는 회사는 내 마음대로 할 수 없는 환경이므로 그 회사의 규정이나 규칙에 따라 순서를 정하면 될 것이고, 집에서는 나만의 시간이므로 청소를 먼저 하든, 밥을 먼저 먹든 그 순서가 중요한 것이 아니라 배가 고프면 밥을 먼저 먹어야 할 것이고, 배가 당장 고프지 않으면 하고 싶은 것을 먼저 하면 됩니다.

이 경우 무엇을 하다가 마무리를 짓지 못하고 다른 것을 하고자 하는 마음이 들었다 해서 마무리를 하지 못하면 결국 너저분한 환경이 될 것인데, 바로 이같이 행동하는 것이 자신의 본성, 업과 관련이 있음을 나는 말합니다. 그래서 집과 회사에서의 일 처리는 구분을 지어야 하고, 집이나 회사에서의 일 처리는 일의 완급을 따져 처리하는 것이 우선이며, 그 과정에 다른 것을 하고자 하는 마음이 올라오면 그것이 당장 시급한 것이 아니라면 일어나는 그 마음을 누르고 마무리를 짓는 것이 좋습니다. 이렇게 마무리하는 과정이 자신의 습성을 바꾸어가는 것이 됩니다.

중요한 것은 자신의 본성과 깊게 관련이 있다는 것이고, 이것을 고쳐가는 방법은 어떤 상황에서 어떤 것이 우선인가의 개념을 스스로 확실하게 정립해가는 것이 중요하다 할 것인데, 단답형으로 어떤 것을 먼저 해야 한다고 말해줄 수 없는 것은 개개인의 일상이 다 다르기 때문입니다.

Q 문160 "이치에 맞지 않게 그 무엇이 있다고 믿고 살다가 죽어보면 아무것도 없다는 것을 알게 되지만, 후회해봐야 때는 늦었다"는 말씀에서 '아무것도 없다는 것을 알게 되지만'의 내용이 이해가 되질 않습니다. "죽으면 인식하는 능력이 없는 무의식의 기운으로 남는데 아무것도 없다는 것을 알게 되지만"이라는 것이 어떤 말씀인지 궁금합니다.

A 답 나는 죽으면 '나'라고 하는 몸과 '나'라고 하는 마음이 없어지지만, 마음이라는 것은 남는다고 했습니다. 그리고 이 마

음이라는 진리의 기운 속에 나의 참나는 이치에 따라 뭔가의 몸으로 다시 태어납니다. 하지만 이생에 몸을 받지 못하고 무의식의 기운으로 이 자연 속에 있으면, 다른 생명체의 마음에 작용하여 그때 살아 있는 사람과 같이 이 세상을 다 보게 됩니다. 이치에 맞게 살든 살지 않든 이같이 작용하는 것은 진리의 기운이라는 이 하나의 통 속에 다 있으므로 이런 상황이 생깁니다. 따라서 "내가 그 무엇이 있다고 믿고 살다가 죽어보면 아무것도 없다는 것을 알게 되지만, 후회해봐야 때는 늦었다"는 것은 죽어 보면 몸은 없으므로 지금 몸을 가지고 있으면서 상상하는 것은 다 허상이라는 것을 알게 된다는 것입니다.

살아 있는 사람은 죽음 이후의 세상을 모르기 때문에 죽음 이후에 뭔가가 있다고 생각하는 것을 버리게 하도록 이같이 표현한 것입니다. 다시 말하면 우리가 눈으로 보고 있는 이 세상이 아닌 그 어떠한 세상도 없다는 것을 이야기한 것입니다. 그런데 우리는 '그 무엇'이라는 것이 있다는 마음을 항상 가지고 있으므로 죽고 나면 이생에 나 자신이 살면서 죽음 이후에 무엇이 있다는 것에 대한 집착된 마음이 잘못되었다는 것을 알게 되고, 죽었으므로 이같이 잘못된 삶을 살았다는 것을 알지만 그 당시로 되돌아갈 수 없음을 의미합니다. 그러니 이생에 그 무엇이 있다는 집착을 버려야 한다는 것이고, 이것은 의식을 가지고 있는 인간으로 있을 때만 정립할 수 있습니다.

"죽으면 인식하는 능력이 없는 무의식의 기운으로 남는데 아무것도 없다는 것을 알게 된다"는 것은 이생에 그 무엇이 있다는 것에 마음을 두고 살았던 자신이 그것이 잘못된 것이라고 죽고 나서 후회해도 자신이 살아왔던 이생처럼은 없으므로 "내가 잘못된 생각으로 살았구나"라고 후회해도 의미 없다는 뜻으로 이야기한 것입니다. 그러므로 죽으면 몸은 이생처럼 없고, 무의식의 기운으로만 남아 세상을 다 볼 수 있지만, 실제 당사자의 몸이 없으니 고쳐가는 방법은 없으므로 살아 있을 때, 의식이 있을 때 깨어나야 함을 알아야 합니다. 죽으면 무의식으로 남기 때문에 죽은 사람, 죽어서는 아무것도 할 수 없고, 오로지 진리의 이치에 따른 작용만 본인 의지와 상관없이 진행되는 것이 전부입니다.

Q 문161 누군가를 이생에서 만난다면 인연의 고리가 있기에 만나고, 어떠한 만남도 유통 기한이 있다고 알고 있습니다. 그 유통 기한 다하고 나면 하나의 인연 정리가 될 수 있다고 생각했는데 인연 정리라는 것은 앞으로의 윤회 속에서 만날 고리가 없어졌음이라는 생각을 하니 정법과 만남도 그와 같은지 궁금합니다.

A 답 이생에 인연 정리를 하러 만나고 헤어지는 것은 맞습니다. 하지만 인연 정리가 다 되었다고 단순하게 헤어지는 것만은 아닌데, 그 이유는 이치가 수시로 바뀌기 때문에 그렇습니다. 예를 들어 부모 자식의 인연으로 만나 그 업연의 유통 기한이 다했다

면 어떻게 그 업을 정리했는가에 따라 다음 생에는 지금의 부모 자식이 형제의 인연으로 만나기도 하고, 또 내가 부모가 되고 지금의 부모가 나의 자식이 될 수도 있으므로 단편적으로 "인연이 다하면 끝이다"고만은 할 수 없습니다.

이 개념으로 이 법(法)과의 인연도 또 이 법이 아닌 개인적인 업연의 관계도 다 마찬가지이므로 이생에 인연이 어떻게 정리되는가는 매우 중요합니다. 예를 들어 이생에 부부가 인연이 다했다고 합시다. 그러면 이 경우 인연이 다했으므로 끝이 아니라 그 인연의 흔적을 어떻게 마음속에 두었는가에 따라 내일모레 다음 생의 업연의 고리는 다시 시작되는데, 문제는 더 좋은 인연으로 만나는 것은 진급의 개념이고, 지금보다 더 좋지 않은 관계로 만나는 것은 강급의 문제이므로 진급이 되기 위해 꾸준한 노력이 필요하다 할 것입니다.

따라서 나는 업을 짓기는 쉽지만, 그 업을 지워간다는 것은 어려운 것이라고 했는데, 그래서 인생을 산다는 것은 또 하나의 고통이라 할 수 있을 것입니다. 하지만 업을 따지기 전 내가 어떤 마음으로 이생을 사는가만 생각하고 하루하루 이치에 맞는 삶을 사는 것이 최선이라 할 것이므로 이때에도 "나는 이같이 해야지"라고 하는 의식을 잃지 않는 것이 중요합니다. 그러니 단답형으로 업연의 고리가 다했으므로 끝이라는 논리는 진리적으로 존재하지 않고, 악연이라고 해도 이생에 그 인연이 다하면 내일모레 더 좋은 인연으로 만날 수 있으므로 이것은 정형화된 것이 아님을 알아야 합니다. 긴 이야기는 생략합니다.

Q 문162 지난번에 질문을 드리고 아직 정립이 되지 않아서 추가로 질문을 드립니다. 이생에 최초로 태어나서 본성이 만들어진다고 알고 있는데 죽으면 물질적인 것인 본성과 상의 마음은 없어진다고 하셨습니다. 그러면 다음 생에 본성은 어떻게 이어지는지요?

A 답 지난 법회에서 말했는데, 참고로 더 말하면 크게 진리 이치, 물질 이치로 나누어 보면 진리라는 것은 내가 살아 있어도 죽어 있어도 그 자체로 진리라는 것은 그대로 존재합니다. 그러니 이 자체를 뭐라고 말할 수는 없습니다. 다만 물질 이치에서 '나'라는 몸이 있으므로 대부분은 육신의 마음인 '나'라고 하는 아집 된 상(마음)으로 삽니다. 그런데 이 '나'라고 하는 마음에는 나의 본성의 마음이 포함된 마음이므로 내가 죽으면 인지하는 기능이 멈추면 육신의 마음도 없어지고, 본성의 마음도 없어집니다.

그러나 살아 있을 때 한 행동은 '진리' 속에 그대로 존재하므로 사실 '나'라는 것은 죽으면 몸은 없지만, 이 진리 속에 나의 흔적은 남게 되므로 내가 죽어 버리므로 나의 본성과 상의 마음만 없어지기 때문에 온전하게 없어지는 것은 아닙니다. 내가 죽으므로 인지를 못 하는 것이고 육신의 마음은 사라지지만, 살았을 때 한 행위의 결과는 진리 속에 남기 때문에 이 말은 나무줄기와 잎은 없어지더라도, 그 나무를 존재하게 한 뿌리(이것을 진리에서의 참나의 기운이라고 함)는 남는 것이므로 질문에 '이생에 최초로 태어나서 본성이 만들어진다고 알고 있는데'라는 말은 잘못 이해하고 있는 것이 됩니다.

따라서 '죽으면 물질적인 것인 본성과 상의 마음은 없어진다'는 의미는 육신이 없어져 버리므로 참나를 기반으로 한 상(相)의 마음은 없어지지만, 물질이 없어지므로 인지하지 못하는 것이나 진리적으로는 남는다는 것입니다. 그러니 질문에 '없어진다'는 개념을 다시 정립해야 합니다. 또 질문에 '다음 생에 본성은 어떻게 이어지는지'에 대한 답은 이생에 '나'라는 육신이 있는 것은 참나의 기운이라는 것이 존재하므로 그 이치에 따라 나는 몸을 갖게 되고, 몸을 가지므로 '나'라는 상(相)의 마음이 있고, 이 마음속에는 본성의 마음도 있다는 것입니다.

이 두 가지의 마음('나'라는 상의 마음과 본성의 마음)이 한 행위의 결과는 흔적으로 남고, 그 흔적은 진리의 기운 자체에 남기 때문에 '없어진다'의 개념은 내가 죽으므로 인지하는 기능이 없어지는 것이지, 나의 근본 기운 자체가 없어지는 것은 아닙니다. 질문에 '이생에 최초로 태어나서 본성이 만들어진다고 알고 있는데'라는 것은 최초, 태초의 개념을 다시 정립해야 합니다.

따라서 이것을 정립하지 못하고 죽으면 물질적인 것인 본성과 상의 마음은 없어지는 것이 아니라, 진리라는 그 자체에 남고 나의 의식이 사라지므로 이생에 '나'라고 고집하는 육신의 마음과 육신의 마음속에 있는 본성의 마음만 없어지는 것이므로 나의 참나의 작용은 진리 속에 남아 그 이치에 따라 다시 다음 생에 본성은 만들어지는 것을 이해하지 못하게 됩니다. 그러므로 태초의 개념을 정립하면 나무와 나무뿌리의 관계를 이해하게 되는데, 죽으면 나뭇잎과 줄기는 없어지겠지만 결국 '나'라는 마음으로 한 행위는 나무뿌리와 같은 개념으로 남기 때문에 본성은 그 뿌리에서 다시 만들어지게 됩니다.

Q 문163 "부모와 업연의 고리로 태어나는가 아니면 업연의 관계가 아니라 부모의 몸만 빌린 것인가에 따라 여러 가지로 부모 자식의 관계가 성립되므로 막연하게 내가 너를 낳았으므로 너는 내 말(기운)을 따라야 한다는 논리는 잘못된 것이다."라는 말씀을 보고 불교의 십이 연기법이 잘못된 말임을 알게 되고, 자녀와의 관계에서 어떻게 행동해야 하는가를 생각하며 살게 됩니다. 여기서 '부모의 몸만 빌리는 경우'라는 것은 업연이 없이도 부모 자식으로 인연 지어질 수 있다는 의미가 되는데, 이러한 경우는 업연의 고리로 태어나는 것과 비교해서 좋지 않은 것인지요? 정형화할 수 없겠다는 생각이 드는데 안 좋은 경우가 많지 않을까 하는 생각이 듭니다.

A 답 부모 자식으로 태어나는 경우 업연의 고리에 의해서 태어나는 경우도 있고, 업연의 고리가 없이 몸만 빌려 태어나는 경

우도 있다고 나는 말했습니다. 이 두 가지의 경우 어떤 것이 더 좋은 관계로 태어나는가는 부모의 몸만 빌려 태어나는 경우가 더 좋습니다. 그 이유는 서로 업연으로 얽혀있는 것과 다르게 특정한 업으로 얽혀 있지 않으므로 그렇습니다. 그러므로 부모와 태어나는 자식이 업연의 고리로 태어나는가, 아니면 업연의 관계가 아니라 부모의 몸만 빌린 것인가에 따라 여러 가지로 부모 자식의 관계가 성립됩니다.

결국 업연의 관계로 태어나는 것은 뭔가의 좋지 않은 업이 있다는 것이고, 그 업이 어떤 것인가에 따라 결국 좋지 않게 흘러가는 것이 대부분입니다. 그러므로 이런 이치를 알아야 하고 막연하게 "내가 너를 낳았으므로 너는 내 말(기운)을 따라야 한다"는 말을 앞세우는 것이 아니라, 이치에 맞는 행(말과 행동)인가 아닌가로 모든 대화를 해야 합니다. 그러면 이치에 맞는 말이라면 아무리 업연의 관계로 만났다 해도 맞는 말이기 때문에 수긍하게 됩니다. 그런데 업연의 고리가 있음에도 나는 부모이므로 무조건 내 말을 따라야 한다는 것은 잘못된 것이고, 이것으로 더 큰 문제를 만들어 갈 수 있으므로 주의해야 합니다.

그래서 나는 부모이고 너는 자식이라는 것을 앞세우는 것은 결국 상(相)을 세우는 것이 되므로 맞지 않고, 아무리 부모 자식이라고 해도 먼저 어떤 문제든 이치에 맞게 합리적인 것이 뭔가를 찾아가는 것이 매우 중요합니다. 따라서 단순하게 자식을 낳으면 끝이 아니라, 어떤 관계로 태어난 것인가를 알아가야 하고, 이같이 말하면 업연의 관계가 아닌 인연으로 태어나면 막연하게 그 자식은 스스로 알아서 잘할 것이라고 생각할 수 있지만, 그렇지 않습니다. 그 이유는 그 마음을 어떻게 길들여 가게 하는가에 따라 새로운 업연이 만들어질 수 있으므로 업연으로 태어나든 아니든 간에 먼저 해야 할 것은 이치에 맞는 언행을 하여 바르게 마음을 만들어가는 것이 중요합니다.

그러므로 업연이다, 아니다는 별로 중요한 것은 아니나 기본 업(業)이 있는 것보다는 기본 업이 없이 태어나는 것이 마음을 길들이기에 더 수월합니다. 따라서 "부모의 몸만 빌리는 경우"라는 것은 업연이 없이도 부모 자식으로 인연 지어질 수 있지만, 이 경우는 업연의 고리로 태어나는 것과 비교해서 좋지 않은 것이 아니라 더 좋다고 해야 맞습니다. 기본적으로 깨끗한 병에는 물을 담기 쉽지만, 이미 지저분한 병에는 그 병의 얼룩이 있으므로 물을 담는데 더 많은 노력과 시간이 필요한 것과 같습니다. 긴 이야기는 생략합니다.

Ⓠ 문164 〈자연 유래의 정의〉 최근에 올려주신 법문에 '자연 유래'라는 말이 나오는데 이 자연 유래의 개념을 생각하고 검색을 통해서 찾아보았는데 사전식으로는 검색되지 않았습니다. 혼자서 생각해보기에는 '자연스럽게 비롯된 것' 정도가 생각나는데 '자연 유래'의 개념이 궁금합니다.

Ⓐ 답 자연 유래(自然 由來)라는 것은 말 그대로 인위적인 것, 인공적인 것이 가미되지 않고 순수한 그 자체로 존재하는 것이라고 해야 맞는 말이 됩니다. 따라서 질문에 '자연스럽게 비롯된 것'이라고 해도 맞는 말이 되는데, 예를 들어 참기름이라는 것은 인공적인 것이 가미되지 않는 애당초 참깨라는 것을 말하는 것이고, 이 참깨에 아무것도 첨가하지 않는 것이 '자연 유래의 참기름이다'라고 해야 맞습니다. 자, 이것을 인간에게 대입해보면 모든 생명체는 모두 자연 유래에 따라 그 이치에 맞게 존재하다고 해야 맞는 말이 되고, 이때 업이 있으므로 그 업의 이치에 맞게 나는 존재한다는 것이 '자연 유래'의 개념이 됩니다. 이 말은 내가 존재하는 것은 그 어떤 것도 가미되지 않는 것, 누구의 영향으로 존재하지 않는 것, 지은 바 그대로 자업자득 인과응보의 이치에 따른 것이 '자연 유래'의 정의가 됩니다.

따라서 '죽으면 그 어디로 간다'와 '그 누가 나의 운명을 어떻게 한다, 죽으면 누가 나를 인도한다, 석가는 도솔천에 존재한다' 등의 말은 자연 유래가 아니므로 이 말은 이치에 맞지 않습니다. 예를 들어 내리는 비는 자연 유래의 이치대로 비가 옵니다. 하지만 누가 있으므로 비를 내려준다는 의미로 기우제 같은 것을 하는 행위는 자연 유래가 아닙니다. 또 바닷속에는 용왕이라는 존재가 있다는 것도 자연 유래에 맞는 말은 아닙니다. 부부가 성행위를 해서 자식을 낳은 것도, 새가 알을 낳고 부화를 시키는 것 등도 그 자체로는 자연 유래가 맞습니다. 이 과정에 누가 어떤 것도 개입될 여지는 없으므로 이 자체는 자연 유래라고 해야 하므로 이것을 벗어나 '그 무엇, 어떤 대상'이 있다는 논리는 자연 유래가 아니므로 이 개념을 잘 정립해보면 자연을 거스르는 것이 무엇인가를 이해하게 됩니다.

다른 각도에서 이야기하면 이 세상에 존재하는 모든 생명체는 성(性)이라는 것을 타고나는데, 이것도 자연 유래의 개념이나 문제는 동물은 그 본능적인 행위, 즉 자연 유래의 행동만 하지만, 인간도 동물이므로 자연 유래의 성(性)을 생각할 수는 있습니다. 하지만 그 자연 유래에 더하여 '나'라는 상(相)이라는 것이 가미가 되면 자연 유래를 초과한 성행위를 하게 되므로 이것도 깊게 정립해야 합니다. 이 개념으로 인간이 아닌 동물은 생존, 목숨을 보전하기 위한 행위를 하지만, 인간은 목숨 보전에 더하여 '내 것'이라는 것에 집착하게 되므로 여기서 자연 유래가 무엇인가를 이해할 수 있을 것입니다. 그래서 '화현의 부처님 법'이라는 것은 자연 유래의 생활을 하자는 것인데, 여기에 100% 부합이 되면 해탈이라는 것을 하게 되므로 이 개념도 정립해야 할 것입니다. 따라서 자연 유래에서 벗어난 행위는 곧 업이 된다고 해야 맞고, 벗어난 그 차이에 따른 삶을 각자가 살고 있다고 이해하면 됩니다.

Q 문165 〈부역자의 정의〉 잠언 말씀 중에 '부역자'라는 말이 나오는데 생소한 단어라서 여러 번 듣게 되었습니다. 듣다 보니 부역자란 빙의가 있는 사람이라는 뜻으로 이해해도 되는지 잘 알 수 없어서 질문 드립니다.

Ⓐ 답 직설적으로 이야기하면 죽어 있는 사람의 마음이 살아 있는 사람의 마음을 움직이면 결국 이 세상에 살아는 있지만 결국 죽어 있는 사람이 산 사람의 몸과 마음을 움직이는 것이 되므로 살아 있다고 해도 죽어 있는 사람의 '부역자'가 된다는 의미입니다. 그러니 '나'라는 의식이 뚜렷하지 못하면 내가 내 마음에 따라 움직이는 것 같지만 사실은 죽은 사람의 마음이 작용하는 그 마음대로 움직이는 꼴이 되므로 나는 죽은 사람의 부역자에 불과하다 할 것입니다.

더 말하면 이 세상에 이같이 부역자로 살아가는 사람 무수하게 많지만, 정작 본인들은 그 자신의 마음이 '내' 마음이라고 생각하고 이것을 고쳐간다는 것은 매우 어렵습니다. 그러므로 부역자의 정의는 나의 주관이 없이 남의 마음에 따라 움직이는 사람이 부역자라고 해야 맞기 때문에 부역자가 되지 않으려면 강한 의식을 갖는 것이 중요하므로 나는 '의식'이라는 말을 많이 하는데, 이 개념을 정립해 보면 왜 내가 의식이라는 것을 강조하는가를 이해하게 됩니다. 깊은 이야기는 생략합니다.

Ⓠ 문166 죽어있는 사람의 마음이 살아있는 사람의 마음에 영향을 줄 수 있다고 알고 있는데 빙의는 특정한 사람에게 한이 맺혀서 영향을 준다는 것은 이해가 됩니다. 빙의가 아닌 다른 죽은 사람의 마음도 특정한 사람을 알고 그 사람에게 영향을 주는 것인지 아니면 아무

에게나 영향을 주는 것인지 궁금합니다.

Ⓐ 답 일반적인 빙의는 죽어있는 사람의 마음이고, 이 마음이 살아있는 사람의 마음에 영향을 줄 수 있는 것이 큰 틀에서의 '빙의' 개념입니다. 그런데 보통 이것은 자업자득 인과응보의 이치로 상대와 나와의 업연에 따른 작용이고, 문제는 이같이 그 상대와 특정한 업을 짓지 않았다고 해도 진리의 기운 속에 사는 생명체인 인간이므로 항상 이 기운은 나에게 언제라도 영향을 줄 수 있습니다. 다시 말하면 빙의는 특정한 사람과의 업연에 따른 한이 맺혀서 영향을 준다는 것이고, 이같이 특정한 관계가 아니라고 해도 몸을 받지 못하고 중음(中陰)에 있는 죽은 사람의 마음은 언제라도 누구에게라도 영향을 줄 수 있고, 실제 주고 있습니다.

그러니 내 업에 의한 빙의가 아니라고 해도 나의 정신, 의식이 흐려 있으면 그에 맞는 빙의의 기운은 언제라도 나에게 영향을 줄 수 있습니다. 그러므로 특정한 관계의 업으로 인해 영향을 줄 수도 있고, 아무에게나 영향을 줄 수도 있으므로 이것은 나의 의식에 달려 있습니다.

그래서 나는 자업자득에 의한 빙의를 먼저 정리해야 하고 그다음은 의식을 바르게 세워 마음을 단단하게 하면 이런 무작위의 빙의 작용에서 벗어날 수 있다고 한 것이고, 화현의 부처님 법은 이같이 나의 마음을 단단하게 해가는 것이라고 이야기했는데, 이같이 하려면 나만의 무기를 만들어야 하는데, 그 무기가 바로 '의식'이 됩니다.

따라서 의식이 강하면 내 업에 의한 빙의도, 또는 내 업이 아니라고 해도 무의식의 다른 기운도 나에게 영향을 주지 않게 되는데, 이것이 바로 '내 마음을 청정하게 하자'의 개념입니다. 빙의가 있다 없다만을 따지기 전에 나의 의식을 바르게 하는 것이 중요하고 그다음 빙의가 있는가 없는가를 점검받는 것이 중요하며, 그다음 어떻게 할 것인가의 정립이 중요합니다. 이같이 하는 것은 막연하게 나는 빙의가 없다고 생각하기 전 내 근본된 마음을 먼저 정리하고 그다음 의식을 바르고 꾸준하게 정립해가는 것이고, 다른 기운의 영향을 막는 나만의 무기가 되기 때문입니다.

Q 문167 어느 할머니가 기르던 개에게 물려 죽었다는 뉴스를 보았는데 할머니와 개와의 전생의 업연의 관계로 인해 그런 일이 일어날 수도 있고 현생에서 처음 만나 새로운 인연이 되어 살다가 그런 일이 일어날 수도 있을 텐데 어느 경우가 되었던 그 개의 행위는 업이 되는 것인지 궁금합니다. 만약 할머니가 몸 보신하려고 잡아먹으려다 물려 죽었다면 개로서는 자신을 방어하려다 발생한 일이라 업이 되지 않을 것 같고, 할머니가 밥을 주려는데 물어 죽였다면 그것은 업일 것 같다는 생각이 듭니다.

A 답 밥을 주려고 할 때든 잡아먹으려고 할 때든 할머니와 강아지의 관계는 업연에 의한 죽음이 됩니다. 다만 그 업연의 결과를 종결지어야 하는 때에, 앞서 말한 밥을 주려고 한 상황인가 잡

아먹으려고 한 상황인가만 다를 뿐이고, 두 가지의 상황은 각각 하나의 동기 부여에 불과합니다. 이 말은 업(業)이 발생하고 소멸하는 과정에 반드시 동기 부여는 있게 되는데, 물론 질문의 상황은 그 할머니와 강아지라는 두 생명체의 참나의 이치를 보면 정확하게 알 수 있지만 단순하게 무슨 업연 때문이라고는 말할 수 없는데, 그 이유는 무수한 생명체의 업연 관계가 모두 다르므로 그렇습니다.

이 개념으로 나 자신과 주변의 상황도 좋게 풀려가는가 좋지 않게 풀려가는가에 따라 매 순간의 업의 이치가 바뀌어 가고 있으므로 이러한 업의 이치가 바뀜은 내 마음에 편한 정도로 알 수 있으므로 질문처럼 극단적으로 업이 진행되는 일도 있고, 극단이 아닌 은근하게 업이 작용하는 흐름도 있습니다.

어떠한 상황에 대하여 '업연이다, 업연일 것이다'라는 말은 일반적으로 다 하는 말이고, 그 관계는 '어떤 업 때문이다'라고 정확하게 알 수 있어야 하는데, 그 이유를 개개인의 참나의 이치로 쉽게 알 수 있으므로 일어나는 모든 상황은 업에 따라 일어나는 것이라고만 생각해버리면 안 됩니다.

이러한 생각은 불교에서 말하는 바대로 '모든 것은 인연이다'라고 하는 포괄적인 말과 같고, 내가 말하는 것은 그 인연은 무엇인가의 본질을 이야기하는 것이므로 모든 관계는 인연이다, 업연이라고만 생각하는 것은 포괄적인 말이 될 뿐이므로 결국 '지구 위에 생명체가 있다'는 논리와 같은 말이 되는데, 이같이 생각하면 실질적으로 나 자신에게 아무런 도움이 되지 않습니다. 마음공부는 밖의 상황을 보고 객관적인 판단을 하는 것도 중요하지만, 내 마음에 일어나는 내면의 마음 작용을 이해하고 그 원인을 찾는 것이 중요합니다.

따라서 모든 것은 업연에 따라 일어나는 것이지만, 세부적으로 그 업연이 무엇인가에 따라 나타나는 것도 다 다르고, 또 작은 업이 순간 발동하여 크게 작용하는 것도 있고, 반대로 큰 업도 이생에는 작게 나타나는 경우도 있으므로 어떤 상황을 보고 포괄적으로 모든 것은 업연에 따른다고만 한다면 의미 없는 말이 됩니다. 그러므로 어떤 상황을 보고 일어나는 내 자신의 마음을 되돌아보고 내가 생각하는 것이 맞는가, 또는 왜 나는 이 같은 마음이 일어나는가 등으로 본성을 찾는 것이 중요합니다.

Ⓠ 문168 방송 매체나 공익 광고를 접할 때면 배려라는 말이 자주 나오고, 사람들 간에 칭찬할 때 저 사람은 배려심이 많다고 하는 등 일상을 지내며 흔하게 접합니다. 배려는 왜 해야 하는지 생각해보지 못했는데, 생각해보면 배려는 상대방을 위한다고 하지만 결국 지구의 생명체가 많기에 공존하려면 서로 배려를 해야 하는 것 아닌가 합니다. 배려를 하는 이유에 대해 말씀해 주십시오.

Ⓐ 답 결론은 인간이므로 배려해야 합니다. 인간이 아니면 배려라는 말조차 필요 없습니다. 다시 말하면 상(相)의 마음을 가진

인간만이 이 배려라는 것을 하는데, 질문과 같이 '지구에 생명체가 많기에 공존하려면 서로 배려를 해야 하는 것'하고는 거리가 멉니다. 인간은 상대성이기 때문에 배려가 필요한 것이고, 동물은 상대성이 아니므로 배려라는 것이 없고 오로지 생존을 위한 본능으로만 살아갑니다. 그런데 생명체가 많아서 배려한다면 고대 사회에서는 인간의 숫자가 많이 없었으므로 이때는 배려라는 것이 없었다는 이야기가 되므로 질문에 대한 생각은 잘못된 것입니다.

그러나 현실적으로 보통 '배려심이 많다'고 하는 말은 인간적인 양보를 한 것에 대한 배려를 이야기하는 것이므로 이것은 잘못된 것이고, 진리적으로 배려라는 것은 어떤 상황인가를 이해하고 그것에 맞게 '나'라는 것을 세우지 않는 것을 배려라고 하는 것이므로 이 개념 하나만이라도 정립해가는 것이 마음공부입니다. 질문자도 부모, 가족이 있을 텐데 이 경우 부모나 형제이므로 뭔가를 양보하고 살 것이고, 이것이 현실적인 배려입니다. 하지만 가족이므로 무조건 양보하는 개념이므로 잘못된 것이고, 가족이라고 해도 서로 이치에 맞는 행을 하므로 진정한 배려가 됩니다. 그러므로 질문처럼 가족 간에도 "지구에 생명체가 많기에 공존하려면 서로 배려를 해야 한다"는 말이 되는데, 잘못된 것입니다.

진정한 배려라는 것은 인간이 많든 적든, 가족이든 아니든 간에 인간이므로 응당 해야 하는 기본이 됩니다. 예를 들어 휴양지에 놀러 가서 자신이 놀던 자리를 치우는 것도 타인에 대한 배려인데, 내가 놀던 자리는 내가 치운다고 하면 아무리 많은 사람이 놀다가도 처음처럼 깨끗해지게 되는데, 현실은 그렇지 않습니다. 이것은 '나'라는 이기주의의 관념이 강하기 때문에 그렇고, 진리적으로는 '나'라는 것을 내리고 남이 흘린 것이라도 치워주게 되면 이것이 현실적으로 인간적인 진정한 배려가 됩니다.

가족이라고 해도 서로 이치에 맞는 행동을 하면 배려가 되지만, 이 경우 배려하고자 하는 것이 무엇인가를 생각하고 배려를 해도 해야 진정한 배려가 되지만, 이것을 모르고 막연하게 가족이므로 양보한다는 것은 배려의 개념이 아닙니다. 따라서 '지구에 생명체가 많아서 배려한다'는 말은 배려하고 아무런 상관없는 생각이라고 할 것입니다.

Q 문169 "부부 금실이 좋지 않은 것은 업연의 이치가 끝이 나서 그런 것이고 반대로 금실이 좋다는 것은 아직도 부부의 업이 진행되고 있는 것이 진리적으로 맞는 말"이라는 말씀에서 '업연의 이치가 끝이 나서'라는 말씀의 의미가 업연의 정리가 된 것의 의미인지 이치가 변한 새로운(?) 업의 시작인지 궁금합니다.

A 답 '업(業)의 정리'라는 것은 여러 가지 형태로 나타나게 됩니다. 헤어지거나 죽거나 별거하는 등 여러 가지로 나타나기 때문에 단답형으로 업의 정리를 말할 수는 없습니다. 따라서 부부 금실이 좋다는 것은 업의 시작을 의미하는 것이고, 이것은 서로가 목

적하는 바가 있지만, 이것을 숨기고 목적하는 바를 이루기 위한 가식적인 마음으로 '좋은 척'을 하는 것이 대부분이고, 좋아하는 그 마음을 들여다보면 앞서 말한 대로 각자가 원하는 그 무엇이 분명하게 자리하고 있음을 알게 될 것입니다.

따라서 내가 말한 "부부 금실이 좋지 않은 것은 업연의 이치가 끝이 나서 그런 것이고 반대로 금실이 좋다는 것은 아직도 부부의 업이 진행되고 있는 것이 진리적으로 맞는 말이다"라고 하는 것은 업의 진행 과정을 포괄적으로 이야기한 것입니다. 실제 업의 이치가 바뀌면 앞서 말한 대로 여러 가지의 형태로 나타나게 됩니다. 업의 유통 기한에 따라 뭔가의 업이 정리되고 나면 이후 또 새로운 업의 유통 기한이 시작되어 살아가면서 다른 업을 정리해야 하겠지만, 이생에 받아야 할 업이 다했다면 대부분 죽게 되는 것이 진리 이치입니다.

이 개념을 이해하기 위해 달리기의 '계주'를 생각해보면 이해가 될 것인데, 업(業)이 진행되면 다음 업으로 교체가 되지만, 마지막 업이라면 누가 이어받을 사람이 없으므로 결국 그 인생이 골인 지점을 통과하게 될 것이고, 이것은 곧 죽음을 의미합니다. 그래서 이혼한 사람이 다른 상대를 만나 살아가는 것은 그 상대와의 인연을 이생에서 정리해야 하므로 그런 것이고, 정리할 업이 이생에는 없다면 새로운 상대를 만나지 않고 죽게 되는 것이 대부분입니다. 그래서 업이 이생에 없다는 것은 이생에서 해야 할 것을 다 했을 뿐이고, 그 자체가 업이 없다고는 말할 수 없습니다.

업 정리가 이생에서는 끝인가, 아니면 이생에 또 남았는가는 개인마다 다 다릅니다. 그러므로 "부부 금실이 좋지 않은 것은 업연의 이치가 끝이 나서 그런 것이고 반대로 금실이 좋다는 것은 아직도 부부의 업이 진행되고 있는 것이 진리적으로 맞는 말이다"라고 하는 것은 포괄적으로 한 말이고, 이 말을 쪼개면 앞서 말한 대로 무수한 말을 해야 하므로 여기서는 이 정도만 합니다.

Q 문170 잠언 말씀 중에 "그 마음에 흔적을 좁혀가는 것이 이생에 나의 인연으로 온 내 몸 세포에도 내가 할 도리가 아니겠는가"라는 말씀을 하셨습니다. 가지고 있는 잘못된 관념을 버릴수록 눈에 보이는 병도 좋아진다는 뜻인가 하고 생각해보았는데 어떤 의미로 하신 말씀이신지요?

A 답 내 몸을 이루고 있는 하나하나의 세포가 모여 결국 몸이라는 것을 만들었으므로 이것도 나라는 주관자적 입장이 지은 업으로 형성된 것이고, 이 하나하나의 세포에는 제각각의 식(識)이라는 것이 있습니다. 이것은 마치 자석을 당기면 그에 다른 쇳가루가 붙어 딸려오는 것과 같다고 말했으므로 결국 내 마음에 흔적을 고쳐가면 당연히 내 몸이라는 것도 그것에 맞게 고쳐지는 것은 당연한 논리가 됩니다. 마음을 고쳐가지 않으면서 몸이 좋아지기만을

바라는 것은 진리적으로 이치에 맞지 않습니다. 그래서 마음이라는 진리적 기운을 이치에 맞게 만들면 몸이라는 물질은 그것에 맞게 형성이 된다는 의미로 "그 마음에 흔적을 좁혀가는 것이 이생에 나의 인연으로 온 내 몸 세포에도 내가 할 도리가 아니겠는가"라는 말을 한 것입니다.

그렇다면 이생에 마음을 이치에 맞게 100으로 다 고치면 몸은 그것에 맞게 100으로 다 고쳐질 수 있고 아닐 수도 있는데, 그 이유는 각각의 업(業)이 무엇이고 그 두께가 어떤 것인가, 즉 업의 종류가 사람마다 다 다르므로 정형화해서 말하기는 어렵지만, 어찌 되었든 '나'라고 하는 주관자적인 존재로 인해 나의 몸의 세포들도 그 인연에 맞게 왔으므로 몸은 내 마음에 비례해서 만들어진다는 것이 진리적 입장입니다. 따라서 관념을 바꾼다고 나의 몸이 고쳐지는 것이 아니라 '의식'이라는 것을 고쳐가는 것이 우선이고 의식을 고쳐가면 관념이 바뀌게 되고, 결국 이것이 내 몸에까지 영향을 주는 것입니다. 긴 이야기는 생략합니다.

Q 문171 인간의 본성이 형성되는 것은 윤회가 아닌 태초에 어떠한 환경에 태어났는가와 밀접한 관계가 있다고 알고 있는데요. A는 태초에 도둑 집안에 태어나 다음 생부터 선비 집안에 여러 번 윤회를 하고, B는 태초에 선비 집안에 태어난 후 다음 생부터 도둑 집안에 여러 번 윤회를 했다고 하면 A와 B에게 태초에 형성된 각각의 본성은 완전히 자리를 잡았다고 볼 수 없지 않은가 하는 생각이 듭니다. 이런 경

우에도 태초에 형성된 각자의 본성의 행동을 하게 되는지요?

Ⓐ 답 그렇습니다. 그 이유는 예를 들어 목수 집안에 태어난 태초의 사람은 목수의 성향을 기본적으로 가지고 있을 것인데, 이 사람이 윤회를 하여 그 다음에는 의사 집안에 태어났다고 하더라도 이 의사의 본성(本性)은 목수의 기질을 기본적으로 가지고 있습니다. 따라서 애당초 윤회가 아닌 태초에 내가 어떠한 환경에 태어났는가는 매우 중요하고, 이것이 본성이 되지만 윤회를 하면서 태초와 다른 환경에서 또 태어났다고 해도 윤회가 아닌 태초에 형성된 본성이라는 것은 깨끗하게 지울 수는 없습니다.

예를 들어 밀가루라는 기본 재료로 여러 가지 형태의 제품을 만들어 그 모양이 변한다고 해도 그 바탕은 밀가루가 되는 것과 이치는 똑같습니다. 그래서 앞서 말한 대로 의사라고 해도 그 본성이 목수의 기질을 가지고 있다면 이생에 주된 행동은 의사의 행동을 하겠지만 그 행동 속에는 목수의 기질이 숨어 있는 행동을 하게 되는데, 이처럼 한 번 형성된 본성이라는 것은 바뀌지 않고 깊게 의식 속에 자리하게 됩니다. 결과적으로 어떤 윤회를 하더라도 은연중에 그 행동 속에는 목수의 행동을 하게 되어 있습니다.

이 개념으로 인간의 행동은 모두 태초에 태어난 그 환경의 행동을 은연중에 다 하고 있고, 이것은 물질 이치에서 사람의 행동을 보면 쉽게 알 수 있고, 진리 이치에서 참나의 이치로도 쉽게 알 수 있습니다. "제 버릇 개 못 준다"는 말이 이것을 의미한다고 이해하면 될 것입니다.

그래서 자신의 근본 바탕을 알아가는 것이 마음 법당의 공부법이고, 이것을 알므로 스스로 본질을 알아가게 되는 것이고, 결국 이치에서 벗어난 행을 하지 않게 됩니다. 사람들이 말하는 "타고난 근성, 본성, 바탕이 원래 그래"라는 말은 이처럼 윤회가 아닌 순수하게 태초에 형성된 바탕이 현실에서 표면적으로 확대되어 나타나는 것을 두고 하는 말이라고 해야 진리적으로 맞는 말이 됩니다.

Q 문172 법사님 말씀 중에 "현명한 자는 그것의 마음이 끌린다 해도 그 원인을 찾고 그것을 취할 것인가 버릴 것인가를 분별하고 이치에 맞는 행을 하므로 결국 그 업연의 흔적은 지워지게 되고 인과에 따른 업연의 고리도 끊어지게 된다"고 하셨는데 업연은 상대성이 있는 것이 아닌가 하는 생각도 드는데 결국 자기 자신에게 문제가 있다는 말씀인지 이해가 정확히 되지 않아 여쭙고자 합니다.

A 답 모든 문제는 나에게 있다고 말했습니다. 내가 잘나서 존재하는 것이 아니라, 상대가 있어 내가 존재하는 것이 아니라, '나 자신이 존재하는 이유는 나에게 문제가 있어서'라고 나는 수년을 이야기했으므로 내가 그동안 한 말을 부정적으로 봤기 때문에 아직도 기초적인 것을 이해하지 못하고 있다는 생각이 듭니다. 그러니 그 생각을 지우지 못하므로 행동으로 나타나는 것인데, 질문

에 "업연은 상대성이 있는 것 아닌가?"라고 하여 상대를 물고 늘어지기 전에 나 스스로 행동에 문제가 있다는 점을 명심해야 합니다.

나는 문제가 없고, 내 행동에 문제가 없다는 그 관념을 버리지 못하면 계속해서 모든 것을 나 자신 위주로 생각하게 되어 있습니다. 따라서 하나씩의 개념을 스스로 이해하고 긍정하지 못하면 한 발짝도 앞으로 나갈 수 없고, 기본적으로 모든 것을 부정적으로 보려는 시각이 있으면 남을 걸고넘어지게 되어 있음을 다시 한 번 정립했으면 합니다. 이 세상 사람들은 다들 '나' 잘났다고 사는 것 아닌가, 그 시각으로 세상을 보면 남들이 다 이상하게 보이고 모든 것이 자신 마음에 들지 않게 보입니다.

그리고 중요한 것은 다른 사람의 말속에서 흠결을 찾아내려고 하는 것이고 긍정적인 마음을 가진 사람은 어떠한 상황에서도 먼저 나 자신의 행동을 되돌아보게 되는 것이므로 이 개념을 이해하는 것이 중요합니다. 어떠한 상황에서도 상대를 걸고넘어지려는 것은 옳지 않으며 먼저 나 자신의 행동을 되돌아보는 것이 중요합니다. 업연은 상대성이 아니라 내 스스로 그 원인을 만들었다는 점이고, 이 말은 아무리 상대가 유혹해도 내가 그것에 끄달리지 않으면 업(業)은 만들어지지 않으므로 상대성이 있는 것이라고 생각하는 것 자체가 잘못된 것입니다. 긴 이야기는 생략합니다.

Q 문173 사회생활을 하다 보면 가끔 말이 안 통하고 대하기 힘든 분들이 있는데 그 사람들이 저를 곤경에 처하게 만든다거나 피해를 줘서 억울하다고 상상을 하는 경우가 있습니다. 현실적으로는 불가능하지만, 저에게 피해를 준 사람들에게 똑같이 갚아주는 상상을 하기도 하는데 이런 생각을 하는 것이 제 마음에 뭔가 문제가 있다는 생각이 듭니다. 이럴 때는 어떻게 해야 하는지 여쭙고 싶습니다.

A 답 질문에 "사회생활을 하다 보면 가끔 말이 안 통하고 대하기 힘든 분들이 있는데 그 사람들이 저를 곤경에 처하게 만든다거나 피해를 줘서"라는 말이 있는데, 이 부분은 누구라도 다 겪는 상황입니다. 본인만 그렇게 겪는다고 생각하지 말라는 이야기입니다. 따라서 모든 문제는 내 안에 있다는 것을 생각하면 그 안에서 답을 찾을 수 있을 것입니다. 예를 들면 회사라는 틀 속에서 내 자리를 유지하기 위한 자신만의 기준이 있을 것이고, 그 기준에 다른 사람이 하는 말이 맞지 않으면 본인은 힘들어합니다. 그 이유는 다른 사람이 그렇게 행동하는 것으로 내 자리가 위협당하지 않을까 하는 마음도 있을 것이고, 또는 현실적으로 상대의 행위가 벗어나기 때문에 그것을 보고 있으려는 본인이 힘듦을 느낄 수도 있습니다.

그래서 어떠한 상황이든 그 상황에 맞는 행동만 하라고 나는 말했으므로 회사에서도 무수한 상황이 연결지어 일어나겠지만, 문제는 그 상황, 상황에 맞는 행동만 하면 되고, 마찬가지로 상대가 나에게 하는 행동이 객관적으로 이치에 맞지 않으면 먼저 '내 자리'라는 것을 생각하지 말고, 그 상황에 맞는 말로 그 사람에게 틀린 부분을 말하면 됩니다. 그런데 앞서 말한 대로 본인이 생각하고 있는 그 기준을 마음에 두고 그 영역에 뭔가가 들어오면 그것을 기준으로 상대의 말이 모두 부담스럽게 다가오게 됩니다. 반대로 자신이 가지고 있는 기준에 부합된 말을 하면 그때는 그 사람이 한 말이 좋게 들리게 됩니다.

문제는 앞서 말한 상황에서 그대로 갚아 주려는 생각이 일어나는 것은 본인의 본성(本性)과 밀접한 관계가 있으므로 앞서 말한 상황을 깊게 정립하고 그것으로 끝을 내야 하는데 속으로 갚아 주고 싶다는 등의 마음을 가지고 있으면 안 됩니다. 인생을 살면서 일어난 그 상황은 그것에 맞게 정리해버리고 잊어버려야 하고 다음에 또 그런 상황이 되면 그 상황, 상황에 맞게만 처리해가면 그뿐이기 때문에 이같이 하는 것이 결국 자신의 본성을 변화시켜가는 것이 되는데, 질문처럼 지나간 상황을 생각하고 그것에 대한 감정을 마음속에 두면 그것은 다시 흔적이 됩니다.

그러니 상황에 맞는 행동이 무엇인가만을 생각해보려고 노력하는 것이 수행됩니다. "피해를 준 사람들에게 똑같이 갚아주는 상상을 하기도 하는데"라는 것은 본성과 깊게 관련이 있으므로 그 상황에 맞는 행(말과 행동)을 하고 결론이 나버리면 그 상황을 생각해보는 것은 맞지만, 이것을 보지 못하고 갚아 주려는 마음까지는 가지 말라는 뜻입니다.

Q 문174 법사님 말씀 중에 "나비가 바람에 몸을 맡기는 자연스러움과 인간이 소변이 마렵다고 해서 소변을 보는 행위 자체는 자연스러움의 차이가 있다"고 하셨는데 그 차이는 인간은 본능에 의한 행동에 '나'라는 본성과 관념을 내세우는 행을 한다는 말씀이신지 정확한 이해가 되지 않아 여쭙니다.

A 답 나비는 '나'라고 하는 상의 마음이 없으므로 그 자체가 자연스러움의 행동이 되지만, 인간이 소변을 보는 것은 '나'라고 하는 상(相)의 마음이 있으므로 두 가지의 경우는 다릅니다. 우리가 보통 동물들의 행동을 보고 왜 자유스럽다고 하는가를 생각해보며 나 자신의 행동과 비교해보면 그 차이가 있음을 알게 됩니다. 사람은 '나'라는 주관된 마음을 기반으로 행동하지만, 동물은 이것이 없이 본능적인 행동만 하므로 자연스러운 것입니다. 인간도 '나'라는 것을 빼면 자연스러운 행동을 할 수 있는데 나를 개입시키면 부자연스러운 행동이 나타남을 이같이 비유해서 이야기한 것입니다.

인간이 행동하면서 '나'라는 주관이 있게 행동해야 할 상황과 '나'라는 것을 빼고 행동해야 할 것이 있으므로, 그 차이를 스스로 정립해가는 수밖에는 별도리 없습니다. 따라서 인간은 '나'라는 것이 있을 수밖에는 없지만, 이것을 뺀 행동이 자연스러운 행동이 됩니다. 긴 이야기는 생략합니다.

Q 문175 감정은 육신의 몸을 가지고 있기에 느끼는 것으로 알고 있는데, 그러기에 육신의 몸이 사라짐과 동시에 참나에 각인되지 않고 사라지는 것인지 궁금합니다.

A 답 인간은 감정의 동물이라는 말을 하는데, 문제는 그 감정이라는 것은 전생(前生)에 내가 지은 업에 의하여 본성으로 작용하기 때문에 이생에 자신에게 일어나는 감정은 전생에 각자의 업(業)과 관련이 있다 할 것입니다. 따라서 이생에 육신의 몸을 가지고 있기에 감정을 느끼는 것이지만 문제는 그 감정은 다시 인간이 인지하지 못하는 사이에 또 하나의 흔적으로 남는다는 것입니다. 이처럼 이생에서 느끼는 감정은 당연히 육신의 몸이 사라짐과 동시에 없어지지만, 그 '흔적'은 각자의 참나에 각인됩니다.

그리고 무의식 속에 남은 감정의 흔적으로 다음 생에 다시 그것은 본성의 하나로 남게 되므로 질문에 참나에게 각인되지 않는다고 하는 말은 이치에 맞지 않습니다. 사람들이 어떤 사안에 대하여 무수한 감정을 제각각 다 다르게 내는데, 이때 일어나는 그 감정의 원인은 어디서 생겨난 것인가. 그것은 각자가 지은 본성에 따라 제각각 다 다르게 감정이 생기게 됩니다. 그러므로 이생에 감정을 내는 것도 모두 나 자신의 본성(本性)과 깊게 관련이 있다 할 것입니다.

어떤 것에 대한 감정이 일어나면 분명하게 그것은 나의 본성, 업과 깊게 관련이 있고, 죽으면 감정을 낼 물질인 몸이 없지만, 무의식의 기운으로 남게 되고, 그것은 다시 각자의 본성으로 자리한다고 해야 맞는 말이 됩니다. 그래서 인간이 하는 말이나 행동 속에는 본인들이 인지하지 못하겠지만 그 속에는 각자의 감정이 다 섞여 있다고 한 것이고, 그 행동을 통해 여러분의 본성을 다 알 수 있다고 이야기한 것입니다.

Q 문176 이생을 살아가는 시간 동안 일어나는 만남 중에 윤회 속에서 마음의 흔적으로 된 인연으로 오늘 또 내일 누군가를 만나고 있다고 알고 있습니다. 만남의 때와 순서가 있다면 그 속에는 과거의 시간이 얽히고 연결되어 감히 상상하기 어렵지만 여러 생에 걸친 인연들을 지금 만나고 있다는 생각이 들었습니다. 이생 각자가 만나게 되는 윤회 속 인연의 순서가 있다면 만남의 상대는 언제인가 서로가 같은 시간을 살면서 지은 고리가 있어서일 텐데, 이번 생 각자의 만남은 사람으로 나고 죽는 동안 한 번의 윤회 속에 지은 인연들로만 만남이 이루어지고 풀어지는 것인지 궁금합니다. 지워야 할 흔적이 많을수록 만남은 더 복잡할 수 있겠다는 생각이 들었습니다.

A 답 예를 들어 전생에 만나야 할 사람 열 명을 만들었다고 하면, 이생에 만나야 할 사람과 다음 생에 만나야 할 인연은 따로 있기도 하고, 혹은 이생에 그 열 명의 인연을 다 만나기도 합니다. 따라서 이치는 수시로 바뀌는 것이므로 이생에서 만나야 할 사람을 다음 생에서 만날 수도 있고, 다음 생에서 만나야 할 인연을 이생에서 만나기도 합니다. 왜 이런 말을 하느냐면 지금 만나고 있

는 사람과의 인연을 어떻게 정리하는가에 따라 그다음 만나야 할 이치가 정해지기 때문에 그렇습니다.

그래서 나는 도래되지 않는 미래를 생각하지 말고, 지금 이 순간을 어떻게 정리하는가가 중요하다고 말했습니다. 만약 질문대로 자신이 지은 업에 따라 그 순서가 다 정해져 있다면 내가 말하는 운명이라는 것은 바꿀 수 없으므로 이 개념을 정립해보면 무슨 말인가를 알게 됩니다. 정해진 운명은 이생에 있지만, 그러나 지금 이 순간 어떻게 하는가에 따라 정해진 그 운명의 이치는 분명하게 바뀌게 되어 있습니다. 따라서 이생에서 만나는 인연이 꼭 좋지 않은 인연이라고만 말할 수 없는 것이 실제 본인의 인생을 되돌아보면 자신에게 크든 작든 도움을 준 사람도 있었을 것이므로 인연이라고 해서 좋지 않은 것으로만 생각해서도 안 됩니다.

그러므로 나 자신이 어떻게 하는가에 따라서 이치는 얼마든지 바뀌게 되어 있다고 나는 무수하게 말했는데 문제는 이것이 쉽지 않은 것이 각자의 의식에 따라 다르므로 정형화해서 말할 수는 없습니다. 꾸준하게 이 법을 의지하고, 당장은 관념이 있어 힘들겠지만 그 관념 만분의 일이라도 바꿀 수 있으면 본인의 이치는 그것에 맞게 얼마든지 바꿀 수 있다 할 것입니다. 따라서 윤회 속에 지은 인연으로만 만나는 것일 수 있고, 또는 윤회 속에 지은 인연의 고리로 새로운 업을 만들어 갈 수도 있습니다. 문제는 현실적으로 나 자신의 주변 흔적은 나 자신이 어떻게 하는가에 따라 달라지기 때문에 이것을 따지지 말고, 지금 이 순간 나는 어떻게 해야 하는가를 생각하고, 이치에 맞게 주변을 정리해가는 것이 중요합니다.

다시 말하지만 "이생을 살아가는 시간 동안 일어나는 만남 중에 윤회 속마음의 흔적으로 된 인연으로 오늘 또 내일 누군가를 만나고 있다"는 것은 맞지만, 앞서 말한 대로 전생의 것이 씨앗이 되어 이생에 고구마 줄기와 같이 새로운 인연을 만들어가기도 하므로, 당면한 현실에 맞게 흔적을 남기지 않고 현실적으로 이치에 맞는 행동만 하면 그다음은 그것에 맞게 진리 이치에 따라 새로운 이치가 생겨납니다. 긴 이야기는 생략합니다.

Q 문177 죽어서 후회한다는 말이 있는데, 죽으면 살아 있을 때처럼 의식이 없어지는데 후회할 수가 있는 인지가 되는지가 궁금합니다. 죽으면 천당에 간다고 생각한 사람들이 실제 죽으며 "아, 천당이란 건 없는 것이구나" 하는 느낌으로 인지를 할 수 있을까 하는 생각이 들었습니다. 죽어서 후회하는 것을 이런 개념으로 생각하면 되는지 궁금합니다.

A 답 나는 사람이 죽으면 "꿈을 꾸는 것과 같다"는 말을 했습니다. 그러면 질문처럼 '죽으면 후회한다'는 것은 언제 알 수 있는가? 이것은 살아 있다가 죽음이라는 것으로 변하는 시점에서 스스로 인지할 수 있고 이후 무의식으로 온전하게 빠져 버리면 꿈을

꾸는 것과 같은 무의식의 상태가 되므로 의식이 없는 상태에서는 후회할 수 없습니다. 그러므로 후회를 죽어서도 계속하는 것이 아니라 그 짧은 '찰나'의 순간에 느끼는 것이고, 이때 "내가 잘못 살았구나! 다시 깨어나 의식을 차리고 잘 살다 와야지"라고 깨어나서 본래의 상태로 되돌아오지 않습니다.

이 말은 살아 있을 때의 의식에서 죽음의 상태인 무의식으로 빠지기 전에 짧게 느끼는 것이므로 죽음의 순간이 지나면 내가 잘못 살았다는 것은 인지하지 못합니다. 이같이 계속해서 느낀다면 무수한 생명체들도 "아, 내가 잘못 살았구나"라는 것을 계속 느끼고 있다는 것이 되므로 이것은 이치에 맞지 않습니다. 그러므로 질문처럼 "죽어서 후회한다"는 것은 "죽으면 살아 있을 때처럼 의식이 없어지는데 후회할 수가 없다"고 해야 맞고, 다만 죽어서 무의식으로 넘어가는 과정에 짧게 그 자신이 인지하지만, 어떠한 몸을 받아 버리게 되면 무의식의 상태가 되기 때문에 계속해서 인지하지 못하고 그 이치에 따른 삶을 살게 됩니다.

그러므로 "죽으면 천당에 간다"는 말은 사상적인 것이지 실제 그러한 곳이 없으므로 의미 없는 말입니다. 질문처럼 이러한 사상을 갖고 사람들이 실제 죽으며 "아, 천당이란 건 없는 것이구나" 하는 것은 앞서 말한 대로 온전하게 무의식으로 빠지기 전에 느낌으로 짧게 인지할 수 있지만, 무의식의 상태가 온전하게 되고 의식이 온전하게 꺼지면 그것을 인지하지 못하고, 참나의 기운으로 진리 이치에 따른 윤회를 하는 것이 전부입니다. 다시 말하면 우리 생명체는 참나라고 하는 무의식의 기운 작용을 바탕으로 '나'라고 하는 몸을 가지게 되는데, 만약 무의식 속에 "내가 잘못 살았구나"라는 것이 작용한다면 살아 있는 사람의 마음속에도 "내가 잘못 살았구나"라는 그때의 생각이 떠올라야 합니다.

하지만 이것을 살아 있는 사람은 의식이 있지만 인지하지 못합니다. 왜 그럴까? 그것은 앞서 말한 대로 죽기 전 의식에서 무의식으로 빠지는 순간만 그 자신이 찰나의 시간 속에서 느끼고, 이후는 무의식의 기운만 남고 평소에 그 사람 마음은 자연의 이치에 따라 무의식의 기운으로 존재하므로 영구하게 "내가 잘못 살았다"고 인지하지는 않습니다. 그러므로 "죽어서 후회한다"는 것은 의식이 조금이라도 남아 있을 때, 꿈으로 온전하게 빠져 들어가기 전에, 다시 말하면 온전하게 잠이 들기 전, 잠속으로 빠져들어 가기 전에 의식이 꺼지기 전 잠깐 느끼는 것으로 생각하면 됩니다. 긴 이야기는 생략합니다.

Q 문178 사람들이 죽으면 죽는 순간(조금이라도 의식이 있을 때) 이치에 맞지 않게 살았구나 하는 것을 조금이라도 알 수가 있는지, 중음 속에서도 이치에 맞게 살지 않았음을 후회할 수도 있는지, 아니면 아무것도 모른 채 중음에 있든지 윤회로 들어가서 정법을 만나기 전에는 이치에 맞는 삶이 뭔지도 모르고 계속 윤회를 하는지가 궁금해 질문

드립니다.

Ⓐ 답 사람이 죽을 때는 살아서 인식하는 의식에서 무의식으로 서서히 바뀌게 됩니다. 이것을 나는 "죽음은 마치 잠들어 꿈을 꾸는 것과 같다"는 논리로 말했습니다. 그러므로 죽음의 선을 넘어가면서 "내가 잘못 살았구나"라는 것을 그 순간에 잠깐 느끼게 되는데, 이것도 잠시이며 점점 무의식으로 빠져들게 되면, 의식이 없으므로 무의식의 상태에서는 내가 잘못 살았다는 것을 인식하지 못합니다. 그리고 그 참나의 기운은 진리 이치에 따른 작용만 하게 됩니다. 그러다가 다시 인간으로 태어난다고 하면 육신이 있으므로 다시 의식이 생기지만 전생의 일을 기억하지 못하고 막연하게 끌림의 마음이 나타나게 됩니다. 이 개념으로 지금 '화현의 부처님 법'을 여러분이 이러한 이치에 따른 끌림으로 보고 있으므로 이 개념을 깊게 이해하면 됩니다.

그러므로 질문처럼 의식이 없어지면 무의식 상태에서 아무것도 모른 채 중음(中陰)에 있든지 다른 생명체로 태어나든지 합니다. 윤회로 들어가서 인간으로 태어나 정법(正法)을 만나면 지금과 같이 마음에 끌림으로 이 법을 만나게 됩니다. 하지만 인간으로 태어나기 전 다른 생명체로 태어나면 이치에 맞는 삶이 뭔지도 모르고 그 생명체의 본능으로만 계속 윤회를 하게 되고 다시 인간으로 태어나 만나야 할 때가 되면 지금과 같이 이 법과 만나게 됩니다.

여기서 알아야 할 것은 사람이 죽을 때 갑자기 죽는 것과 자면서 자연스럽게 죽는 차이를 보면 죽음 중에 갑자기 죽는 것은 무의식에 순간 빠지게 되고 이에 반해 자면서 죽는 것은 평소 잠을 잘 때 서서히 잠이 들어 자연스럽게 꿈을 꾸는 것과 같으므로 같은 죽음이라고 해도 이처럼 각자의 업에 따라 죽음의 차이가 있습니다.

그러니 제일 잘 죽는 것은 자다가 서서히 의식을 잃어 무의식에 빠지는 죽음이 제일 좋은 죽음이라고 해야 맞습니다. 죽어서 기운으로 남는 것은 무의식이기 때문에 무의식 상태에서 "내가 잘못 살았구나"라는 것은 인지하지 못합니다. 하지만 의식이 무의식으로 바뀌는 과정에 찰나 속에 잠깐 인지하는 것이고, 이후 무의식에 빠진 상태에서는 이런 것을 인지하지 못합니다. 긴 이야기는 생략합니다.

Q 문179 해탈한 자의 윤회는 일반인의 업에 따른 윤회와는 다른 것으로 알고 있는데요, 해탈한 자가 어느 때 인간으로 와서 산다고 할 때 그 사람 또한 업에 따른 윤회를 하는 일반인처럼 살면서 겪는 수많은 사연이 있을 것이고, 그에 따른 업(마음의 흔적, 괴로움)을 짓게 될 테고, 그러면 그에 따른 몸을 또 받게 되지 않는가 하는 생각이 들었습니다. 만약 그렇다고 한다면 일반인의 업에 따른 윤회와의 차이는 무엇인가 궁금합니다. 해탈을 한 사람이 생명체로 온다는 것은 태초에 형성된 본성에 따른 업(운명?)에 따라 태어나는 것은 아니므로 일반인

의 윤회와 다르다는 의미인 것인지요?

A 답 우선 "해탈한 자의 윤회는 일반인의 업에 따른 윤회와는 다른 것이다."라는 것을 정립해야 합니다. 질문에 "해탈한 자가 어느 때 인간으로 와서 산다"는 것은 있을 수 없습니다. 왜냐하면 일단 해탈이라는 것을 해버리면 일반인의 윤회와 같은 윤회를 하지 않습니다. 그러므로 질문처럼 "해탈을 한 사람은 그 사람 또한 업에 따른 윤회를 하는 일반인처럼 살면서 겪는 수많은 사연이 있을 것이다."라는 것은 없습니다. 해탈을 해버리면 그 마음에 걸림 없는 마음이 되므로 일반인처럼 윤회하지 않으며, 진리 이치를 말하는 자를 도우려고 그 이치에 맞게 자신의 마음으로 다른 사람의 몸을 이용하는 것이므로 죽어야 하는 자의 몸을 빌려 이 법(法)을 위해 그 사람의 몸을 사용하는 것은 업이 되지 않고, 오히려 그 몸을 두고 간 그 사람에게 이득이 됩니다.

따라서 해탈한 자는 이 세상에 누구의 집안에 자식으로 태어나는 것은 없으므로 질문에 "그에 따른 업(마음의 흔적, 괴로움)을 짓게 될 테고 그러면 그에 따른 몸을 또 받게 되지 않는가 하는 생각이 들었다"는 부분은 이렇게 될 일은 없다는 점을 정립해야 합니다. 다시 말해 해탈이라는 것이 궁극적으로 인간이 추구해야 할 것, 그렇게 되도록 해야 하는 목적이 되어야 하므로 해탈한 자는 일반인처럼 윤회로 태어나는 경우는 없습니다. 그래서 질문과 같이 "만약 그렇다고 한다면 일반인의 업에 따른 윤회와의 차이는 무엇인가"라는 것은 있을 수 없습니다. 해탈한 자는 인간으로 스스로 몸을 받아 태어나지 않으며, 그 이치에 맞게 죽을 사람의 몸을 법(法)을 말하는 시기에 그것에 맞게 자신이 이 법을 위해 그 역할을 하는 것이고, 실제 해탈한 사람의 참나가 살아 있는 사람의 마음에 작용하여 그 몸을 움직이고 있기도 하지만, 이 부분을 구체적으로 말할 수는 없습니다.

이것을 직설적으로 말하면 여러분은 그 사람의 행동만 보게 될 것이기 때문에 그렇습니다. 그러므로 도도하게 흘러가는 마음 법당의 흐름을 보면 내가 하는 말이 무슨 말인가 이해하는 정도로밖에 내 말을 이해할 수 있을 것입니다. 그러므로 "태초에 형성된 본성에 따른 업(운명?)에 따라 태어나는 것은 아니므로 일반인의 윤회와 다르다는 의미인가"에 대한 부분은 의미 없다는 것을 알게 될 것입니다. 이 부분은 이 법당과 함께하다 보면 어느 시기에 내가 실체적으로 이야기할 때가 있을 것입니다. 긴 이야기는 생략합니다.

Q 문180 절대적 가치, 상대적 가치에 관한 법문 말씀을 보고 절대적 가치와 상대적 가치가 일치하시는 분이 법사님이시고 그 차이가 클수록 업도 크고 윤회도 많이 하게 되는 것 같다는 생각을 하였는데 제 생각이 맞는지 모르겠습니다. 그리고 이치를 알고 해탈하시는 분을 숫자로 표현한다면 절대적 가치와 상대적 가치가 100으로 일치하는 것인지, 법사님이 100이시고 해탈을 하였어도 99, 98… 이런 식으로 차등이 있을 것 같은데 이 생각이 맞는지 잘 모르겠습니다.

A 답 질문에 대한 답을 본인이 이해하려면 깜깜한 저녁에서 아침이 밝아지는 것과 같은데, 예를 들어 이치를 안다고 해서 학교 시험 보듯이 60점이면 합격이고 그 이하면 불합격이라는 논리는 없습니다. 하지만 이치를 아는 정도의 차이에 따라 해탈이라는 것을 하므로 100의 이치를 알고 해탈하는 자와 99, 98… 등으로 해탈하는 자의 차이는 분명하게 존재합니다. 진리 이치를 50을 알고 있는 자도 해탈을 하는 경우가 있고, 해탈하지 못하는 예도 있으므로 이것도 단답형으로 정형화해서 말할 수는 없습니다.

따라서 50 정도의 이치를 아는 자도 인간으로 태어나 해탈을 하기 위해 그 자신이 이생에 인간으로 업연의 흔적을 지워야 하는 윤회를 할 수도 있고, 또 50 정도의 이치를 아는 자도 해탈을 할 수도 있는데, 이것은 개인마다 마음에 흔적이 어떠한 것인가에 따라 다 다릅니다. 그러므로 50 이상이면 해탈, 이하면 해탈하지 못한다는 규정은 진리적으로 존재하지 않습니다.

그러므로 해탈을 한 자라고 해도 무조건 이치를 다 안다고도 말할 수 없는데, 만약 50 정도의 이치를 아는 자가 해탈을 했다고 해서 그 자체가 순수하게 100의 이치를 다 알았다 할 수 없기 때문이고, 100으로 이치를 아는 자는 이 세상에 태양이 하나이듯 하나만 존재하는 것이 맞습니다.

만약 태양이 둘이라면 어찌 되겠는가를 정립해보면 내 말이 무슨 말인가를 이해하게 됩니다. 그래서 진리 이치를 알아가는 것은 학교에서 등수를 정하는 것과 같이 할 수 없으므로 종교적으로 도(道)를 얻었다, 깨달았다고 말하는 것이 얼마나 잘못된 것인가를 정립해야 합니다.

Q 문181 때때로 과거의 일들이 생각나서 한숨을 쉴 때가 있습니다. 지금에서야 지난날의 일들이 큰 잘못이었고 흔적이 되겠다는 생각이 들고, 도덕적인 부분 부분에서 한참이나 벗어난 그 행동들이 후회가 될 때도 많은데 이제는 이미 지나간 일들이니 그 결과를 받는 것만 남아있을 뿐인지요?

A 답 '자업자득 인과응보'라는 말이 있는데, 사람은 누구라도 자신이 한 행동의 결과가 생각나게 되어 있습니다. 문제는 지나간 일들에 관한 결과를 정립해야 하는데, 이 말은 그 당시의 행동이 무엇이 문제였는가를 따져보고 객관적 입장에서 무엇이 잘못된 것인가를 냉정하게 분별하는 것이 중요하고, 그다음 그와 같은 행위를 다시는 하지 않는다는 확실한 다짐이 필요합니다. 그런데 질문에 "때때로 과거의 일들이 생각이 나서 한숨을 쉴 때가 있다. 지금에서야 지난날의 일들이 큰 잘못이었고 흔적이 되겠다는 생각이 들고 도덕적인 부분 부분에서 한참이나 벗어난 그 행동들이 후회될 때도 많은데"라는 말속을 들여다보면 단순하게 그 행동을 잘못해서 한숨이 나오는 것인가, 아니면 그때 이렇게 했으면 하는 미련이 남아 한숨이 나오는가의 마음이 또 있음을 알게 됩니다.

과거 일들이 생각나는 것은 단순한 추억으로만 생각나는 것인가, 아니면 그에 대한 미련이나 그리움이 남아서 그런 것인가, 혹은 생각해보니 정말 내가 윤리, 도덕, 양심에 비추어보니 잘못했다는 것을 인정하는 것인지 자신의 마음을 파고 파면 뭔가의 마음이 또 들어 있음을 알게 됩니다. 따라서 막연하게 "이제는 이미 지나간 일들이니 그 결과를 받는 것만 남아있을 뿐인가요?"라는 말이 우선이 아니라는 점입니다. 당연하게 사람이 어떠한 행동을 했으면 그 결과를 자업자득으로 받는 것은 맞지만 문제는 이것이 우선이 아니라, 그 문제의 본질에 대한 것을 먼저 정립하는 것이 중요하다는 것이고, 그다음 앞으로 그와 같은 환경이 되었을 때 어떻게 해야 한다는 의식을 항상 가지고 있는 것이 중요합니다.

하지만 이것이 어려운 것이 앞으로도 그와 같은 환경이 되면 본인의 본성에 따라 은연중 실수도 똑같은 그 행동을 하게 되어 있으므로 이 의식을 바르게 가지고 있겠다는 것은 어지간한 노력 없이는 어렵다 할 것입니다. 그래서 본성을 고쳐간다는 것은 또 다른 괴로움이 따른다고 나는 말한 것입니다. 긴 이야기는 생략합니다.

Q 문182 사회생활을 하면서 회식을 해야 할 때가 있는데, 회식자리에서 일어날 상황들을 예견해서 술을 좋아하느냐고 물어보면 잘 못 먹고 좋아하지 않는다고 애초에 말을 해두는 편입니다. 막상 가서 혼자만 먹지 않는 것도 분위기를 못 맞추는 것 같아서 한 잔만 먹겠다

고 말하고 먹는 정도로 하는 게 좋을 것 같은데, 원하지 않으면 굳이 꼭 먹지 않아도 되는지 잘 모르겠습니다. 가르침 부탁드립니다.

Ⓐ 답 사회생활을 할 때 사람과의 관계를 유지하기 위해 '회식'이라는 것을 하는 것은 어쩔 수 없을 것입니다. 문제는 질문에 "회식 자리에서 일어날 상황들을 예견해서 술을 좋아하느냐고 물어보면 잘 못 먹고 좋아하지 않는다고 애초에 말을 해두는 편이다"라는 말을 하는데, 이처럼 자신이 "나는 한 잔은 먹어"라고 한다면 이미 한 잔 정도라는 주량을 정해버린 것이므로 상황에 따라서 두 잔도 먹고 세 잔도 먹을 수 있다는 의미를 내포하는 말이 됩니다.

나는 이 나이에 회식이라는 것 하지 않고도 사회생활을 해왔는데, 그렇다고 회식 자리에 안 간 것이 아니라 갔지만 누가 술을 권하면 "나는 술을 전혀 하지 못한다"고 말합니다. 그러면 사람들이 "잔이라도 채워두라"는 말을 하는데 이같이 되면 남들 앞에는 술잔이 오고 가지만 나는 그 한 잔에 입술만 대고 마시는 형식만 취합니다. 이런 상황이 반복되면 회식 몇 번 하지 않아 "이 사람은 술을 못하는 사람이다"라는 인식을 사람들이 합니다.

문제는 회식이라는 자리가 인간적인 유대 관계와 친밀감을 도모하는 장소인 것은 맞지만, 꼭 술을 먹어야 하는 자리 또한 아닙니다. 그러므로 질문에 "회식에 가서 혼자만 먹지 않는 것도 분위기를 못 맞추는 것 같아서 한 잔만 먹겠다고 말하고 먹는 정도"라는 것도 잘못된 것이고, 애당초 "나는 술을 못 한다"로 말하고 상황 봐가면서 술 한 잔 받아두고 먹는 시늉만 하는 것도 좋고, 이같이 하다 보면 차츰 나에게 술을 권하는 것이 줄어들게 됩니다.

그런데 미리 이런저런 상황을 예상하고 이렇게 해야 한다, 저렇게 해야 한다고 미리 정하고 그것에 맞게 행동하려고 하니, 머리가 아픈 것 아닌가 합니다. 사람마다 제각각 본성이 있으므로 모든 행동은 그 본성을 기반으로 행동하겠지만, 각자가 처한 환경은 본인만이 잘 알 수 있으므로 '적당한 것'이 뭔가를 정립하고 그에 맞는 행동을 해가려고 노력하는 것이 중요하다 할 것입니다. 여기서 내가 단답형으로 모든 것을 말할 수는 없고, 앞서 한 말을 참고해가면서 본인만의 경험으로 방법을 만들어가는 것이 최선이라 할 수 있을 것입니다.

따라서 한 잔만 먹는다고 말하는 것과 애당초 나는 먹지 않는다고 말하는 것이 좋은가에 대한 말도 정답은 아니고, 다만 스스로 어떤 상황에서 어떠한 말과 행동을 하는 것이 최선인가는 본인 스스로 터득해가는 것이 최선이나 나의 예를 들어 말한 것을 참고해보라는 이야기입니다.

Q 문183 　'지적(知的)'이라는 말이 생각났습니다. 고상함이나 교양있는 사람들을 보고 '지적이다'라는 말을 일반적으로 하는데, 이것은 각자의 관념에 상대가 맞았을 때 그러한 표현을 하는 게 아닐까 생각이 들었습니다. 업이 있어 태어난 누군가를 보고 또 그 단편의 모습을

보며 그런 말 자체가 상인가 하는 생각이 들었습니다. 맞는지 궁금합니다.

A 답 지적이다, 고상하다 등의 말을 누가 만들었는가를 생각해보면 이런 말은 인간이 만들었습니다. 따라서 인간이 만든 이 말의 기준은 "너 똑똑하다"는 말이라고 할 수 있고, 이 말은 곧 '지식을 많이 배운 사람이다'는 의미가 되는데, 이것이 바로 인간의 상(相)의 논리입니다. 내가 말하는 지적(知的)이라는 것은 '이치에 맞는 행을 하는 자다'라고 해야 맞습니다. 그러니 일반적으로 말하는 논리와 내가 말하는 논리는 다를 수밖에는 없습니다. 따라서 "지적이다"라는 말을 일반적으로 하는 것은 물론 각자의 관념에 상대가 나와 맞았을 때 그러한 표현을 하는 것일 수 있습니다.

다시 말하면 자신이 보기에 어떤 사람이 지적으로 보인다고 해도 다른 사람이 보면 지적이라고 하지 않는 상황이 있을 수 있고, 사람의 마음이 다 다르므로 일반적으로밖에 말할 수 없습니다. 보통은 '많이 배운 사람'을 보고 하는 말인데, 의미 없습니다. 그렇다면 좋다는 학교를 나오거나 배울 대로 배운 사람이 지적(知的)이라고 한다면, 이 세상에 있는 모든 인간이 다 대학을 나오게 되면 모두 '지적인 인간'이 된다는 논리인데 이 말이 맞는 말인가를 생각해보면 보통 생각하는 지적이라는 말이 무엇이 모순된 것인지 알 수 있을 것입니다.

질문처럼 기본 업이 있어 태어난 누군가를 보고 단편의 모습을 보며 '지적이다'라고 하는 말 자체가 상의 논리라 할 것입니다. 그러므로 진리적으로는 '이치에 맞는 행을 하는 자'가 지적인 사람이라고 해야 맞고, 나머지 일반적으로 하는 말은 나 잘났다는 기준으로 보기 때문에 의미 없습니다. 그래서 방송에서 나와 고고한 척 유식한 척하는 사람 참으로 많은데 내가 보기에 직설적으로 '분수를 모르고 꼴값을 떤다'고 해야 맞으므로 여러분이 생각하는 지적인 것과 내가 보는 지적인 개념이 다르므로 이 부분을 정립해야 합니다.

그러므로 지식으로 똑똑한가, 지혜로 똑똑한가의 차이가 뭔가를 알아야만 내가 말한 '지적이다'는 의미를 정립할 수 있을 것입니다. 이 말은 물질 이치에서의 '지적'이라고 보는 기준과 진리 이치에서 보는 '지적'의 개념은 다르다는 것이고, 일반적으로 말하는 지적이라는 것은 '나 잘났고, 잘 배웠다'는 아상의 논리일 뿐입니다. 이러한 아상의 논리는 진리적으로 보면 나를 패가망신하게 만드는 것이 되므로 왜 내가 이런 말을 하는가를 정립해야 할 것입니다. 직설적으로 이야기하면 이 세상을 이끌고 있는 정치인 등을 보면 쉽게 알 수 있고, 사회에서 한자리 차지하고 거들먹거리는 사람을 보면 쉽게 알 수 있는데 과연 그들이 지적일까 생각해보라는 이야기입니다.

Q 문184 절대 가치와 상대 가치에 대한 법문을 보다 생각난 것이 성인이 되어 가족이라는 것을 구성하면 결혼 전에는 내 중심으로

살았다면 결혼 후에는 마음이 커지고 주변에 하는 행동들도 좀 성숙하고 유하게 행동하는 모습들이 있습니다. 그런 변화된 모습이 혼자일 때는 절대 가치의 중심이 '나'였다면 가족이라는 것이 생기면 상대를 배려하고 주변을 생각하는 것이 상대 가치에 속하는 것인가 하는 생각이 들었습니다. 이런 생각이 맞는지 질문 드립니다.

Ⓐ 답 질문의 내용을 보면 큰 틀에서는 맞습니다. 하지만 과연 어렸을 때, 결혼하기 전에 질문처럼 '절대 가치'로 살았는가를 보면 그렇지 않음을 알 수 있을 것입니다. 이 말은 혼자이든 결혼을 했든 간에 인간은 절대 가치와 상대 가치 두 가지를 모두 섞어서 살기 때문에 이 두 가지의 비중이 어디에 더 있었는가, 적게 있었는가의 비율만 다르다고 해야 맞습니다. 다시 말하면 큰 틀에서는 가족과 결혼이라는 변화 속에 자신의 '절대 가치와 상대 가치'가 변한 것은 맞지만, 그 가치의 종류와 비율만 변했으므로 가족이라는 울타리 안에서의 변화와 사회적인 관점에서의 변화는 차이가 있으므로 질문 내용으로만 보면 큰 틀에서는 맞다고 한 것입니다.

하지만 세부적으로 보면 온전한 절대 가치와 상대 가치라는 것은 없는데, 그 이유는 인간은 사회적 동물이므로 '나'라는 입장이 어떤 것인가, 어떠한 상황인가에 따라 이 가치는 수시로 변하기 때문입니다. 그러므로 양팔 저울과 같이 절대 가치와 상대 가치라는 것이 균형을 이루었을 때를 중도(中道)라고 하고, 이같이 되어야만 절대 가치와 상대 가치에 치우치지 않는 삶을 살게 됩니다. 사실 매우 어려운 개념이므로 이해하도록 말하려면 이 부분만 깊게 말해야 하는데 여기서는 이 정도만 말합니다. 보통 사람은 스스로 절대 가치에 치우쳐서 상대 가치에 따라 흔들리는 삶을 산다는 것인데, 이 말은 절대 가치에서 벗어나려고 노력하는 것이 마음공부의 기본이 된다는 것입니다. 하지만 어리석게도 사람은 '나'라는 절대 가치 속에서 쉽게 벗어나지 못하므로 이 부분은 매우 안타깝다 할 것입니다.

그러니 얼마나 절대 가치에 빠져 사는가의 비율만 제각각 다르고, 이 절대 가치에 대하여 상대 가치에 따라 흔들리는 삶을 살고 있다고 해야 맞는 말이 됩니다. 그러므로 절대 가치 상대 가치에서 벗어나려고 하면, 모든 것을 객관적으로 보는 중도의 마음으로 세상을 봐야 하고 이같이 되면 극단적으로 치우침이 뭔가 양극단의 모순을 알게 됩니다. 결국, 양극단을 알면 이치에 맞는 것이 뭔가를 알게 된다는 이야기입니다. 긴 이야기는 생략합니다.

Q 문185 　'걸림이 없는 마음'이라는 말을 많이 들었는데 내 관념에 맞지 않을 때 그 어떤 상황이든 상대를 보며 감정이 올라오는데 그런 것이 바로 상인가 하는 생각이 들고, 걸림 없는 마음이란 그 무엇을 보고 내 기준에 맞지 않는다고 해도 일반인들의 감정처럼 고집 내지 않는 마음을 그렇게 표현할 수 있는 것인가 하는 생각이 들었습니다. 이 생각이 맞는지 질문 드립니다.

Ⓐ 답 ‘걸림이 없다’는 말의 정의(正意)는 ‘어떠한 내용을 다 알고 그것을 이해하는 것이다’라고 해야 맞는 말이 됩니다. 따라서 상대방의 행동을 보고 내 관념에 맞지 않는다고 해서 그 마음을 참고 인내하는 것이 걸림 없는 마음이 되는 것은 아닙니다. 이 경우는 ‘상대를 이해하는 것’뿐이라고 해야 맞습니다. 다시 말하면 문제의 본질을 알고 이해하는 것과 그 문제의 본질을 모르고 막연하게 상대를 이해하는 것과는 다르다는 점입니다.

다시 말하면 어떤 상황이든 상대를 보며 감정이 올라오는 것은 내 관념과 상대의 관념이 맞지 않으므로 그것에 비례해서 감정이 올라오는 것이고, 이런 것이 질문처럼 ‘아상(我相)’이 됩니다. 그러니 그 무엇을 보고 내 기준에 맞지 않는다고 해도 무조건 고집 내지 않는 마음이 걸림 없는 마음이라고 할 수는 없습니다. 그러므로 진리적으로 ‘걸림이 없다’는 것은 ‘나’라고 하는 아상이 하나도 없는 마음의 상태를 말하는 것이고, 다른 하나의 개념은 ‘인간적인 이해와 배려’를 하는 행위가 걸림이 없다고 말할 수 있겠지만, 이것이 쉽지 않은 것이 ‘나’라는 아상이 관여하고 개입되기 때문에 그렇습니다.

어떠한 상황에서 내 관념에 맞지 않을 때 그 어떤 상황이든 상대를 보며 감정이 올라오는 것은 ‘나’의 관념에 상대의 행위가 맞지 않을 때이고, 이것은 본성, 아상과 깊게 관련이 있습니다. 그래서 이 경우 내가 하고자 하는 것과 상대가 하고자 하는 행위가 어떤 것이 맞는가를 분별하는 것이 중요합니다. 그래야만 그 상황에서 어떤 것이 옳은 것인가 최선인가를 알게 됩니다. 따라서 진리적으로 걸림이 없는 마음은 어떠한 상황에 대하여 양극단을 다 알고, 이해하고 그 가운데 현재 상황에서는 무엇이 최선인가, 이치에 맞는 것인가를 알고 행하는 마음이 걸림 없는 마음이 됩니다.

그러므로 보편적으로 그 무엇을 보고 내 기준에 맞지 않는다고 해서 일어나는 감정을 드러내지 않는 것이 진리적으로 걸림이 없는 마음이 되는 것이 아니라 할 것입니다. 일반 감정처럼 내 고집을 드러내지 않는 마음은 시끄럽게 하지 않기 위한 참음이 되고, 그 상황을 포기하는 마음일 뿐이므로 현실적으로 그 상황을 무마시키려고 감정을 인내하는 것이므로 진리적으로 걸림이 없는 마음과는 다릅니다. 긴 이야기는 생략합니다.

Q 문186 뭔가 하고 싶은 일이 생각나서 그것과 관련된 책이나 필요한 것들을 사지만 며칠이 지나면 하고 싶다는 생각은 들지만 하지 않고 미루는 경우가 많이 있습니다. 충동적인 행동인 것 같기도 하고 뭘 끝까지 하고자 하는 의지가 부족한 것일 수 있다는 생각도 드는데 이럴 때는 어떻게 해야 할지 여쭙고 싶습니다.

A 답 사람은 제각각 본성(本性)이라는 것이 있습니다. 문제는 이 본성이 뭔가에 따라 이생에서 무엇을 하고자 하는 마음으로 나타나는데, 이것을 사람들은 '적성'이라고 말하기도 합니다. 그

래서 의사의 적성을 가지고 있다면 이 사람은 다른 것에는 깊게 마음을 두지 않습니다. 이 세상에서 살아가는 사람은 반드시 각자에게 맞는 길이 있는데, 이것은 진리적인 본성과 밀접한 관계가 있습니다. 예를 들어 과거 생에 직업을 가지지 못하고 특별한 업을 가지고 살지 못했다면 이생에 무엇을 해야지 하는 마음이 일어나지 않습니다.

다시 예를 들어 전생에 부잣집에서 태어나 특별한 일을 하지 않고 빈둥거리면서 밥을 먹었다고 한다면 이생에 자신의 마음에서 무엇을 해야 한다는 마음이 일어나지 않고, 전생에 밥을 먹고 살면서 뭔가의 두각을 나타내는 행위를 했다면, 이생에 특별하게 그 두각을 나타내게 됩니다. 물론 이것은 예를 들어서 하는 말인데 그 이유는 개인마다 본성이 다 다르므로 여기서는 포괄적 개념만 이야기할 수밖에는 없습니다. 따라서 자신이 "뭔가 하고 싶은 일이 생각나서 그것과 관련된 책이나 필요한 것들을 사지만 며칠이 지나면 하고 싶다는 생각은 들지만 하지 않고 미루는 경우가 많이 있다"는 것은 앞서 말한 대로 전생에 특별한 행위를 하지 않았을 수도 있고, 아니면 뭔가가 있지만 그것을 이생에서 발견하지 못하고 있을 수도 있습니다.

이것은 이생에서 하고 싶은 일이 아직 나타나야 할 때가 되지 않아 마음에서 일어나지 못한 것도 있을 것이고, 아예 없을 수도 있는데, 이 부분은 개인적인 업과 깊게 관련이 있을 수 있습니다. 지금 뭔가 하고 싶다고 생각이 드는 것은 호기심일 수 있고, 충동적인 행동일 수 있으며 남들이 하니 좋아 보여서 나도 따라 하는 마음이라는 생각이 드는데, 문제는 현실적으로 안정된 직장을 가지고 있으므로 시간을 보내면서 뭔가 마음에 일어난 것에 대하여 그 마음속에서 답을 찾아보는 것이 좋을 것 같습니다. 물론 무엇을 끝까지 하고자 하는 것에 대한 의지 부족일 수도 있지만, 어찌 되었든 앞서 말한 것을 깊게 정립해보면 무엇 때문인가를 조금은 이해하게 될 것입니다. 긴 이야기는 생략합니다.

Q 문187 법사님 말씀 중에 대문이 열려있는 집에 도둑(빙의)이 마음대로 들락거리는 것과 같이 옳고 그름을 분별하는 의식이 있어야만 그 도둑(무의식의 다른 기운)은 들어오지 않는다 하셨는데, 도둑(무의식의 다른 기운)은 의식이 흐릴 때 비슷한 흐린 기운에 영향을 줄 수 있다고 이해를 하였습니다. 한편으로는 빙의의 기운은 옳고 그름을 모르기에 누구나 무작위로 영향을 줄 수 있지 않나 생각도 듭니다. 정확히 이해가 되지 않아 여쭙고 싶습니다.

A 답 이 개념을 이해하려면 바람이 부는 것을 이해하면 되는데, 바람이라는 것은 오감이라는 것이 없으므로 어디로 가야겠다고 해서 부는 것이 아니라 임의대로 붑니다. 이것은 자연스러운 진리 기운의 변화 때문에 나타나는 현상이라고 한다면 사람에게 빙의가 작용하는 것도 이와 같으므로 자연 속에 사는 인간이기에 언제라도 이 자연의 기운 속에 있는 어떤 사람의 기운이 항상 나에게

영향을 줄 수 있다 할 것입니다. 업연에 따라 작용하기도 하고, 업연이 아니라고 해도 이 빙의 기운은 언제라도 나에게 영향을 줄 수 있으므로 빙의가 작용하는가 아닌가를 생각하는 것은 좋지 않고 나 자신의 마음에 보호막을 치는 것이 중요한데, 이 보호막이 바로 '의식'이 됩니다.

그러니 나의 의식과 나의 마음에 따라 비슷한 다른 기운으로 얼마든지 작용할 수 있으므로 어떤 기운이 작용하는가는 각자의 마음이 현재 어떤 마음인가에 달려 있다 할 것입니다. 빙의가 있다, 없다가 중요한 것이 아니라 내 의식을 어떻게 만들어 가는가가 중요합니다. 이것은 매 순간 각자의 의식이 깨어 있어야 하는 이유가 되기도 합니다. 따라서 의식이 깨어 있지 않으면 각자가 지은 업에 따른 빙의가 영향을 줄 수도 있고, 업에 따른 빙의가 직접 영향을 주지 않는다고 해도 진리 기운 속에(자연의 기운) 사는 인간의 처지에서 어느 사람의 빙의라도 나에게 항상 영향을 줄 수도 있습니다. 긴 이야기는 생략합니다.

문188 예전에 함께 오랜 시간 알며 지내온 이들이 있는데 이곳저곳 가끔 여행을 다니며 지내왔습니다. 그들을 만나면 만날 때의 어떠한 느낌들이 있었는데 처음은 좋은 기분이 들었다가 점차 시간이 지나며 상대의 모습들이 보이면서 반대의 기분이 들었습니다. 몇 년의 시간이 흐른 후에 다시 그들과 만나니 저도 그렇고 다들 변해 있는 모습에 이제는 그들과 어울리고 싶지 않단 생각이 들고 함께하면 갑갑함이 드는 것 같습니다. 처음 볼 때는 서로에게 끌려 만나는 것처럼 첫 만남 속에는 이미 지금처럼 상대를 보며 느끼는 것인지요, 아니면 제가 고집과 아집이 강하여 그런 것인지 여쭙고 싶습니다.

Ⓐ 답 어떤 상대와의 관계에서 처음의 마음이 아니라 그 마음이 변해간다고 하는 것은 결국은 마음이 변하면서 나타나는 현상입니다. 비단 이것은 친구뿐만이 아니라 부부 사이에도 그렇고 모든 인간사적인 관계에서 나타나는 현상이기 때문에 이러한 마음의 변화는 질문자 본인의 문제만은 아닙니다. 실제 자식이라고 해도 시간이 지나면서 그 자식이 보기 싫을 정도로 마음이 변하기도 하는데, 문제는 그 마음이 어떻게 변하는가에 따라서 극단적인 상황이 발생하기도 합니다.

따라서 질문 내용으로만 보면 '업의 이치가 바뀌어서 그렇다'고 해야 맞는데 이것은 친구와 본인의 관계에서 좋은 기분이 들었을 때는 그 친구들과 그같이 보내야 했던 과거 생의 업연이 있어서 나타나는 현상이고 업의 유통 기한에 따라, 업의 성숙 과정에서 마음이라는 것이 그 이치에 맞게 변하기 때문에 이것은 자연스러운 현상입니다. 그러므로 예전에 함께 오랜 시간 알며 지내온 이들이라고 해도 앞서 말한 대로 지금의 상황이 얼마나 가는가는 그 친구와의 업의 이치에 따라 다르게 됩니다. 이와 같이 부부도 그 업이 어떤 것인가에 따라서 이생에 죽음에 이르기까지 한평생을 사는 사람이 있고, 반대로 살면서 불편한 관계로 지내는 사람도 있으며, 결혼하고 얼마 되지 않아 헤어지는 예도 있습니다.

이런 마음(기운)의 변화는 여러분이 모르기 때문에 참나의 이치를 아는 자가 "그 사람을 사귀지 말라"고 하면, 자신의 마음에 내키지 않더라도 그것을 참고 사귀지 않는 것이 업을 비켜 갈 수 있는 방법이 됩니다. 그래서 인생을 살면서 누구와의 첫 느낌이라는 것은 매우 중요합니다. 좋지 않은 업을 이어가기 위한 느낌을 처음에는 좋게 느끼는 예도 있고, 또 처음에 좋지 않은 느낌이 있다고 해도 그 사람과의 업에 따라 나중에는 좋은 느낌으로 바뀔 수 있는데, 이것은 그 상대와 자신의 참나 이치로 쉽게 알 수 있습니다.

처음은 좋은 기분이 들었다가 점차 시간이 지나며 상대의 모습들이 보이면서 반대로 좋지 않은 기분이 들었다면 이제 그 친구와는 깊은 마음을 나누면 안 되고 알고 지내는 정도만으로 행동하면 됩니다. "나는 네가 마음에 들지 않으므로 만나지 말자"고 하면 현실적으로 그 친구는 본인에게 감정을 가지게 되기 때문에 굳이 이런 표현을 할 필요는 없습니다.

따라서 처음 볼 때는 서로에게 끌려 만나지만, 나중에 좋지 않은 것은 각자의 업의 이치에 따르는 것이므로 질문과 같이 상대를 보고 느끼는 것은 맞습니다. 본인의 아상이 커서가 아니라 본인의 마음이 넓어지면 질문과 같은 상황에서 느끼는 것은 아집이 아니라 할 것입니다. 본인 마음이 변하므로 상대와의 관계가 보이게 된다는 이야기입니다. 따라서 이 부분이 중요한데 이같이 말하면 지금 상대에게 자신이 느끼는 것이 맞는다고 합리화할 것이기 때문에 본인의 마음을 점검받지 않고 스스로 관념으로 판단하고 정리하는 것은 옳지 않으며 잘못하면 자가당착에 빠지게 됩니다. 긴 이야기는 생략합니다.

Q 문189 법사님 법문 말씀 중에 "우리는 살다가 누군가를 새롭게 만날 때 그 사람에게 호감이 있어도 시간이 지나면서 처음의 그 마음이 변하게 되는데, 이것은 마음이라는 기운의 변화가 바탕이 되어 현실적으로 이같이 나타나는 것입니다. 업이 다하면 처음에 장점이라고 봤던 것은 점차 없어지고 단점이 보이게 됩니다. 다시 말하면 감성적인 것에 마음을 빼앗기면 그것으로 인해 업이라는 것은 순간 만들어지게 된다는 이야기입니다"라고 하셨는데, 상대의 단점이 점점 보이게 되는 것은 감정에 치우치지 않고 의식이 깨어있어 객관적으로 상대를 보게 됨으로써 그런 것인지 아니면 참나에 각인되어 그 영향으로 어느 시기가 되면 상대방을 부정적으로 보게 되는 것인지 정확히 이해가 되지 않습니다.

A 답 본래는 의식이 깨어있으면 객관적으로 상대를 보게 되지만 문제는 이같이 객관적으로 여러분은 쉽게 보지 못하고 일반 사람들은 단편적으로 업의 변화에 따라, 혹은 각자의 의식에 따라 상대를 보는 관점이 달라지는 것이라고 해야 맞고, '의식이 깨어

나서 보는 것이다'라고 하면 안 됩니다. 그 이유는 이것은 내 마음에 '아상'이라는 것이 없어져야만 의식은 깨어나기 때문에 그렇습니다. 다시 말하면 아상이 있는 일반 사람이 상대를 객관적으로 본다는 것은 각자의 관념이 조금은 바뀌어서 보는 것이라고 해야 맞고, 의식이 깨어났으면 행동이 그 의식에 맞게 바뀌어야 하는데 언행일치가 되지 않으면 깨어 있는 의식을 하고 있다고 할 수 없어서 그렇습니다.

내가 앞에 한 말은 상(相)의 마음 변화에 따라 상대를 보는 관념이 달라지는 것을 말한 것입니다. 그러므로 "업이 다하면 처음에 장점이라고 봤던 것은 점차 없어지고 단점이 보이게 된다"는 것은 참나의 바뀜으로 그런 것인가, 아니면 상의 마음이 변해서 그런 것인지 다르고, 보통은 '나'라는 아상의 변화로 나타나는 것이라고 해야 맞습니다. 참나의 변화로 나타나게 하려면 어지간한 노력 없이는 하기 힘듭니다. 긴 이야기는 생략합니다.

Q 문190 할 일이 없고 편안한 상태나 운전할 때에 가끔 혼자만의 상상에 빠질 때가 있는데 저도 모르게 빠지게 되고 한참을 빠져 있다가 이러면 안 된다 하면서 빠져나오곤 합니다. 제가 생각하기에는 그러한 상상들이 일어나는 것이 그 상황과는 관계가 없는데 왜 일어날까 궁금합니다. 어떤 연관이 있어서 순간순간 이러한 생각들이 일어나는지 여쭙고 싶습니다.

A 답 인생을 사는 인간의 처지에서 어떤 것이든 생각이 날 수 있는데 이것은 마음을 가진 인간이므로 자연스러운 현상입니다. 그래서 어떠한 생각이 나는 그것은 각자의 본성과 밀접한 관계가 있으므로 생각은 일어나지만, 그것은 생각에서 멈추어야 하고, 생각이 났다고 해서 그 생각대로 실행하는 것은 바람직하지 않습니다. 반드시 실행에 옮기기 전에 그 생각이 맞는가 아닌가를 정립하는 것이 중요합니다. 예를 들어 인생을 살아가는 처지에서 현실적으로 지나간 세월에 대한 것도 생각이 날 수 있고, 혹은 지나온 세월 속에 있는 것이 아닌 상상의 것도 생각이 날 수 있으므로 이 자체가 나쁜 것은 아닙니다.

문제는 그 상상 속에 깊게 빠져들어 가는 것은 바람직하지 않으므로 지나간 현실이든, 혹은 상상 속에 그림을 그리든 극단적인 치우침의 생각 속으로 빠져들어 가지는 말아야 함을 말하는 것이므로 이 부분을 정립해야 합니다. 현실 속 지나간 것은 이미 자신의 마음에 흔적으로 남았으므로 기억에 의한 상상을 할 수는 있지만, 현실이 아닌 이상향 속에 빠져 기와집을 짓고 부수고 하는 것에 깊게 마음을 두면 안 되는데 이것은 각자의 본성과 깊게 관련이 있으므로 생각은 할 수 있지만, 그것에 깊게 빠지지는 말아야 합니다.

예를 들어 남자의 관점에서 이성적인 여자의 몸을 상상할 수는 있습니다만, 상상하는 그 정도가 어떤 것인가, 얼마나 깊게 빠져들어 가는가를 알아야 하므로 어느 정도 선에서 생각을 멈추어야 하고,

멈추지 않고 깊게 빠지게 되면 자신의 의식은 깨어나지 못하게 되고 그 생각은 괴로움으로 나타나게 됩니다. 그래서 현실적으로 어떤 생각이 일어나면 현재 상황에 맞지 않는 것이라면 빨리 다른 생각을 하여 치우침의 그 생각에서 벗어나는 것이 중요하고 이같이 하려면 반드시 의식은 깨어 있어야만 가능합니다.

따라서 질문에 "어떤 연관이 있어서 순간순간 이러한 생각들이 일어나는지"에 대한 답은 전생에 지었던 업으로 인해 형성된 본성과 밀접한 관련이 있다고 해야 맞는 말이 되므로 앞서 내가 한 말을 깊게 되새겨보면 어떻게 해야 하는가에 대한 답을 찾을 수 있을 것입니다. 긴 이야기는 생략합니다.

Q 문191 지구의 윤회에서 인간이 존재한 지구의 경우 인간이 돌연변이로 생겨날 때 특정한 생명체(예를 들면 원숭이) 한 종류로부터만 돌연변이로 생겨난 것인지요, 아니면 불특정 다수의 생명체(원숭이, 개, 또는 다른 원숭이류)로부터도 생겨나기도 한 것인지요? 인간이 존재하기 시작한 이후에는 돌연변이로 태어나는 생명체는 없는 것인지요? 그리고 과학이 발전하면서 새롭게 발견되는 바이러스류는 원래 존재하고 있는 것이었는지 아니면 새롭게 생겨난 것인지요?

A 답 나는 지구상에 생명체의 근본은 바이러스, 세균, 곰팡이 등과 같이 눈으로 보이지 않는 미생물로부터, 돌연변이로부터

변질된 생명체로 태어난다고 말했습니다. 그러니 예를 들어 바이러스라고 해도 하나의 종류가 있는 것이 아니고, 또 곰팡이라고 해도 한 종류만 있는 것이 아니므로 한 종류에서 돌연변이로 번식이 되었다고는 할 수 없습니다. 그러므로 '지구의 윤회'(지구의 지각변동)에서 인간이 출현한 지구의 경우 인간이 돌연변이로 생겨날 때 하나의 특정한 생명체에서 그 한 종류로부터만 돌연변이로 생겨난 것은 아니라고 해야 맞는 말이 됩니다. 질문처럼 불특정 다수의 생명체, 예를 들어 원숭이, 개 다른 원숭이류로부터도 생겨나기도 한 것이라고 해야 맞는 말이 됩니다.

그래서 이런 돌연변이는 먹이 사슬에 의해 인간이 지구상에 존재하면서부터 돌연변이는 더 진행되지 않는데 여기까지가 자연 주기의 하나의 싸이클이라고 해야 맞는 말이 됩니다. 질문에 "과학이 발전하면서 새롭게 발견되는 바이러스류는 원래 존재하고 있는 것이었는지 아니면 새롭게 생겨난 것인지요?"에 대한 답은 원래 바이러스는 지구의 생명체가 없어도 존재를 했고, 지금도 바이러스 자체는 돌연변이 과정을 진행하고 있고, 이것은 무시무종(無始無終)으로 그 시대의 상황에 맞게 변하고 있다고 해야 이치에 맞는 말이 됩니다. 따라서 지구에 대한 하나의 주기 개념을 이해하면 지구도 반복적으로 변하는 주기를 가지고 있다 할 것이므로 이러한 지구의 변화와 생명체의 돌연변이 과정을 이해하면 내 말을 좀 더 이해하게 될 것입니다. 긴 이야기는 생략합니다.

Q 문192 자면서 가위에 눌렸던 것 같은데 어느 때는 꿈인 것 같기도 하고 또 어느 때는 눈만 떠 있고 몸은 움직이지 않을 때가 있는데, 가위눌림의 정확한 뜻이 무엇이고 왜 눌리는 것인지 궁금해 여쭙고 싶습니다.

A 답 가위눌림이라는 것은 몸에 기운의 변화를 본인이 인식하게 하기 위한 현상이라고 이해하면 됩니다. 그런데 중요한 것은 나 자신의 업의 이치가 바뀔 때에도 이런 현상으로 나타나기도 하는데 여기서 업(業)의 이치가 바뀐다고 하니 좋은 의미로만 이해하면 안 되고 좋지 않은 기운의 바뀜도 있을 수 있으며 좋은 의미로 바뀌는 예도 있습니다. 이것은 개개인의 업과 밀접한 관계가 있습니다. 따라서 진리 이치를 모르고 사는 사람이 일반적으로 느끼는 가위눌림이라는 것은 대부분 '빙의' 작용이거나 아니면 본인 자신의 개인적인 업의 이치가 작용하는 것이므로 이것은 개인마다 다 다르므로 정형화해서 말할 수는 없습니다.

그러므로 '가위눌림'이라는 것의 정확한 의미는 기운의 변화를 체험, 체득하는 것이라고 해야 맞습니다. 쉽게 예를 들면 병원에서 몸을 치료하기 위해 부분 마취를 하는 예도 있지만, 몸 전체를 마취하고 수술을 해야 하는 일도 있는데, 이 개념을 대입해보면 내 몸에 일어나는 크고 작은 현상이 왜 일어나는가를 알게 될 것입니다. 이 부분에 대하여 긴말을 해야 하지만 여기서는 생략하고 이 정도만 이해하면 됩니다.

Q 문193 어릴 적 친구들과 사형 제도에 대해 이야기했던 적이 있었습니다. 그때 주변 친구들은 사형 제도는 있어야 한다고 했고, 저는 생각이 좀 달랐습니다. 같은 인간이 인간을 판단하고 죽인다는 것이 좀 이해가 되지 않았고 무슨 짓을 했든 사형 제도는 없어야 한다고 생각했는데 근래에 다시 그때의 대화들이 생각나서 어떤 것이 맞는지 궁금해 질문 드립니다.

A 답 결론부터 말하면 사형제도는 있어야 한다는 입장입니다. 그런데 여기에는 전제 조건이 반드시 있어야 합니다. 그것은 예를 들어 어떤 한 사람의 목적을 위해서 사형을 시키는 것이 아니라 보편적이고 합리적이라고 생각하는 법을 어겼을 경우 그가 받아야 할 벌이 상당한 경우 지극히 제한적으로 사형 제도를 해야 하는데, 문제는 이 선이 어디까지인가의 문제가 남게 됩니다. 예를 들어 집안에 자식이 있는데 이 자식이 한두 번도 아니고 계속해서 집안에 문제를 일으키게 되면 결국 그 자식이 눈에 안 보이는 것이 좋다 할 것입니다. 이 개념으로 사형제도를 이해하면 되는데, 앞서 말하였지만 그 선을 어디까지 봐주어야 하는가의 문제가 남기 때문에 사회적으로 보편적으로 '이같이 정하자'고 만들었다면 그 논리를 따라야 하는 것이 맞습니다.

그래서 현실적으로는 현행법이 정한 것을 따르면 되고, 진리적으로는 사형을 당해야 하는 업을 지었을 때 사형하는 것이 맞으므로 여기에도 물질 이치(현행법)와 이치에 벗어난 행위(진리 이치)라는 것을 대입할 수 있습니다. 나는 인간에게 마음이라는 것을 빼버리면 아상(我相)의 마음이 없는 일반적인 동물이 된다고 했습니다. 따라서 인간의 무리 속에 인간다움이 없이 행동하는 사람들을 풀어두면 어떻게 되겠는가? 결국, 동물적인 행동을 하게 되어 있고, 이로 인해 그나마 인간으로 살아가고 있는 사람에게 해를 준다면 그 자체가 함께 존재할 수 없으므로 인간 사회에서 격리해야 하는 것이 맞습니다.

여기서 격리라고 하니 그 선에 어디까지나 인간의 문제가 남기 때문에 이 부분은 앞서 말한 대로 '물질 이치–진리 이치' 이 두 가지를 보고 판단하여 사형해야 함을 말하는 것이므로 단편적으로 감정적으로 사형해야 한다, 말아야 한다는 논리로만 말할 수는 없습니다. 상위법으로 현실적으로 벗어난 부분과 진리적으로 이치에 맞지 않는 행위를 했을 때를 고려하여 사형을 이해하면 됩니다.

Q 문194 얼굴에 가끔 뾰루지가 나서 그냥 두질 못하고 보이는 대로 짜왔는데 법사님 법문 말씀 중에 "참나를 기반으로 하여 내 몸을 이루고 있는 몸은 하나하나의 세포가 모여 몸이라는 것을 만들었다"고 하셨는데, 생각해보니 사소하고 작은 것이라고 대수롭지 않다고 생각하는 것은 잘못한 것 같다는 생각이 들기도 합니다. 흉터가 오래가지만 아물긴 아문다는 생각에 개의치 않고 행동한 것 같은데, 고름이 나기 전에는 건들지 않아야 하는 것인지 궁금합니다.

Ⓐ답 나는 각자의 몸은 전생에 자신의 지은 업과 깊게 관련 있으므로 그것에 맞게 형성된다는 말을 했는데, 질문 같은 경우는 진리를 먼저 대입하기 전 현실적으로 어떻게 하는 것이 최선인가를 생각해야 하고, 이런 것은 이미 병원에서도 어떻게 하라는 기본적인 관리가 체계적으로 있으므로 그것에 맞게 처리하는 것이 우선입니다. 진리적으로 이 부분에 대한 것은 또 다른 개념이 되므로 여드름 정도는 병원에서 그것에 맞게 치료하면 됩니다. 물질 이치에서 몸에 나타나는 현상은 현실적으로 물질 개념으로 병원에서 치료하는 것이 중요하고 그다음 진리적인 개념을 이해하는 것이 중요하다는 의미입니다.

이 기회에 한마디 하면 〈회원 남기는 글〉에 본인이 쓴 글을 보면 스스로 '이렇게 해야지'라는 결론이 없습니다. 이런저런 일이 있었고, 나는 앞으로 어떻게 해야 한다는 결론을 스스로 정립하지 않고, 막연하게 '그런 것 같다' 혹은 전생이라는 말을 가져다 자신을 스스로 정당화하고 합리화하려는 말이 대부분이므로 이 부분도 정립해야 합니다. 어떠한 상황이 있었고 그때는 이런 마음이 들었으며, 앞으로는 이런 상황이 되면 어떻게 해야 하겠다고 본인이 정립하지 못하면 아무 의미 없습니다. 따라서 나는 일반적으로 전생이 어떻고, 진리가 어떻고를 먼저 말하지 말고 현실적으로 '이러이러한 상황이 있었고 그래서 나는 이같이 해야겠다'라고 정립을 하면 그 정립이 맞는가 아닌가를 알 수 있는데, 스스로 합리화시키고 어떤 결론을 내리지 못한다면 의미 없으므로 다시 한 번 이 기회를 통해 이런 부분을 정립했으면 합니다.

Ⓠ 문195 잠언 말씀 중에 "오늘이 가기 전 나에게 일어난 모든 것은 오늘이 가기 전 정립하라"는 말씀 중에 어떻게 매일 일어난 모든 것을 마음으로 정립할 수 있는지 모르겠습니다. 그리고 막상 정립을 했다고 하더라도 혼자만의 정립이므로 바르지 않겠다는 생각이 들었습니다. 그러므로 무조건 여쭤보아야 하는지요?

Ⓐ 답 먼저 정립(正立)을 해야 할 것과 하지 않아야 할 것을 본인 스스로 구분을 지어야 합니다. 모든 것을 다 물어본다면 본인은 꼭두각시에 불과하기 때문에 그렇습니다. 그래서 본인 행동 중에 상대성이 있는 것이라면 그와 오늘에 있었던 것을 정립해서 지울 것은 지우고, 내일로 연결되는 것은 내일 이어서 처리하면 된다는 의미입니다. 그런데 내가 말한 "오늘이 가기 전 나에게 일어난 모든 것은 오늘이 가기 전 정립하라"는 말은 자신이 움직이는 모든 것에 대한 정립, 예를 들어 밥을 먹을 때 국을 먼저 먹으라는 식으로 말한 의미는 아닙니다.

구구단을 외울 때 2~9단을 한꺼번에 하지 않으므로 오늘 이것을 다 정립하라는 의미가 아니라, 2×2=4라는 것은 먼저 정립해보려고 하는 노력이 필요한데, 이것은 하루에 혹은 한 달, 1년이 걸릴 수도 있습니다. 그래서 모든 것이라는 것의 의미는 정리해야 할 것과 하지 않아도 될 것을 구분한 다음에 정리해야 할 것에 대한 정립을 앞에 말한 것과 같이 오늘 마무리 지어야 할 것은 오늘 짓고, 내일 연결되는 것은 내일 또 이어서 처리하면 되는 개념을 말한 것입니다. 그러므로 스스로 이런 것을 정립하지 못하면 나라는 주체가 빠진 것이 되고 모든 것을 법당에서 이래라저래라 하는 것을 무조건 따라 하는 것은 나 자신의 의식이 없게 되므로 이 개념 정립해야 합니다.

그래서 스스로 정립하기 어려우면 법이고 뭐고를 떠나 남과 어떠한 관계에 있는 문제나 혹은 본인 삶의 진로에 대한 것만이라도 미리 물어보라고 한 것입니다. 물론 제일 나은 방법은 앞서 말한 대로 내가 하는 말에 대해 하나씩 개념을 정립하여 이해하고 실천하므로 본인의 의식이 깨어나 작고 소소한 것부터 정립해가는 것이 의식을 깨어나게 하는 방법입니다. 이렇게 하지 못한다면 최소한 앞서 말한 대로 물어봐야 할 것과 물어보지 않아야 할 것을 먼저 정립하고 그다음 진로나 어떤 상황에 이르러서 미리 물어보는 것이 최선이라 할 것입니다.

Q 문196 법문 말씀 중에 "관심과 탐, 진, 치심의 마음을 가지는 것과는 차원이 다른 이야기임을 정립해야 합니다"라는 부분에서 관심과 탐, 진, 치심의 마음이 어떻게 다른 것인지 여쭈어보고 싶습니다.

A 답 관심이라는 것은 마음을 가진 인간이므로 세상에 존

재하는 모든 것에 대하여 관심을 가질 수는 있습니다. 하지만 관심이 지나치면 그것은 탐(욕심), 진(성냄), 치심(어리석음)의 마음으로 작용하여 그 대상에 끌림의 마음이 일어나게 됩니다. 그래서 인생을 살면서 보이는 모든 것에 관심은 둘 수 있어야 하지만 그 자체로 끌림의 마음인 탐, 진, 치심의 마음이 되어서는 안 된다는 의미입니다.

인간이므로 관심이 없다면 말 그대로 목석이 되는 것이고, 무의식의 삶이 되는데, 관심을 두되 이치에 맞지 않으면 탐, 진, 치심의 마음을 내지 않아야 함을 말한 것입니다. 예를 들어 남자가, 혹은 여자가 서로에게 관심을 가지는 것은 당연한데 그 관심을 넘어서면 탐, 진, 치심의 마음이 생기고 이치에 맞지 않는 행을 하게 됩니다.

이 부분은 본인의 과거를 생각해보면 관심으로 끝이 나야 할 부분이 있음에도 탐, 진, 치심의 마음을 내고 그 행위의 결과가 어떻게 나타나는가를 되돌아보면 관심으로 그만인 것을 그 선을 넘어서면 그것은 탐, 진, 치심이 됩니다. 이것은 나 자신에게 괴로움으로 나타나게 되어 있습니다. 본인의 일이 왜 잘 풀리지 않을까? 그것은 이치에 벗어난 행을 하므로 그 자체가 괴로움으로 되기 때문에 이치가 변하지 않는 것입니다. 긴 이야기는 생략합니다.

Q 문197 잠언 말씀 중에 "진리 이치를 알고 흘리는 눈물은 내

마음에 흔적을 지우는 약수가 되지만 이치를 모르고 감성적으로 흘리는 눈물은 내 마음에 때만 끼게 할 뿐이고 나를 무의식에 빠지게 할 뿐이다"라고 하셨습니다. 옳고 그름의 분별없이 흘리는 눈물이 자신의 관념 어린 마음에서 나오는 것이기에 그런 것인가 하는 생각이 드는데 정확한 이해가 되지 않아 여쭙고 싶습니다. 또 눈물을 흘리고 나면 한편으로 개운함이 듭니다. 그 눈물이, 법사님께서 주신 잠언 말씀을 들으니 저 자신을 합리화하면서 오는 눈물이었다는 생각이 드는데, 진리 이치를 알고 흘리는 눈물인지 감성적인 눈물인지 본인 스스로 가늠해 볼 수 있는지 궁금합니다.

Ⓐ 답 결론부터 말하면 본인 스스로 "진리 이치를 알고 흘리는 눈물인지 감성적인 눈물인지"를 알 수 없습니다. 혼자서 진리 이치인가 감성적인 것인가를 알면 도(道)를 깨쳤다는 이야기가 되는 것이고, 나는 진리를 혼자서 깨달을 수 없다는 말을 했는데 그것은 어떤 것을 보고 마음이 일어났다면 그것은 자신의 관념으로 유리하게 생각하게 되기 때문에 그렇습니다. 한편으로 개운함이 든다는 것은 어떠한 상황에서 마음에 의구심이 풀려서 개운함이 드는 것도 있겠지만 이것과 진리 이치를 아는 것과는 다른 이야기가 됩니다.

참고로 나는 마음공부란 머리로 하는 것이 아니라고 했는데 보통 사람들은 머리로 어떤 말을 정리하고 나서 이해가 조금 되면 마치 마음공부 잘하는 것으로 생각하는 사람이 있는데 잘못된 것이고 마음으로 정립을 했다면 그에 맞는 행동이 따라주어야 하는데 행동은 그대로인데 정립만 했다고 한다면 아무 의미 없습니다. 나는 또 마음공부를 혼자서 절대로 할 수 없다는 말을 수없이 했는데, 어떤 개념을 이해하고 자신을 스스로 판단하는 것도 이치에 맞지 않습니다. 그 이유는 아무리 혼자 정리했다고 해도 그것은 자신의 업습, 본성에 따라 자신에게 유리한 쪽으로 결론을 내버리기 때문에 그렇습니다. 이해했으면 마음으로 정립하고 그다음 행동으로 나타나야 하는데 이것은 어지간한 의식 없이는 매우 어렵다 할 것입니다. 긴 말은 생략합니다.

Q 문198 태초에 윤회가 아닌 생명체로 올 때 본인의 의지와 상관없이 각자 여러 가지 환경에 무작위로 떨어져 그 환경에 영향을 받아 본성이 형성된다고 알고 있습니다. 좀 좋은 환경에 떨어지면 괜찮지만 좀 열악한 환경에 떨어지면 결과적으로 자기가 선택할 수 있는 것도 아니고, 그래서 형성된 본성으로 또 윤회를 하니 억울할 수도 있겠단 생각이 드는데 이런 생각이 맞는지요?

A 답 잘못된 생각입니다. 질문대로라면 '좋은 환경, 나쁜 환경'이라는 기준이 없으므로 잘못된 생각이라고 한 것입니다. 나는 모래밭에 뒹굴어도 마음이 편하면 그 자체가 극락, 천당이라는 말을 했는데, 질문에 좋은 환경이라는 것은 돈이 많은 집안, 혹은 선비 집안 등과 같은 것이 좋은 환경이라 생각하는 것 같은데 이것은 물질 개념으로 '좋은 환경'이라는 것을 생각하는 것이고 내가 말하

는 좋은 환경이라는 것은 '이치에 맞는 마음을 가진 집안에 태어나는 것'이기 때문에 여기에는 물질 논리가 개입되지 않으므로 좋고 나쁨이라는 것을 일반적인 사람들이 생각하는 물질 개념으로 생각하면 안 됩니다.

따라서 이치에 맞는 말을 하는 집안이 아니면 최소한 인간적인 윤리, 도덕 양심에 가치관이 분명한 집안이 좋은 환경이라고 해야 맞는 말이 되고, 이때 물질은 부족하지만 그 상황에 맞게 노력해서 물질을 얻으면 되고, 얻어진 만큼 만족하고 마음 편하게 사는 것이 최선입니다. 질문에는 이 개념이 아니고 애당초 태어날 때 인위적으로 선택할 수 없는 부분을 가지고 말하는 것은 이치에 벗어난 것입니다. 그러니 '좋은 환경'이라는 것은 어디에 태어났는가는 다 다를 수밖에 없는 것이고, 문제는 그 어떤 환경이든 내 마음먹기에 달린 것이므로 이 개념을 정립해야 할 것입니다.

Q 문199 법문 말씀 중에 "남자, 여자라는 것은 다 같은 인간의 부류는 맞지만 그 본성과 성향은 다르다. 근본은 다르다"고 하셨습니다. 동물도 수컷이냐 암컷이냐에 따라 그 성향이 다른 것인지 궁금합니다.

A 답 다 다릅니다. 여기서 내가 제각각 다른 이유를 말하면 세상에 문제가 될 수 있어서 깊은 말을 다 하지 못하는 부분이

있는데, 인간이 아닌 동물은 제각각 동물 특성에 맞는 행동만 하지만 인간은 마음이 있어서 큰 틀에서 동물과 인간의 차이가 있고, 남자와 여자의 성(性)이 다르듯이 남자 여자의 성향, 본분은 다르므로 여기서 큰 틀에서 다르다는 것만 이해하면 됩니다.

만약 내가 여기서 왜 다른가 그 이유를 구체적으로 말하면 사회적인 다른 문제가 있을 수 있어서 그렇습니다. 한 가지만 이야기하면 보통 사람들이 남자는 하늘이고 여자는 땅이라고 말하는데 왜 이런 말을 하는 것일까를 생각해보면 무엇이 다른가를 이해하게 되고, 무엇이 다른가를 스스로 생각해보면 같음과 다름의 차이를 이해하게 됩니다.

다시 말하면 우리는 소나무를 볼 때 '소나무'라고 단순하게 보는데 사실 소나무라고 해도 무수하게 많은 소나무 종류가 있는데 나는 이같이 다른 소나무의 본질을 알므로 법(法)을 말할 수 있어서 무수하게 많은 사람 중에 나는 왜 존재하는가는 매우 쉽게 알 수 있는 것과 같이 남자 여자의 본질이라는 것이 다름을 알고 말할 수 있는 것입니다. 긴 이야기는 생략합니다.

⓪ 문200 공동묘지나 폐가 같은 곳을 가면 왠지 으스스함을 느끼는데 물질적인 장소와 비물질인 기운과도 연관이 있는지 여쭙고 싶습니다.

A 답 사람은 죽음과 관련한 것은 매우 민감합니다. 어쩌면 인간이 제일 두려워하는 부분이기도 한데, 질문과 같이 공동묘지나 폐가 같은 곳을 가면 왠지 으스스함을 느끼는 것도 죽음과 깊게 관련이 있어서 그렇습니다. 사실 그곳에는 아무것도 존재하지 않는데 그곳을 생각하는 사람의 관념에 따른 인식의 작용에 불과합니다. 그래서 이곳에 가면 먼저 연상하는 것이 우리가 그동안 봐왔던 인식 때문에 마음이 왠지 으스스함을 느끼는 것이고, 또 하나는 진리적으로 각자의 업과도 깊게 관련이 있습니다.

이 말은 물질 이치에서 앞서 말한 대로 인식의 차이에 따른 관념에 의한 것이라면 다른 하나는 각자의 마음에 어떤 마음이 작용하는가에 따라 그곳에 실제 무엇이 있다고 느끼는데 이 부분은 빙의 작용과 깊게 관련이 있지만, 여기서 직설적으로 말할 수는 없습니다. 그래서 마음의 심지가 단단한 사람은 “그것에 아무것도 없다”고 생각을 하게 되면 실제 그것에 있는 기운이 작용하지 않습니다. 하지만 무엇이 있을 것이라는 관념을 가지고 있으면 반드시 그곳에 뭔가가 있다는 생각을 하게 되어서 빙의는 이때 무엇이 있는 것으로 느끼게 해줍니다.

그래서 지난날 인간이 이 지구상에 존재하면서 ‘그 무엇’이 있다는 관념을 버리지 못하므로 무속에서 그 마음을 이용하여 무엇을 해주어야 한다고 말하면 감성을 자극하는 말을 따라 그들의 말대로 뭔가를 하게 되면 그 관념이 여러분 마음에 깊게 자리하게 됩니다.

이런 사상이 오늘날까지 이어져 오고 있는데 진리적으로 이런 말은 이치에 맞지 않습니다. 따라서 일상을 살면서 그 무엇이 있다고 하는 과거의 관습을 버려야 하고, 그 마음을 버리지 못하면 그 관념에 사로잡혀 본인도 그 무덤에 하나의 기운으로 존재할 수 있으므로 이런 마음을 가지고 있는 그 마음에 무의식의 기운은 실제로 얼마든지 작용을 할 수 있습니다. 긴 이야기는 생략합니다.

Q 문201 사람과 달리 동물들은 '나'라는 상이 없어 육신의 마음이 아닌 본능과 참나의 이치로 살아간다고 법문 말씀을 통해 알게 되었습니다. 하지만 상처와 병으로 인한 육신의 아픔은 동물도 느끼게 될 텐데 그런 상황을 맞아 상이 없는 동물들은 아픔을 어떻게 견디고 살아갈까 하는 생각이 들었습니다.

약도 없고 또 곁에서 누군가가 위로의 말을 해주는 일도 없을 텐데 그저 그 순간을 있는 그대로 받아들이는 것 그것이 전부인가, 또 동물들도 위험에 대한 두려움은 있을 텐데 그마저도 본능에 의한 것이어서 죽음을 앞둔 순간에도 살아오며 보냈던 날들처럼 다를 것이 없는지 궁금합니다.

A 답 안타까운 일이지만 동물은 인간과 같지 않으므로 그들이 아프면 그 아픔의 고통을 참습니다. 그리고 그 상처로 인해 자신의 목숨이 다하더라도 그 아픔을 인간처럼 누구에게 표현하지 않

고, 끝까지 고통을 견디다 결국 최후의 순간을 맞이합니다. 인간이라면 어떻게 할까를 대입해보면 상이라는 마음이 있고 없고의 차이가 얼마나 크고 다른가를 이해하게 됩니다.

인간의 몸에 가시라도 찔리면 호들갑을 떨겠지만, 동물은 그렇지 않고 스스로 해결하는 것이 전부입니다. 참고로 얼마 전 선현(강아지)의 자궁에서 피고름이 나왔을 때도 선현이는 스스로 그 분비물을 먹으며 최선을 다하는 모습을 보았는데, 인간이라면 저 상황에서 어떻게 했을까를 생각해보면 동물로 산다는 그 자체가 괴로움이 되는 것은 분명합니다.

다행스러운 것이 선현, 선미는 말을 하지 못하지만 나와 선율의 보살핌 속에 죽음을 맞이할 것이고, 이것이 그들이 사는 최선의 삶이 되겠지만, 이 상황이 아닌 동물들은 법당에서처럼 그 마음을 알고 돌보는 것이 아니기 때문에 같은 동물의 삶이라도 다릅니다. 그 차이는 무궁무진하다 할 것입니다.

그래서 동물의 세계도, 인간 사회도 분류별도 보면 그 층이 수도 없이 많다고 말한 것입니다. 우리가 입으로 업(業)이라는 말을 하는데 업의 무서움이라는 것은 진리 이치를 알고 나면 경악스러울 만큼 처절하고, 한 치의 오차도 없이 진행되기에 진리의 무서움을 알게 됩니다.

따라서 동물도 육신의 아픔을 느끼지만, 그것을 인간처럼 표현하지 않습니다. 무수한 동물의 층이 있지만, 그것도 동물의 서열에 따른 먹이 사슬에서의 공포이고 그들이 겪어야 하는 타고난 운명이기 때문에 내가 동물 서열에 약자로 태어나고자 해서 선택할 수 없습니다. 마찬가지로 인간도 내가 어디에 태어나야 한다고 선택해서 태어나는 것은 아니므로 이 이치는 똑같습니다.

말이 없는 동물의 세계는 오직 지은 바의 순리를 따르며 살 뿐이라고 해야 맞기 때문에 될 수 있는 대로 윤회를 벗어날 기회인 인간의 몸을 가졌을 때, 이때가 얼마나 소중한 시간인가를 정립해야 합니다. 인간은 말귀를 알아들음으로써 의식으로 분별할 수 있는 기능이 있지만, 동물은 없는데, 그러나 이치에 맞게 동물의 행동을 교정해주면 동물도 자연스럽게 그것에 맞게 변합니다.

그래서 어떤 마음을 가진 자가 동물을 기르는가에 따라 그 동물은 그것에 맞게 변하므로 상(相)이 있는 일반 가정이 아닌 법이 있는 법당에서 법(정법)의 보호를 받고 자라고 있는 선현, 선미 등은 동물로서의 최상의 삶을 살고 있다 할 것입니다.

어차피 그들이 이생에 동물의 몸을 받을 수밖에 없는 진리적 상황이 있지만, 생명체로서 이생에 마지막 삶을 이 법과 함께하니 법의 보호 속에 있을 수밖에 없는 그 자신들의 삶은 최선의 삶이라 할 것입니다. 긴 이야기는 생략합니다.

맺는말

인터넷 카페를 운영하면서 많은 사람이 나에게 질문했던 무수한 말 중에 간추린 글을 우문현답 1권에 실었습니다.

수천 가지의 질문 중에 가장 보편적인 질문을 추린다고 했는데 만들다 보니 미흡한 부분이 있어 아쉬움으로 남습니다. 따라서 우문현답 2권의 글은 더 심도 있는 글로 여러분에게 다가가고자 합니다.

사실 제목의 우문현답(愚問賢答)이란 사전에는 '어리석은 질문을 받고 현명하게 답하는 것' 또는 말 그대로 '바보 같은 질문에 대해 현명한 대답을 하거나 문제의 본질을 짚지 못한 질문을 받고도 정확한 답변을 할 때 쓰는 표현'이라고 되어 있는데, 여기서의 '우문현답(愚問賢答)'이라는 것은 '몰라서 묻는 말에 대한 이치에 맞는 답'이라고 해야 맞는 말이 될 것입니다.

그래서 막연하게 '바보 같은 질문에 대한 현명한 대답'이라고 하는 말은 사람을 바보 취급하는 말이어서 사전적 의미는 옳지 않다고 할 것입니다. 모른다고 해서 그 사람이 '바보'는 아니라는 이야기입니다. 이 책의 제목으로 '우문현답(愚問賢答)'이라고 한 것은 사전적 의미로서가 아니라 몰라서 물어보고 이치에 맞는 말로 대답했다는 의미입니다.

따라서 본문도 일반적으로 궁금해하는 물음에 이치에 맞는 합당한 말로 답을 한 것이고 여기에는 보통 사람들이 말하는 인간적이거나 감성적인 내용은 없으므로 이 부분 충분한 이해가 있었으면 합니다. 끝으로 본 책이 출간되는 과정에 도움을 주신 출판사 관계자 여러분과 교정에 참여해 주신 김상태(카페 닉네임:도오르) 님에게 깊은 감사를 드립니다.

저자 천산야(天山野)

천산야의

愚問賢答 ❶
우 문 현 답

초판 1쇄 인쇄 2019년 12월 11일
초판 1쇄 발행 2019년 12월 18일
지은이 천산야(天山野)

펴낸이 김양수
디자인·편집 이정은
교정교열 박순옥

펴낸곳 도서출판 맑은샘
출판등록 제2012-000035
주소 경기도 고양시 일산서구 중앙로 1456(주엽동) 서현프라자 604호
전화 031) 906-5006
팩스 031) 906-5079
홈페이지 www.booksam.kr
블로그 http://blog.naver.com/okbook1234
포스트 http://naver.me/GOjsbqes
이메일 okbook1234@naver.com

ISBN 979-11-5778-414-1 (04800)
ISBN 979-11-5778-413-4 (세트)

* 이 책의 국립중앙도서관 출판시도서목록은 서지정보유통지원시스템 홈페이지(http://seoji.nl.go.kr)와 국가자료종합목록 구축시스템(http://kolis-net.nl.go.kr)에서 이용하실 수 있습니다.
(CIP제어번호 : CIP2019050682)